Matthias Jenke

Dreifach anders

Copyright © 1999 by Matthias Jenke
Umschlaggestaltung: Matthias Jenke und Bettina Scholtes
Autorenphoto: Bettina Scholtes
Satz: Matthias Jenke
Printed in Germany 2000
ISBN 3-89811-766-9

Dieses Buch ist in einer 9 Punkt ZapfHumanist gesetzt.
Die Umschlagschrift ist eine Tahoma.

Herstellung: Libri Books on Demand

Inhaltsverzeichnis

Vorwort 5
Drei Wochen 7
Schicksal oder Freier Wille? 127
Ein Abend mit Freunden.. 175

Vorwort

Gemeinsam mit meiner Freundin habe ich lange nach einem Titel für diese Zusammenstellung dreier Erzählungen gesucht. Stunden voller Verzweiflung, in denen uns schier nichts einfallen wollte. Die Entscheidung für »Dreifach anders« ist schließlich aus zwei Gründen gefallen: zum einen handelt es sich um drei Erzählungen, die in diesem Band vereint werden, und zum anderen haben sie alle etwas »anderes« an sich – Meinungen werden geändert und sind anders als vorher, Sichtweisen sind anders, Menschen sind anders und erkennen einander nicht.

Soviel zu der Wahl des Titels und den Gedanken, die dahinterstecken. Ansonsten möchte ich dieses Vorwort nutzen, um einigen Leuten meinen Dank auszusprechen.

Besonders danken möchte ich meiner Freundin Bettina, die jede von mir fabrizierte (und das meine ich wörtlich) Geschichte vorgesetzt bekommt und sie mit einer eisernen Tapferkeit durchliest, um mir hinterher ihre Kritik zuteil werden zu lassen. Die Diskussionen sind meistens nicht einfach, aber immer wieder von Bedeutung und sicherlich auch sehr lehrreich für mich, denn man neigt gern dazu, die eigenen Fehler und Schwächen zu übersehen.

Dann möchte ich meiner Mutter danken, die in gewisser Weise an einer Geschichte in diesem Band (»Schicksal oder Freier Wille?«) eine Mitschuld trägt, denn ohne die häufigen Diskussionen zu diesem Thema wäre ich vermutlich gar nicht erst auf die Idee gekommen, sie zu schreiben. Auch wenn ich mich in dieser Geschichte für einen Standpunkt festgelegt habe, ist es jedoch nicht so, daß dies in meinem wirklichen Leben genauso aussieht – hier bin ich viel unentschlossener und neige dazu, meine Meinung immer mal wieder zu revidieren; es ist sicherlich nicht schwierig, genug Argumente zu finden, um die Geschichte vollkommen anders ausgehen zu lassen.

Ebenfalls danken möchte ich einem Arbeitskollegen, der mich erst auf die Möglichkeit aufmerksam gemacht hat, ein Buch über »Books on Demand« herauszugeben. Das Problem einer Vorfinanzierung war damit plötzlich überhaupt nicht mehr vorhanden, und die Zeit wird zeigen, was sich aus diesem ersten Schritt entwickeln mag. Vielen Dank, Reinhard!

Nachdem ich oben schon etwas über »Schicksal oder Freier Wille?« gesagt habe, sollten hier vielleicht noch ein paar kurze Worte zu den anderen Geschichten folgen, die ich in diesem Band vorstelle:

Als ich »Drei Wochen« geschrieben habe, lief in meiner Stereoanlage den ganzen Tag keine andere Musik, als die von Alanis Morissette. Diese Musik hat mich in die Stimmung versetzt, die ich brauchte, um diese Geschichte zu schreiben und hat mich – auch wenn man davon vielleicht nichts mehr in meinen Worten wiederfinden wird – zu dieser Idee inspiriert.

Und »Ein Abend mit Freunden« verfolgt letzten Endes nur einen einzigen Gedanken: Man kann niemals in einen anderen Menschen hineinsehen. Auch wenn man der Meinung ist, ihn zu kennen, weiß man doch niemals wirklich, was in ihm vorgeht, und so kommt es immer wieder vor, daß man plötzlich vor Tatsachen gestellt wird, die man gar nicht erwartet hätte.

Jetzt bleibt mir nur noch, Ihnen eine angenehme Lektüre zu wünschen, und zu hoffen, daß Ihnen gefällt, was ich geschrieben habe.

Vielleicht hören Sie wieder einmal von mir...

Matthias Jenke
Wiesbaden, den 31. Dezember 1999

Drei Wochen

»Was macht Ihr in den Semesterferien?« fragte Sven Carstens seine Freunde. Er war 23 Jahre alt, seit 2 Jahren Student der Rechtswissenschaften und hatte die letzten Klausuren dieses Semesters gerade hinter sich gebracht. Im Augenblick saßen sie zu siebt in seinem Zimmer im Studentenwohnheim, und feierten den Beginn der Semesterferien.

Sein Freunde studierten die unterschiedlichsten Fächer, und die meisten von ihnen hatte er in der Mensa kennengelernt. Auch Annette hatte er dort das erste mal getroffen.

»Mein Alter hat mir einen Ferienjob in einer Styroporfabrik besorgt.« sagte Christoph achselzuckend. »Drei Schichten zu jeweils acht Stunden. Fünf bis dreizehn Uhr, dreizehn bis einundzwanzig und einundzwanzig bis fünf Uhr. Eine Scheißarbeit. Acht Stunden an diesen Dingern zu stehen ist wirklich öde. Am Ende machen sie fast alles allein.«

»Hast du das nicht in den letzten Ferien schon gemacht?« fragte Jana. Sie war die Tochter eines Friseurs und half in den Ferien in dessen Salon aus. Früher hatte sie einmal mit dem Gedanken gespielt, selbst Friseurmeisterin zu werden, sich aber schließlich dafür entschieden, Soziologie zu studieren. Sie und Annette besuchten dieselben Kurse, und durch Jana hatte Sven seine Freundin überhaupt erst kennengelernt.

»Klar. Mein Alter ist der Meinung, ich soll den Wert des Geldes schätzen lernen.«

»Unrecht hat er nicht.« stellte Steffi trocken fest.

»Du hast leicht reden.« warf Bernd lachend ein. »Du mußt dich nicht in den Ferien an solche Dinger stellen. Hast du das schon mal ausprobiert? Ich mußte es vor einem Jahr auch machen, und ich sage dir, es gibt nichts langweiligeres auf der Welt.«

»Ich muß bedienen.« gab Steffi zurück.

»Aber das Lokal von deinem Vater geht nicht schlecht.« erwiderte Bernd. »Und du hast bestimmt einen höheren Stundenlohn als der Rest von uns.«

»Ich muß überhaupt nicht arbeiten.« warf Jochen in die Runde. Er war Medizinstudent, und Sven und er waren zeitgleich an die Universität gekommen. Sein Vater war Chefarzt eines Krankenhauses, und die Familie hatte reichlich Geld. »Mein Vater schickt mich auf einen Bildungsurlaub nach Spanien.«

»Oh, du Armer.« rief Jana lachend. »Wie ich dich bedaure.«

»Und ich erst.« lachte auch Jochen. »Weißt du, wie schlimm es ist, den ganzen Tag Sonne und Wärme ertragen zu müssen? Im

Meer zu schwimmen? Abends mit Freunden weggehen, feiern und tanzen?«

»Und was macht ihr zwei?« wandte Christoph sich schließlich an Annette und Sven, die gemeinsam auf dem Sessel saßen, der in einer Ecke neben dem Fenster stand. Annette saß auf Svens Schoß, und er hatte die Arme um sie gelegt. »Fahrt ihr zusammen weg?«

»Die beiden sind schon richtig wie ein altes Ehepaar, findest du nicht auch?« sagte Jana grinsend zu Steffi und stieß sie dabei mit dem Ellenbogen in die Seite.

»Mit zwei Kindern in Planung und einer eigenen Anwaltskanzlei.« gab Steffi zurück.

»Quatsch.« lachte Annette, wobei Sven sich nicht ganz sicher war, ob sie den gemeinsamen Urlaub meinte, oder die zwei Kinder und die Anwaltskanzlei. »Kein Geld. Ich muß die ersten drei Wochen arbeiten gehen.«

»Und du?« wandte Christoph sich an Sven.

»Ich fahre mit meinen Eltern zu Verwandten.« sagte Sven.

»Familienurlaub?« rief Jochen mit schriller Stimme aus. Er verzog das Gesicht zu einer angewiderten Grimasse und warf sich in eine theatralische Abwehrpose. »Igitt, wie gräßlich. Mit Papa und Mama in Urlaub. Mußt du deine Pflichten als Sohn erfüllen, wenn du später einmal die väterliche Kanzlei übernehmen willst, oder was?«

»Quatsch, Pflichten.« grinste Sven. Er war zwar nicht vor Freude aus dem Häuschen gewesen, als seine Eltern ihm vor zwei Wochen am Telephon eröffnet hatten, daß sie in diesem Spätsommer zu seiner Tante und seinem Onkel fahren und dort ein paar Wochen bleiben würden, aber es störte ihn auch nicht weiter. Er verstand sich gut mit seinen Eltern, und er hatte von seinem Vater etwas Zielstrebigkeit und Pflichtgefühl geerbt. Außerdem bezahlte sein Vater ihm das komplette Studium und setzte ihn nicht dem Zwang aus, nebenher noch Geld verdienen zu müssen. Er war seinem Vater dankbar dafür, und wenn der sagte, daß sie einmal einen Sommer gemeinsam verbringen sollten, dann beugte er sich diesem Wunsch gern. Ansonsten sahen sie sich ohnehin nur sehr wenig. »Es gibt noch Leute, die sich mit ihren Eltern verstehen, weißt du?«

»Aber zu Verwandten…« Jochen schüttelte sich, worauf alle laut auflachten. »Ich meine, kann es noch eine schlimmere Strafe geben? Wahrscheinlich ist es noch in irgendeinem kleinen Kaff auf dem Lande?«

»Ich glaube schon.« grinste Sven. Sie wußten alle, wie Jochen zu nehmen war. Er übertrieb häufig, und stellte seine Unabhängigkeit gerne in den Vordergrund. Mit seinen Eltern wollte er nichts zu tun haben, nahm nur gern den monatlichen Scheck entgegen oder ließ sich auch hin und wieder den Urlaub bezahlen. Aber ansonsten mieden sein Vater und er sich. Sven bedauerte ihn manchmal dafür, daß er ein so schlechtes Verhältnis zu seinen Eltern hatte. »Irgendwie so etwas ist es, ja.«

»Ogottogott.« brummelte Jochen. »Dann bleibt uns ja nur noch, dir viel Spaß zu wünschen, und zu hoffen, daß du diese Hölle überlebst.«

Am nächsten Tag brachte Sven Annette zum Bahnhof. Sie hatten sich frühzeitig getroffen, damit sie noch ein wenig spazierengehen konnten, bevor ihr Zug abfuhr, und so gingen sie ersteinmal zum Flußufer hinunter, von wo aus sie nur noch ein paar Minuten zum Bahnhof zu gehen hatten.

Die Luft war warm, der Himmel wolkenlos, und die Sonne strahlte auf sie herab. Der Park, durch den sie schlenderten, war mit Leuten überfüllt, überall lagen sie auf den Wiesen in der Sonne, spielten mit Frisbee-Scheiben oder Federball-Spielen, saßen auf den Bänken oder spazierten langsam über die Kieswege.

Sven hatte Annettes Reisetasche über die Schulter gehängt, und Hand in Hand gingen sie im Schatten der Bäume entlang.

»Ich habe heute Morgen noch einmal mit meiner Mutter telephoniert.« sagte Sven, als sie an eine Bank kamen, von der aus sie über den Fluß hinausschauen konnten. Es war die erste freie Bank, die sie gesehen hatten, und sie hatten sofort die Gelegenheit ergriffen, sich einen Augenblick zu setzen. »Die hat noch mal mit ihrer Schwester gesprochen, ob es in Ordnung geht, wenn du in drei Wochen nachkommst.«

»Und?« Annette lehnte sich zurück und hielt ihr Gesicht mit geschlossenen Augen in die wärmenden Sonnenstrahlen, die vereinzelt ihren Weg durch das dichte, leuchtend hellgrüne Blätterdach über ihnen fanden.

»Geht alles klar.« sagte Sven grinsend. »Meine Tante freut sich schon darauf, ihre zukünftige… Was wärst du eigentlich für sie? Für meine Mutter wärst du die Schwiegertochter, aber für meine Tante?«

»Keine Ahnung.« antwortete Annette mit einem verschmitzten Lächeln. »Schwippschwiegerschwagercousinentante? Angeheiratete Schwagersnichte? Vielleicht gibt es gar kein Wort dafür. Müssen wir uns etwa eins ausdenken?«

»Ich glaube, das macht meine Tante schon für uns.« sagte Sven und strich Annette eine Strähne ihres dunkelblonden Haares aus der Stirn. Sie war umwerfend hübsch, und ihre grünen Augen leuchteten mit einer Intensität, die er früher nicht für möglich gehalten hätte. Erst an dem Tag, als er sie das erste mal gesehen hatte, hatte er gewußt, was Schönheit bedeutete. Sie waren wie füreinander geschaffen: beide waren sie zielstrebig, hatten eine gesunde Portion Ehrgeiz mitbekommen und waren intelligent. Sie konnten gut miteinander diskutieren, und das war Sven sehr wichtig. Er wollte nicht in einer Beziehung versanden, in der sein Intellekt zu kurz kam.

»Hat sie wortschöpferische Talente?« fragte Annette lachend. »Aber sicherlich nicht so wie du.«

»Ich habe da übrigens auch etwas für dich.« sagte Sven.

»Hast du für mich geschrieben?« Annettes Augen blitzten.

Sven wußte, daß sie sich das immer gewünscht hatte. Manchmal war sie verträumt und romantisch, und es gefiel ihr, wenn jemand Gedichte für sie schrieb. Also hatte er sich vor einiger Zeit ein paar kleinere Bücher besorgt, um mit der Technik des Dichtens vertraut zu werden und dann seine ersten Gedichte geschrieben. Inzwischen machte es ihm Spaß, und er hatte den Eindruck, es auch nicht schlecht zu machen. Die Schemata hatte er im Kopf, und für sein Sprachgefühl brauchte er sich nicht zu schämen.

»Nur ein kleines.« sagte er und nahm den säuberlich gefalteten Zettel aus seiner Hosentasche. Er überreichte ihn ihr mit einem zufriedenen Lächeln und betrachtete sie, während sie ihn auffaltete und las.

»Das ist schön.« sagte sie, als sie geendet hatte.

»Ich habe eben dabei an dich gedacht.« sagte er leise und nahm ihr Gesicht in beide Hände. Er zog sie zu sich heran und drückte seine Lippen sanft auf ihren Mund, atmete den Geruch ihrer Haut ein, spürte den zärtlichen Druck ihrer Lippen. Die Welt um ihn herum war perfekt, und es war wie ein wunderschöner Traum, sie mit Annette zu teilen.

»Hast du dir eigentlich schon mal Gedanken gemacht, ob wir zwei nicht zusammenziehen sollten?« fragte Annette, nachdem sie eine Zeitlang schweigend und verträumt nebeneinander gesessen hatten. Sven hielt sie im Arm, und sie hatte ihren Kopf an seine Schulter gelehnt.

Sven überlegte einen kurzen Augenblick, bevor er antwortete. Er hatte in der Tat schon das ein oder andere mal daran gedacht, aber bisher noch nicht mit Annette darüber gesprochen. Annette blieb hin und wieder über Nacht bei ihm in seinem Zimmer im Studentenwohnheim, aber nicht regelmäßig, sondern nur so, wie sie beide es einrichten konnten. In solchen Augenblicken hatte er sich die Frage gestellt, warum sie nicht schon längst zusammengezogen waren. Inzwischen waren sie seit gut eineinhalb Jahren ein Paar, und langsam war es an der Zeit, sich eine gemeinsame Wohnung zu suchen. Der einzige Grund, warum er noch nicht mit ihr darüber gesprochen hatte, war daß er so viele Gedanken in seinem Kopf mit sich herumtrug, die mit seinem Studium zusammenhingen.

»Schon ein paarmal.« sagte er schließlich. »Ich denke, wir sollten uns mal in aller Ruhe darüber unterhalten, meinst du nicht auch?«

»Ich denke doch.« sagte sie und schaute lächelnd zu ihm auf.

»Wir sind langsam in einem Alter, in dem wir darüber nachdenken sollten.« nickte Sven. »Es wäre schön, mit dir zusammenzuleben.«

»Bist du dir sicher?« fragte Annette, noch immer lächelnd. In ihren Augen blitzte plötzlich schalkhafter Übermut auf. »Ich kann dir ganz schön auf die Nerven fallen.«

»Ich denke, damit werde ich fertig.« sagte Sven grinsend und zog sie an sich heran. »Ich finde, wir sollten wirklich zusammenziehen. Wir können ja in aller Ruhe alles besprechen und planen, wenn du in drei Wochen zu meiner Tante nachkommst.«

»Nicht, daß du es bis dahin vergessen hast.« ermahnte Annette ihn lächelnd.

»Ich glaube kaum, daß mir das passieren könnte.«

»Ich liebe Dich, Sven.« flüsterte Annette ihm ins Ohr.

»Ich liebe Dich auch.« flüsterte Sven ebenso leise zurück. Sie umarmten sich noch einmal, dann standen sie von der Bank auf und brachen in Richtung Bahnhof auf, wo Annettes Zug in Kürze abfahren würde.

Während sie die letzten Meter gemeinsam gingen, unterhielten sie sich nicht viel. Als Annette in ihrem Zugabteil war und sich noch einmal aus dem Fenster herauslehnte, um Sven einen letzten Abschiedskuß zu geben, nahm sie das gefaltete Papier aus ihrer Tasche und hielt es Sven vor die Nase.

»Das ist das einzige, was ich in den nächsten drei Wochen von dir habe.«

»Wir telephonieren!« versprach Sven. »Und ich schreibe dir Briefe!«

»Das will ich hoffen!«

Dann setzte der Zug sich in Bewegung und fuhr gemächlich aus der Bahnhofshalle hinaus. Sven blieb noch so lange am Bahnsteig stehen und winkte, bis er Annette nicht mehr erkennen konnte, die ihm aus dem offenen Fenster ebenfalls zugewunken hatte. Erst dann drehte er sich um und machte sich auf den Weg zu seinem Zimmer, wo er seine Tasche packen und von dort aus zu seinen Eltern fahren würde.

Die folgende Nacht verbrachte Sven noch im Haus seiner Eltern, und erst am nächsten Morgen brachen sie gemeinsam auf, um seinen Onkel und seine Tante zu besuchen. Es war eine Fahrt von gut vier Stunden, und sein Vater ließ sich während der ganzen Zeit genau berichten, wie Sven sich in diesem Semester in der Universität durchgeschlagen hatte. Sven berichtete wahrheitsgetreu und wußte, daß er seinem Vater damit eine Freude bereitete. Hin und wieder kommentierte sein Vater die Berichte mit einem »Früher war das natürlich alles viel komplizierter« oder einem »In meiner Zeit hättest Du es nicht so leicht gehabt«, aber damit konnte Sven gut umgehen. Er hielt seinem Vater zugute, daß es für ihn heute wirklich leichter war. Er mußte nicht, wie seine Vater damals, zwei – zeitweise drei – Jobs nebenher ausfüllen, um das Geld für das Studium zusammenzuklauben und gleichzeitig noch eine Frau und ein Kind zu ernähren. Seine Eltern hatten sich schon zu Beginn des väterlichen Studiums kennengelernt und bald darauf geheiratet. Sven hatte ebenfalls nicht lange auf sich warten lassen.

Schließlich trafen sie in dem kleinen Ort ein, in dem sein Onkel und seine Tante lebten, und den Sven das letzte mal gesehen hatte, als er zehn oder elf Jahre alt gewesen war. Auch seine Eltern waren lange nicht mehr hier gewesen, und es dauerte eine Zeit, bis sie den Weg zu dem kleinen Einfamilienhaus der Bachmanns gefunden hatten.

Als sie ausstiegen, betrachtete Sven das Haus mit gemischten Gefühlen. Ein kleines Einfamilienhaus mit einem ebenso kleinen Garten, der sich an der Rückseite anschloß, und von dem man, von der Straße aus, nur einen schmalen Streifen Gras sehen konnte. An der Vorderseite befand sich ein ebenfalls kleiner Vorgarten von etwa zwei Meter Breite, in dem seine Tante eine Menge Blumen angepflanzt hatte, deren Großteil zur Zeit in voller Blüte stand.

Für viele Leute mochte es ein nettes, kleines Häuschen sein – ein Erdgeschoß, ein Obergeschoß und ein Dachboden, eine kleine Garage mit Einfahrt, unter dem Dach ein rundes Giebelfenster – aber Sven erschien es trostlos. Wenn er daran dachte, daß er die nächsten Wochen hier verbringen sollte, in einem kleinen, ruhigen Städtchen ohne jegliche Möglichkeiten, abends auszugehen, fragte er sich, ob es gut gewesen war, seinen Eltern bei ihren Reiseplänen zuzustimmen.

Er war froh darüber, daß er sich ein paar Bücher mitgenommen hatte. In einem solchen Ort war es sicherlich nicht schwer, ein paar stille Plätze ausfindig zu machen, an denen man unter freiem Himmel lernen konnte.

»Mein Gott, die Armen.« sagte Svens Mutter, als sie aus dem

Wagen ausgestiegen waren und das Haus betrachteten. »In einem solchen… Häuschen.«

»Du sprichst mir aus der Seele.« stimmte Svens Vater ihr zu.

Sven betrachtete es schweigend, stimmte aber, als seine Eltern ihn fragend ansahen, zu. »Ja, ziemlich trostlos.«

Die Haustür wurde geöffnet und seine Tante Henriette erschien im Türrahmen.

»Henriette!« rief Svens Mutter.

»Gudrun!«

Die beiden Frauen fielen sich in die Arme, Henriette in ihrem Hauskleid, Svens Mutter im Kostüm, und Sven konnte sehen, wie seine Mutter ihre Schwester ein wenig geziert auf Distanz zu halten versuchte. Seine Mutter verhielt sich öfter ein wenig geziert.

»Paul, komm unsere Gäste begrüßen!« rief Henriette hinter sich, zu dem Mann, der gerade in der Tür erschienen war.

Sven hatte kaum noch eine Erinnerung an seinen Onkel Paul gehabt, war aber angenehm überrascht. Ein großer Mann mit kurzen, schon grauen Haaren, ein kleiner Bauchansatz nur, mit intelligentem Gesichtsausdruck. Aus den Erzählungen seiner Eltern hatte Sven einen anderen Eindruck von ihm gewonnen, als nun von seinem Äußeren. Er hatte sich immer einen Mann vorgestellt, der abends in Jogginghosen und Unterhemd vor dem Fernseher saß und sein Bier trank – aber danach sah er nicht aus.

Auch Paul begrüßte die Gäste freundlich, danach führte er sie in das Wohnzimmer, wo sie Platz nahmen und sich umsahen.

»Ein nettes Häuschen habt ihr hier, Henriette.« sagte Svens Mutter, während sie den Blick durch das Wohnzimmer schweifen ließ.

»Ja, nicht wahr?« stimmte Henriette ihr zu.

Paul bot seinen Gästen eine Erfrischung an, die sie gerne annahmen, und verschwand für einen kurzen Augenblick.

Sven hielt es nicht auf seinem Sitz, und er ging im Wohnzimmer auf und ab, während seine Eltern sich mit seiner Tante unterhielten. Viele Grünpflanzen waren im Raum verteilt, einige Bilder. Die Möbel waren rustikal, und sogar einen kleinen Kamin hatten sie in der Westwand. Nach Süden hinaus gab es eine große Panoramascheibe, durch die man die Terrasse und dahinter den kleinen Garten betrachten konnte. In den Regalen und im Wohnzimmerschrank befanden sich Bücher, kleine Nippesfiguren und auch viele Bilder.

Paul kehrte zu ihnen zurück, ein Tablett balancierend, auf dem sich ein Krug mit Orangensaft und einige Gläser befanden.

»Ich hätte dir natürlich auch einen Cognac oder einen Whisky anbieten können, Johann.« sagte er zu Svens Vater. »Aber ich dachte, es wäre noch ein wenig früh am Tag.«

»Ganz meine Meinung.« stimmte Johann bekräftigend zu. »Wir trinken ohnehin kaum Alkohol. Hier und da mal ein Gläschen Wein zum Essen, aber mehr nicht. Man muß auf seine Gesundheit achten, wenn man sein Leben genießen will. Stimmt es nicht, Sven?«

Sven trank zwar hin und wieder mit seinen Freunden Bier oder Wein, aber auch das hielt sich in Grenzen. Er war bei weitem nicht so oft in Kneipen und Lokalen, wie die meisten seiner Kommilitonen. »Stimmt, Vater.«

Paul verteilte den Orangensaft, und Henriette wandte sich an Sven.

»Gudrun sagt, du schreibst Gedichte.« sagte sie, wobei sie sich nach vorne lehnte.

Sven warf seiner Mutter einen Blick zu, die mit einem zufriedenen Lächeln auf ihrem Stuhl saß und an ihrem Orangensaft nippte. Seine Mutter war stolz darauf, daß er sich kreativ betätigte, und sein Vater, der ihn ebenfalls mit einem freundlichen Lächeln betrachtete, sah darin eine kleine Spielerei zum Zeitvertreib.

»Hin und wieder.« sagte Sven. Er fühlte sich geschmeichelt, daß seine Mutter von seinen Gedichten sprach. »Aber das ist nur so nebenher. Wenn ich in meinem Studium ein wenig Zeit habe, und mich – sozusagen – die Muse küßt. Eine Spielerei eigentlich. Selbstverständlich nichts, auf dem man eine Zukunft aufbauen könnte.«

»So ist mein Sohn.« lachte Johann aufmunternd. »Ein Mann braucht auch etwas geistige Abwechslung, wenn er seinen Beruf erstklassig ausfüllen soll. Man kann nicht ständig nur an einer Sache festkleben. Nicht wahr, Paul?«

»Sicherlich.« Paul lächelte, wie es Sven schien, etwas gequält.

»Ulrike schreibt auch Gedichte.« sagte Henriette.

»Aber sehr seltsame, Henny, sehr seltsame.« warf Paul ein.

»Ulrike?« fragte Sven.

»Deine Cousine.« erklärte Henriette. »Erinnerst du dich nicht mehr an sie? Sie ist vier Jahre jünger als du. Als ihr uns früher noch besucht habt, habt ihr beiden immer miteinander gespielt.«

»Das ist lange her.« sagte Sven vage. Er konnte sich beim besten Willen nicht an seine Cousine erinnern. Sein letzter Besuch bei seinen Verwandten lag nun schon mindestens zwölf Jahre zurück – das war mehr als die Hälfte seines Lebens. »Ich weiß im Augenblick nicht…«

»Hier stehen überall Bilder von ihr.« sagte Paul. »Du kannst sie dir ja mal anschauen. Vielleicht erinnerst du dich dann.«

Sven trat an den Wohnzimmerschrank, wo einige Bilder in einer kleinen Gruppe beisammenstanden. Er fühlte sich blamiert, daß er sich nicht erinnern konnte, und hatte den Eindruck, auf dem Prüfstand zu stehen. Seine Eltern sowie Onkel und Tante beobachteten ihn genau und warteten auf seine Reaktion. Er atmete versteckt tief durch, dann nahm er ein Bild in die Hand, auf dem ein junges Mädchen von sechzehn oder siebzehn Jahren abgebildet war. Sie war sehr hübsch. Braune Haare, die mit einem Band zu einem Pferdeschwanz zusammengebunden waren, dunkle Augenbrauen und ebenso dunkle, braune Augen. Eine schlanke, gerade Nase, hohe Wangenknochen und ein hübscher Mund. Ihr Gesicht war oval und wirkte sehr ansprechend. Sie wirkte sympathisch.

»Das Bild ist zwei Jahre alt.« hörte er die Stimme seiner Tante. Zwei Jahre. Also war sie damals wirklich siebzehn gewesen – wie er es ja auch geschätzt hatte. Ganz vage erschienen nun auch Bilder von einem kleinen Mädchen mit Zöpfen, mit dem er hier gespielt hatte… aber das war schon so lange her, und damals war sie eine Spielkameradin unter vielen gewesen. Über einen Mangel an Freunden hatte er sich niemals beklagen müssen.

»Ich glaube, so ein bißchen…« sagte Sven langsam. »Ich erinnere mich ganz vage.« hängte er dann entschiedener an den angefangenen Satz an, da er wußte, daß sein Vater keine zögerlichen Sprecher mochte. »Früher hat sie Zöpfe gehabt, nicht wahr? Und im Hof draußen haben wir uns um einen kleinen roten Plastikwagen gestritten.«

»Genau.« lachte Gudrun munter auf. »Der Plastikwagen. Ihr habt beide ganz bitter geweint, weil ihr euch nicht einigen konntet, wer nun darauf fahren darf. Am Ende hast du natürlich nachgegeben. Du warst eben schon immer unser Schatz.«

»Wo ist Ulrike jetzt?« fragte Sven, der sich nicht anmerken ließ, daß ihn dieses Lob seiner Mutter verlegen machte. Er drehte sich zu seiner Tante um, aber die blickte einen kurzen Moment ebenso verlegen zur Seite, bevor sie ihm antwortete.

»Ich weiß nicht so recht.« sagte sie schließlich. Auch Paul sah vor sich auf den Boden, und die gute Laune, die er eben noch zur Schau gestellt hatte, war wie fortgeblasen. »Mit Ulrike haben wir in letzter Zeit so unsere Schwierigkeiten.«

»Sven ist ein Mustersohn.« warf seine Mutter zufrieden ein.

»Eines Tages wird er in meine Fußstapfen treten und eine Familie glücklich machen.« stimmte auch sein Vater ihr zu.

Sven blickte auf seine Fußspitzen, straffte sich aber sofort wieder, als er den Blick seines Vaters auf sich spürte.

»Ich werde mich bemühen.« sagte er.

»Das wissen wir.« lächelte sein Vater freundlich. »Und wir sind stolz auf dich!«

»Was für Probleme habt ihr denn mit Ulrike?« fragte Sven. Das Lob seines Vaters hatte seine Brust vor Stolz schwellen lassen, und er wollte schnell von sich ablenken.

»Nun ja.« Henriette begann zögernd, warf ihrem Mann einen hilfesuchenden Blick zu, woraufhin dieser lediglich mit einem Nikken antwortete. Henriette straffte sich, holte tief Luft und sagte schließlich: »Wir dringen nicht zu ihr durch. Sie verschließt sich vor uns, redet kaum noch mit uns. Wir wissen einfach nicht mehr weiter. Sie hat sich in ihrer Art so sehr verändert. Sie war immer so lieb und brav und nun… Ich habe mit Gudrun gesprochen, weil ich nicht wußte, was ich tun sollte. Ich meine, sie ist meine ältere Schwester, und ich habe immer zu ihr aufgesehen.«

Sven sah, wie seine Mutter zusammenzuckte, als seine Tante sie »ältere Schwester« nannte, aber der Zusatz, daß sie zu ihr aufgesehen habe, besänftigte sie wieder.

»Ich habe sie gefragt, ob sie nicht weiß, was ich tun könnte. Und sie hat vorgeschlagen, daß du vielleicht versuchen könntest, dich mit ihr zu unterhalten. Ihr könntet ein paar Wochen hierbleiben. Die Gegend ist ja schön, und man hat sicherlich einen angenehmen, erholsamen Urlaub. Und vielleicht… du bist in ihrem Alter, Sven. Mit dir spricht sie vielleicht eher als mit uns. Wir sind die alte Generation. Mit uns möchte sie wohl nichts mehr zu tun haben.«

»Sven bespricht alles mit uns.« sagte seine Mutter kühl.

Sven nickte dazu. Gestern abend noch hatte er seinen Eltern erzählt, daß Annette und er daran dachten, sich eine gemeinsame Wohnung zu nehmen, und sie hatten ihn in seinem Vorhaben unterstützt. Seine Eltern mochten Annette, die, wie er, aus gutem Hause stammte – ihr Vater war im Vorstand einer Versicherung – und sein Vater versprach sich sicherlich auch geschäftliche Vorteile von dieser Beziehung.

»Bei Ulrike müssen wir irgend etwas falsch gemacht haben.« gab Henriette traurig zu.

»Vielleicht ist Ulrike auch einfach nicht der Typ dazu.« beschwichtigte Paul seine Frau. »Du kennst sie doch. Sie hat ihren eigenen Kopf. Mehr konnten wir nicht machen.« Dann wandte er sich an Sven. »Verstehst du unser Problem, Sven? Wir dachten, daß du mit ihr sprechen und sie vielleicht ein wenig zur Vernunft bringen kannst. Deine Eltern sprechen immer so gut von dir, daß wir uns dachten – wenn einer in der Lage ist, uns mit Ulrike zu helfen, dann bist du das. Ihr seid im gleichen Alter. Für dich ist es bestimmt einfacher, mit ihr zu sprechen, als für uns.«

Sven zog sich seinen Stuhl heran und versuchte, diese Nachricht zu verdauen. Ihre Bedeutung erschloß sich ihm nur langsam, aber nach und nach verstand er, daß er sich nur hier befand, um für seine Cousine eine Art Kindermädchen zu spielen. So hatte er sich seine Semesterferien gewiß nicht vorgestellt.

Hilfesuchend blickte er sich nach seinen Eltern um, aber in deren Gesichtern konnte er nur den Aufruf zur Erfüllung seiner Pflicht lesen.

»Ich kann es ja mal versuchen.« gab er schließlich nach. Seine Eltern strahlten vor Freude, und sein Onkel und seine Tante blickten sich erleichtert an. Offenbar hatte er die Probe bestanden.

Der Tag verging, ohne daß er seiner Cousine vorgestellt wurde, und auch der Abend verlief ohne sie. Sven war gespannt auf ihre erste Begegnung, und er war enttäuscht, daß sie nicht noch am gleichen Tag stattgefunden hatte. Henriette und Paul wirkten sehr verlegen, und Svens Eltern ließen die Situation mit offensichtlicher Genugtuung über sich ergehen. Ein wenig war es Sven unangenehm, wie sehr seine Eltern seine Mustergültigkeit genossen.

Später am Abend ging er in das Zimmer, das seine Verwandten ihm für die Dauer seines Aufenthaltes zur Verfügung stellten. Es befand sich im oberen Stockwerk des Hauses. Auch das zweite Gästezimmer – das etwas größer war als das seine, und das seine Eltern bekommen hatten – war hier oben, ebenso das Zimmer von Ulrike. Wenn man die Treppe aus dem Erdgeschoß heraufstieg, gelangte man zuerst zu Svens Zimmer, dann zu dem seiner Eltern, und am Ende des kurzen Flures befand sich Ulrikes. Paul und Henriette hatten ihr Schlafzimmer im Erdgeschoß, neben dem Wohnzimmer.

Im Bett las er noch ein wenig in einem Lehrbuch, das er sich mitgenommen hatte, und machte sich einige Notizen auf einem Block, aber bald hatte er keine Lust mehr, zu lernen, schaltete das Licht aus und schlief nach wenigen Minuten ein.

Als er am nächsten Morgen aufwachte, schien die Sonne schon durch das kleine Dachfenster herein und erfüllte den Raum mit ihrem hellen Licht. Er konnte ein wenig vom blauen Himmel sehen, der sich wolkenlos über der Erde aufspannte, und fühlte sich ausgeruht und zufrieden. Vor ihm lagen einige Wochen Freizeit, die er nach Gutdünken verleben konnte. Auch der Gedanke, sich um seine Cousine zu kümmern, bedrückte ihn nicht mehr so, wie noch am Abend zuvor. Es konnte nicht so schlimm sein; auf den Photos hatte sie etwas Mädchenhaftes an sich gehabt, ganz und gar nichts Verstocktes. Vermutlich war es eine eher angenehme Aufgabe, sich mit ihr zu unterhalten.

Nachdem er sich in dem kleinen Badezimmer, das den vierten Raum des Obergeschosses bildete, gewaschen und rasiert hatte, stieg er die Treppen hinunter und ging in die Küche. Es war gerade einige Minuten nach neun.

Seine Tante und seine Mutter saßen bei einer Tasse Kaffee beisammen und unterhielten sich.

»Guten Morgen, Sven.« begrüßte Henriette ihn. »Wie hast du geschlafen?«

»Sehr gut, danke.« sagte Sven und blickte sich neugierig um.

»Der Raum ist ein wenig klein, aber für die paar Wochen bestimmt in Ordnung.« entschuldigte Henriette sich sofort. Sie hatte ihn schon am Vorabend um Verzeihung gebeten, daß er mit Dachschrägen auskommen müsse, und er hatte sich beeilt, ihr zu versichern, daß das vollauf in Ordnung sei. Er stellte es sich ganz romantisch vor – wie ein Künstler in seiner kleinen Mansarde. Unter dem Dachfenster stand sogar ein Schreibtisch, an dem er seine Briefe an Annette schreiben, oder, wenn die »Muse ihn küßte«, wie Annette es immer formulierte, ein Gedicht verfassen konnte.

»Ist Ulrike schon aufgestanden?« fragte Sven die beiden Frauen. Er wußte nicht, ob sie arbeiten mußte, oder Ferien hatte, oder wie sie ihren Tag sonst gestaltete.

»Sie ist schon vor über einer Stunde aus dem Haus gegangen.« antwortete seine Tante ihm.

»Zur Arbeit?«

»Nein.« Henriette lachte, aber ihr Lachen schien Sven eine Spur Verzweiflung in sich zu tragen. »Sie hat keine Arbeit. Sie hat gerade ihr Abitur gemacht und jetzt erst einmal keine Lehrstelle bekommen.«

»Will sie denn nicht studieren?« fragte Sven überrascht. Für ihn hatte diese Frage niemals bestanden. Ohne ein abgeschlossenes Jurastudium konnte er die Kanzlei seines Vaters später nicht übernehmen, und das war für seine Zukunft bereits festgelegt.

»Das wissen wir nicht.« sagte Henriette. »Und ich glaube, sie weiß es selbst nicht.«

Sven nickte. Das war also auch ein Punkt, über den er mit seiner Cousine sprechen sollte.

Während er frühstückte, unterhielt er sich noch ein wenig mit seiner Mutter und seiner Tante, dann verabschiedete er sich von den beiden und ging hinaus auf die kleine Terrasse, auf der sein Vater saß, einige Unterlagen auf dem Terrassentisch vor sich ausgebreitet, und in die Arbeit vertieft. Sven blieb neben ihm stehen und betrachtete den kleinen Garten, der so winzig wirkte im Vergleich zu dem Grundstück, das sich an ihr eigenes Haus anschloß. Das ganze *Haus* wirkte winzig gegen sein eigenes Elternhaus.

»Wolltest du nicht Urlaub machen?« fragte Sven seinen Vater mit einem Grinsen.

»Irgend jemand muß diesen Urlaub auch bezahlen.« antwortete sein Vater. Auch um seinen Mund zuckte es ein wenig, und Sven verstand, daß sein Vater es nicht ernst gemeint hatte.

»Du solltest dich ein wenig ausruhen.« sagte Sven nach einer Pause. Er erinnerte sich noch immer viel zu gut an den Herzanfall, den sein Vater im letzten Jahr erlitten hatte. Sie hatten viel Zeit im Krankenhaus verbracht, um ihn zu besuchen, und seine Gedanken hatten sich die ganze Zeit nur um seine Kanzlei gedreht. Er gönnte sich die Zeit nicht, die er brauchte, um sich zu erholen.

»Ich habe noch sehr viel zu tun.« antwortete sein Vater ihm kurzangebungen, und Sven wußte, daß er einen wunden Punkt berührt hatte. »Ich erledige ein paar Dinge, die ich parat haben muß, wenn ich nach Hause fahre.«

»Wie lange wollten wir denn bleiben?«

»Das hängt von deinem Erfolg bei Ulrike ab.« eröffnete sein Vater ihm. »Wir könnten unsere Zelte hier auch früher abbrechen, wenn du schnell dafür sorgst, daß sie wieder geordnete Gedanken in ihren Kopf bekommt. Ich werde ohnehin schon früher fahren. Ob deine Mutter mit mir kommt, weiß ich noch nicht, aber du wirst in jedem Fall länger hierbleiben.«

»Ihr habt gesagt, daß Annette ruhig hierherkommen kann.« sagte Sven. »Und deshalb haben wir ausgemacht, daß sie in drei Wochen nachkommt.«

»Der Vorschlag kam von deiner Tante.« erklärte sein Vater. »Sie war der Meinung, es nicht verantworten zu können, daß du so lange von deiner Freundin getrennt bist, nur weil du deine Cousine ein wenig zurechtstauchen sollst. Aber wenn du Ulrike vorher 'bekehrst', kannst du Annette natürlich auch zu uns einladen.«

Sven nickte stumm. Die Aussichten waren doch nicht ganz so schlecht, wie er am Tag vorher noch befürchtet hatte. Nun hatte er selbst sogar den entscheidenden Einfluß auf die Dauer seines Aufenthaltes im Haus seiner Verwandten. Er entschied, sich so bald wie möglich an die Arbeit zu machen.

»Wir sind stolz auf dich.« sagte sein Vater plötzlich aus heiterem Himmel, und Sven spürte die Röte in sein Gesicht schießen. »Du bist einer der besten Studenten deines Semesters, und du hast gestern Abend ein sehr großes Verantwortungsgefühl bewiesen. Aus dir wird eines Tages ein hervorragender Anwalt werden, und ich kann dir meine Kanzlei beruhigt hinterlassen. Du bist das beste, was deine Mutter und ich jemals zustande gebracht haben.«

Sven spürte einen Kloß im Hals und wollte etwas erwidern, aber sein Vater hatte sich schon wieder von ihm abgewandt und konzentrierte sich auf die Arbeit, die vor ihm lag. Sven zögerte noch einen Augenblick, versuchte, den Stolz in den Griff zu bekommen, der sich seiner bemächtigt hatte, und letzten Endes gelang ihm das auch.

»Ich wollte mir die Umgebung ein wenig anschauen.« sagte er schließlich.

»Hier gibt es nicht viel.« antwortete sein Vater abwesend. Es war ihm nicht im mindesten anzumerken, was er seinem Sohn wenige Augenblick zuvor gesagt hatte, er war wieder die konzentrierte Geschäftigkeit in Person, kein Anflug von Menschlichkeit war im Stande, sich in solchen Augenblicken in ihm zu regen.

»Bis später.«

Sven trat von der Terrasse auf den Rasen, ging um das Haus herum und verließ das Grundstück. Er sah seine Mutter und seine Tante hinter dem Küchenfenster und winkte ihnen zu, was die beiden ihrerseits mit einem kurzen Winken erwiderten. Seinen Onkel hatte er noch nicht gesehen, aber er ging davon aus, daß der bei der Arbeit war.

Mit gemütlichen Schritten setzte er sich in Richtung Stadtmitte in Bewegung, während er darüber nachdachte, was sein Vater ihm eben gesagt hatte. So hatten sie noch niemals miteinander gesprochen, und für Sven war das ein Zeichen dafür, daß er sein Leben richtig lebte. Sein Vater war stolz auf ihn – das bedeutete, daß er selbst ebenfalls stolz auf sich sein durfte. Er schüttelte den Kopf, um sich auf andere Gedanken zu bringen, dann lächelte er. Er benahm sich wie ein kleines Kind, das sein erstes Lob eingestrichen hatte. Aber ganz so war es doch auch nicht gewesen.

Nach wenigen Minuten Weges, der ihn durch eine kleine Wohnsiedlung geführt hatte, in der alle Häuschen genauso ausgesehen hatten, wie jenes, in dem seine Verwandten wohnten, fand er sich plötzlich auf einem gepflasterten, geräumigen Platz wieder, an dessen einer Seite ein großes, altes Fachwerkhaus stand, das wohl das Rathaus sein mußte, und in dessen Mitte sich ein Brunnen befand. Der Marktplatz.

In einem Gebäude gegenüber dem Rathaus war ein kleines Eiscafé untergebracht, und Sven überlegte, ob er sich einen Augenblick setzen sollte, um sich umzusehen, ließ den Gedanken aber wieder fallen, als er den Kirchturm entdeckte, der die Hausdächer überragte. Durch einige kleine Seitenstraßen gelangte er auf den Kirchplatz und trat dann durch die geöffnete Tür in die hohen Hallen ein.

Es war eine kleine Kirche, mit einem schmalen Mittel- und zwei noch schmaleren Seitenschiffen, die durch Säulen vom Mittelschiff abgetrennt waren. Der Altar befand sich nicht weiter als zwanzig Meter von ihm entfernt, war aber sehr prunkvoll ausgestattet, mit viel Gold und Heiligenverzierungen. Auch die Beichtstühle waren aus reich verziertem, dunklem Holz, mit schweren roten Vorhängen. Trotzdem sie so klein war, ließen doch die vielen Verzierungen an den Säulen und den Wänden darauf schließen, daß diese Stadt früher nicht arm gewesen war. Als die Menschen diese Kirche gebaut hatten, hatten sie viel Geld investiert, und das war sicherlich schon einige hundert Jahre her. Sven war in den verschiedenen Baustilen nicht bewandert, aber er meinte, gotische Elemente zu erkennen.

In der vordersten Bank kniete eine alte Frau, in ihr Zwiegespräch mit Gott vertieft, und Sven verließ den Innenraum mit leisen Schritten wieder. Die Kirche hatte ihm gefallen. Überhaupt gefielen ihm alte Gebäude. In jedem Urlaub besuchte er die Kirchen der Stadt, in der er war, besuchte die Museen, um sich alte Kunstwerke und -schätze zu betrachten.

Draußen auf dem Kirchplatz blieb er einen Augenblick unschlüssig stehen. Er hatte den Eindruck, schon alles Sehenswerte in dieser Stadt gesehen zu haben, und wußte nicht, in welche Richtung er sich wenden sollte. Schließlich überließ er es dem Zufall und folgte einfach seinem Gespür. Durch einige kleine Straßen gelangte er vor einen Supermarkt, dessen Parkplatz mit Autos überfüllt war, und dann, einige hundert Meter weiter, schon an den gegenüberliegenden Stadtrand.

Unschlüssig sah er sich um. Hinter ihm lag die Kleinstadt, die er in guten zwanzig Minuten durchquert hatte, vor ihm lagen Felder und zu seiner rechten standen einige Bäume, welche die Ausläufer eines Waldes darstellten. Dorthin beschloß er zu gehen.

Schon nach wenigen Minuten entdeckte er einen kleinen Bachlauf, dem er auf einem ausgetretenen Trampelpfad folgte. Das Gras der sich anschließenden Wiesen war hoch und duftete, um ihn herum flatterten Schmetterlinge und Bienen summten zwischen den Blumen. Die Sonne war inzwischen am Himmel emporgeklettert, und auch die Temperatur stieg. Er war froh, als er in den Schatten der Bäume gelangte, und dort dem Bach folgen konnte.

Das Wasser plätscherte munter über die Steine des flachen Bachbettes. Es war glasklar, und Sven konnte vereinzelte Fische darin umherschwimmen sehen. Dann machte der Weg plötzlich einen Knick, und er entfernte sich wieder von dem Bach. Durch die

Bäume, die langsam dichter wurden, konnte er ihn noch hindurchschimmern sehen, schließlich jedoch hörte er nur noch ein leises Plätschern. Sven ging noch weiter bis an eine kleine Kurve, an der er den Bach nicht einmal mehr hörte, und ab der er sich noch weiter vom ihm entfernen würde, und blieb dort stehen.

Wohin er kommen würde, wenn er dem Weg folgte, wußte er nicht, aber er wußte, daß er eine plötzliche Lust verspürte, zum Bach hinunterzugehen und seine Füße in das kalte Wasser zu halten. Die Luft war inzwischen auch in dem lichten Wald, in dem er sich befand, recht warm geworden, und seine Füße, die es nicht gewohnt waren, soviel zu laufen, protestierten in seinen Schuhen. Also schlug er sich nach links in das spärliche Unterholz und ging einige Meter zwischen den Bäumen hindurch. Den Bach konnte er schon wieder plätschern hören, und auch die ersten Schimmer des Wassers tauchten vor ihm auf.

Dann stand er auf einem erhöhten Ufer. Unter ihm plätscherte der Bach munter seines Weges, rechts vor ihm war ein großer Stein in den Wasserlauf gestürzt und versperrte dem Bach ein wenig den Weg, so daß dieser um so schneller durch die engere Passage strudelte. Der Stein war hoch und auf der Oberseite flach, so daß man sich gut darauf setzen konnte. Direkt hinter diesem Stein stand ein Baum am Ufer, den man als Rückenlehne benutzen konnte, was Sven sofort ausprobierte. Dieser Natursitz war erstaunlich bequem, und wenn er wollte, konnte er von hier aus sogar seine Füße in das Wasser hängen lassen.

Er saß einige Minuten auf dem Stein und betrachtete das Wasser, das unter ihm vorübergurgelte, und hing seinen Gedanken nach. Er war gespannt, wann er Ulrike begegnen würde, und wie es wäre, sich mit ihr zu unterhalten. Er würde ihr ein wenig ins Gewissen reden müssen, aber das war sicherlich schnell erledigt. Auf dem Photo hatte sie einen intelligenten Eindruck gemacht, also konnten ihre Gedanken gar nicht so verwirrt sein, wie es ihren Eltern erschien. Vielleicht konnte er ja sogar einmal mit ihr ausgehen…

»Das würde Annette überhaupt nicht in den Kram passen.« erklärte er dem Bach, der darauf nur mit seinem unveränderlichen Gurgeln antwortete. Aber er konnte es Annette gegenüber ja entschuldigen. Letztendlich war er überhaupt nur hierhergekommen, um sich um seine Cousine zu kümmern – auch wenn er das vorher nicht gewußt hatte.

Unruhig blickte er sich um, und dachte daran, am Nachmittag wieder hierherzukommen und sich diesmal ein Buch mitzubringen, dann stand er wieder auf und machte sich auf den Rückweg. Bis er zu dem Haus seiner Verwandten zurückgefunden hatte, würde es schon Zeit für das Mittagessen sein, und er würde Ulrike endlich kennenlernen.

Doch auch beim Mittagessen wurde er seiner Cousine nicht vorgestellt. Seine Tante erzählte ihm, daß Ulrike am Vormittag noch einmal kurz hereingeschaut habe, um die Gäste zu begrüßen, aber zum Mittagessen hatte sie nicht bleiben wollen.

»Sie hat eine Verabredung, hat sie gesagt.«

Sven nickte lediglich dazu. Seine Tante klang sehr unglücklich über das Verhalten ihrer Tochter, und er wollte nicht noch Salz in diese Wunde streuen, indem er sich beschwerte.

»Dann sehe ich sie ja sicherlich heute Abend.« beschwichtigte er Henriette deshalb, worauf die dankbar nickte.

Nach dem Essen lieh er sich von seinem Onkel, der zum Mittagessen nach Hause gekommen war, da er in einer Metzgerei, kaum fünf Minuten von seinem Haus entfernt, arbeitete, ein Fahrrad, holte dann ein Buch, einen Block und einen Stift aus seinem Zimmer und fuhr zurück in den Wald, wo er am Vormittag seinen »Natursitz« gefunden hatte.

Er fuhr bis zu der Kurve, die den Waldweg plötzlich steil vom Bach fortführte, und schlug sich dort mitsamt dem Fahrrad durch den Wald, bis er am Ufer angelangt war. Er lehnte das Fahrrad gegen einen Baum, stieg dann auf den Stein und lehnte sich mit dem Rücken gegen den Stamm hinter sich.

Der Wald war voller Geräusche. Vögel, die zwitscherten, Zweige, die knackten, Blätter, die in dem hin und wieder durch sie hindurchstreichenden Wind ein leises Rauschen von sich gaben, und unter ihm der Bach, der fröhlich plätscherte und gurgelte. Ab und zu summte eine Biene träge an ihm vorüber, auf der Suche nach einer Blüte; einige Schmetterlinge flatterten umher.

Sven schlug das Buch auf und begann darin zu lesen, als er plötzlich ein lautes Rascheln hörte.

Überrascht blickte er auf und versuchte, die Richtung festzustellen, aus der das Geräusch gekommen war. Es raschelte noch einmal, diesmal etwas leiser als zuvor, aber es reichte aus, um zu erkennen, daß es vom anderen Ufer des Baches herüberkam. Dort drüben war das Ufer nicht so bequem wie auf seiner Seite, und einige Büsche reichten bis an den Bachlauf heran. Dort hatte es geraschelt.

Aufmerksam beobachtete Sven die andere Seite und wartete darauf, ob sich noch einmal etwas regen würde. Aber es geschah nichts mehr. Also konzentrierte er sich wieder auf sein Buch.

Zur Zeit las er »The Cider House Rules« von John Irving, seinem Lieblingsautor. Er hatte sich angewöhnt, Bücher von englischsprachigen Autoren im Original zu lesen, um so zum einen die direkten Aussagen des Autors aufnehmen zu können, die in einer Übersetzung immer verfälscht wurden, und zum anderen seine Englischkenntnisse frisch zu halten.

Er hatte gerade eine halbe Seite gelesen, als es wieder raschelte, diesmal lauter als die beiden Male zuvor. Sven blickte erschrocken auf und konnte gerade noch einen dunklen Schatten erkennen, der im Wald auf der anderen Seite des Baches verschwand. Ein großer Schatten. Bei diesem Anblick mußte er grinsen. Offensichtlich hatte er ein Tier aufgeschreckt, das nun das Weite suchte.

Also wandte er sich wieder seinem Buch zu und las eine Weile. Irgendwann konnte er sich nicht mehr darauf konzentrieren und legte es beiseite, nahm statt dessen den Block hervor und schloß die Augen, um sich besser entspannen zu können.

Des Baches gurgelnde Wonne,
Zu mir die Stimme trägt,
Die ich so sehr vermisse.

schrieb er. Dann schloß er die Augen wieder, und versuchte sich Annettes Gesicht vorzustellen, die Art, wie ihre blonden Haare fielen, den Schwung ihrer Augenbrauen – statt dessen tauchte jedoch das Photo von Ulrike vor seinem inneren Auge auf, das er am Vortag in der Hand gehalten hatte. Ulrike war ein hübsches Mädchen, und vielleicht, so überlegte er, sollte er einmal ein Gedicht über sie schreiben. Seine Tante hatte ihm gesagt, daß Ulrike ebenfalls dichtete. Vielleicht war es möglich, daß sie *darüber* ins Gespräch kamen.

Aber *dieses* Gedicht war Annette gewidmet, und bevor er etwas neues anfing, würde er es beenden.

Das strahl'nde Licht der Sonne,
Sich wie Dein gold'nes Haar bewegt,
Auf daß ich es begrüße.

fuhr er fort. Nach jeder Strophe machte er eine kleine Pause, in der er die Augen schloß, um sich weitere Worte zu überlegen. Hin und wieder strich er etwas aus, um die Reimfolge umzuarbeiten, oder einen neuen Reim zu finden. Es machte ihm Spaß, Worte zu suchen, Verse zusammenzuzimmern. Es war wie ein Handwerk; man mußte die Regeln beherrschen.

Irgendwann hatte er zwölf dieser dreizeiligen Strophen beisammen und entschied, daß es genug war. Der Nachmittag war schon vorangeschritten, und es würde bald Abendessen geben – dort würde er Ulrike endlich kennenlernen, und er konnte mit seiner eigentlichen Arbeit beginnen. Einen solchen Tag wie diesen würde er so bald nicht mehr erleben, und er hatte ihn in vollen Zügen genossen – aber zuviel der Ruhe empfand er als unangenehm. Er war ein Mann der Tat, wollte etwas leisten.

Beim Abendessen aber geschah, was er beinahe schon erwartet hatte: Ulrike erschien nicht.

Inzwischen war er der einzige, der sie noch nicht gesehen hatte, und in gewisser Weise wurde er das Gefühl nicht los, daß sie ihm absichtlich aus dem Weg ging. Vielleicht wußte sie, was ihre Eltern planten und erschien deshalb nicht, vielleicht gab es auch einfach viele andere Gründe. Jedenfalls war Ulrike beim Abendessen nicht anwesend.

»Es wird wohl wirklich Zeit, daß Sven mal mit deiner Tochter spricht, Henriette.« sagte seine Mutter, während sie um den Tisch herumsaßen und das Abendessen zu sich nahmen.

»Ich weiß auch nicht, was mit ihr los ist.« sagte Henriette verzweifelt.

»Es ist in Ordnung, Henny.« beschwichtigte Paul sie. »Vielleicht braucht sie auch nur ein wenig Zeit, um eigene Erfahrungen zu machen.«

»Zum Glück ist Sven nicht so.« sagte Svens Vater mit ernster Stimme und konzentrierte sich weiter darauf, sein Brot zu essen.

Sven fühlte sich dabei überhaupt nicht wohl.

Später setzte er sich noch mit seinen Eltern, seiner Tante und seinem Onkel vor den Fernseher, aber das wurde ihm bald zu langweilig, weswegen er sich entschuldigte und auf sein Zimmer ging. Draußen war es inzwischen dunkel geworden, also schaltete er die kleine Lampe ein, die auf dem Schreibtisch stand, nahm einen Briefblock und seinen Füllfederhalter, dann setzte er sich und begann, einen Brief an Annette zu schreiben.

Er beschrieb ihr, wie es im Haus seiner Verwandten war, was sie erwartete, wenn sie hierherkam, und daß er sie vermißte. Schließlich legte er noch das Gedicht hinzu, das er mit »Ich liebe Dich« unterzeichnete.

Dann nahm er eines seiner Lehrbücher aus der Büchertasche, die er an den Schreibtisch gestellt hatte, und begann zu lernen.

Es war schon nach elf Uhr, und seine Eltern waren schon vor einer guten halben Stunde ins Bett gegangen, als er plötzlich hörte, wie die Haustür geöffnet wurde. Sie wurde vorsichtig geöffnet, aber in der Stille der Nacht war es doch deutlich zu hören, und Sven wußte, wer gerade nach Hause gekommen war. Die Tür wurde wieder geschlossen, und dann herrschte Ruhe. Sven versuchte sich auszumalen, wo Ulrike sich befinden mochte. Vermutlich schlich sie gerade die Stufen in das obere Stockwerk hinauf – und richtig, er hörte ein leises Knarren, das von der drittobersten Stufe herrühren mußte, auf die er heute auch schon mehrere Male getreten war. Das Licht auf dem Flur blieb ausgeschaltet.

Vorsichtig stand er auf und schlich an die Tür, bewegte die Klinke sachte abwärts und öffnete die Tür einen ganz kleinen Spalt. Als er in den Flur hinaussah, konnte er nur noch einen Schatten erkennen, der dunkler als der restliche Flur war, und der in Ulrikes Zimmer verschwand. Also hatte er richtig getippt. Seine Cousine war nach Hause gekommen, und hatte sich in ihr Zimmer geschlichen, weil sie einer Konfrontation mit ihren Eltern aus dem Weg hatte gehen wollen.

Sven schloß die Tür wieder und kehrte an seinen Schreibtisch zurück. Kopfschüttelnd setzte er sich vor sein Lehrbuch. Glücklicherweise war er nie in der Situation gewesen, sich in sein Elternhaus einschleichen zu müssen wie ein Verbrecher. Dazu war sein Verhältnis zu seinen Eltern zu gut.

Am nächsten Morgen stand er ein wenig früher auf, um Ulrike vielleicht diesmal zu erwischen, aber wieder war sie schon aus dem Haus, als er in die Küche kam, wo seine Mutter und seine Tante wie am Vortag beisammensaßen.

»Ist Papa wieder draußen und arbeitet?« fragte Sven, nachdem sie sich ein paar Minuten unterhalten hatten.

Seine Mutter nickte, wobei eine dunkle Wolke über ihr Gesicht hinwegzog.

»Er wollte doch ein wenig kürzer treten.« murmelte Sven, verstummte aber, als seine Mutter ihn strafend anblickte. Mit einer kurzen Bewegung ihrer Augen wies sie auf Henriette, und Sven verstand, daß er dieses Thema nicht vor seiner Tante diskutieren sollte.

»Hast du Ulrike inzwischen getroffen?« fragte Henriette vorsichtig, und Sven verneinte.

»Sie ist letzte Nacht erst sehr spät nach Hause gekommen, nicht wahr?« fragte er seinerseits. »Ich habe noch über meinen Büchern gesessen, als sie sich in ihr Zimmer geschlichen hat. Es wird wohl so gegen halb zwölf oder zwölf gewesen sein.«

»Ja, sie ist spät heimgekommen.« stimmte Henriette traurig zu.

Seine Mutter hingegen strahlte. »Du hast noch so spät gelernt, mein Junge?«

»Ich will in den Ferien nicht ganz aus dem Trott kommen.« erklärte Sven.

»Ganz wie dein Vater.« lächelte seine Mutter zufrieden.

Sven war dieser Vergleich unangenehm. Seit letztem Jahr mußte er bei solchen Vergleichen immer an den Herzanfall seines Vaters denken. Und das war etwas, das er seinem Vater eigentlich nicht nachmachen wollte.

»Ich sorge dafür, daß du Ulrike heute noch triffst!« entschied Henriette plötzlich.

»Ich freue mich.« stimmte Sven zu.

Seine Mutter bedachte ihn mit einem undurchsichtigen Blick, und er fragte sich einen Augenblick, ob er zu enthusiastisch gewirkt hatte. Er freute sich inzwischen wirklich auf diese erste Begegnung, denn Ulrike schien eine interessante Abwechslung zu werden.

Er entschuldigte sich bei den beiden Frauen und bat seine Tante im Hinausgehen noch um die Erlaubnis, Annette anrufen zu dürfen, was diese ihm auch gestattete.

Nachdem es ein paar mal geklingelt hatte, nahm am anderen Ende der Leitung jemand den Hörer ab, und Sven hatte die Stimme seiner Freundin im Ohr, die ihn überschwenglich begrüßte.

Sie unterhielten sich ein paar Minuten über alles mögliche, er berichtete von dem Gedicht, daß er ihr geschrieben hatte und noch an diesem Vormittag abschicken wollte, und von dem kleinen Ort und seiner Umgebung. Annette berichtete ihrerseits davon, daß sie an diesem Abend ihren ersten 'Arbeitstag' hatte. Sie würde die nächsten drei Wochen in einem Lokal in ihrer Heimatstadt bedienen. Zu guter letzt erzählte Sven ihr noch, was der eigentliche Grund seines Hierseins war. Als er die Geschichte mit Ulrike zum besten gab, begann Annette am anderen Ende der Leitung zu lachen.

Sven wußte zuerst nicht, ob er ebenfalls lachen, oder sich darüber ärgern sollte. Schließlich jedoch entschied er sich fürs Lachen und Annette wünschte ihm viel Glück für sein Unterfangen.

»Laß dich nicht unterkriegen.« sagte sie. »Junge Mädchen können sehr zerstörerisch sein.«

»Ich habe dich gezähmt, also werde ich auch meine Cousine kleinkriegen.« grinste er in den Hörer hinein.

»So, du hast mich also gezähmt?« rief Annette in gespieltem Zorn durch die Leitung. »Willst du damit sagen, ich sei brav geworden?«

»Wie ein kleines Kätzchen.« entschied Sven.

»Warte, bis ich nachkomme, du Raubtierbändiger.« drohte Annette. »Ich werde dir zeigen, wie zahm dein Kätzchen geworden ist. Ich werde dich in ganz kleine Stücke reißen.«

»Oh, ja!« rief Sven lachend aus, und auch Annette begann zu lachen. »Ich liebe dich.« sagte er, und sie erwiderte dieselben Worte. Danach verabschiedeten sie sich voneinander.

Bald darauf verließ er das Haus, mit einem Brief an Annette in der Hand, und spazierte durch die kleinen Straßen und engen Gassen des kleinen Städtchens. Er überquerte wieder den Marktplatz, ging diesmal jedoch nicht in Richtung Kirche weiter, sondern wandte sich statt dessen nach links, wo – laut seiner Tante – das Postamt versteckt sein mußte. Er kam an einem Friseursalon und einer kleinen Buchhandlung vorbei, kurz darauf an einem Photoladen und einem türkischen Schnellimbiß. Dann stand er vor einem kleinen Häuschen mit einem gelben Postschild über der Tür. Er betrat den winzigen Raum und löste an dem einzigen Schalter eine Briefmarke, frankierte seinen Brief und warf ihn in den Kasten.

Danach schlenderte er noch ein wenig durch die Stadt, setzte sich am Marktplatz auf den Rand des Brunnens und beobachtete die Leute ein wenig. Nach ein paar Minuten kam eine Gruppe von Jugendlichen auf leichten Motorrädern über den Marktplatz gefahren. Sie wirkten ein wenig heruntergekommen. Weite, dunkle Sachen, lange, strähnige Haare. Sie fuhren ohne Helm, was Sven für unverantwortlich hielt, und ihn noch mehr störte, als das leicht verlotterte Aussehen, für das sie sich überhaupt nicht zu schämen schienen. Es waren fünf Jungs und drei Mädchen, wenn Sven sie richtig zählte, verteilt auf fünf dieser Motorräder, die wohl den Jungs zu gehören schienen, während die Mädchen jeweils auf dem Sozius saßen. Sie brausten vor ihm über den Marktplatz, zwei oder drei von ihnen warfen ihm einen Blick zu, ohne ihn jedoch weiter zu beachten, dann waren sie auch schon wieder verschwunden.

Sven stand nun ebenfalls auf. Solche Typen hatten ihm gerade noch gefehlt. In der Nähe der Uni gab es auch ein paar Kneipen für solche Kerle, und dort war jeden Abend Ärger angesagt. Seine Freunde und er mieden diese Gegenden so gut es ging. Sie blieben lieber unter sich.

Als er zum Haus seiner Verwandten zurückkehrte, war es auch schon beinahe Zeit für das Mittagessen, das seine Tante kochte, während seine Mutter im Wohnzimmer saß und ein wenig in einigen Frauenzeitschriften blätterte, die sie sich extra mitgebracht hatte. Seine Mutter kochte nicht gerne, zu Hause erledigte das ihre Köchin.

Sven ging hinaus auf die Terrasse, wo sein Vater gerade in sein Handy sprach und mit irgend jemandem in der Kanzlei stritt, beschloß, sich davon nicht stören zu lassen, setzte sich auf einen Terrassenstuhl und las weiter in seinem John Irving. Bald darauf rief seine Tante ihn und seinen Vater zum Essen herein. Seine Mutter saß bereits am gedeckten Eßtisch, und auch sein Onkel hatte sich inzwischen eingefunden, seine Hände noch glänzend, weil er sie gerade frisch gewaschen und nicht ordentlich abgetrocknet hatte.

Die Frage nach Ulrike lag Sven schon auf den Lippen, als er hörte, wie ein Schlüssel in das Schloß der Haustür geschoben wurde. Auch die anderen hörten es, und jeder schien für einen Augenblick in seiner Bewegung zu erstarren, bevor sie weitermachten wie zuvor. Henriette brachte das Essen aus der Küche, sein Vater und Paul setzten sich an den Tisch, und auch er selbst nahm auf einem der Stühle Platz. Im Hausflur klirrte der Schlüssel gegen das Schlüsselbrett.

Als Ulrike durch die Wohnzimmertür eintrat, war es für Sven wie ein Schock.

Das war nicht das hübsche Mädchen, das er auf den Photos gesehen hatte! Das war nicht dieses hübsche Mädchen mit den Spangen im Haar und dem fröhlichen Lächeln! Vor ihm stand ein Mädchen mit langen, strähnigen Haaren, die das Gesicht beinahe völlig verdeckten. Was er vom Gesicht sehen konnte, waren große Augen, die durch die schwarze Schminke noch größer und dunkler wirkten, Augen die das Gesicht sehr blaß wirken ließen, was ihr das Aussehen einer Toten verlieh. Sie trug einen schlabberigen schwarzen, verwaschenen Pullover, eine weite, schwarze Hose und ebenso schwarze Schuhe. Insgesamt schienen bei ihr nur die Farben schwarz und weiß zu existieren, wenn man von dem Braun der ungewaschenen Haare absah.

Ulrike durchquerte den Raum, begrüßte Sven und seine Eltern mit einem halb geflüsterten »Hallo«, und einem Lächeln, das kaum zu dem düsteren Anblick ihres Äußeren passen wollte, und setzte sich.

»Sven, das ist Ulrike.« sagte Henriette, und zum ersten Mal konnte er wirklich verstehen, warum sie so traurig klang, wenn sie von ihrer Tochter sprach.

»Wir haben uns schon gesehen.« sagte Ulrike, und ihre Stimme klang fröhlich und erstaunlich rein. Er hatte ein dunkles Krächzen erwartet, dem äußeren Erscheinungsbild angepaßt.

»Ihr habt Euch schon getroffen?« fragten Henriette und Gudrun, überrascht und wie aus einem Mund.

»Vorhin auf dem Marktplatz.« brachte Sven trotz seiner Überraschung hervor. »Ein paar Motorradtypen sind an mir vorbeigefahren, und sie fuhr auf dem Sozius von einem dieser…«

»Das waren meine Freunde.« sagte Ulrike fröhlich und begann, sich etwas Fleisch auf den Teller zu tun.

»Ich glaube nicht, daß ich mit Ulrike reden kann!« eröffnete Sven seinen Eltern nach dem Mittagessen. Sie waren zu einem gemeinsamen Spaziergang aufgebrochen, weil Sven sie darum gebeten hatte. Er hatte gesagt, er wolle sich zusammen mit ihnen einmal die kleine Stadt ansehen, aber in Wirklichkeit hatte er nur nach einer Gelegenheit gesucht, sie unter sechs Augen zu sprechen. Sie hatten das wohl gespürt und auch sofort eingewilligt.

»Du willst uns doch nicht enttäuschen?« fragte sein Vater geradeheraus und zwang ihn damit in die Position, vor der er sich schon am meisten gefürchtet hatte.

»Natürlich nicht…« begann er.

Seine Mutter ließ ihn nicht weitersprechen, sondern eilte ihrem Mann zu Hilfe.

»Henriette und Paul rechnen fest mit uns!« sagte sie. »Wie stehen wir denn da, wenn du plötzlich sagst, du möchtest nichts mit deiner Cousine zu tun haben?«

»Ich wußte nicht, mit welcher Art von Typen sie zusammen ist.« erwiderte Sven gereizt. »Ich konnte doch nicht ahnen, daß sie mit solchen Motorradheinis zusammen herumhängt. Das ist die Art von Leuten, die meine Freunde und ich sonst möglichst meiden.«

»Das verstehen wir doch auch.« beschwichtigte seine Mutter ihn sofort.

»Aber trotzdem hast du eine Verpflichtung auf dich genommen.« erinnerte sein Vater ihn allerdings. »Du hast dich bereiterklärt, deiner Cousine ins Gewissen zu reden.«

»Wenn ich es richtig verstanden habe, ist es ohnehin nur ein Versuch?« fragte Sven.

»Sicher.« bestätigte sein Vater.

»Warum erklären wir den Versuch nicht als gescheitert? Ich habe keine Ahnung, über was ich mit einem von diesen Typen reden sollte. Und wenn Ulrike dazugehört, dann ist sie ebenso weit von mir entfernt, wie von ihren Eltern. Ich glaube einfach nicht, daß ich der richtige dafür bin!«

Einen Augenblick herrschte Schweigen, während Sven darüber nachbrütete, wie er seinen Verwandten klarmachen sollte, daß er sich nicht um ihre Tochter kümmern konnte. Er hatte einen wirklichen Schrecken bekommen, als Ulrike in den Raum getreten war. Sie hatte so ganz und gar nicht nach dem ausgesehen, was er erwartet hatte. Wenn er geahnt hätte, was auf ihn zukam, hätte er sich darauf einstellen können, aber nachdem er nur diese Photos von ihr gesehen hatte, auf denen sie einen völlig normalen Eindruck machte, hatte er auf keinen Fall mit diesem Absturz rechnen können.

»Siehst du denn nicht, wie nötig Ulrike deine Hilfe hat?« fragte sein Vater ihn schließlich. Seine Stimme war beschwörend, und Sven konnte sich vorstellen, daß er in diesem Tonfall auch mit Menschen im Gericht sprach, die er von der Richtigkeit seines Standpunktes überzeugen wollte. Dieser Tonfall in der Stimme seines Vaters erweckte sofort das Bedürfnis in ihm, sich zum Retter seiner Cousine aufzuschwingen, brachte eine Saite in ihm zum Schwingen, die ihn als herausragenden jungen Mann zeigen wollte, der sich durchaus der Rolle bewußt war, die er in der menschlichen Gesellschaft einnahm.

»Schon…« sagte er, dennoch zweifelnd.

»Sie ist sicherlich nicht freiwillig in diese Kreise geraten.« fuhr sein Vater fort. »Sie ist ein Mädchen aus einem anständigen Haus, und wenn sie sich mit solchen – 'Motorradheinis' abgibt, dann ist sie an die falschen Freunde geraten. Deine Mutter und ich können verstehen, daß du deine Verantwortung gerne von dir wälzen würdest.«

»Ich will meine Verantwortung nicht…« versuchte Sven sich zu verteidigen, aber sein Vater unterbrach ihn.

»Auch wir waren früher so. Wir mußten erst lernen, wie wichtig es ist, seine Verantwortung zu übernehmen und sie zu erfüllen. Du mußt es ebenfalls lernen, das ist der Lauf der Dinge. Und hier ist die Gelegenheit, zu beweisen, daß du verstanden hast, wie die Welt sich dreht.«

»Aber ich habe keine Ahnung, was ich tun soll.« sagte Sven. Er hatte sich ein paar schöne Tage ausgemalt, in denen er sich mit seiner Cousine unterhalten, vielleicht einige ihrer Freunde kennenlernen, mit ihr tanzen gehen konnte, etwas in dieser Richtung. Bei dem Gedanken daran, daß er nun etwas mit ihren Freunden zu tun bekommen könnte, krampfte sein Magen sich zusammen.

»Du wirst schon das Richtige tun.« sagte seine Mutter und hakte sich bei ihm unter. »Wir haben Vertrauen zu dir.«

'Na toll.' dachte Sven. Er wußte nicht, was er seinen Eltern noch sagen sollte. Sie hatten ihre Entscheidung getroffen: er mußte sich um Ulrike kümmern, ob er wollte oder nicht. Er hatte keine Argumente, außer daß er keine Lust hatte, sich mit Ulrike und ihren Freunden abzugeben, aber das würden sie niemals gelten lassen. Er betrachtete einen Augenblick die Gesichter seiner Eltern, entdeckte dort jedoch nichts als kalte Entschlossenheit und fügte sich schließlich in sein Schicksal.

»In Ordnung, ich werde mein bestes versuchen.« lenkte er ein. Aber er fürchtete sich davor, sie zu enttäuschen.

Ulrike verbrachte den Nachmittag im Haus, in ihrem Zimmer, und auch Sven saß in seinem Zimmer und brütete über seinen Büchern. Der Gedanke an seine Cousine ließ ihm keine Ruhe, und er konnte sich nicht darauf konzentrieren, was er las. Irgendwann schlug er die Bücher zu und wanderte in seinem Zimmer auf und ab, setzte sich wieder, starrte aus dem Fenster, überlegte, ob er zu Ulrikes Zimmer gehen und anklopfen sollte… Er wußte nicht, was er tun sollte, und als seine Tante schließlich rief, daß sie zum Abendessen herunterkommen sollten, war es eine wirkliche Erleichterung, denn endlich fiel der Zwang von ihm ab, eine Entscheidung zu treffen.

Ulrike war sehr freundlich zu ihm, als sie am Tisch nebeneinandersaßen, unterhielt sich mit seinen Eltern, war überhaupt nicht verschlossen, wie er es eigentlich erwartet hatte. Auch Henriette und Paul schienen überrascht zu sein, denn sie tauschten hin und wieder einen erstaunten Blick aus.

Als Ulrike sich nach dem Abendessen jedoch klammheimlich aus dem Staub machen wollte, hielt ihre Mutter sie zurück.

»Was hältst du davon, wenn du Sven ein wenig die Stadt zeigst?« fragte sie mit einem naiven Lächeln, das ihre Tochter offensichtlich sofort durchschaute.

»Muß das sein?« fragte Ulrike geradeheraus. Sie stand schon vor der Haustür, hatte eine schwarze Jacke über dem Arm, die sehr gut zu ihrem schwarzen T-Shirt und ihren schwarzen Hosen paßte, und verdrehte die Augen.

»Das muß nicht sein, wirklich…« begann Sven, der eine Möglichkeit witterte, die unangenehme Aufgabe noch einen weiteren Tag hinauszuschieben, aber andererseits – so dachte er bei sich – war es besser, so schnell wie möglich zu beginnen, wenn er hier wieder fort wollte. Der Gedanke an die Freunde seiner Cousine bremste ihn jedoch gleichzeitig wieder.

»Hörst du, er will ja gar nicht.« rief Ulrike grinsend, und riß die Tür auf.

Bevor sie jedoch nach draußen entwischen konnte, hatte ihre Mutter sie am Arm gepackt und hielt sie zurück. Sie sah so verzweifelt aus, daß Ulrike wie erstarrt stehenblieb und ihre Mutter erstaunt beobachtete.

»Sven ist nur höflich.« sagte Henriette leise, aber eindringlich. »Er möchte dir nicht zur Last fallen, aber er würde sicherlich gerne ein wenig unter Gleichaltrigen sein. Meinst du, er möchte den ganzen Abend bei uns altem Volk sitzen?«

»Wohl kaum.« stimmte Ulrike zögerlich zu. Sie warf Sven einen abschätzenden Blick zu, dann nickte sie langsam. »In Ordnung, kannst mitkommen, wenn du willst.«

»Ich ziehe mir nur meine Schuhe an.« antwortete Sven darauf und lief die Treppen hinauf, wo er sich seine Slipper überstreifte, seinen Sommerblouson von der Stuhllehne nahm, und sofort die Treppen wieder hinunterlief. »Ich wäre soweit.« sagte er lächelnd.

Ulrike und seine Tante standen noch immer genauso im Flur, wie er sie verlassen hatte. Ulrike musterte ihn, nickte dann wieder.

»Hauen wir ab.«

»Viel Spaß, Ihr zwei.« sagte Henriette noch, dann schloß sich die Tür hinter den beiden, und sie standen auf dem kurzen Weg, der sie durch den klitzekleinen Vorgarten zur Straße führte. Es war noch hell, die Sonne stand noch immer mehr als einen Handbreit über dem Horizont, und das abendliche Licht war voller Wärme und Harmonie.

Eine Wärme und Harmonie, die Sven überhaupt nicht in sich selbst entdecken konnte.

»Wo gehen wir hin?« fragte er, nachdem er Ulrike eingeholt hatte, die schweigend losmarschiert war, ohne sich nach ihm umzusehen.

»Bin mit Freunden verabredet.« sagte sie kurzangebunden.

»Dieselben, mit denen du heute Nachmittag unterwegs warst?« fragte Sven. Er hoffte, daß es andere sein mochten, baute aber nicht darauf.

»Dieselben.« erwiderte Ulrike.

»Dachte ich mir.« murmelte Sven.

Sie gingen eine Weile nebeneinander her, und Sven versuchte immer wieder, eine Unterhaltung in Gang zu bringen, aber es gelang ihm nicht. Ulrike wirkte so abweisend, wie sie beim Abendessen aufgeschlossen gewesen war. Sie antwortete einsilbig, und Sven bekam lediglich aus ihr heraus, daß sie die Schule inzwischen beendet hatte, keine Lehrstelle in Aussicht war, und sie eigentlich auch keine Lust darauf hatte, zu studieren. Er wollte sie gerade auf die Gedichte ansprechen, die sie laut ihrer Mutter schrieb, und die ihnen vielleicht ein Thema liefern würden, über das sie sprechen konnten, als sie plötzlich stehenblieb, Sven mit zornigen Augen musterte und sagte:

»Hör mal, Sven. Ich weiß, warum du hier mit mir rumdackelst. Ihr seid jahrelang nicht zu Besuch gewesen, und wenn ihr jetzt so plötzlich auftaucht, dann ist es klar, wer hinter der ganzen Sache steckt. Und daß meine Mutter dich dazu drängelt, mit mir wegzugehen, obwohl du ganz eindeutig keine Lust dazu hast, macht alles noch viel deutlicher. Die beiden wollen, daß du die Anstandsdame für mich spielst, habe ich Recht?«

Sven starrte sie aus weitaufgerissenen Augen an und fühlte sich ertappt wie ein kleiner Junge. Er hatte nicht damit gerechnet, daß sie seine Situation so klar durchschauen würde, und er spürte, daß sein Gesicht dunkelrot anlief. Einen Augenblick fehlten ihm die Worte, und er öffnete den Mund nur, um ein ersticktes Japsen erklingen zu lassen, dann aber stritt er alles heftig ab.

»Nein! Auf keinen Fall!« rief er aus, wobei seine Stimme sich fast überschlug. Er atmete einmal tief durch, um sich wieder unter Kontrolle zu bringen und sagte dann ruhiger: »Die Idee stammt eigentlich von mir! Ich wollte mal woanders hin, und meine Mutter wollte Tante Henriette endlich einmal wiedersehen, also habe ich gesagt…«

»…daß ihr mal wieder einen Urlaub bei den lieben Verwandten verbringen wollt?« beendete Ulrike den Satz als Frage, und warf ihm einen undurchsichtigen Blick zu.

»Ja.« nickte Sven lahm. »Klingt vielleicht etwas komisch…«

»Etwas…« stimmte Ulrike zu.

»Aber ich muß mich auf ein paar Prüfungen vorbereiten, und ich wollte dazu meine Ruhe haben. Meine Eltern wollten erst nach Wien mit mir, aber ich wollte nicht in eine Großstadt, und dann kamen wir auf die Idee, euch zu besuchen.« erklärte Sven weiter. Langsam erwärmte er sich für seine kleine Lügengeschichte. Er fragte sich zwar, ob es in Ordnung war, Ulrike anzuflunkern, aber er glaubte nicht, daß er großen Erfolg bei ihr haben würde, wenn sie wußte, daß er im Auftrag ihrer Eltern handelte.

»Wie rührend von euch.« beendete Ulrike die kleine Unterhaltung, drehte sich wieder um und ging mit schnellen Schritten weiter.

Sven mußte sich beeilen, um den Anschluß nicht zu verlieren. Er fragte sich, ob sie ihm seine Geschichte abgenommen hatte. Sie klang vielleicht wirklich ein wenig fragwürdig, aber andererseits wäre es durchaus möglich gewesen, daß ihre Urlaubsdiskussion zu Hause so abgelaufen war. Und aus Ulrikes Reaktion hatte er nicht viel herauslesen können. Ihm blieb nur zu hoffen, daß sie ihn nicht durchschaute.

Sie durchquerten die kleine Stadt, und nach einer knappen Viertelstunde standen sie vor einem niedrigen Gebäude mit großen Fenstern, von denen einige geöffnet waren, und aus denen dumpfe Musik herausdrang.

»Hier gehen wir hin.« erklärte Ulrike, lächelte ihn fröhlich an, und öffnete dann die Tür.

Sven folgte ihr.

Der Vorraum, den sie betraten, war klein und kahl, nur ein Stuhl und ein kleiner Tisch standen an einer Wand. Die Tür zum nächsten Raum war einen Spalt breit geöffnet. Durch diesen Spalt drang die Musik noch lauter und dumpfer, als durch die geöffneten Fenster; die Wände um sie herum schienen die Musik aufzunehmen und mit ihr zu vibrieren. Dann befanden sie sich plötzlich in einem großen Raum, an dessen einer Seite ein alter Billardtisch und ein Flipperautomat standen, auf der anderen befanden sich ein paar alte Stühle, Sessel und eine Couch, dazwischen ein Tisch; an der Wand eine Stereoanlage und eine CD-Sammlung. Die Boxen waren unter der Decke angebracht. Das Licht war gedämpft, die Luft rauchig, mit einem süßlichen Duft angefüllt, den Sven nicht kannte. Im Raum befanden sich die jungen Leute, mit denen er Ulrike am Vormittag gesehen hatte, eine bunte Gruppe langhaariger, teilweise gepiercter oder tätowierter Jugendlicher. Einige hatten die Augen halb geschlossen, zwei von ihnen saßen in einer Ecke beisammen und unterhielten sich leise, wobei sie eine Zigarette zwischen sich hin und her gehen ließen.

»Hallo, Leute.« begrüßte Ulrike die Anwesenden, von denen einige aufsahen, als sie ihre Stimme hörten. »Ich habe meinen Cousin mitgebracht.« fügte sie auf eine Art und Weise hinzu, die deutlich machte, wie wenig ihr das gefiel. Nun sahen alle zu ihnen beiden herüber, und Sven fühlte sich auf einmal sehr unwohl. Diese Art von Jugendlichen auf der Straße zu sehen, war eine Sache, aber mit ihnen in einem Raum beinahe eingesperrt zu sein…

Ulrike wurde von ihren Freunden begrüßt, danach wurde Sven neugierig in Augenschein genommen. Er ließ einige Fragen zu seiner Herkunft über sich ergehen, gab bereitwillig Auskunft, und achtete darauf, einen selbstbewußten Eindruck auf sie zu machen. Ulrike ihrerseits ging zu einem der beiden Jungen, die in der Ecke gesessen und sich die Zigarette geteilt hatten, legte ihm den Arm um die Schultern und küßte ihn hinten auf den Hals. Das war also ihr Freund. Ein großer, breitschultriger Kerl, relativ gutaussehend, wie Sven ihm zugestehen mußte, mit langen, lockigen Haaren und einem Blick, der ihn zu durchdringen schien, als er ihn musterte.

»Du bist also der Musterknabe?« fragte der Kerl und stand von seinem Sitz auf.

Sven wich unwillkürlich einen Schritt zurück, woraufhin der andere grinste, seine Richtung änderte und an die Stereoanlage ging, um die CD zu wechseln. Jetzt erst bemerkte Sven, daß die Musik gestoppt hatte.

»Stell dich nicht so an.« sagte Ulrike, die plötzlich wieder neben ihm aufgetaucht war. »Hier kannst du endlich mal so sein, wie du willst. Hier schauen deine Eltern dir nicht über die Schultern, um auf dich aufzupassen.«

Sven ließ sich von ihr zu einem Sessel drängen und setzte sich; dann war sie wieder verschwunden.

Ein junger Mann mit Haaren, die er auf der einen Seite lang hatte wachsen lassen, während sie auf der anderen bis auf ein oder zwei Millimeter abrasiert waren, und einem Nasenring, setzte sich ihm gegenüber.

»Ich bin Patrick.« stellte er sich vor, wobei er Sven die Hand hinhielt. Sven ergriff sie und bemerkte den großen, schweren Ring in Form eines Totenkopfes am Zeigefinger des anderen.

»Sven.« brachte er hervor.

»Du studierst Jura? In welchem Semester bist du?« fragte der andere mit einem freundlichen Lächeln.

»Mein fünftes fängt demnächst an.« antwortete Sven.

»Schon zwei Jahre also?« Patrick nickte anerkennend. »Ich habe nach drei Semestern das Handtuch geworfen. War einfach nichts für mich.«

»Du hast Jura studiert?« fragte Sven überrascht. Er hatte nicht damit gerechnet, hier jemandem zu begegnen, der akademisches Interesse entwickelt hatte.

»So'n bißchen.« grinste Patrick. »Aber die Uni hing mir echt zum Hals raus. Ich konnte das ganze irgendwann nicht mehr sehen. Besser ein bißchen Geld verdienen, als mich hier mit Zeug abrakkern, das mich nicht die Bohne interessiert. Ich will mein Leben nicht vergeuden.«

»Aber ein Studium ist doch kein Vergeuden!« entfuhr es Sven fassungslos.

»Wenn man nichts damit anfangen kann schon.« sagte Patrick augenzwinkernd. »Sieh's so: dir macht's Spaß, also ist es kein Vergeuden. Mich hat's angekotzt – ergo: vergeudete Zeit. Ein bißchen Knete steht mir besser zu Gesicht.«

»Komm mal her.« sagte Ulrike, die plötzlich wieder neben ihm aufgetaucht war, in diesem Augenblick.

Sven zuckte zusammen. Um ihn herum lief mit einem Male alles so schnell ab. Die Musik spielte wieder – eine andere Gruppe offensichtlich, auch andere Musik, aber derselbe dumpfe Rhythmus, dieselben düsteren Klänge. Der Rauch schien ein wenig stärker geworden zu sein, und der süße Duft wob noch immer ein dichtes Band um ihn. Er fühlte sich ein wenig betäubt, so als habe man ein Beruhigungsmittel im Raum verschüttet, dessen Dämpfe er nun einatmete. Ulrike zog ihn aus dem Sitz, und er entschuldigte sich mit einem verlegenen Lächeln bei Patrick, der ihn nur angrinste.

»Na, Musterknabe.« sagte der große Kerl, der sich eben um die Musik gekümmert hatte – Ulrikes Freund.

»Das ist Heiko.« stellte Ulrike vor.

»Hallo Heiko.« sagte er und hielt dem jungen Mann die Hand hin. Heiko war sicherlich ein oder zwei Jahre jünger als er, machte aber einen älteren Eindruck. Er wirkte wie ein Endzwanziger, hatte einen breiten Körper, und Sven hielt es für möglich, daß er Kraftsport trieb.

Heiko schüttelte seine Hand kurz und kräftig, dann setzte er sich wieder auf seinen Platz, dem anderen gegenüber, mit dem er noch vor wenigen Minuten gesprochen hatte.

»Ich hab' hier was für dich!« sagte Ulrike und zog Sven noch einen Schritt weiter. Sie hielt ihm eine selbstgedrehte Zigarette vor die Nase und wedelte mit ihr hin und her. Dabei lachte sie, und für einen Augenblick konnte Sven das nette Mädchen von den Photos unter der Schminke und den strähnigen Haaren entdecken. Sie hatte blendendweiße, gerade Zähne, und ihr Lächeln war erstaunlich hübsch.

»Ich rauche nicht.« entschuldigte Sven sich.

»*Das* hier *wirst* du rauchen.« versprach Ulrike und nahm ein Feuerzeug aus der Hosentasche. Sie zündete die Zigarette an und nahm einen Zug, dann hielt sie sie ihm griffbereit hin.

»Ist das ein Joint?« fragte Sven, der sich daran erinnerte, daß auch Heiko und sein Gesprächspartner sich kurz vorher eine von diesen kleinen, selbstgedrehten Zigaretten geteilt hatten, und plötzlich ergab auch der süßliche Duft, der den Raum in dichten Schwaden durchzog, einen Sinn. Hier wurde Marihuana geraucht.

»Was dachtest du? Kreide?« Ulrike lachte auf. Ihre Augen leuchteten verführerisch, und Sven streckte die Hand nach dem kleinen, glimmenden Stab aus. Dann jedoch ertappte er sich bei seinem Vorhaben, und überwand sich.

»Nicht nötig. Ich habe in der Uni schon ein paar geraucht – aber bei mir wirken sie nicht.« wehrte er ab. Das entsprach zwar nicht der Wahrheit, aber er wollte Ulrike gegenüber nicht zugeben, daß ihm der Konsum von Drogen unheimlich war. Auch wenn es sich nur um einen Joint handelte, der allgemein als ungefährlich galt…

»Dann probier doch mal, ob der hier was taugt!« drängte Ulrike weiter, und hielt ihm die glimmende Zigarette direkt unter die Nase. Der leicht gekräuselte, aufsteigende Rauch gelangte in seine Augen, und diese begannen zu tränen.

»Tu das weg, bitte.« bat er, und schob ihre Hand beiseite.

Ulrike zuckte mit den Achseln, nahm einen weiteren Zug und setzte sich neben Heiko, der dabei zu Sven emporsah, auf den Sessel.

«Du mußt lernen, dich ein bißchen zu entspannen.« sagte sie.

Ihre Augen hatten schon einen leicht verklärten Ausdruck angenommen, ihre Pupillen waren geweitet. »Wenn du nicht entspannt bist, wirken die Dinger auch nicht. Du mußt dich drauf einlassen, wenn du etwas davon haben willst.«

»Ich habe keine Lust, mich auf Drogen einzulassen!« sagte Sven entschieden, aber nicht zu laut, um die anderen nicht auf sich aufmerksam zu machen. »Vielleicht gehe ich besser.«

»Wenn du meinst…« Ulrike grinste ihn breit an und wandte sich dann Heiko zu, der sie in seine Arme nahm und küßte. Dabei warf er Sven über Ulrikes Schulter einen Blick zu, der Sven das Blut in den Adern gefrieren ließ.

Wenige Augenblicke später befand Sven sich auf der Straße und atmete die klare, saubere Nachtluft ein, die nach der rauchgeschwängerten Atmosphäre im Inneren des Gebäudes eine wahre Wohltat war. Sein Kopf und seine Gedanken wurden langsam wieder klarer – und je klarer sie wurden, desto deutlicher wurde ihm eines bewußt: Er mochte Heiko nicht – Heiko war ihm unheimlich.

Als Sven nach Hause zurückkehrte, waren seine Eltern und seine Verwandten sehr überrascht. Sie hatten nicht damit gerechnet, ihn so früh wiederzusehen, und die ersten Fragen, die gestellt wurden, waren diejenigen, ob etwas geschehen sei – oder ob er sich vielleicht mit Ulrike gestritten habe.

»Nein, nicht gestritten.« beruhigte er die Erwachsenen, und fügte schnell noch hinzu: »Und passiert ist auch nichts.« Es lag ihm auf der Zunge, von dem Joint zu erzählen, den Ulrike ihm angeboten hatte, aber letzten Endes brachte er es nicht übers Herz. Ulrike mußte geholfen werden, aber plötzlich hatte er nicht das Gefühl, daß er das täte, indem er ihren oder seinen Eltern von Problemen dieser Art erzählte. Es war sicherlich besser, wenn er erst einmal selbst mit ihr darüber sprach, bevor er den anderen weiterberichtete.

Dieser Gedanke überraschte ihn, denn normalerweise hätte er seinen Eltern sofort alles ausführlich erzählt, aber er beruhigte sich damit, daß *er* derjenige war, der sich um seine Cousine kümmern sollte, und nicht seine Eltern.

»Aber was ist denn geschehen?« fragte Henriette aufgekratzt.

»Gar nichts.« beruhigte Sven sie noch einmal. »Ich fand ihre Freunde einfach nicht sehr vertrauenerweckend. Das ist alles. Ich habe mich in ihrer Gruppe nicht wohl gefühlt. Deshalb bin ich gegangen.«

»Aber genau um diese Leute geht es uns doch.« belehrte sein Vater ihn, und Sven wäre am liebsten vor Scham im Erdboden versunken. Natürlich hatte sein Vater recht, und genaugenommen hatte er an diesem Abend seine Aufgabe vorzeitig hingeschmissen.

»Du sollst dafür sorgen, daß sie wieder Umgang mit normalen Leuten pflegt, und sich nicht mit solchen… Gestalten abgibt.«

»Ja, Vater.« antwortete Sven kleinlaut.

»Sei nicht so streng zu ihm.« bat seine Mutter. Und auch seine Tante pflichtete ihrer Schwester bei:

»Es war doch der erste Tag mit seiner Cousine. Die beiden müssen erstmal zueinanderfinden.«

»Aber denk' darüber nach, wie du weitermachen kannst!« befahl sein Vater.

Sven nickte, murmelte eine leise Zustimmung und verabschiedete sich dann für den Abend, um auf sein Zimmer zu gehen und noch ein wenig zu lesen. Er hatte keine Lust, mit den Erwachsenen noch fernzusehen, wie am Abend zuvor. Das Gefühl, versagt zu haben, verleidete ihm im Augenblick das Zusammensein mit ihnen.

»Übrigens haben wir heute einen Anruf erhalten.« rief seine Mutter ihm noch hinterher, als er den Raum gerade verlassen wollte.

»Einen Anruf?« Sven blieb stehen.

»Vater muß zurück in die Kanzlei.«

»Zurück? Ich dachte, wir wollten hier ein paar Wochen zusammenbleiben.« entfuhr es Sven, aber ein scharfer Blick seiner Mutter brachte ihn zum Verstummen.

»Dein Vater hat eine wichtige Aufgabe übernommen!« belehrte sie ihn.

»Natürlich.« stimmte Sven mit säuerlicher Miene zu.

»Ich fahre morgen früh.« Ergänzte sein Vater noch den Kommentar seiner Mutter. »Wenn du dich morgen noch von mir verabschieden willst, wirst du früh aufstehen müssen. Um halb acht fahre ich ab.«

»In Ordnung.« Sven nickte. Dann verließ er den Raum. Er hatte nicht mehr danach gefragt, wann seine Mutter und er nach Hause fahren würden, denn daß er noch bleiben mußte, war ihm klar. Wie lange seine Mutter blieb, war eine andere Geschichte. Aber es konnte auch geschehen, daß sie ebenfalls in den nächsten Tagen zurückfuhr, und er ganz allein hierbleiben würde, wenn er Ulrike nicht bis dahin zur Räson gebracht hatte.

In seinem Zimmer setzte er sich an den Schreibtisch und nahm den Block hervor, auf dem er Annette Briefe und Gedichte schrieb. Er schrieb seinen Namen in die linke obere Ecke des Blattes, Datum und Uhrzeit in die rechte, dann nahm er ein Lineal und teilte diese Zeile mit einem langen Strich vom restlichen Blatt ab. Er überlegte eine Weile, was er ihr schreiben sollte, wollte sie nicht damit belasten, daß er sich im Augenblick überhaupt nicht wohl fühlte, wollte ihr nicht zumuten, seine schlechte Laune ertragen zu müssen. Aber schließlich beschrieb er ihr doch, was an diesem Tag geschehen war, und fügte hinzu, daß er sie vermißte.

Dann nahm er ein frisches Blatt, um ein paar Verse zu dichten, die er ihr mitschicken wollte.

Dein Gesicht, Deiner leuchtend' Augen ganzes,
Dein Haar, seiden und weich,
Dein Mund, der Lippen roten Glanzes,
Dein Lächeln, der Liebe so reich.

Er kniff die Augen zusammen, legte den Stift beiseite und rieb sich mit den Fingern über die Schläfen. Er fühlte sich nicht in der Stimmung, mehr zu schreiben als diese vier Zeilen, und wußte gleichzeitig, daß Annette enttäuscht sein würde, wenn er ihr kein neues Gedicht mit dem Brief mitschickte. Sie liebte seine Gedichte, und er sah es als seine Pflicht an, ihr diese Freude zu machen – zumal es ihm normalerweise ebenfalls Freude bereitete. Nur eben an diesem Abend nicht, und deshalb hatte er ein schlechtes Gewissen.

»Sie wird traurig sein.« murmelte er, blickte wieder auf das Blatt hinab und versuchte, eine weitere Strophe. Aber hier brach er schon vor dem ersten Wort ab, stand schnell vom Schreibtisch auf und legte sich auf sein Bett. Sein Kopf war voller Gedanken, aber er war nicht in der Lage, einen davon zu fassen und zu Papier zu bringen.

Also nahm er John Irvings »The Cider House Rules« hervor und las noch ein wenig, was ihm – da es auf Englisch geschrieben war und somit ein wenig mehr Konzentration erforderte als ein deutsches Buch – ebenfalls nicht leicht fiel, dann schaltete er irgendwann das Licht aus und schlief ein.

Am nächsten Morgen wachte er auf und stellte zu allererst voller Schrecken fest, daß es bereits acht Uhr war und sein Vater sich vermutlich schon auf dem Weg nach Hause befand. Er beeilte sich, aus dem Bett zu kommen und die Treppen hinunterzulaufen, um sich vielleicht doch noch von seinem Vater verabschieden zu können, aber der war, wie er es angekündigt hatte, schon seit über einer halben Stunde fort. Seine Mutter, die ihn vor der Küche abfing, machte ihm Vorhaltungen, daß er nicht früher aufgestanden war, und er entschuldigte sich sofort dafür, bereute es ehrlich, daß er verschlafen hatte, und das beruhigte sie wieder.

»Ulrike ist noch da.« sagte sie schließlich. »Sie ist in der Küche. Geh' am besten gleich zu ihr und sprich mit ihr.«

Damit ging sie an ihm vorüber, in das Wohnzimmer, wo sie sich ein wenig ausruhen wollte, während ihre Schwester irgendwo im Haus am Werkeln war und Ordnung machte.

Sven betrat die Küche, wo Ulrike mit verschlafenen Augen und ungekämmten Haaren am Tisch saß und eine Schüssel Cornflakes aß. Sie trug ein rosafarbenes Nachthemd mit zwei aufgenähten Teddybären, was Sven überraschte, denn das paßte so gar nicht zu der Kleidung, die sie gestern getragen hatte, sondern viel eher zu dem Mädchen auf den Photos.

Ulrike sah von ihrer Schüssel auf, als er eintrat, und lächelte ihm fröhlich entgegen.

»Hast du deinen Vater verpaßt?« fragte sie, nachdem sie sich einen guten Morgen gewünscht hatten.

»Leider.« sagte Sven voller Bedauern, setzte sich ihr gegenüber an den Küchentisch und füllte sich ebenfalls eine Schüssel mit Cornflakes. »Ich wollte ihn noch sehen, bevor er abfährt, aber irgendwie habe ich verschlafen.«

»Dein Vater ist ein vielbeschäftigter Mann, was?« fragte Ulrike weiter.

»Das kann man laut sagen.« stimmte Sven mit einem traurigen Lächeln zu. Er mußte wieder an seine Krankenhausbesuche im letzten Jahr denken. »Ein bißchen *zuviel*, meiner Meinung nach.«

»Das Schicksal des reichen Anwalts.« gab Ulrike unbeeindruckt zurück. »Warum bist du denn gestern so früh abgehauen?« fragte sie noch, bevor er etwas sagen konnte. Sie strich sich mit einer Hand die Haare beiseite und hinter das Ohr, so daß er das erstemal wirklich ihr Gesicht zu sehen bekam. Sie war immer noch genau so hübsch wie auf den Photos, ein frisches, wohlgeformtes Gesicht mit großen Augen, einer schmalen, geraden Nase und hohen Wangenknochen. Aber sein Blick blieb besonders an ihrem Mund hängen. Ihre Lippen waren wunderschön.

»Ist was?« fragte sie, als er nicht antwortete. Das rüttelte ihn wieder aus seinen Träumereien auf.

»Nichts, nichts.« versicherte er ihr schnell. »Es war nur… die Musik war nicht mein Geschmack, und diese Sache mit den Drogen…«

»Hast du meinen Eltern davon erzählt?« fragte sie, wobei ihre Stimme bei weitem nicht so aufgeregt klang, wie er es erwartet hatte. Er konnte sich vorstellen, daß sie eine unheimliche Angst davor haben mußte, daß ihre Eltern es erfuhren.

»Nein.« beruhigte er sie deshalb. »Ich dachte, ich rede erst noch einmal mit dir darüber, bevor ich zu deinen Eltern renne und... naja, ich wollte nicht petzen.«

Ulrike zuckte lediglich mit den Achseln. »Auch egal. Hin und wieder ein kleiner Joint ist ohnehin das einzige, was wir in der Gruppe mal nehmen. Mehr wollen wir gar nicht. Wir sind nicht ganz so blöd, wie Du vielleicht glaubst, Sven.« sagte sie, und begann wieder damit, sich Cornflakes in den Mund zu löffeln.

»Ich halte euch nicht für blöd!« rief Sven aufgebracht aus, aber Ulrike winkte, kauend, lediglich ab.

»Ist auch egal.«

»Ist es nicht!« beharrte Sven, aber Ulrike reagierte gar nicht darauf.

»Hast du dich schon in der Stadt umgesehen?« fragte sie nach einer Weile.

»Ein bißchen.« bestätigte er.

»Gehen wir gleich noch ein bißchen raus.« schlug Ulrike vor. »Vielleicht kann ich dir irgendwas im Ort zeigen, was du noch nicht kennst. Außerdem komme ich so an die frische Luft, und du brauchst dir keine Vorwürfe mehr von deiner Mutter machen zu lassen. Ist ja echt ätzend gewesen, wie sie dich auf dem Flur abgefangen hat.«

Damit stand sie auf, stellte ihre leergegessene Schüssel in die Spüle und verließ, ohne noch einmal zu ihm herüberzuschauen, die Küche. Vom Flur aus rief sie nur noch: »In einer halben Stunde geht's los. Mach dich fertig!« Dann hörte er sie die Treppen hinaufgehen, und danach über sich den Flur entlang bis zu ihrem Zimmer.

Also frühstückte er schnell, wusch danach die beiden Schüsseln ab und stellte sie zum Trocknen auf das Gitter neben der Spüle, dann kehrte er ebenfalls nach oben, in sein Zimmer, zurück. Er war froh, daß er sie nicht hatte bedrängen müssen, sondern daß sie von sich aus einen gemeinsamen Spaziergang vorgeschlagen hatte; und er war ebenso froh, ein paar Stunden aus dem Haus zu kommen, wie sie. Auch ihm hatte es nicht gefallen, daß seine Mutter ihm Vorwürfe gemacht hatte, auch wenn er sie verstehen konnte. Er zog sich um, zog seine Schuhe an, steckte dann noch den Brief für Annette in die Tasche, damit er ihn unterwegs in dem kleinen Postamt aufgeben konnte, und kehrte schließlich nach unten zurück, wo er sich noch für einige Minuten ins Wohnzimmer zu seiner Mutter setzte, die inzwischen dazu übergegangen war, fernzusehen. Als er ihr auf die Frage, was er an diesem Tag vorhabe, antwortete, daß er gleich mit Ulrike zu einem Spaziergang aufbrechen wolle, zeigte sie sich begeistert, und sagte ihm, daß sie stolz auf sein Pflichtgefühl sei. Das beruhigte seine Schuldgefühle wieder ein wenig.

Als Ulrike zu ihnen in das Wohnzimmer kam, hatte sie sich wieder hinter ihrer Maske versteckt. Sie trug ein weites, schwarzes T-Shirt, eine schwarze Hose, schwarze Schuhe, und ihre Augen waren dunkel geschminkt. Sven konnte nicht umhin, ihr zu sagen, daß sie ihm ungeschminkt besser gefallen hatte, worauf seine Mutter lachte, und Ulrike lediglich ihr Gesicht verzog. Dann machten sie sich auf den Weg.

»Das war die Rache für den Spruch über deine Mutter, stimmt's?« fragte sie ihn, als sie im warmen Schein der vormittäglichen Sonne die Straße entlanggingen.

»Nicht direkt.« erwiderte Sven grinsend. »Vielleicht ein bißchen.«

Ulrike begann zu lachen. »Naja, vielleicht ist bei dir noch nicht *alles* verloren! Wenigstens hast du eine gesunde Rachsucht.«

Sven sah sie überrascht an. Daß sie auf die auf die Idee kam, *ihn* retten zu müssen, amüsierte ihn. Schließlich war er es, der sich um *sie* kümmern sollte, und nicht umgekehrt. Das brachte ihn auf seine Lüge vom Vortag zurück, und plötzlich hatte er deswegen ein schlechtes Gewissen.

»Was ist denn los?« fragte Ulrike, die sofort bemerkt hatte, daß in ihm etwas vorgegangen war.

»Ich muß dir noch etwas gestehen.« brachte er schwer hervor. Er log normalerweise nicht und war es deshalb auch nicht gewohnt, eine Lüge einzugestehen. Es fiel ihm schwerer, als er gedacht hätte, aber das gab ihm das Gefühl, es erst recht tun zu müssen. »Deine Eltern haben mir wirklich den Auftrag gegeben, mich um dich zu kümmern. Sie haben diesen Urlaub mit meinen Eltern ausgemacht, und mir erst im letzten Moment davon erzählt. Ich bin eigentlich nur hier, weil ich dir helfen soll.«

Ulrike blieb abrupt stehen und betrachtete Sven aufmerksam. Auch Sven blieb stehen und ließ den Blick über sich ergehen – er rechnete damit, daß sie ihm jetzt Vorwürfe machen oder ihn beschimpfen würde, aber nichts dergleichen geschah. Statt dessen begann sie zu lachen, lauthals und aus vollem Herzen, und er fühlte sich erleichtert.

»Glaubst du wirklich, ich hätte das nicht gewußt?« fragte Ulrike, nachdem der erste Schwall ihres Lachens ein wenig verebbt war. Auch Sven mußte nun ein wenig lachen, denn er wußte, wie naiv er im Augenblick vor ihr dastand.

»Sicher, ich…«

»Du kennst meine Eltern nicht so gut wie ich.« fuhr Ulrike, noch immer lachend, fort. Trotzdem kam eine bittere Note in ihre Worte, die Sven nicht entging.. »Die beiden sind so lieb, so un-un-un-

unendlich lieb, daß man manchmal fast das Kotzen kriegen kann! Sie denken, daß ich schweres durchgemacht habe.«

»Was denn?« fragte Sven überrascht.

»Ich weiß es selbst nicht.« Ulrike wischte den Gedanken zornig bei Seite. Ihre gute Laune schien verflogen, und plötzlich ging sie weiter in Richtung Innenstadt, nun mit schnellen, heftigen Schritten, und Sven mußte sich beeilen, wenn er den Anschluß nicht verlieren wollte. Ulrike redete einfach weiter. »Das mußt du meine Eltern schon fragen. Ich muß irgend etwas durchgemacht haben, das mich so verändert hat, irgend etwas schreckliches. Was hätte es für andere Gründe geben können, daß ihr hier bei uns Urlaub macht? Glaubst du, deine Mutter zieht es zu uns? Oder deinen Vater? Sitzt du in deiner Uni und denkst ständig darüber nach, wie schön es doch wäre, uns in unserem kleinen Kaff zu besuchen?«

»Ich…« versuchte Sven, sich zu verteidigen, aber Ulrike gab ihm keine Gelegenheit dazu.

»Deine Mutter würde meine Mutter doch kaum mit der Kneifzange anfassen!« fuhr sie aufgebracht fort. »Dieses ganze, ewige Gerede, wie gut ihr doch seid, und was für ein Musterknabe du bist… Ich habe sie an ihrem ersten Morgen schon erleben dürfen, als du noch geschlafen hast. Mann, ich sage dir… Und dein Vater… Konnte es kaum erwarten, wieder von hier fortzukommen, so gerne ist er hier bei uns zu Besuch!«

»Kannst du mal aufhören?« fiel Sven ihr wütend ins Wort. »Ich bin nicht hierhergekommen, um mir von dir die ganze Zeit Vorwürfe anzuhören! Ich bin als euer Gast hier!«

»Oh, wir können ja richtig aufbrausen.« sagte Ulrike mit einem breiten Grinsen, und ihre schlechte Laune war ebenso schnell wieder fortgewischt, wie sie aufgetaucht war.

Sven lief verwirrt neben ihr her und wußte nicht, was er sagen sollte.

»Ich meine, ich bin hier, weil ich dir helfen soll.« brachte er noch lahm hervor, löste aber bei Ulrike nichts weiter als ein neuerliches Grinsen aus.

»Sehr nett von dir, Sven. Aber ich glaube kaum, daß du mir helfen kannst.«

Sven war anderer Meinung, aber er sagte erst einmal nichts.

»Wenn du meinen Eltern einen Bericht abliefern mußt, kannst du ihnen ja sagen, daß ich nicht so bin, wie ich bin, weil ich etwas schreckliches erlebt habe, sondern, weil ich etwas erleben *möchte*.« erklärte sie ihm. In ihrer Stimme lag plötzlich eine Sehnsucht, die Sven kaum nachfühlen konnte. »Sie haben mich mein ganzes Leben lang verhätschelt und vertätschelt, bis ich es nicht mehr aushalten konnte. Es gibt auch ein Zuviel an Zuwendung, weißt du?«

»Wie kann man jemandem zu sehr zeigen, daß man ihn liebt?« fragte Sven überrascht.

»Wenn du keine Luft mehr bekommst… dann war es zuviel.« sagte Ulrike knapp. »An wen ist der Brief? Der Brief, der da hinten aus deiner Hosentasche rausschaut.«

»An meine Freundin.«

Ulrike zog ihm mit einer schnellen Bewegung den Brief aus der Hosentasche und las die Adresse. »Annette Lampert, hm-hm. Studentin, nehme ich an. Auch Jura?«

»Soziologie.«

»Ach, so eine. Seht Ihr euch in den Semesterferien noch? Ich meine, ich möchte nicht, daß eure Liebe zugrunde geht, nur weil du dich um mich kümmern mußt, und sie nicht mehr sehen kannst.« sagte sie mit einem schelmischen Blick, der Sven einen kleinen Schauer über die Arme jagte. Ulrike hatte sehr schöne Augen, auch wenn sie sie hinter einer schwarzen Schicht aus Schminke versteckte.

»Annette kommt in ein paar Wochen hierher nach.« erklärte er.

»In ein paar Wochen?« rief Ulrike überrascht aus. »Wie lange wollt Ihr dieses Experiment denn durchziehen?«

»Bis du dich wie ein normaler Mensch benimmst.« sagte Sven mit einem breiten Grinsen. Das erstemal in ihrer Unterhaltung war er derjenige, der mit einer Überraschung hatte auftrumpfen können, und das gab ihm ein wenig Auftrieb.

»Einen Moment, was heißt hier, wie ein normaler Mensch?« fuhr Ulrike auf.

»Wartest du einen Moment? Ich will nur schnell den Brief abschicken.« bat Sven. Inzwischen waren sie vor dem kleinen Postamt angekommen, und er betrat es, ohne weiter auf seine Cousine zu achten. Nachdem er den Brief abgesandt hatte, trat er wieder auf die Straße hinaus, in den strahlenden Sonnenschein, der warm auf ihn herunterbrannte. Er fühlte sich wohl, und daß er seiner Cousine eben diesen Dämpfer verpaßt hatte, machte die Sache noch angenehmer für ihn.

Ulrike stand am Straßenrand und wartete mit düsterem Blick auf ihn.

»Was meinst du, wie ein normaler Mensch?« fragte sie, als sie sich in Richtung Stadtrand in Bewegung setzten.

»Du grenzt dich doch bewußt aus der Gesellschaft aus.« sagte Sven, der sich langsam für diese Unterhaltung erwärmte. Er überlegte noch einen Moment, ob es besser war, sich vorsichtig auszudrücken, entschied sich dann aber dagegen, denn bisher hatte

Ulrike nicht den Eindruck gemacht, als ob sie ein Blatt vor den Mund nähme. »Dieses ganze Gehabe, diese schwarzen Klamotten, diese Schminke… Das ist doch alles nur Show.«

»Da siehst du etwas falsch.« erwiderte Ulrike, die sich erstaunlich schnell wieder beruhigt und unter Kontrolle bekommen hatte. »Wenn du glaubst, daß ich mich aus der Gesellschaft ausgrenze, dann bist du auf dem Holzweg. Für unsere Gesellschaft ist ein Mensch wie ich ein besser Ansporn als ein Mensch wie du.«

»*Ich* laufe nicht in schwarz herum, mit ungewaschenen Haaren und dunkel geschminkten Augen.«

»Also muß man einem äußeren Ideal entsprechen, um dieser Gesellschaft einen Dienst zu leisten?« fragte sie, wobei sie eine Augenbraue in einer Geste der Verwunderung emporhob. »Hängt es allein vom Aussehen ab, wie gut der Mensch sich in die Gesellschaft integriert?«

»Natürlich nicht.« erwiderte Sven gereizt. Er mochte es nicht, wenn ihm die Worte so verdreht wurden, bevor er zu dem Kern seiner Aussage gelangt war. »Aber es hat auch etwas mit gutem Geschmack zu tun. Man muß die Menschen um sich herum nicht mit einem so düsteren Anblick vor den Kopf stoßen.«

»Du bist also der Meinung, daß ich schlimm aussehe?« fragte Ulrike, nun mit zwei emporgezogenen Augenbrauen. Ihre Stimme klang kalt wie stahl, und Sven wußte nicht so recht, was in diesem Augenblick in ihr vorging.

»Ungeschminkt siehst du viel besser aus.« sagte er lächelnd, womit er die Situation ein wenig zu entschärfen hoffte.

»Netter Versuch.« sagte sie ernst. »Aber nicht erfolgreich.«

»Ein normaler Mensch sollte versuchen, die Gesellschaft, in der er lebt, positiv – und damit meine ich *konstruktiv* – zu beeinflussen. Es ist die *Pflicht* eines jeden normalen Menschen, sich für die Gesellschaft einzusetzen, in der er lebt. Und das tut man nicht, indem man in schwarzen Klamotten durch die Gegend läuft und sich die Augen dunkel schminkt, sondern nur dadurch, daß man versucht, durch Arbeit und Leistung etwas zu schaffen, von dem auch andere etwas haben.«

»Das ist *deine* Vorstellung.« sagte Ulrike eisig und fuhr fort, bevor er etwas erwidern konnte. »Aber glaubst du denn wirklich, daß du die Gesellschaft positiv beeinflussen kannst, wenn du zu allem ja und Amen sagst, was dir als *normal* vorgesetzt wird? Du mußt einmal anfangen, darüber nachzudenken, was wirklich etwas positives ist, und was nicht. Nur weil ich schwarze Sachen trage, heißt das noch lange nicht, daß ich nicht etwas leisten kann.«

»Das behaupte ich doch gar nicht.« verteidigte Sven sich.

»Es geht nicht nur darum, daß man die Gesellschaft immer wieder in sich bestätigt.« fuhr Ulrike fort, ohne auf seinen Einwand zu reagieren. »Man muß der Gesellschaft ihre Grenzen aufweisen, wenn man etwas verändern will, man muß bereit sein, auch mal gegen den Strom zu schwimmen. Wir haben schon gesehen, was passiert, wenn es nur noch Mitläufer gibt und keinen, der sich gegen etwas ausspricht.«

»Ich bin kein Mitläufer!« fuhr Sven auf.

»Da wäre ich mir an deiner Stelle nicht so sicher.« schnappte Ulrike zurück. Dann jedoch änderte sich ihr Ausdruck plötzlich, ihre Stimme bekam einen ganz anderen Klang, einen beinahe visionären, beschwörerischen, der Sven einen Augenblick völlig überraschte. »Du trägst ein großes Privileg in dir!« sagte sie und blickte ihn aus ihren dunklen Augen beschwörend an. »Du trägst das Privileg der Jugend in dir! Die Jugend bringt die Veränderung! Die Jugend geht gegen die festgefahrenen Strukturen der vorangegangenen Generationen an; und wenn die Jugend nicht gegen die alten Mauern anrennen würde, um sie zum Einsturz zu bringen, wo sie morsch und bröckelig geworden sind, wenn die Jugend nicht neues Leben in die Gesellschaft bringen würde – neues Leben und neue Kraft – dann würde es diese Gesellschaft bald nicht mehr geben! Es gäbe keine Veränderung, keine Erneuerung mehr... alles würde zum Stillstand kommen und kläglich zugrunde gehen.«

»Aber man kann doch nicht einfach mit dem Kopf durch die Wand rennen, bloß weil man jung ist!« hielt Sven dagegen. »Ich muß erst einmal Erfahrungen sammeln, bevor ich etwas verändern kann, ich muß doch erst einmal wissen, was nicht stimmt, und was ich tun muß, damit es besser wird!«

»Wie lange willst du warten, bis du mit deinen Veränderungen beginnst?« lachte Ulrike höhnisch auf.

»Bis ich genug Erfahrungen gesammelt habe.«

»Dann fehlt dir die Kraft! Schau dir die Erwachsenen doch einmal an. Alle meckern und krakeelen, alles schreit und jammert... Und was passiert? Sie *arrangieren* sich mit ihrer Welt. Sie ändern nichts mehr, weil ihnen die Kraft fehlt!«

»Das ist etwas pauschal.« entgegnete Sven ruhig.

Ulrike blickte ihn mit funkelnden Augen an.

»Du hast diese Kraft doch jetzt schon verloren.« sagte sie nach einem kurzen Augenblick des Schweigens. Ihre Stimme hatte einen harten, zornigen Unterton angenommen, der Sven einen angenehmen Schauer über den gesamten Körper jagte. Mit Annette hatte er niemals so heftig diskutiert, sie waren noch niemals zornig geworden, während sie miteinander gesprochen hatten – sie hatten sich noch nicht einmal gestritten. Mit Ulrike ging das von Anfang an los, und ein Gefühl der Lebendigkeit durchströmte ihn. Es machte Spaß, sich auf diese Art zu streiten, auch wenn er nicht mochte, was sie ihm an den Kopf warf. Auch jetzt wieder befand er sich in einem zwiegespaltenen Zustand aus Furcht vor dem, was nun folgen mochte und freudiger Erwartung. »Ach, was sage ich, verloren.« Ulrike lachte bitter auf. »Du hast sie niemals gehabt. Du hast dich niemals von deinen Eltern abgekapselt, du stehst doch noch absolut unter ihrer Fuchtel!«

»Das ist nicht wahr!« rief Sven bestürzt aus. Jede freudige Erwartung war gestorben.

»Das *ist* wahr!« hielt Ulrike heftig dagegen. »Deine Eltern befehlen und du springst. Sie sagen 'Tu dies' und du tust es. Weil sie mit dir angeben wollen, nimmst du es sogar auf dich, dich ein paar Wochen um die entartete kleine Cousine zu kümmern, die ihren eigenen Eltern soviel Kummer bereitet. Du kannst keine eigenen Entscheidungen treffen, du hast einfach niemals die Kraft dazu besessen!«

»Ich verstehe mich gut mit meinen Eltern, was man von dir anscheinend nicht behaupten kann!« knurrte Sven zornig. »Ich denke kaum, daß es ein Verbrechen ist, wenn man mit seinen Eltern gut auskommt.«

»Du kommst nicht gut mit ihnen aus, du redest ihnen nach dem Mund!«

»Das denke ich aber gar nicht!«

»Gib doch zu, daß sie dir manchmal einfach zum Hals raushängen. Am liebsten würdest du doch manchmal alles hinschmeißen und deine Eltern zum Teufel jagen, würdest am liebsten einfach mal nur noch *deine* Sache machen, stimmt's nicht?«

All die kleinen Momente, in denen seine Eltern vor seiner Tante und seinem Onkel mit ihm angegeben hatten, fielen ihm ein; die kleinen Sticheleien seiner Mutter, das großartige Gehabe seines Vaters, und wie unwohl er sich in solchen Situationen fühlte. Manchmal wollte er wirklich alles hinschmeißen, wenn sie sich so gaben – aber andererseits waren sie nicht immer so. Und er hatte ihnen gegenüber eine Pflicht zu erfüllen, denn schließlich ermöglichten sie es ihm, daß er ein so unbeschwertes Leben führen und in Ruhe studieren konnte.

»Wenn du alles hinschmeißen willst, dann kann ich nichts dafür.« sagte er, betont ruhig. »Ich, für meinen Teil, kann nicht behaupten, daß meine Eltern mir zum Hals heraushängen. Ich bin froh, daß ich sie habe.«

»Oh, mein Gott.« entfuhr es Ulrike, und sie ließ sich rückwärts gegen den Stamm einer großen Eiche sinken. Jetzt erst fiel Sven auf, daß sie sich aus dem Stadtkern entfernt hatten und sich nun an der dreifachen Grenze zwischen Wald, Feld und Stadt befanden.

»Macht mich das zu einem schlechten Menschen?« fragte er gereizt. »Nur, weil ich mich gut mit meinen Eltern verstehe?«

»Wohl kaum.« entgegnete Ulrike leise. »Aber die Art…«

»Welche Art.«

»Du hast dich nicht von ihnen gelöst. Du bist immer noch der kleine Junge, den sie ausstaffieren, den sie mit Geschenkchen überhäufen, und der um neun im Bett zu liegen hat. Hast du eigentlich schon einmal gelebt?«

»Was soll die Frage? Natürlich habe ich schon gelebt. Ich lebe jeden Tag!«

»Du kannst dir denken, was ich meine!« entgegnete sie lediglich ruhig.

»Ich nehme keine Drogen, wenn du darauf hinaus willst.«

»Quatsch, Drogen.« Ulrike winkte diesen Einwand mit einer unwirschen Handbewegung beiseite. »Drogen sind Unsinn. Wer Drogen nimmt hat ganz andere Probleme.«

»Du hast gestern Abend einen Joint geraucht.« sagte er.

»Du etwa noch nie?«

»Nein.«

»Also hast du gestern Abend gelogen? Warum?« fragte sie überrascht. »Ich dachte, du wärst selbstbewußt genug, um deinen Standpunkt auch bei Leuten zu vertreten, die eine andere Meinung haben als du. Ich meine, so mit der ganzen Gesellschaft im Rücken, die du ja schließlich als normaler Mensch repräsentierst.«

»Ich wollte dich nicht vor den Kopf stoßen.« versuchte Sven sich lahm aus der Affäre zu ziehen. Die Ironie ihrer Worte hatte ihn unvorbereitet erwischt.

»Was machst du, wenn deine Eltern sterben?« fragte sie unvermittelt.

»Bitte?«

»Wenn sie beide tot wären. Was würdest du tun? Wenn sie plötzlich nicht mehr bei dir wären? Laß sie noch nicht einmal tot sein, aber irgend etwas würde vorfallen, was euch auseinanderbringt, so daß du keine Unterstützung mehr von ihnen erwarten dürftest. Was würdest du tun?«

»Das wird niemals passieren!« entgegnete Sven entschieden.

»Sie *werden* irgendwann einmal sterben.« sagte Ulrike, beinahe gelassen. »Und vielleicht eher, als du denkst. Man weiß nie, was die Vorsehung oder das Schicksal, oder was auch immer, mit einem vor hat. Kannst du behaupten, du wüßtest mit Sicherheit, daß du nicht morgen von einem Lastwagen überfahren wirst? Du weißt nicht, was kommen wird. Also, was würdest du tun, wenn deine Eltern plötzlich nicht mehr bei dir wären?«

»Darüber will ich nicht nachdenken!« gab Sven scharf zurück. Sie drängte ihn in eine Ecke, in die er sich nicht drängen lassen wollte, und das Gesprächsthema gefiel ihm auch nicht mehr. Er hatte nicht vor, sich Gedanken über den Tod seiner Eltern zu machen. Er war froh, daß sie beide am Leben und gesund waren; wenn man von dem Herzanfall seines Vaters im letzten Jahr absah – damals hatte er sich schon genug Gedanken darüber gemacht, wie die Welt ohne seinen Vater aussähe, und diese Gedanken hatten ihm überhaupt nicht gefallen. Mußte ausgerechnet so ein verlottertes Mädchen wie seine Cousine in dieser Wunde herumstochern? Sie hatte offensichtlich keinerlei Hemmungen, ihm Schmerzen zuzufügen.

»Das solltest du aber!« entgegnete sie heftig. »Denn früher oder später stehst du vor dieser Situation und mußt dich durch sie hindurchfinden. Dann gibt es plötzlich keinen Papa und keine Mama mehr, die dir alles zurechtbiegen, was du selbst nicht in den Griff bekommst. Dann mußt du selbst für das geradestehen, was du tust, und dann mußt du auch selbst sehen, wie du dich durch dein Leben wühlst. Wenn du dich bis dahin nicht abgenabelt hast, wirst du schwer auf die Nase fallen!«

»Ich werde überhaupt nicht auf die Nase fallen!« rief er aus.

Sven wollte sich nicht länger auf diese Art und Weise angreifen lassen, wollte nicht mehr unter Druck gesetzt werden. Er wollte nicht mehr in dem Kreuzfeuer ihrer Anschuldigungen stehen, und er suchte nach einem Ausweg, den er nehmen konnte, ohne das Gesicht zu verlieren. Er wollte sich nicht einfach umdrehen und fortgehen, denn das würde bedeuten, daß Ulrike diesen Schlagabtausch gewonnen hätte… und dann hatte er eine Idee.

»Dieser Heiko… ist das dein Freund?« fragte er, so beherrscht und freundlich wie möglich.

»Was?« entfuhr es Ulrike verdutzt. Mit einem solchen Themawechsel hatte sie nicht gerechnet, und die Überraschung stand ihr deutlich im Gesicht geschrieben.

»Heiko. Ist er dein fester Freund, oder wie steht ihr zueinander?«

»Ich denke schon.« sagte sie vage. »Er ist noch nicht so lange in der Gruppe. Er kam vor ein paar Wochen das erstemal dazu. Wieso?«

»Er ist mir unheimlich.« sagte er geradeheraus. »Ich habe kein gutes Gefühl bei ihm, und ich glaube, daß es besser für dich wäre, wenn du ihm wieder den Laufpaß gibst.«

»Bitte, *was?*« fuhr Ulrike auf. »Was mischt du dich da ein?«

Einen Augenblick dachte Sven, daß sie ihm eine Ohrfeige geben würde, ihre Augen funkelten zornig, schossen Blitze auf ihn, und ihr Kopf wurde hochrot, roter noch, als während der ganzen, hitzig geführten Diskussion.

»Ich dachte nur, daß ich es dir sagen sollte. Ich denke wirklich, daß du ihn besser in die Wüste schicken solltest!«

»Ich *fasse* es nicht!« schrie sie zornig auf. »Du kannst mich kreuzweise!«

»Ich dachte, ich sollte meinen Standpunkt auch Leuten gegenüber vertreten, die eine andere Meinung haben als ich?« hakte Sven mit einem Grinsen nach. Er wollte siegessicher wirken, auch wenn er sich gar nicht danach fühlte. Er wußte, daß dieser Schlag unter die Gürtellinie gegangen war und schämte sich dafür.

»Junge, du mußt noch viel über andere Menschen lernen!« entgegnete Ulrike mit eisiger Stimme, nachdem sie ihre größten Zorn überwunden hatte. »Denk mal drüber nach!«

Damit drehte sie sich schnaubend um und ging mit schnellen Schritten den Weg zurück, den sie gekommen waren. Sven blieb zurück und blickte ihr nach. Er fühlte eine Mischung aus Erleichterung, daß er ihre Vorwürfe nicht mehr über sich ergehen lassen mußte, und aus Scham, daß er sie auf eine so unfaire Art aus der Fassung gebracht hatte. Aber andererseits hatte er bei Heiko wirklich ein ungutes Gefühl, und er wollte nicht, daß sie eine schlimme Enttäuschung erleben mußte.

Für den Rest des Tages, und auch den ganzen nächsten, bekam Sven seine Cousine nicht mehr zu Gesicht. Sie hatte sich versteckt, ging ihm aus dem Weg, und eigentlich hätte er sich darüber freuen sollen, daß er einen kleinen Sieg davongetragen hatte, aber das konnte er nicht. Er hatte in ihrer Diskussion mit unsauberen Mitteln gekämpft, als die Sache ihm zu unangenehm geworden war, und das hätte er nicht tun dürfen! Er hatte ein schlechtes Gewissen deswegen und wußte, daß er sich eigentlich bei ihr entschuldigen müßte, aber dazu besaß er zuviel Stolz. Er wollte nicht vor ihr zu Kreuze kriechen.

Also verbrachte er diesen Tag wieder so, als sei er ihr noch nicht vorgestellt worden, ging spazieren, setzte sich auf den Stein am Waldbach und schrieb ein kleines Gedicht, das er Annette widmete. Noch nie hatte er ein Gedicht geschrieben, das er ihr nicht gewidmet hätte; diese beiden Dinge gehörten zusammen.

Trotzdem ertappte er sich im Laufe des Tages immer wieder

dabei, daß er an Ulrike dachte. Er sah ihr Gesicht im Geiste vor sich, sah die verschiedenen Ausdrücke, die sich manchmal in rasender Folge darauf abgewechselt hatten. Er sah sie lachend, hörte den Klang ihrer Stimme, sah sie wütend, sah sie nachdenklich. Sie hatte ein sehr hübsches Gesicht, und er dachte immer mehr über sie nach. Es war ein Jammer, daß sie sich mit solchen Typen abgab, daß sie nicht darauf bedacht war, sich mit ihresgleichen zu umgeben, daß sie so hatte abrutschen müssen…

Sie hätten vielleicht ganz gut zusammengepaßt.

Als er diesen Gedanken das erste mal hatte, zuckte er erschrocken zusammen. Er hatte eine phantastische Freundin, die mit ihm gemeinsam studierte, mit der er sich eine gemeinsame Wohnung nehmen wollte – und nun war er gerade eine knappe Woche von ihr getrennt und dachte schon darüber nach, daß er mit einer anderen gut zusammenpassen würde. Er fragte sich, was für ein Mensch er war, wenn er solchen Gedanken nachging, suchte aber die Antwort auf diese Frage nicht allzu energisch. Er hatte Angst davor, wie sie ausfallen könnte. Statt dessen versuchte er, sich einzureden, daß diese Gedanken über Ulrike nur geistige Spielerei waren, eine Art 'Was wäre wenn', dem man keine Bedeutung beimessen durfte.

In jedem Fall fehlte ihm die Gegenwart seiner Cousine.

Als seine Tante Henriette ihn während des Abendessens fragte, ob er Ulrike an diesem Tag gesehen hatte, und er darauf antwortete, daß sie sich gestern ein wenig gestritten und seitdem nicht mehr gesehen hatten, fühlte er sich erleichtert, als sie ihn bat, sie zu suchen.

»Du hast vielleicht eine Ahnung, wo sie sein könnte, du hast dich doch gestern lange mit ihr unterhalten.« klagte sie. »Uns sagt sie nichts mehr, sie geht einfach nur noch aus dem Haus und ist verschwunden. Was ist nur mit ihr passiert?« Dabei griff sie nach der Hand ihres Mannes, der stumm neben ihr saß, und den leichten Druck ihrer Finger erwiderte. Auch sein Gesicht war von Traurigkeit gezeichnet, und Sven bekam Mitleid mit den beiden, die sich soviel Mühe mit ihrer Tochter gegeben hatten, und nun nicht verstanden, warum sie sich so anders entwickelte, als sie das für sie geplant hatten.

»Ich werde sehen, ob ich sie finden kann.« versprach er, und verließ nach dem Abendessen das Haus.

Er kannte eigentlich nur einen Platz, an dem er sie suchen konnte, und das war das Gebäude, zu dem Ulrike ihn vor zwei Tagen mitgenommen hatte. Welche Funktion dieses Haus genau erfüllte, wußte Sven nicht, aber er vermutete, daß es eine Art Jugendzentrum darstellte. Und er hoffte, daß er sie dort finden würde – wenn nicht, war er aufgeschmissen, und seine Mutter würde ihm vermutlich eine kleinere Szene machen. Sie verließ sich darauf, daß er seine Cousine aufspürte, und einen Mißerfolg würde sie nicht akzeptieren.

Nach wenigen Minuten war er an dem flachen Gebäude mit den großen Fenstern angelangt, und wieder dröhnte laute Musik zu ihm heraus. Einige der Fenster waren geöffnet, um frische Luft einzulassen, und durch sie konnte er die Musik schon von weitem hören. Diesmal kannte er das Lied, das gespielt wurde, als er den Raum betrat, es war »People Are Strange« von den Doors – und zum erstenmal konnte er den Text des Liedes nachfühlen. Die jungen Leute, die im Raum waren, kamen ihm wirklich seltsam vor.

Ulrikes Freunde waren hier versammelt. Eigentlich war es genau dieselbe Zusammensetzung, wie vor zwei Tagen, als er gemeinsam mit ihr hierher gekommen war, abgesehen von Ulrike und Heiko.

»Hallo, Sven.« sagte Patrick, mit dem er sich über das Jurastudium unterhalten hatte, als er den Raum betrat.

Die anderen blickten neugierig auf, und Sven fühlte sich unwohl. Ein wenig wie auf dem Präsentierteller, und das inmitten von Leuten, die er nicht recht einzuschätzen wußte. Jetzt wo Ulrike nicht bei ihm war, konnten sie sich alle möglichen Dinge ihm gegenüber herausnehmen.

»Hallo, Patrick.« sagte er und trat zögerlich in die Mitte des Raumes.

»Kennt ihr Sven noch?« wandte Patrick sich an die anderen, die gelangweilt aufsahen. Einige hatten wieder diesen glasigen Blick, den Sven schon bei seinem ersten Besuch festgestellt hatte. Auch die Luft trug wieder diesen süßlichen Duft in sich, diesmal jedoch nicht so kräftig, was allerdings auch daran liegen konnte, daß mehrere Fenster weit geöffnet waren.

Anwesend waren sechs Leute, von denen Sven nur Patrick mit Namen kannte. Zwei der Anwesenden waren Mädchen, und von diesen beiden sagte eine:

»Du bist doch der Cousin von der Uli, stimmt's?«

»Stimmt.«

»Ich bin Kerstin.« Sie stand auf und kam zu ihm, um ihm die Hand zu geben. Sie hatte grüne Haare und ähnlich dunkel geschminkte Augen wie Ulrike. Aber sie hatte ein freundliches Gesicht, und Sven fühlte sich plötzlich gar nicht mehr so bedroht, wie noch Sekunden zuvor.

»Kennst du den Rest von uns eigentlich schon?« fragte Patrick.

Sven schüttelte den Kopf. »Nein. Heiko habe ich schon kennengelernt.«

»Den haben wir alle erst vor kurzem kennengelernt.« lachte Patrick. »Also, ich mach' dich mal mit'm Rest bekannt. Der da drüben mit dem Joint, das ist Stefan. Der daneben ist Thorsten, drüben an der Stereoanlage ist Simone, und der mit dem Bier ist Jens. Uns beide kennst du ja inzwischen.« Damit zog er Kerstin an sich und drückte sie lachend an seine Brust.

Sven begrüßte alle, dann wandte er sich wieder an Patrick.

»Ich bin auf der Suche nach Ulrike.« sagte er.

»Die Uli? Die ist vor ein paar Minuten weg.« erklärte Patrick.

»Weißt du wohin?«

»Heiko und Uli wollten einen kleinen Mondscheinspaziergang machen.« sagte Simone, die sich wieder der Anlage zugewandt hatte, und gerade eine neue CD einlegte. Die Doors waren verstummt, statt dessen folgte Musik von Led Zeppelin. Auch das war Musik, die Sven kannte, und die ihm gleich die Möglichkeit gab, sich ein wenig entspannter zu fühlen. Menschen, die dieselbe Musik hörten wie er, konnten nicht auf einer ganz anderen Wellenlänge liegen.

»Ohne Mond, oder was?« fragte Stefan.

»Schau raus, es ist dunkel!« sagte Thorsten und gab Stefan einen Klaps auf den Hinterkopf.

»Und wo ist der Mond?« fragte Jens.

»Du bist der Mond.« lachte Stefan. »Ich sehe dein Mondgesicht ganz deutlich vor mir.«

»Wie lange sind die beiden denn schon fort?« fragte Sven Patrick.

»Ein paar Minuten erst. Die können noch nicht weit sein. Aber ich weiß nicht, ob sie jetzt gestört werden wollen.« gab er noch zu Bedenken.

»Ihre Eltern haben mich gebeten, sie zu suchen.« sagte Sven und hob die Achseln. Er wußte, worauf Patrick hinauswollte, und er hatte wirklich keine Lust, sich in ein Techtelmechtel zwischen Ulrike und Heiko einzumischen, aber andererseits hatte er seiner Mutter und seinen Verwandten versprochen, Ulrike zu finden.

»Mußt mal schauen, ob sie irgendwo in der Umgebung rumhüpfen.« sagte Kerstin. »Ich glaube, wegfahren wollten sie nicht.«

»In Ordnung, danke.« Sven verabschiedete sich von Ulrikes Freunden und verließ den Raum, trat durch den Vorraum wieder ins Freie und sah sich um.

Patrick erschien in einem der offenen Fenster.

»Wenn du sie suchen willst, dann geh' besser in diese Richtung.« sagte er, und wies mit der Hand in Richtung Wald. »In die

Stadt sind sie unter Garantie nicht gegangen. Und wenn du sie gefunden hast, kannst du ja nochmal vorbeischauen.«

»Werde ich tun, danke.« versprach Sven, dann setzte er sich in die Richtung, die Patrick ihm gewiesen hatte, in Bewegung. Er war erleichtert, wieder aus dem Raum heraus zu sein, mußte sich aber selbst eingestehen, daß Ulrikes Freunde – wenn er einmal von ihrem Äußeren absah – einen ganz netten Eindruck auf ihn gemacht hatten. Zumindest waren sie sehr hilfsbereit gewesen und hatten ihn nicht wie einen Minderwertigen behandelt, nur weil er anders war als sie. In den Studentenkneipen, in die er mit seinen Freunden von der Universität ab und zu ging, hatte er schon häufiger miterleben können, wie abfällig manche Studenten andere Leute behandelten, die sich – aus Versehen, oder mit Absicht – in diese Kneipen verirrten. Manchmal schämte er sich beinahe, dieser Gruppe anzugehören.

Er mußte nicht weit gehen, bis er die ersten Geräusche hörte. Er befand sich in der Nähe eines weitläufigen Gebüsches, das sich an dem dunklen Weg entlangzog, ein Stück weiter begann der Wald, zweihundert Meter hinter ihm lag das Jugendzentrum und dahinter schloß sich die Stadt an. Aus dem Gebüsch hörte er leise Stimmen und unterdrücktes Gemurmel, glaubte sogar ein Schnaufen zu vernehmen.

Peinlich berührt blieb er stehen. Hierher also war Ulrike mit ihrem Freund gegangen. In aller Ruhe wollten sie miteinander schlafen, und nun stand er plötzlich neben dem Gebüsch und belauschte die beiden unfreiwillig.

Er überlegte einen Augenblick, ob er nach Ulrike rufen sollte, um sie nach Hause zu holen, wie ihre Eltern ihn gebeten hatten, oder ob er lieber wieder zum Jugendzentrum zurückkehren und dort auf sie warten sollte. Sicherlich würden Heiko und sie dort wieder erscheinen, wenn sie hinter sich gebracht hatten, was sie gerade tun wollten.

Dann hörte er lauteres Geraschel und etwas, das wie ein Schlag klang… und wurde vorsichtiger.

»…auf.« drang aus dem Gebüsch. Das war Ulrikes Stimme, und sie klang nicht erfreut. Sven lauschte angestrengter, hatte plötzlich den Eindruck, daß dort doch nicht alles so sauber zuging, wie er es sich gerade noch gedacht hatte.

Wieder hörte er ein unterdrücktes Keuchen.

Die Situation wurde ihm immer unangenehmer. Langsam gewann er den Eindruck, als ob die beiden dort in dem Gebüsch *kämpfend* miteinander rangen – und nicht liebevoll. Wenn er nun dazwischen ging und Ulrike beizustehen versuchte…

'Wenn es überhaupt Ulrike und Heiko sind.' fiel ihm in diesem Augenblick ein, was ihn erstarren ließ. Was war, wenn er hier an ein ganz anderes Pärchen geraten war?

'Selbst wenn...' dachte er dann. 'Wenn es da drinnen Ärger gibt, muß ich helfen!'

Noch immer zögerte er. Wenn die beiden doch nur in liebevollem Clinch miteinander vereint waren, konnte sein Auftritt sehr peinlich wirken. Andererseits konnte er einem Mädchen helfen, das sich in Not befand, wenn die beiden eben *nicht* so liebevoll miteinander umgingen.

»Nicht!« drang aus dem Gebüsch. Nun klarer und deutlicher, beinahe ungedämpft, und es war Ulrikes Stimme. Dann ein lautes Klatschen, wie von einer Ohrfeige. Das reichte aus.

Mit einem Satz sprang Sven mitten in das Gebüsch, durchbrach die dünnen Zweige, landete auf einem kleinen, freien Flecken, der sich hinter der dünnen, grünen Wand befand, und sah, keine zwei Meter von sich entfernt, zwei Menschen auf dem Boden liegen, die ganz offensichtlich miteinander kämpften. Es waren Heiko und Ulrike, und Ulrike wehrte sich aus Leibeskräften gegen den Ansturm des jungen Mannes, trat nach ihm und keuchte dabei, versuchte, ihn zur Seite zu drücken.

Es war dunkel im Gebüsch, nur ein wenig Mondlicht schien von oben auf sie herab, und dennoch konnte Sven eine dunkle Stelle in Ulrikes Gesicht entdecken, groß und breit, auf ihrer Wange, wo Heikos Hand sie eben getroffen haben mußte.

Heiko keuchte und versuchte, Ulrike auf den Boden festzupressen. Er hatte seine Hose schon heruntergezogen, und Ulrikes Hose befand sich ebenfalls ein Stück unterhalb ihrer Hüften, aber offensichtlich noch nicht weit genug unten, daß Heiko in sie hätte eindringen können.

Ohne zu überlegen ging Sven einen Schritt nach vorne und trat Heiko heftig mit der Schuhspitze in die Seite.

Mit einem lauten Schrei fiel der junge Mann von Ulrike herunter, landete mit einem dumpfen Schlag auf der Seite und sah sich überrascht und erschrocken um. Auch Ulrike starrte Sven wie vom Donner gerührt an, und für einen kurzen Moment schoß es Sven durch den Kopf, daß er sich vielleicht doch geirrt hatte. Vielleicht waren die beiden doch derselben Meinung gewesen, vielleicht hatten sie doch miteinander schlafen wollen, und er war dazwischen gegangen wie ein Wahnsinniger.

Aber dann beeilte Ulrike sich, von Heiko fortzukriechen; sich auf den Ellenbogen abstützend und mit den Füßen im Boden wühlend, schob sie sich schnell nach hinten weg, fort von dem jungen

Mann, der sie eben in Bedrängnis gebracht hatte.

Heiko war wie erstarrt, glotzte Sven mit großen, dummen Augen an, dann rappelte er sich auf, zog die Hosen nach oben, drehte sich um und war aus dem Gebüsch verschwunden. Für ein paar Sekunden hörten sie noch ein Rascheln, dann war er fort.

Wie benommen blieb Sven stehen.

Erst als Ulrike ein keuchendes Geräusch von sich gab, drang zu ihm durch, was gerade geschehen war, und er eilte seiner Cousine zu Hilfe, die gerade damit begann, sich vom Boden aufzurappeln. Er griff ihr unter die Arme, was sie geschehen ließ, und half ihr, sich auf die Füße zu stellen. Im blassen Mondlicht konnte er ihr Schamhaar erkennen und wandte, peinlich berührt, den Blick zur Seite, bis sie Gelegenheit gehabt hatte, ihre Hose wieder anzuziehen. Ihr Körper zitterte in seinen Armen, und sie schnaufte noch immer, sprach keinen Ton. Erst als sie wieder sicher stand und sich aus seinen Armen gewunden hatte, sah sie ihn direkt an, noch immer schnaufend, und sagte:

»Danke. Dieser Wichser wollte mich vergewaltigen!«

Diese Worte schockierten Sven. Sicherlich hatten die beiden eine Meinungsverschiedenheit gehabt – aber eine Vergewaltigung…

»Ich dachte, er sei dein Freund.« entfuhr es ihm fassungslos.

»Er *war* mein Freund!« stellte Ulrike richtig. »Das gibt ihm noch nicht das Recht, mich zu *zwingen*, mit ihm zu schlafen. Danke, daß du mir geholfen hast. Ich hätte dem Kerl am liebsten die Eier abgerissen, aber er war zu stark für mich.«

»Oh, mein Gott.« Sven fühlte, wie ihm schwindelig wurde. Seine Beine wurden weich, und er knickte ein wenig ein. Ulrike griff nach ihm und stützte ihn, so wie er sie eben gestützt hatte.

»Du bist genau im richtigen Augenblick gekommen.« sagte sie mit ernster Stimme. Ihre dunkel geschminkten Augen wirkten im blassen Licht des Mondes wie zwei Löcher, die jemand in ihren Schädel gebohrt hatte; ihr ganzes Gesicht sah aus wie die starre Maske eines Totenkopfes, und als die dunklen Flecken um ihre Augen sich erweiterten, erkannte er, daß sie weinte. Tränen liefen aus ihren Augen, verschmierten ihr Make-up, zogen schwarze Spuren über ihre Wangen.

Sven zögerte, wußte nicht genau, was er tun sollte, was sie von ihm erwartete, dann gab er sich einen Ruck und streckte die Arme nach ihr aus. Sie lehnte sich an ihn und ließ sich von ihm festhalten, während er mit der flachen Hand über ihren Hinterkopf und ihren Rücken streichelte. Sie schluchzte laut auf, wobei jeder Schluchzer von einem Beben begleitet wurde, das nicht einfach ängstlich, sondern vielmehr zornig war. Sven konnte nicht erklären, wieso er das wußte, aber er merkte, daß der größte Teil von Ulrikes Tränen zornige Tränen war.

Irgendwann trat sie einen Schritt zurück, und Sven betrachtete sie. Sie wischte sich über die Augen, verteilte die Schminke noch weiter, so daß sie einen schwarzen Balken quer in ihrem Gesicht trug.

»Gehen wir nach Hause.« sagte sie.

»In Ordnung.« Sven hielt ihr die Hand hin, aber diesmal ergriff sie sie nicht. Offensichtlich hatte sie genug Trost und Beruhigung erhalten, also zog er seine Hand wieder zurück.

Auf dem Weg nach Hause sprachen sie nicht miteinander.

Sven wollte ihr kein Gespräch aufzwingen, wollte sie nicht dazu drängen, mit ihm über etwas zu reden, das ihn vielleicht nichts anging – und von selbst begann Ulrike nicht. Er nahm an, daß sie erst einmal darüber nachdenken mußte, was geschehen war, also hielt er den Mund und blieb einfach in ihrer Nähe. Das schien ihr Sicherheit zu geben, wenn sie sich auch ab und zu umsah, als erwarte sie, daß Heiko hinter irgendeiner Straßenecke auftauchte.

Als sie zu Hause ankamen, bat Ulrike ihn, noch vor der Tür, ihren Eltern nichts von dem zu erzählen, was an diesem Abend geschehen war.

»Das gibt nur wieder ein riesiges Gezeter.« sagte sie müde. »Ich hab' keine Lust, mich jetzt auch noch mit meinen Eltern zu streiten. Im Augenblick möchte ich eigentlich nur in mein Bett und mich ausschlafen. In Ordnung?«

»Versprochen.« sagte Sven. Er war sich nicht sicher, ob es wirklich in Ordnung war, wenn er Ulrikes Eltern dieses Geschehen verschwieg, aber andererseits erkannte er, daß er sich nicht in ihr Leben einmischen durfte. Er konnte versuchen, für sie da zu sein, wenn sie ihn brauchte, aber er durfte ihr nicht vorschreiben, was sie wem von sich zu berichten hatte.

»Danke, Sven, bist'n Schatz.«

Damit ging sie die Treppen hinauf, und Sven hörte sie in ihrem Zimmer verschwinden. Er stand noch einen Augenblick im Hausflur, am Fuße der Treppe. Im Wohnzimmer brannte kein Licht mehr, was bedeutete, daß seine Tante und sein Onkel sowie seine Mutter, schon zu Bett gegangen waren. Also stieg er ebenfalls die Treppe empor und ging in sein Zimmer.

Am nächsten Morgen trafen Ulrike und Sven sich wieder beim Frühstück, und verabschiedeten sich schnell von ihren Müttern, um ein wenig zusammen spazieren zu gehen. Sie beeilten sich, aus der Sichtweite des Hauses zu gelangen, denn sie hatten aus den Augenwinkeln gesehen, daß die beiden Frauen sich an das Küchenfenster gestellt und ihnen lächelnd nachgeschaut hatten. Sie waren wohl der Meinung, daß Sven seine Aufgabe sehr gewissenhaft ausführte, und sowohl Sven als auch Ulrike mußten heimlich darüber grinsen.

Keiner von ihnen beiden hatte ihren Müttern gegenüber etwas vom vergangenen Abend erwähnt.

»Meine Mutter denkt, du hast einen guten Einfluß auf mich.« sagte Ulrike schließlich.

»Wirklich?«

»Im Ernst.« Sie grinste. »Ich glaube, sie findet, daß ich mich ein bißchen gemäßigter gebe. Sie hat heute morgen sowas fallen lassen.«

»Da muß ich noch oben gewesen sein.« sagte Sven, denn er hatte nichts dergleichen gehört.

»Du bist gerade die Treppe 'runtergekommen.« stimmte Ulrike zu. »Deine Mutter hat gestrahlt wie ein Honigkuchenpferd. Vielleicht hat meine Mutter das aber auch nur gesagt, um deiner Mutter einen Gefallen zu tun.«

»Das glaube ich nicht.« lachte Sven auf. »Ich habe einen *wunderbaren* Einfluß auf dich.«

Ulrike begann ebenfalls zu lachen, schüttelte dabei aber den Kopf.

»Meine Güte, mit welchem Fuß bist denn du heute zuerst aufgestanden? Oder hast du diese kleinen Anfälle von Größenwahn öfter?«

Sven winkte ab, und sie schwiegen beide einen Moment, während sie nebeneinander hergingen. Inzwischen waren sie am Stadtrand angekommen, und Sven sah vor sich den Bachlauf, dem er am zweiten Tag seines Aufenthaltes gefolgt war.

»Komm mal mit.« sagte er, und schritt seiner Cousine voraus. »Ich muß dir etwas zeigen.«

»Was denn?« fragte sie, aber Sven grinste nur.

Sie folgten dem Weg durch den Wald, bis er sich in einer scharfen Kurve vom Bach entfernte, dann nahm er sie bei der Hand und zog sie ins Unterholz. Einen Moment lang versteifte sie sich, und es schoß ihm durch den Kopf, daß er sie damit vielleicht unabsichtlich an den vergangenen Abend erinnert hatte, aber dann entspannte sie sich wieder und folgte ihm bereitwillig.

Als sie vor dem Bach zum Stehen kamen und der große Stein vor ihnen lag, auf dem er gesessen und ein Gedicht für Annette geschrieben hatte, sagte er: »Das hier wollte ich dir zeigen. Der Platz ist doch wunderschön.«

»Ich weiß.« sagte sie.

»Kennst du diesen Ort?« fragte Sven, ein wenig enttäuscht. Andererseits mußte er sich eingestehen, daß es vielleicht ein wenig vermessen gewesen war, zu glauben, daß er in wenigen Tagen Orte ausfindig machte, die sie in all den Jahren, die sie hier lebte, nicht entdeckt hatte.

»Ich bin oft hier.« sagte sie, ihre Lippen zu einem verträumten Lächeln verformt. Sven spürte den unwillkürlichen Drang, sie zu küssen; sie in seine Arme zu nehmen, an sich zu drücken und einfach zu küssen, aber das war nicht möglich. Zum einen könnte er Annette dann nicht mehr unter die Augen treten, und zum anderen hatte er Angst, daß Ulrike das falsch verstehen konnte. Er wollte ihr nicht den Eindruck vermitteln, als habe er sie nur hierher in den Wald gebracht, um genau da weiterzumachen, wo Heiko am vergangenen Abend gezwungenermaßen aufgehört hatte.

»Der Stein ist ein guter Sitzplatz.« erklärte Sven, um von seiner Verlegenheit abzulenken, die ihn bei seinen Gedanken überkommen hatte.

»Ganz nett.« stimmte sie zu. »Aber drüben, auf der anderen Seite, ist ein Baumstumpf, auf dem man noch viel besser sitzt. Komm mit, ich zeige ihn Dir.«

Sie trat einen Schritt zurück, und sprang dann – mit Anlauf – über den Bach. Sie landete mit sicheren Füßen und trat zur Seite, um Platz für Sven zu machen. Dieser blickte zunächst zögernd in das schäumende kalte Wasser unter sich, dann faßte er sich ein Herz und sprang, ebenfalls mit Anlauf, über das Wasser. Er landete an derselben Stelle, an der Ulrike eben gelandet war, und bevor er überhaupt die Möglichkeit gehabt hätte, zu schwanken, hatte Ulrike ihn schon am Arm gepackt und vom Bach fortgezogen.

»Wir wollen ja nicht, daß du reinfällst.« lachte sie und zog ihn noch zwei Schritte weiter. Dann standen sie vor dem besagten Baumstumpf, auf dem Ulrike sich sofort niederließ, dann aber ein wenig zur Seite rückte und mit der flachen Hand auf das Holz neben sich klopfte.

»Setz dich.« sagte sie.

Sven setzte sich neben sie.

»Von hier aus konnte ich dich sehen, als du auf dem Stein gesessen und gelesen hast.« begann Ulrike plötzlich zu erzählen. »Dein zweiter Tag hier, glaube ich. Ich habe dich ein paar Minuten beobachtet.«

»Du hast…« Sven betrachtete sie nachdenklich. Dann fiel ihm das Rascheln wieder ein, das er an jenem Tag von hier drüben gehört hatte, und der dunkle Schatten, der durch das Unterholz davongebrochen war. Er hatte geglaubt, es handele sich um ein Tier. »Warum bist du nicht zu mir heruntergekommen?« fragte er dann.

»Ich fand's ganz in Ordnung, so wie's war.« sagte sie achselzukkend und mit einem Lächeln. »Es war ganz lustig, dir von hier aus zuzuschauen. Sieh dich um! Von hier aus kann man den Bach schön betrachten.«

Der Platz war wirklich schön, beinahe – wie er zugeben mußte – noch schöner als der, den er unten auf dem Stein gefunden hatte. Sie saßen hier zwar nicht direkt am Bach, aber es war wie eine künstliche Laube, von der aus sie direkt auf das Wasser, auf den Stein, und die umliegenden Bäume blicken konnten. Sie überschauten auch mehr vom Bachufer, als es vom Stein aus der Fall gewesen war, und das rundete die Sache noch ab. Allerdings gab es hier, wie Sven feststellen mußte, keine Möglichkeit, sich anzulehnen – außer aneinander.

Zögernd tat er es. Er lehnte sich ein wenig zur Seite. Nur ein ganz klein wenig, so daß man es auch für eine zufällige Bewegung halten konnte, und nicht unbedingt eine bestimmte Absicht hineininterpretieren mußte.

Ulrike zögerte einen Moment, dann lehnte sie sich ebenfalls gegen ihn.

Sven blieb aufgeregt neben ihr sitzen. Er konnte den Duft ihrer Haare riechen, die sauber und frisch gewaschen rochen, trotz des strähnigen Anblicks, den sie boten. Auch ihre Haut roch frisch gewaschen und nach Seife. Ein sehr angenehmer Geruch. Es war ein prickelndes Gefühl, ihre Schulter an der seinen zu spüren, nur die Ärmel ihrer beiden T-Shirts zwischen sich, und sein Herz schlug schnell und aufgeregt.

»Danke, daß du nichts gesagt hast.« sagte sie plötzlich leise.

»War doch Ehrensache.« gab er zurück. »Ich kann mich doch nicht einfach in deine Angelegenheiten mischen. Ich denke, wenn du es deiner Mutter erzählen willst, wirst du es schon tun. Und solange kann ich dir nur anbieten, daß ich zuhören werde, wenn du mit jemandem reden möchtest.«

»Du bist ein guter Kerl.« sagte sie, wobei sie ihm in die Augen sah.

Sven erwiderte den Blick und wurde dabei ein wenig nervös. Ihre Augen waren groß und braun und blickten ihn mit einer Mischung aus Dankbarkeit und Freundschaft an, und wieder kam der Drang über ihn, sie zu küssen. Ihre Gesichter waren ganz dicht beieinander, nur wenige Zentimeter voneinander entfernt, und er konnte schon ihren Atem auf seinem Gesicht spüren. Auch in ihr schien etwa vorzugehen, auch sie schien ihn küssen zu wollen, aber er war sich nicht ganz sicher, und er wollte die Situation nicht ausnutzen, also blickte er verlegen zu Boden.

»Ich versuche nur zu helfen.« murmelte er.

»Das versuchen aber nicht viele.« sagte sie. Klang ein wenig Enttäuschung in ihrer Stimme mit? Er glaubte es, wußte aber nicht, ob er sich nicht ein wenig zuviel einredete. Er wollte die Situation nicht überinterpretieren – und schließlich war da ja auch noch Annette…

Dann rückte sie plötzlich ein Stück von ihm ab, so daß sich ihre Schultern nicht mehr berührten, drehte sich zur Seite, um ihn direkt anschauen zu können, und sagte: »War das nicht schwer für dich, deiner Mutter nichts von dem zu sagen, was gestern Abend passiert ist?«

»Was?« entfuhr es Sven. Mit einem so rasanten Themenwechsel hatte er nicht gerechnet.

»Ich habe den Eindruck, daß du wenig Geheimnisse vor deinen Eltern hast.« erklärte sie. »Ich könnte mir vorstellen, daß du ganz schön mit dir kämpfen mußtest, um deiner Mutter diese… diese… na, du weißt schon, um es ihr zu verheimlichen.«

»Dieser Kerl wollte dich vergewaltigen!« stellte Sven nüchtern fest. »Vielleicht solltest du dir darüber im Klaren sein. Ich weiß nicht, ob es gut ist, das zu verdrängen und drum herum zu reden.«

»Nein, das weißt du nicht.« stimmte Ulrike zu. »Du hast keine Ahnung, wie beschissen diese Situation ist, und du wirst es auch niemals erfahren. Männer werden nicht so oft vergewaltigt.«

»Auch das kommt vor.« beeilte Sven sich. Er hatte den Eindruck, etwas zu seiner Verteidigung sagen zu müssen, auch wenn er eigentlich nichts getan hatte, außer ihr zu Hilfe zu eilen. Durch ihre Worte fühlte er sich in die Defensive gedrängt.

»Sicher, auch das kommt vor.« stimmte sie mit einem Achselzucken zu. »Aber wie oft?«

»Wenn es überhaupt vorkommt, dann passiert es *zu* oft.« vertrat Sven seine feste Überzeugung. »Sowohl bei Frauen, als auch bei Männern. Es ist *zu* oft, wenn es *überhaupt* passiert.«

»Nett gesprochen.« sagte Ulrike mit einem sarkastischen Grinsen. »Aber was will man in einer Welt tun, in der es gang und gäbe ist, daß Menschen vergewaltigt werden?«

Sven schwieg darauf. Er wußte nicht, was er antworten sollte, denn er konnte ihre Verbitterung möglicherweise verstehen. Sie hatte am Vorabend eine Erfahrung gemacht, die er nicht einmal seinen Feinden wünschen würde, und wenn sie nun zynisch wurde, war das vermutlich ihr gutes Recht.

»Übrigens war es gar nicht so schwer, meiner Mutter nichts zu sagen.« warf Sven nach einer Weile in den Raum.

»Das überrascht mich.« gestand Ulrike unverblümt ein.

Sven hatte wieder den Eindruck, sich erklären zu müssen. Ein Gefühl, das er bei Annette niemals gehabt hatte. Sie waren einfach zusammen, sie mußten sich nicht darüber unterhalten, *wer* von ihnen *was* fühlte. Er konnte sich zumindest nicht daran erinnern, daß sie jemals ein derartiges Gespräch miteinander geführt hatten.

»Ich habe manchmal gar keine Lust, mit meinen Eltern zu sprechen.« gestand er zögerlich. Das waren Gedanken, die er auch sich selbst nicht oft eingestand, aber nun, da er angefangen hatte, sie zu äußern, kamen sie beinahe ganz von allein. »Manchmal finde ich es einfach unangenehm, daß meine Eltern so mit mir angeben. Sie stellen mich als einen Musterknaben hin, der immer das richtige tut, immer die richtigen Worte wählt, und immer nett zu allen ist. Ich habe ja nichts dagegen, nett zu den Menschen zu sein – man macht sich das Leben nur unnötig schwer, wenn man sich mit Griesgrämigkeiten alles versaut. Aber ich habe keine Lust, immer als Musterknabe hingestellt zu werden.«

»Dann mußt du etwas dagegen unternehmen!« sagte Ulrike. Es klang beiläufig, aber der ernste Unterton war sehr deutlich. »Du darfst nicht meckern und lamentieren, du mußt etwas unternehmen!«

Sven zögerte einen Augenblick, mußte ihre Worte erst einmal verarbeiten. Sicherlich hatte sie recht, aber…

»Es war mir richtig unangenehm, was meine Eltern bei euch für eine Show abgezogen haben.« gestand er dann vorsichtig ein. »Dieses ganze Theater immer mit ‘Zum Glück ist Sven nicht so’, und ‘Sven wird Ulrike schon wieder auf den richtigen Weg bringen’, und so weiter und so weiter. Ich wäre am liebsten irgendwo in einem Loch versunken und hätte meine Nase nicht mehr gezeigt.«

»Vielleicht solltest du deine Eltern mal darauf ansprechen?« schlug Ulrike vor.

»Du kennst meine Eltern nicht. Wenn die sich etwas in den Kopf gesetzt haben, dann kann man nichts mehr machen. Man redet gegen eine Wand, wenn man etwas dagegen sagt. Sie registrieren das gar nicht.«

»Hast du es schonmal versucht?«

»Schon tausendmal.« sagte Sven, dann hielt er inne. »Na, vielleicht nicht tausendmal, aber… ein oder zwei mal. So in der Richtung. Man kann mit ihnen einfach nicht reden.«

»Das dachte ich bei meinen Eltern auch.« sagte Ulrike. Ihre Stimme wurde eine Spur ernster, und ihr Blick richtete sich nach innen. Sie schien von ihrer Umgebung plötzlich nichts mehr sehen zu können, sondern nur noch die Vergangenheit vor Augen zu haben. »Ich konnte machen, was ich wollte, ich war immer das kleine Mädchen, das man verhätschelt und vertätschelt. Eine beschissene Sache. Man kann keinerlei Eigeninitiative entwickeln, ohne daß die Eltern ein Riesengeschrei um die Sache machen. Ich konnte nichts tun, wo sie mir nicht reingeredet hätten. Es war zum aus der Haut fahren.«

»Und was hast du gemacht?« fragte Sven.

»Schau mich an.« Ulrike lachte auf. »Ich habe einfach meinen Kopf durchgesetzt. Ich habe die Ohren zugeklappt, habe mich darauf konzentriert, was ich machen will, und habe es dann getan. Das solltest du vielleicht auch einmal tun.«

»Deine Eltern meinen es aber doch nur gut mit dir.« versuchte er ihr zu erklären, was in ihren Eltern vorging. »Sie wollen dir doch keine Probleme damit machen.«

»Natürlich meinen sie es gut mit mir.« spuckte Ulrike aus. »Deine Eltern meinen es sicherlich *auch* gut mit dir. Aber gefällt es dir deswegen, was sie machen? Du hast mir gerade gesagt, daß es dir *nicht* gefällt.«

»Aber deswegen gleich so mit dem Kopf durch die Wand zu gehen...« murmelte Sven. Er verstand nicht, warum Ulrike sich so extrem verhalten mußte.

»Wenn man nicht mit ihnen reden kann, dann muß man ihnen eben zeigen, wo es langgeht!« sagte sie ernst.

»Vielleicht solltest du nochmal *versuchen*, mit ihnen zu reden.« schlug Sven vor. »Deine Eltern machen sich wirklich Sorgen um dich. Sie haben Angst, daß sie dich vernachlässigen und nicht genug auf dich eingehen.«

»Hör' mal.« sagte Ulrike, und sah Sven dabei durchdringend an. »Meine Eltern wollen ihr Gewissen beruhigen. Das ist mir egal. Ich habe mich dazu entschlossen, auf meinen eigenen Füßen zu stehen, und meine eigenen Erfahrungen zu sammeln. Wenn es den beiden gegen den Strich geht, kann ich auch nichts daran ändern. Aber ich muß meine Sache durchziehen, wenn ich nicht kaputtgehen will!«

»Wohin das führt, haben wir ja gestern abend gesehen.« murmelte Sven verständnislos.

»WAS?« fuhr Ulrike auf. Von einer Sekunde zur anderen saß sie nicht mehr neben ihm auf dem Baumstumpf, sondern stand vor ihm, packte ihn am Kragen und zog ihn nach oben. Ihr Gesicht war nur Zentimeter von dem seinen entfernt, und wenn es Minuten vorher noch ein angenehmes, erregendes Gefühl gewesen war, so spürte er jetzt, angesichts ihrer zornig blitzenden Augen, nur noch

Schrecken und sogar ein wenig Angst.

»Ich…« entfuhr es ihm, aber Ulrike schnitt ihm das Wort ab.

»Willst du damit etwa sagen, ich war selbst schuld daran, daß dieser beschissene kleine Wichser versucht hat, mich zu vergewaltigen?«

»Nein, ich…« wand Sven sich, aber Ulrike ließ ihn nicht zu Wort kommen. Sie stieß ihn nach hinten, so daß er über den Baumstumpf stolperte und der Länge nach zu Boden fiel. Aber das bemerkte er fast gar nicht. Er landete auf dem weichen Waldboden, und blieb dort überrascht und erschrocken liegen, den Oberkörper rücklings auf die Unterarme aufgestützt, den Blick fassungslos zu seiner Cousine emporgewandt, die wie ein Gewitter über ihm stand.

»Soll das heißen, daß er mit mir machen kann, was er will, nur weil er Lust darauf hat?« donnerte sie. »Weil dieser kleine Mistbock seine Hormone nicht im Zaum halten kann, ist es in Ordnung, daß er mich vergewaltigt? Willst du das damit sagen? Habe ich ihm einen Grund dafür gegeben? Und würde überhaupt irgendein Grund sowas rechtfertigen? Ich glaube doch, *NEIN!*« fuhr sie im Brustton aufgebrachter Fassungslosigkeit fort.

»Nein, so habe ich das nicht gemeint!« beeilte Sven sich, eine Entschuldigung zu finden. »Ich meinte nur, wenn du auf deine Eltern gehört hättest, dann wärest du vermutlich niemals mit einem solchen Typen wie Heiko zusammengekommen.«

»Glaubst du das wirklich?« fragte sie, und betrachtete ihn dabei so ungläubig, daß er sich nicht mehr wohl in seiner Haut fühlte. »Bist du wirklich so naiv, daß du sowas allen Ernstes behaupten kannst?«

»Ich weiß nicht…« murmelte er unsicher. Noch immer lag er auf dem Boden, während Ulrike über ihm stand. Nun hielt sie ihm die Hand hin, die er ergriff, und half ihm, wieder aufzustehen.

»Oh, Mann, Sven, du tust mir wirklich leid.« sagte sie traurig.

»Was soll das nun wieder?« fragte er. Er wollte sich ärgern, wollte aufgebracht sein, um ein wenig dieses nagenden Schuldgefühles loszuwerden, das sich in ihm breit machte. Er hatte etwas falsch gemacht, das leuchtete ihm ein, aber er wollte sich nicht so schuldig fühlen… doch es gelang ihm nicht, zornig zu werden.

»Du bist so behütet.« sagte Ulrike langsam. »Vielleicht *viel zu* behütet. Du glaubst wirklich, daß Heiko das getan hat, weil er eine Lederjacke trägt, Motorrad fährt und tätowiert ist, nicht wahr? Du glaubst wirklich, weil er lange Haare hat, hat er versucht, mich zu vergewaltigen. Weil er ab und zu einen Joint raucht und Bier trinkt, weil er Heavy Metal lieber hört als klassische Musik. Du glaubst wirklich, nur solche Menschen könnten so etwas tun, was?«

»Ich…« begann Sven, aber Ulrike unterbrach ihn wieder.

»Heiko hat das getan, weil er ein Arschloch ist!« sagte sie. »Aus keinem anderen Grund, sondern nur weil er ein Arschloch ist! Er ist ein Mistkerl, der Gewalt ausüben muß, um einen hochzukriegen. Nichts anderes. Und solche Schweine gibt es überall. Bei Motorradfahrern, bei Lehrern, bei Gelehrten, überall. Das hat nichts mit dem Äußeren zu tun. Ist dir eigentlich klar, daß man es den wirklichen Schweinen niemals ansieht, was in ihnen steckt?«

»Doch, natürlich…« stammelte Sven.

»Vielleicht solltest du mal ein wenig darüber nachdenken, wie die Welt um dich herum aussieht, bevor du dein Urteil ablieferst. Du solltest dich mal ein wenig von Deinen Eltern lösen; könnte dir nur gut tun, ein bißchen auf eigenen Füßen zu stehen.«

Mit diesen Worten wandte Ulrike sich von Sven ab und ging tiefer in den Wald hinein. Sven blieb stehen, blickte ihr nach, und wußte nicht, was er sagen sollte. Ihr jetzt nachzulaufen hatte keinen Zweck. Er hatte ihr etwas an den Kopf geworfen, das er nicht hätte sagen dürfen, und nun erwartete sie, daß er über ihre Worte nachdachte. Sie wollte erst einmal in Ruhe gelassen werden, während er sich die Zeit nehmen sollte, Klarheit in seine Gedanken zu bringen. Also blieb er stehen und beobachtete, wie sie sich von ihm entfernte.

Schließlich wandte er sich ebenfalls um, überquerte den Bach und machte sich auf den Rückweg. In seinem Kopf schwirrte und summte es wie von den Bienen, die durch die Wiesen surrten.

Er fühlte sich wie ein Idiot.

Als Sven zurückkehrte, war ihm langweilig. Er hatte sich inzwischen an den Gedanken gewöhnt, sich mit seiner Cousine zu beschäftigen, und auch wenn er sich gerade erst mit ihr gestritten hatte, so tat es ihm doch leid, daß sie nicht bei ihm war. Er überlegte, was er tun sollte. In seinem Zimmer warteten seine Bücher. Er konnte nach oben gehen und lernen oder lesen, konnte sich auch eines seiner Bücher holen und nach draußen gehen, vielleicht wieder an den Bach, um sich dort auf den Stein zu setzen (oder auf den Baumstumpf) – aber das wollte er dann doch nicht.

Er fühlte sich unkonzentriert und nicht in der Lage, zu lernen.

Dann fiel ihm ein, daß er Annettes Stimme schon eine Zeit lang nicht mehr gehört hatte. Er war inzwischen eine gute Woche in diesem kleinen Städtchen, und langsam begann Annette ihm zu fehlen. Also nahm er sich das Telephon und rief bei ihr an.

Annette freute sich, daß er sich bei ihr meldete, und sie begann, ihm von ihren Arbeitstagen zu erzählen, was er allerdings nur mit einem Ohr registrierte. Seine Gedanken schwirrten ständig um Ulrike, die jetzt irgendwo durch die Gegend lief und ihn für einen Idioten halten mußte. Er fühlte sich wie einer...

»Mit meiner Cousine nimmt das langsam seltsame Ausmaße an.« sagte er schließlich, als Annette ihn fragte, wie seine 'Mission' voranschritt.

»Wieso denn das?« fragte sie.

»Sie ist ein sehr eigenständiger Mensch.« erklärte Sven vorsichtig. Er hatte plötzlich das Gefühl, Annette nicht zuviel erzählen zu dürfen, wenn er sie nicht mißtrauisch machen wollte. Er dachte mehr an Ulrike, als es ihm selbst lieb war, und er hatte Angst davor, Annette könne das bemerken und daraus ihre Schlüsse ziehen. »Sie hat ihren eigenen Kopf.«

»Sie ist neunzehn.« stellte Annette nüchtern fest. »Es wäre traurig, wenn sie den nicht hätte.«

»Das ist wahr.« stimmte Sven zu. »Aber das macht die Sache nicht gerade einfach.«

»Soll das heißen, sie ist zuviel für dich?« stichelte Annette gutmütig. Sven hörte sie am anderen Ende der Leitung lachen, und mußte selbst ein wenig lächeln. Annette hatte nichts von dem bemerkt, was in ihm vorging. Das machte ihn zwar einerseits ein wenig traurig, aber andererseits war ihm das nur allzu recht.

»Vielleicht. Ich weiß nicht so genau.« gestand er ihr jedoch ehrlich. »Ich habe das Gefühl, daß sie meine Hilfe gar nicht haben will.«

»Dachtest du, es würde einfach?«

»Eigentlich nicht.« sagte er langsam. »Aber vielleicht ein bißchen einfacher als es jetzt ist. Sie ist ein wenig... nun, ja, vielleicht könnte man sagen: Schwierig. Sie hat ein paar Motorradtypen als Freunde und so. Keine einfache Sache.«

»Dann paß aber auf, daß du nicht in Schwierigkeiten kommst.« rief Annette am anderen Ende aus, und ihre Stimme klang besorgt. Zu erwähnen, daß Ulrikes Freunde mit Motorrädern umherfuhren hatte ausgereicht, um sie ängstlich werden zu lassen. Wenn Sven allerdings an die Jungen und Mädchen dachte, die in ihrem Jugendzentrum saßen und Musik hörten, dann fühlte er sich gar nicht mehr bedroht. Sie schienen alle sehr nett zu sein – wenn man einmal von Heiko absah. Aber der gehörte wohl auch kaum mehr dazu.

»Ich werde die Sache schon in den Griff bekommen.« sagte er zuversichtlich.

»Aber sei vorsichtig.« bat Annette.

»Keine Bange.« lachte Sven nun. Es war schön, daß Annette sich um ihn sorgte. »Ich werde meine Cousine schon auf den Pfad der Tugend zurückführen. Ich muß jetzt Schluß machen, in Ordnung?«

»In Ordnung. Ich liebe dich.«

»Ich dich auch.« antwortete Sven leichtfertig, aber als er den Hörer auf die Gabel legte, zitterte seine Hand ein wenig.

»Ich finde, man muß seinen Spaß im Leben haben.« lachte Ulrike, und riß den Wagen herum.

Sven saß auf dem Beifahrersitz und hielt sich krampfhaft an dem Griff über seiner Tür fest. Auf seiner Stirn bildeten sich ein paar Schweißperlen, und er kämpfte damit, nicht erschrocken aufzuschreien.

Ulrike hatte beim Frühstück vorgeschlagen, daß sie ihm ein wenig von der näheren Umgebung zeigen könnte, wenn er das wolle, und bevor Sven noch die Möglichkeit gehabt hatte, etwas darauf zu erwidern, hatten seine Mutter und seine Tante schon für ihn eingewilligt. Ulrike hatte das mit einem Grinsen quittiert, und er selbst hatte nur lächelnd mit den Schultern zucken können. Alles in allem war er aber auch erleichtert gewesen, daß Ulrike ihm seinen Ausrutscher vom Vortag nicht übel genommen hatte und von sich aus mit ihm zusammensein wollte.

»Ist das Spaß?« rief Sven aus, wobei er seine Stimme kaum unter Kontrolle halten konnte.

»Und wie!« rief Ulrike zurück. Sie lachte noch immer. Aus dem Autoradio drang dichte, pochende, düstere Musik, die Sven nicht einordnen konnte, die er aber schon einmal gehört zu haben glaubte. Der Wagen schoß auf einer Landstraße dahin, ohne daß Sven etwas von der Umgebung wahrnahm; er bemerkte nur, daß die Straße sehr kurvenreich war, und daß sie sich in der Nähe des Waldes befanden.

»Vielleicht solltest du ein wenig langsamer fahren.« schlug Sven vor. Der Schweißfilm auf seiner Stirn wurde dichter, als er die Kurve sah, auf die sie zuschossen. Im letzten Moment bremste Ulrike scharf ab, riß am Lenkrad und sie flogen mit quietschenden Reifen durch die Kurve, schlingerten einen Augenblick und fingen sich dann wieder, Ulrike trat auf das Gaspedal und mit einem Satz schoß der Wagen in die folgende Gerade.

Nur mit Mühe gelang es Sven, seine Finger um den Griff über der Tür zu lockern.

»Was soll's?« rief Ulrike zurück. Ihre Stimme überschlug sich ein wenig, sie schien in Extase zu geraten. »Wer weiß, was morgen ist! Ich will *heute* leben! Ich will mein Leben *spüren*!«

»Indem du uns gegen einen Baum fährst!« schrie Sven zurück. Die Panik begann die Oberhand zu gewinnen, und sein Herz pochte immer schneller.

Dann trat Ulrike auf die Bremse, der Wagen quietschte, schlitterte über die Straße, und bevor Sven erleichtert aufatmen konnte, weil der Wagen stand, riß Ulrike das Lenkrad schon wieder herum, der Wagen drehte sich um 90 Grad und jagte dann mit durchdrehenden Reifen in einen Waldweg hinein, der von der Straße abzweigte.

Sven hatte diesen Weg gar nicht gesehen, zu gut war er hinter den Büschen und Bäumen am Straßenrand versteckt gewesen.

Nun schossen sie, mit über 80 Stundenkilometern, über eine schmale Straße, teils asphaltiert, teils festgefahrener Waldboden, die sich neben einem kleinen Abgrund dahinschlängelte. Er sah schon vor sich, wie sie gegen einen umgestürzten Baum krachten, der quer über die Straße lag, oder wie ihnen ein Tier vor den Wagen lief, und sie mit voller Wucht darauf aufprallen würden, sah, wie der Körper des Tieres in die Luft gehoben und wie ein Projektil durch die Windschutzscheibe hindurch in das Innere des Wagens geschleudert würde.

Die Worte seines Fahrlehrers gingen ihm eindringlich durch den Kopf, der ihnen damals im theoretischen Unterricht erzählt hatte: »Wenn ich die Wahl habe, ob ich gegen ein Wildschwein oder gegen einen Baum fahre, dann wähle ich den Baum. Der bleibt draußen, während die Sau in den Wagen fliegt!«

Ulrike schien das nicht zu kümmern. Ihr Gesicht war angespannt und voller Konzentration, und trotzdem lachte sie, während sie mit waghalsiger Geschwindigkeit um die Kurven schossen, ohne zu wissen, was sie dahinter erwartete.

»Das Leben ist so kurz!« rief sie aus. Ihre Augen funkelten voller Lebensfreude.

»Dann mußt du es nicht noch verkürzen!« keuchte Sven, als sie um eine neue Kurve schossen.

»Ich will nicht herumsitzen und Pläne machen und hoffen, daß alles gutgeht.« fuhr Ulrike fort, ohne auf seine Worte einzugehen. »Ich muß spontan bleiben und mich ständig auf neue Situationen einstellen können. Sonst versteinert man.«

»Ein bißchen Sicherheit ist nicht zu verachten!« hielt Sven dagegen.

Sie rasten um eine letzte Kurve und schossen quer auf eine Landstraße hinaus. Wäre ein anderes Auto gekommen, hätte es einen schweren Unfall geben können, aber so riß Ulrike den Wagen lediglich wieder herum, daß sie quietschend zum Stehen kamen, und blickte Sven mit großen Augen an.

»Sicherheit willst du?« fragte sie erstaunt. »Wo gibt es heute noch Sicherheit? Überall kann dir etwas passieren. Du kannst in der nächsten Minute vom Schlag getroffen werden, oder ein Laster überfährt dich. Du kannst deine Arbeit verlieren und ein Sozialfall werden, einen Unfall haben und querschnittsgelähmt sein! Und da sprichst du von Sicherheit?«

Sven ließ den Griff über der Tür langsam los und richtete sich in seinem Sitz auf, in dem er in sich zusammengesunken war.

»Du darfst ruhig weiterfahren.« sagte er, als Ulrike keine Anstalten machte, den Wagen wieder in Gang zu bringen. Sie standen auf der falschen Fahrbahnseite, nicht weit von ihnen entfernt befanden sich in beiden Richtungen Kurven, um die jederzeit ein anderes Fahrzeug kommen konnte – ein Unfall war beinahe vorprogrammiert.

»Paßt es nicht in deine Pläne, wenn wir hier stehen?« fragte Ulrike neckend. Ein beinahe bösartiger Unterton schwang in ihrer Stimme mit.

»Nicht, wenn wir dadurch einen Unfall haben, den wir vermeiden könnten.« sagte er ernst.

Ulrike betrachtete ihn einen Moment aufmerksam, dann grinste sie breit und fuhr wieder an. Sie schwenkte auf die rechte Fahrspur ein und fuhr dann mit normaler Geschwindigkeit in die Kleinstadt zurück.

»Du glaubst also wirklich, daß du dein Leben planen kannst?« fragte sie, inzwischen nur noch neugierig.

»In gewissem Maße sicher.« antwortete er vorsichtig. Er überlegte, was er sagen durfte, ohne Angst haben zu müssen, daß sie sich darüber lustig machte. Dann riß er sich zusammen und straffte sich innerlich. Es ging hier um Dinge, über die er sich schon häufig Gedanken gemacht hatte. Er hatte sich dazu eine Meinung gebildet, zu der er stehen konnte, also warum überlegte er, was seine Cousine davon halten mochte? Es war an der Zeit, aufzustehen und sich zu behaupten. »Ich brauche eine Perspektive für meine Zukunft. Wieviele Menschen sind heutzutage arbeitslos? Je besser du qualifiziert bist, desto einfacher wird es letzten Endes für dich sein, eine Stelle zu finden.«

»Willst du damit sagen, wer keine Arbeit hat, ist zu doof, eine zu finden?« fragte sie provozierend. »Wer keine Arbeit hat, ist unterqualifiziert und verdient auch keinen Job?«

»Quatsch.« erwiderte er zornig. »Ich hatte dich für so intelligent gehalten, daß du weißt, daß ich es nicht so meine.«

Ulrike blickte starr geradeaus, als sie das Ortsschild passierten.

»Aber jeder Arbeitslose wird seine Chancen sicherlich verbessern, wenn er Fortbildungen mitmacht. Das garantiert natürlich keine Arbeit, aber die Chancen sind besser. Mich könnte es doch genau so treffen, also werde ich sicherlich nicht behaupten, daß Arbeitslose zu doof sind, eine Arbeit zu finden.«

»Du hast die Kanzlei deines Vaters.« hielt Ulrike dagegen.

»Das ist allerdings mein Vorteil.« stimmte Sven zu.

»Wie willst du aber solche Dinge wie Unfälle und Krankheiten in deinem Leben einplanen?« fragte sie schließlich.

»Das geht wohl schlecht.« sagte er bedächtig. Er blickte sich um, während sie durch die Straßen fuhren. Diese Gegend kam ihm bekannt vor. »Ich kann nur hoffen, daß es mich nicht so schlimm erwischt, daß ich nicht mehr arbeiten kann. Ich werde wohl auf mein Glück vertrauen müssen.«

»Glaubst du an Gott?« fragte sie unvermittelt, und plötzlich wußte Sven, wo sie sich befanden. Als Ulrike den Wagen anhielt, blickten sie direkt auf den Seiteneingang der Kirche.

»An Gott? Eigentlich nicht.«

»Komm mit!« Ulrike stieg aus und schloß den Wagen ab, dann lief sie zur Kirchentür voraus.

Sven folgte ihr, nachdem er seine Tür ebenfalls verriegelt hatte. Ulrike stand in der geöffneten Tür zum Seitenschiff und wartete auf ihn.

»Du glaubst nicht an Gott?« hakte sie noch einmal nach.

»Nein. Eigentlich nicht.« wiederholte Sven. Er folgte ihr in das Innere der Kirche, wobei ihn ein mulmiges Gefühl beschlich. War es in Ordnung, im Inneren einer Kirche Gott zu leugnen? Immerhin war die Kirche ein Gotteshaus, und sozusagen den Gastgeber zu verleugnen – das tat man nicht. Wenn er andererseits nicht an Gott glaubte, war es ja nur ein leeres Gebäude, und er brauchte sich keine Gedanken zu machen.

»Ich auch nicht.« sagte sie und betrat das Innere der Kirche.

Sven kannte diesen Raum schon, hatte ihn schon besichtigt, bevor er seiner Cousine begegnet war. Nun betrachtete er Ulrike, die mit festen Schritten zwischen den Bänken hindurch zum Mittelgang marschierte und sich dann in Richtung Altar wandte. Sie strahlte eine unglaubliche Lebenskraft und -freude aus, und er fühlte sich immer mehr zu ihr hingezogen.

Er ermahnte sich, daß er an Annette denken mußte, aber hier schien dieser Gedanke keine Substanz zu besitzen und das Bild seiner Freundin verschwand so schnell wieder, wie es gekommen war.

»Komm, Sven!« rief Ulrike ihm zu. Sie stand inzwischen vor

dem Altar und hatte sich zu ihm umgedreht. Ihre Stimme hallte in dem großen, leeren Saal, und unwillkürlich zuckte Sven in sich zusammen. Von klein auf hatte man ihm beigebracht, daß man sich in einer Kirche nur leise zu unterhalten hatte.

Als er sich auf den Weg zu seiner Cousine machte, tat er so, als ließe er sich nicht von ihr hetzen, obwohl es ihm sehr unangenehm gewesen wäre, wenn sie ihn noch einmal so laut gerufen hätte. Aber die Gefahr bestand offenbar nicht. Ulrike hatte sich dem Altar zugewandt und betrachtete ihn eingehend.

Erst jetzt fielen Sven zwei alte Frauen auf, die in der zweiten Bank saßen und Ulrike beobachteten. Ihre Gesichter waren zornig verzogen, und sie tuschelten miteinander. Offensichtlich waren sie nicht beglückt darüber, wie Ulrike sich hier verhielt. Ob es nur an ihrem Verhalten, oder auch an ihrem unkonventionellen Aussehen lag, wagte Sven nicht einmal zu erraten.

»Die ganze Sache mit Gott ist schon ein ziemlicher Unsinn, meinst du nicht?« fragte sie, als er sich neben sie stellte. Sie bemühte sich nicht darum, leise zu sprechen, und Sven konnte sich vorstellen, daß die beiden Frauen hinter ihnen gerade wirklich zornig wurden.

»Ich weiß nicht, ob man das so sagen kann.« hielt er vorsichtig dagegen. Er wollte nicht unangenehm auffallen, auch wenn seine Cousine damit offenbar keinerlei Probleme hatte.

»Alles Unsinn.« sagte Ulrike entschieden. Dann drehte sie sich um und fixierte die beiden alten Frauen mit einem Blick, unter dem die unruhig in der Bank hin und her zu rutschen begannen. »Habe ich nicht Recht? Alles Unsinn!«

»Also, ich muß doch…« knurrte die eine.

»Eine Frechheit ist das!« zeterte die andere.

Dann begannen sie umständlich zur Seite hin aus der Bank zu rutschen und schließlich gemeinsam den Mittelgang zum Hauptportal zu gehen, wobei sie sich gegenseitig abstützten.

»Die jungen Leute sind unmöglich!« rief die eine von ihnen noch einmal durch die Kirche. »Einfach unmöglich!«

Dann waren sie verschwunden, und sie hatten den gesamten Kirchenraum für sich allein.

»Das war nicht sehr nett.« sagte Sven. Er konnte sich trotzdem ein Lachen nicht verkneifen.

»Die beiden sollen sich ruhig mal ein bißchen bewegen.« erwiderte Ulrike achselzuckend. »Die beiden sitzen jeden Tag stundenlang hier. Es schadet denen nicht, wenn sie mal ein paar Schritte laufen. Außerdem haben sie jetzt wieder was, worüber sie sich das Maul zerreißen können. Unglücklich sind sie jedenfalls nicht hier rausgegangen.«

»Auch eine Sichtweise.« murmelte Sven.

»Woran glaubst du?« fragte Ulrike nach einer kurzen Pause. »Wenn schon nicht an Gott, dann vielleicht an irgend etwas anderes?«

»Ich bin mir nicht sicher.« gab Sven zu. »Ich habe mir noch nicht allzuviele Gedanken in dieser Richtung gemacht. Gott selbst… Ich weiß nicht so recht. Ich denke, Religion stammt von den Leuten, die nicht damit zurecht kamen, daß das Leben einfach nur ein großer Zufall war.«

»Für die einfachen Leute?« fragte Ulrike. »Diese 'Opium für das Volk'-Geschichte?«

»In etwa.« Sven zuckte mit den Achseln. »Ich glaube einfach nicht daran, daß es ein größeres Wesen gibt, das über uns alle aufpaßt und die Fäden in der Hand hält.«

»Dann würdest du auch niemals heiraten?« fragte sie weiter.

»Wie bitte?« Sven konnte ihren Gedankensprüngen manchmal nicht folgen.

»Wenn du nicht an Gott glaubst?« sagte sie grinsend. »Wie kannst du dann einen Eid vor Gott schwören?«

»Man kann auch standesamtlich heiraten.« gab Sven zu bedenken.

»Aber wozu überhaupt? Die Ehe ist eine kirchliche Institution.«

»Sie ist auch eine wirtschaftliche.«

»Du würdest also des Geldes wegen heiraten?« Ulrike drehte sich auf dem Absatz um und trat ein paar Schritte vom Altar weg. Dann setzte sie sich in die Bank, in der eben noch die beiden alten Frauen gesessen hatten, und blickte von dort zu ihm herauf. »Wo bleibt dann die Liebe?«

»Das schließt sich doch nicht aus.« sagte Sven und folgte ihr. »Wenn zwei Menschen sich lieben, dann ist es doch nur recht und billig, daß sie heiraten, um ein paar Steuern zu sparen. Ich finde das ganz in Ordnung.«

»Aber die Frage bleibt: Heiratet man aus Liebe, oder um Steuern zu sparen? Würdest du auch heiraten, wenn du keine Steuern sparen würdest?«

»Sicher. Ich meine…« Sven überlegte. Er wußte nicht, worauf seine Cousine hinaus wollte. »Ich denke schon. Wenn ich eine Frau liebe, warum soll ich sie dann nicht heiraten?«

»Aber es gibt auch keinen zwingenden Grund?«

»Worauf willst du eigentlich hinaus?« fragte er gereizt. Er fühlte sich von ihr in die Enge getrieben, und das gefiel ihm nicht.

»Auf gar nichts.« grinste Ulrike. »Ich wollte nur mal sehen, was du mir so antwortest.«

»Zufrieden mit meinen Antworten?« fragte er säuerlich.

»Es geht so.« Sie zuckte mit den Achseln. »Es war irgendwie weder Fisch noch Fleisch. Ich hoffe, wenn du dein Leben planst, bist du ein wenig gewissenhafter als bei deinen Antworten eben.«

»Was ist denn mit *dir*?« fragte er gereizt. »Würdest *du* heiraten?«

»Nein!« sagte sie entschieden. »Wenn sich meine Einstellung im Laufe der Jahre nicht grundlegend ändert, werde ich nicht heiraten!«

»Und warum nicht?« Svens Ärger war verraucht. Er drehte sich in der Bank so, daß er seine Cousine direkt anblicken konnte, und stützte sich dabei mit dem Ellenbogen auf der hölzernen Rückenlehne auf. Im Licht der bunten Kirchenfenster sah sie gleichzeitig unwirklich und wunderschön aus. Sven spürte seinen eigenen Herzschlag und bekam klamme Hände. Er wurde unruhig, als ihm aufging, wie nah sie beisammensaßen, und mußte sich zusammenreißen, um keine Dummheiten zu begehen.

»Weil ich nicht an dieses Zeug glaube.« sagte sie ernst. »Ich muß keinen Schein besitzen, um jemanden zu lieben. Wenn ich der Meinung bin, daß ich mit jemandem zusammensein möchte, dann bin ich es. Und wenn ich der Meinung bin, daß ich mein ganzes Leben mit jemandem zusammensein möchte, dann werde ich das wohl auch ohne Trauschein hinbekommen.«

»Wenn dieser jemand mitspielt.« gab Sven zu Bedenken.

»Glaubst du, der Trauschein würde daran etwas ändern?« fragte sie, ungläubig lachend. »Was findest du in einer Beziehung am wichtigsten?«

»Am wichtigsten?« Sven überlegte einen Augenblick. »Meine Partnerin sollte mich lieben, denke ich. Und ich muß ihr vertrauen können. Wenn ich meinem Partner nicht vertrauen kann, dann ist alles andere unwichtig. Es kann nichts werden!«

»Also könntest du einen Betrug nicht verzeihen?«

»Ich weiß nicht.« antwortete Sven. »Wenn mein Partner mich betrügt, und ich dahinterkäme, dann hätte ich doch immer im Hinterkopf, daß er es wieder tun könnte. Und das wäre keine Vertrauensbasis.«

»Aber Menschen können sich ändern.«

»Sie können auch so bleiben, wie sie sind.«

»Das würde es natürlich leichter machen, zu planen.« lachte Ulrike.

Sven winkte ab. »Sei mal ernst.« bat er dann. »Nimm einmal an, du würdest betrogen. Würde dich das freuen?«

»Wohl kaum.« antwortete Ulrike, nun wirklich ernst. »Aber

trotzdem können Menschen sich ändern. Und man sollte immer bereit sein, dem anderen eine zweite Chance zu geben.«

Sven zögerte einen Augenblick, während er sich das durch den Kopf gehen ließ. Eine zweite Chance. Es war immer leicht, zu sagen, daß man bereit war, einem anderen eine zweite Chance einzuräumen, aber wenn es dann wirklich soweit kam… er wußte nicht, ob er es könnte. Die Basis wäre beschädigt, und ein Quentchen Mißtrauen würde sicherlich zurückbleiben.

»Ich denke auf jeden Fall, daß absolute Offenheit in einer Beziehung ein *Muß* ist!« sagte er dann. »Man darf sich auf keinen Fall belügen. Wenn man das tut, hat man immer mit einem schlechten Gewissen zu kämpfen und kann den anderen nicht so behandeln, wie es ihm eigentlich gebührt.«

»Und glaubst du, du kannst das mit einem Trauschein kaufen?«

»Nein, natürlich nicht.«

»Warum also sollte ich heiraten?«

»Das ist doch wieder etwas ganz anderes!« rief Sven aus. Für einen Augenblick hatte er völlig vergessen, daß er sich in einer Kirche befand, aber der starke Widerhall seiner Stimme erinnerte ihn schnell daran. Schuldbewußt zuckte er zusammen und blickte sich erschrocken um, ob er auch niemanden gestört hatte – aber außer ihnen beiden war niemand zu sehen.

»Einen Mann, dem ich nicht vertrauen kann, brauche ich nicht zu heiraten.« sagte Ulrike gelassen, bevor er sich wieder soweit erholen konnte, daß er fortfuhr. »Und wenn ich ihm vertraue, muß ich ihn nicht heiraten. Ein Trauschein, um jemanden an mich zu fesseln, ist mir eine Spur zu altertümlich.«

»Aber man fesselt den anderen doch nicht mit dem Trauschein.«

»Was denn sonst?«

»Ich… Was weiß denn ich?« fuhr Sven auf. Diesmal achtete er jedoch darauf, daß seine Stimme sich nicht zu sehr erhob. Die rasante Art und Weise, in der seine Cousine ihm die Worte im Mund verdrehte, machte ihm zu schaffen, und darüber ärgerte er sich. »Man zeigt dem anderen, daß man ihn liebt. Man sagt es vor der ganzen restlichen Welt.«

»Warum soll ich es der restlichen Welt beweisen?« fragte sie mit großen Augen und gespielter Naivität. »Es reicht doch, wenn mein Freund es weiß. Andere geht es gar nichts an.«

»Ich… du bist nur aus Prinzip dagegen!« rief er dann verzweifelt. Er war kurz davor, sich die Haare zu raufen. Er wußte einfach nicht mehr, was er Ulrike erwidern sollte, ohne daß sie es auf der Stelle auseinandernahm. Und dabei hatte er noch nicht einmal den Eindruck, daß sie recht hatte. Sie hatte so ihre Ansichten, aber irgendwie…

»Ich habe mir meine Gedanken gemacht und bin zu diesen Schlüssen gekommen.« antwortete sie ruhig. »Wenn du das als Prinzipientreue bezeichnen willst, dann ist es vielleicht wirklich so, daß ich aus Prinzip dagegen antworte. Aus *meinem* Prinzip. Ansonsten würde ich einfach behaupten, ich rede so aus Überzeugung.«

Sven zuckte mit den Achseln und lehnte sich zurück. Ihm fiel zu diesem Thema nichts mehr ein, und er hatte auch keine Lust mehr, mit Ulrike zu diskutieren. Ihre Art konnte ihn in den Wahnsinn treiben, und er wollte nicht in einer Kirche aus der Haut fahren. Also betrachtete er den Altar und begann, langsam und leise, bis zehn zu zählen.

Ulrike betrachtete ebenfalls den Altar.

»Wie heißt deine Freundin?« fragte sie plötzlich.

»Annette.« antwortete Sven. Er war so überrascht über ihre Frage, daß er für einen Augenblick beinahe nicht auf den Namen gekommen wäre.

»Wollt ihr beiden heiraten?« fragte sie.

Sven vermutete wieder einen Angriff, aber er konnte sich noch nicht zusammenreimen, wie dieser ablaufen würde.

»Nehme ich an.« sagte er.

»Vertraust du ihr?« fragte Ulrike weiter.

»Sicher.«

»Klingt nicht sehr überzeugt.«

»Doch, natürlich vertraue ich ihr. Wir wollen zusammenziehen. Nach den Semesterferien wollen wir uns eine gemeinsame Wohnung suchen.«

»Kann Annette *dir* vertrauen?«

»Was ist das für eine Frage?« fuhr Sven auf. Fast schien es ihm, als habe Ulrike in ihn hineingeblickt und gesehen, was in ihm vorging. Als habe sie den Kampf gesehen, der sich in seinem Inneren abspielte, und von dem er noch nicht wußte, wie er ausgehen würde. Er fühlte sich hin- und hergerissen zwischen Annette und Ulrike, wollte Ulrike für sich gewinnen, wenn er auch andererseits ständig Annette vor Augen hatte und sich dabei sagte, daß er ihr die Treue halten mußte! »Natürlich kann sie mir vertrauen!«

»Solange du dir da sicher bist, ist ja alles in Ordnung, nicht wahr?« fragte Ulrike mit einem verschmitzten Grinsen, aus dem Sven wiederum nicht schlau wurde. Er hatte den Eindruck, als lese sie in ihm wie in einem aufgeschlagenen Buch. Es war zum Aus-der-Haut-Fahren.

Andererseits gefiel es ihm. Annette verstand oft nicht, was in ihm vorging. Genauso wenig, wie er verstand, was *sie* bewegte.

In diesem Augenblick trat ein Mann in schwarzem Anzug und mit weißem Kragen vor sie und betrachtete sie.

Sven zuckte erschrocken zusammen, weil er den Mann nicht hatte kommen hören, und bekam sofort ein schlechtes Gewissen. Wenn in der Kirche jemand auf ihn aufmerksam wurde, dann mußte er etwas falsch gemacht haben.

»Als ich die Schwestern Grau aus der Kirche habe flüchten sehen, wußte ich sofort, wer hier ist.« sagte der Mann mit einem gutmütigen Grinsen.

Er mochte Anfang vierzig sein, aber als er grinste und dabei zwei Reihen blendend weißer Zähne entblößte, wirkte er bedeutend jünger. Sein Gesicht wirkte beinahe jungenhaft, lausbubenhaft, als sei er jederzeit bereit, den Meßwein mit Strohrum zu versetzen oder ein Aktphoto in einem der Gesangbücher zu verstecken, nur um zu sehen, wie derjenige reagierte, der es fand.

»Hallo, Herr Pfarrer.« erwiderte Ulrike, ebenfalls grinsend. »Die beiden mußten mal ein wenig an die frische Luft, glaube ich.«

»Du kannst die beiden doch nicht einfach vertreiben.« sagte der Mann in schwarz. Er versuchte, ernst dabei zu bleiben, aber selbst Sven erkannte doch, daß auch er sich darüber amüsierte. »Die beiden haben schließlich ein Anrecht darauf, ihre Zwiesprache mit Gott in ungestörter Ruhe auszuüben.«

»Die einzige Zwiesprache, die die beiden hier ausüben, ist untereinander.« sagte Ulrike, und sie wurde schlagartig ernst und wandte sich an Sven. »Vor den beiden Tratschmäulern ist niemand im Ort sicher. Wenn die beiden nicht über zehn verschiedene Leute in einer Stunde herziehen können, sind sie krank.«

»Urteile nicht so hart über die beiden.« bat der Pfarrer, der nun ebenfalls ernst wurde. »Sie haben ein schweres Leben hinter sich.«

»Und bereiten allen anderen zum Ausgleich auch eins.« gab Ulrike zu bedenken.

»Niemand ist ohne Fehler.«

»Ich weiß, die Diskussion hatten wir schon öfter.« Ulrike winkte ab. »Übrigens, das ist mein Cousin Sven. Er ist Jurastudent und besucht uns in den Semesterferien.«

»Hallo, Sven.« begrüßte der Pfarrer ihn nun. Er reichte ihm die Hand, und Sven beeilte sich, aufzustehen, bevor er die Hand ergriff. Er deutete eine leichte Verbeugung an. »Jura ist ein sehr interessantes Fach, nicht wahr? Aber vermutlich muß man auch eine Menge auswendig lernen.«

»Schon, ja.« stammelte Sven. Der bisherige Verlauf des Gesprächs hatte ihn eher überrascht, da er sich schon auf einen Rüffel eingestellt hatte. Er hatte nicht geahnt, in welcher Beziehung der

Pfarrer und seine Cousine standen.

»Gefällt ihnen unsere kleine Stadt?« fragte der Pfarrer weiter.

»Es ist ganz schön hier.« gab Sven zurück. »Ich bin zwar erst ein paar Tage hier, aber ich habe schon ein paar nette Plätzchen gefunden.«

»Wir haben es auch wirklich schön getroffen.« stimmte der Pfarrer zu. »Nur ein wenig langweilig ist es hier ab und zu. Aber zum Glück habe ich ja Ulrike. Wir zwei haben immer Gesprächsstoff, nicht wahr?«

»Streiten trifft meistens besser.« grinste Ulrike.

Sven betrachtete die beiden erstaunt. Er hatte keine Ahnung gehabt, wie sehr Ulrike sich offensichtlich mit den Themen auseinandersetzte, über die sie sich in den letzten Stunden unterhalten hatten. Er fühlte sich ein wenig wie damals in der Schule, als er seine einzige »5« geschrieben hatte. Damals hatte er gewußt, daß er nicht genug getan hatte, und ein schlechtes Gewissen bekommen. In diesem Moment fühlte er sich ähnlich. Ulrike schien sich wirklich mit ihrer Umwelt auseinanderzusetzen.

»Ich habe noch ein paar Dinge zu erledigen.« sagte der Pfarrer in diesem Augenblick. »Ich wünsche euch noch einen schönen Tag.«

»Gleichfalls.« sagte Ulrike und stand von der Bank auf, um die Kirche zu verlassen. Sven schloß sich ihr an.

Als sie die Kirche verließen, betrachtete er Ulrike wieder einmal mit ganz anderen Augen.

Wieder zu Hause schlichen sie sich an ihren Müttern vorbei, und die Treppe hinauf in den ersten Stock. Ulrike nahm Sven bei der Hand und zog ihn in ihr Zimmer. Er fühlte sein Herz bis in den Hals hinein pochen, und seine Hand, die sie hielt, zitterte ein wenig, als er ihr folgte.

Ihr Zimmer war ganz in hellem Kiefernholz eingerichtet. Schrank, Bett, Regale, alles war hell. Nichts düsteres hing über diesem Zimmer, wie er es eigentlich erwartet hatte, und da in diesem Augenblick auch die Sonne durch das Fenster hereinschien, strahlte alles in einem beinahe übernatürlichen Glanz. Auf ihrem Schreibtisch lagen zahllose Blätter wild durcheinander, einige Stifte dazwischen. An den Wänden hingen zahllose Bilder. Sven fand Bilder von Monet, von Van Gogh, aber auch Photos von Rockgruppen wie den Doors oder Led Zeppelin. Alles in allem war es ein Zimmer, in dem er sich wohlfühlen konnte, und wie er es sich auch hätte einrichten können. In einer Ecke stand ein großer Spiegel, der ihm sehr nach »Mädcheneinrichtung« erschien. Annette hatte ebenfalls einen solchen Spiegel und konnte ohne ihn kaum auskommen.

Ulrike ging an ein schmales Regal neben ihrer Stereoanlage und setzte sich im Schneidersitz davor, um die CDs durchzuschauen. Sven stellte sich dicht hinter sie, so dicht, daß er ihre Haare riechen konnte. In seinem Kopf drehte sich alles ein klein wenig, und er fühlte sich einen Augenblick lang zufrieden und ausgeglichen.

Auch ihre CDs hätten teilweise seine eigenen sein können, wenn sie auch einige Gruppen zu hören schien, deren Namen er nicht einmal kannte, oder mit deren Musik er nichts anzufangen wußte. Aber in der Hauptsache waren sie sich sehr ähnlich, und es fiel ihm nicht schwer, sich mit der Wahl, die sie traf, anzufreunden.

Während sie die CD in die Stereoanlage einlegte, setzte er sich an ihren Schreibtisch und schob die Blätter hin und her, die darauf herumlagen. Sie waren alle beschrieben mit einer schönen, weichen, sehr runden Schrift – was ihn überraschte. Insgeheim hatte er sich vorgestellt, daß sie eine harte, schräge Schrift besitzen würde, eine Schrift, die aneckte. Aber nichts dergleichen. Ihre Schrift wirkte wie die eines Menschen, der seinen inneren Frieden gefunden hatte und sich künstlerisch betätigte.

»Was ist das alles?« fragte er, während er die Blätter instinktiv zu sortieren begann.

»Was?« fragte Ulrike. Sie hatte die Musik gerade gestartet und drehte sich nun zu ihm um.

»Die Blätter hier. Briefe?«

»Gedichte.« gab Ulrike zur Antwort. Ihre Stimme hatte sich verändert, ein Unterton schwang darin mit, in dem Sven eine gewisse Nervosität erkennen konnte. Offensichtlich waren die Gedichte ihr wichtig, und auch seine Meinung über sie. Ulrike hatte in gewisser Weise Lampenfieber. Das machte sie ihm noch sympathischer.

»Darf ich sie lesen?« fragte er.

»Wenn sie dich interessieren…« sagte sie, scheinbar teilnahmslos.

»Ich schreibe selbst welche.« sagte er, als wolle er sein Interesse damit begründen. Doch kaum hatte er es ausgesprochen, als er sich auch schon wünschte, nichts gesagt zu haben. Nun würde sie auch seine Gedichte lesen wollen, und plötzlich wurde er sehr nervös. Was war, wenn *seine* Gedichte *ihr* nicht gefielen?

»Machen wir einen Austausch.« schlug Ulrike auch sofort vor.

»Jetzt gleich?«

»Wenn du welche da hast…«

»Ich habe zwei oder drei geschrieben, seit ich hier bin.« sagte er vorsichtig.

»Dann hol sie her.« Ulrike grinste breit und setzte sich auf ihr Bett. »Vorher darfst du meine nicht lesen.«

Sven zögerte einen Augenblick, doch dann stand er auf.

»Ich bin gleich wieder da.« sagte er, als er auf den Flur hinaustrat. Seine Cousine reagierte nicht.

Er ging die paar Schritte in sein Zimmer und trat dort an den Schreibtisch, in dessen Schubladen er seine Bücher und auch den Block verstaut hatte, auf dem er seine Gedichte niederschrieb. Als er die Schublade öffnete und den Block herausnahm, fiel ihm sofort auf, daß er nicht mehr so lag, wie er ihn hineingelegt hatte. Offenbar hatte seine Mutter ihn herausgenommen, um zu lesen, was darauf stand. Er hatte sie schon früher bei derartigen Sachen ertappt, und sie hatte ihm erklärt, daß sie das nur zu seinem Besten tat. Sie hatten eine lange Diskussion darüber geführt, und er hatte sie darum gebeten es – ob zu seinem Besten oder nicht – zu unterlassen, aber offensichtlich kam ihre alte Neugierde wieder auf. Das störte ihn, aber er wollte keinen Streit mit ihr beginnen, solange sie im Haus ihrer Verwandten waren, also schluckte er den Ärger hinunter und verschob die Aussprache auf später, wenn sie wieder zu Hause waren.

Mit dem Block in der Hand kehrte er in Ulrikes Zimmer zurück. Sie saß noch immer auf dem Bett, hatte sich an die Wand hinter ihr angelehnt und die Augen geschlossen. Sie hielt sie auch weiterhin geschlossen, während er den Block neben sie legte und dann an den Schreibtisch trat, um sich ihre Gedichte anzuschauen. Erst als er saß, sah sie ihn wieder an.

»Was für Gedichte schreibst du?« fragte sie.

»Das siehst du doch gleich.« erwiderte er nervös.

»Ich wollte erst einmal deine Definition hören.« sagte sie lächelnd. »Dann kann ich mir eine bessere Meinung darüber bilden, ob sie gelungen sind oder nicht.«

»Liebesgedichte.« sagte er, und das Wort fühlte sich plötzlich seltsam in seinem Mund an. Wenn er mit Annette darüber sprach, dann wußte er, daß sie ihn dafür bewunderte, daß er ihr Liebesgedichte schrieb. Bei Ulrike war er sich nicht so sicher.

Schließlich wandte er sich von ihr ab und nahm wahllos eines der Blätter.

Gleichberechtigung

Lennon sagt: »Woman is the nigger of the world«!
Sie war es immer und nichts wird sich ändern.
Als Arbeitstier zur Ehe gezwungen!
Männer unterdrücken Frauen, zwingen ihnen ihr
Leben auf.

Ruhiggestellt durch »Gleichberechtigung«, die Liebe
Als neues Lebensglück, Seelenpartner gefunden
Und miteinander ins Himmelreich eingegangen.
Scheiße!

Die Wahl des Partners darf nicht abhängen vom Geschlecht.
Erst wenn der Charakter zählt, wenn Frauen Frauen
Und Männer Männer lieben dürfen,
Wenn es nicht mehr darauf ankommt, mit Was, sondern
Mit Wem man zusammen ist,
Wird die Welt sich ändern!

Unangenehm getroffen legte er das Blatt beiseite. Das war nicht das, was er sich unter einem Gedicht vorstellte. Er nahm einige andere Blätter auf und las sie durch, aber überall war dieselbe Mischung aus Anschuldigungen, Kraftausdrücken und zusammenhanglosen Sätzen wie in dem ersten »Gedicht«.

»Wie findest du es?« fragte Ulrike, als er sich nicht mehr dazu durchringen konnte, ein weiteres Gedicht von ihr zu lesen.

»Die Themen finde ich ganz in Ordnung.« sagte er vorsichtig.

»Aber?«

»Naja, ich meine, sie sind sozialkritisch. Du machst dir wirklich Gedanken über die Welt, in der du lebst, das muß ich anerkennen.«

»Aber?« fragte sie wieder.

»Die Art, wie du schreibst… ich weiß nicht so recht.«

»Nicht dieses seichte Gedudel, wie bei dir.« sagte sie spöttisch.

»Ich achte wenigstens auf die Form!« fuhr er auf. Was er befürchtet hatte, war eingetreten. Sie mochte nicht, was er geschrieben hatte. »Ich habe wenigstens auf Metrik und Reimform geachtet. Bei mir findest du keine Unregelmäßigkeiten. Meine Gedichte kann man lesen und sie einfach schön finden.«

»Muß man das?« fragte Ulrike betont freundlich.

»Natürlich!« fuhr er auf.

»Ich finde nicht.« sagte sie ernst. »Ich möchte keine leere Form hinknallen. Es ist nicht schwer, ein paar Reime zu finden. Aber eine Aussage zu machen ist etwas anderes. Die Form ist mir egal, wenn nur die Aussage schlüssig ist.«

»Also keine inhaltlose Form, sondern eine formlose Aussage?« fragte Sven, ihren Gedanken zusammenfassend.

»So könnte man sagen.« stimmte sie zu.

»Und meine Gedichte haben keine Aussage?« fragte er dann.

»Nicht viel, wenn ich ehrlich bin.«

»Und was ist mit der Liebe? Die zählt in deinen Augen nichts? Ich finde, es ist Aussage genug, wenn ich einem Menschen mitteile, wie wichtig er mir ist. Das ist eine Aussage, die heutzutage viel zu selten gemacht wird.«

»Du änderst die Gesellschaft nicht damit, daß du deiner Freundin sagst, wie sehr du sie liebst.«

»Die Gesellschaft, die Gesellschaft! Muß man denn immer gleich die Gesellschaft ändern?« fuhr Sven auf, verstummte jedoch wieder, als er ein Knarren auf der Treppe hörte.

»Scheiße, können die beiden einen nicht einmal fünf Minuten in Ruhe lassen!« knurrte Ulrike in einem Ton, der Sven zusammenzucken ließ. Sie war sehr zornig.

»Was war das?«

»Was wohl? Meine Mutter ist die Treppe raufgeschlichen, um zu hören, was wir miteinander zu besprechen haben. Und ich könnte wetten, daß deine Mutter dabei ist. Die beiden wollen wissen, ob du deine Aufgabe gewissenhaft erledigst und mich auf den rechten Pfad der Tugend zurückführst. Ich könnte kotzen!«

»Sollen wir rausgehen?« schlug Sven vor.

»Wird das beste sein. In diesem Knast hast du keine fünf Minuten für dich allein. Ständig steht man unter Bewachung.«

»Kann ich mir vorstellen.« murmelte Sven, dem es ebenfalls säuerlich aufstieß, daß sie so überwacht wurden. Er hatte gar keine Lust mehr, den Auftrag auszuführen, den seine Eltern ihm übertragen hatten. Er fand Ulrike ganz in Ordnung, so wie sie war. Ihre Ansichten mochten manchmal etwas extrem sein, aber mit ein bißchen Feinarbeit war sie vielleicht ein wenig zu mäßigen.

Ulrike schaltete die Stereoanlage aus und riß dann die Tür auf, wo tatsächlich ihre beiden Mütter standen, und so taten, als unterhielten sie sich über die Bilder, die Henny und Paul hier aufgehängt hatten. Häßliche Bilder allesamt, und Sven bezweifelte, daß seine Mutter normalerweise Interesse für sie aufgebracht hätte, wenn sie nicht nach einem Vorwand gesucht hätte, weswegen sie hier oben war.

»Na, amüsiert ihr beiden euch gut?« fragte Svens Mutter, und er hätte laut aufschreien können über ihre schlechte Schauspielerei.

»Wir gehen raus!« knurrte Ulrike und schob sich an den beiden Frauen vorüber.

Svens Mutter sah sie pikiert an und hielt Sven am Arm fest, als er sich ebenfalls wortlos aus dem Staub machen wollte.

»Wie läuft es?« fragte seine Mutter, und er war überrascht, eine so umgangssprachliche Wendung aus ihrem Mund zu hören. Normalerweise achtete sie sehr auf das, was sie sagte.

»Ich denke, Ulrike ist gar nicht so verkehrt, wie ihr glaubt.« murmelte er.

»Kümmere dich um das Mädchen!« zischte seine Mutter ihm ernst zu. »Und laß dich nicht von ihrem Gerede beeindrucken. Sie hat ernste Schwierigkeiten, und du sollst sie wieder auf den rechten Weg zurückführen!«

Am liebsten hätte Sven ihr geantwortet, daß *sie* diejenige war, die Probleme hatte. Nicht Ulrike war diejenige, die Hilfe benötigte, sondern seine Mutter, sein Vater, seine Tante, sein Onkel. Sie waren es, die Probleme mit einem Menschen hatten, der sich Gedanken über seine Umwelt machte, *sie* waren es, die sich nicht auf diese Situation einstellen konnten und deshalb Ulrike am liebsten in eine Zwangsjacke gesteckt hätten.

»Ich weiß.« murmelte er jedoch nur bedrückt, dann wand er sich aus dem Griff seiner Mutter und lief, Ulrike hinterher, die Treppen hinunter.

Die erwartete ihn unten schon ungeduldig.

»Konntest du Bericht abliefern?« fragte sie höhnisch.

Ihre Stimme traf ihn wie ein Dolchstoß.

»Die beiden müssen doch auf dem Laufenden bleiben.« gab er, ein wenig beleidigt zurück.

Ulrike legte ihm die Hand auf den Arm und lächelte müde, dann drehte sie sich um und verließ das Haus. Sven lief ihr nach.

»Es ist schlimm in diesem Haus.« erklärte Ulrike, als er sie eingeholt hatte. Sie marschierte mit forschen Schritten in Richtung Stadtrand, auf den Wald zu. »Ständig wird man überwacht, ständig wollen sie einen einzwängen und in ihre beschränkten Bahnen drängen. Ich habe manchmal überhaupt keinen Bock mehr da drauf! Manchmal würde ich am liebsten einfach nur noch fortgehen und mich nie wieder blicken lassen!«

»Damit würdest du deinen Eltern das Herz brechen.« gab Sven zu Bedenken.

»Ich weiß.« sagte sie schnaubend. »Deswegen habe ich es ja auch noch nicht getan. Du brauchst gar nicht weiterreden! Ich kann *auch* meine sentimentale Ader haben. Ich weiß auch, daß sie nur das beste für mich wollen – aber zuviel ist zuviel. Ich muß *mein* Leben leben, wie *ich* es denke und kann mir nicht *ihr* Leben aufzwingen lassen.«

»Sollst du auch gar nicht. Ich würde das auch nicht wollen.«

»Ach, nein?« fragte sie, blieb abrupt stehen und starrte ihn an. »Das überrascht mich ein bißchen, daß du das so sagst.«

»Ich weiß, wie es aussieht.« gab Sven errötend zurück. »Aber es ist gar nicht so schlimm. Ich meine, ich wohne in einem Studentenwohnheim, in einer ganz anderen Stadt. Ich bin nicht jeden Tag bei ihnen, und sie machen mir auch keine Vorschriften. Zumindest nicht zu viele.«

»Und du denkst, daß du dich wirklich von ihnen abgenabelt hast?« Ulrike setzte ihren Weg fort. Der Wald war inzwischen in Sichtweite gerückt, und sie näherten sich bei dem eingeschlagenen Tempo sehr schnell.

»Einigermaßen schon.«

»Kaum zu glauben.«

Sie schwiegen für einige Minuten, und erst, als sie am Bach angekommen waren, fragte Ulrike unvermittelt: »Du willst also über die Liebe schreiben?«

»Äh, ja!« antwortete Sven verdutzt. Er hatte nicht mit diesem Gedankensprung gerechnet, hatte sich im Geiste noch mit seinen Eltern beschäftigt, und der Art und Weise, in der sie ihn behandelten. Er glaubte, daß er ihnen den Gehorsam schuldig war, den er ihnen entgegenbrachte, schließlich hatten sie ihm das Leben geschenkt und auch die Ausbildung ermöglicht, die er genoß. Und zu guter letzt liebte er sie einfach dafür, daß sie seine Eltern waren.

»Hast du die Liebe schon erlebt?« fragte sie. Sie blickte ihn dabei nicht an, sondern begab sich mit einem kurzen Sprung auf die andere Seite des Baches, wo sie sich durch das Unterholz auf den Weg zu ihrem Baumstumpf machte.

Sven folgte ihr.

»Ich denke schon. Ich habe eine Freundin, wenn du dich erinnerst.«

»Das heißt nicht viel.« gab sie zurück. Sie blieb plötzlich stehen. Zu dem Baumstumpf waren es noch einige Meter, und Sven hatte nicht damit gerechnet, daß sie so abrupt stoppen würde. Er stolperte, bei dem Versuch, nicht gegen sie zu laufen und hielt sich an ihr fest, um nicht selbst hinzufallen.

Plötzlich standen sie voreinander und hatten die Arme umeinander gelegt. Sein Herz pochte wie wild, seine Knie begannen leicht zu zittern. Er hatte sich so sehr gewünscht, daß es zu dieser Berührung kam, aber sich nicht getraut, die Initiative zu ergreifen. Und nun half der Zufall nach. Oder Ulrike hatte nachgeholfen. In ihren Augen funkelte Unternehmungslust und ein Feuer, das er noch niemals bei einem Menschen gesehen hatte, und plötzlich wußte er mit Bestimmtheit, daß sie sich diese Umarmung ebenso gewünscht hatte, wie er.

»Menschen leben zusammen, ohne sich zu kennen. Eine jahrelange Beziehung heißt noch nicht, daß man sich auch wirklich liebt.«

»Ich weiß.« stammelte er atemlos.

Ihre Gesichter waren nur wenige Zentimeter voneinander entfernt. Er sah, wie ihre Lippen bebten, sah den Glanz ihrer Augen, und das leise Vibrieren ihrer Nasenflügel. Sie war erregt. Er spürte das Beben durch ihren ganzen Körper wandern, durch ihren Busen, den sie an ihn preßte, durch ihre Hüften.

Zögernd und vorsichtig näherte er sich ihrem Mund, suchte ihn mit seinen Lippen, und als sie ihm entgegenkam und sie sich berührten, durchzuckte es ihn wie ein Stromschlag. Ihr Atem wurde schneller, wurde heftiger, während sie sich immer fester umarmten und küssend zu Boden sanken.

»Ich möchte erleben, was Liebe ist!« keuchte sie ihm in sein Ohr und zog an seinem Hemd. Er wand sich ein bißchen, um es ihr zu erleichtern.

»Ich auch.« keuchte er.

Er küßte sie wieder, begann ebenfalls, sie auszuziehen. In hektischer Eile streiften sie einander die Kleider vom Leib, bis sie nackt aufeinander lagen, durch das Unterholz vor neugierigen Blicken geschützt, und sich im Laub wälzten. Sie küßten sich, streichelten sich, und ehe Sven es sich versah, lag er auf dem Rücken und Ulrike hatte sich rittlings auf ihn gesetzt.

Für einen kurzen Augenblick blitzte sein schlechtes Gewissen in ihm auf. Annette vertraute ihm, aber er…

Dann drang er in Ulrike ein und alles andere war vergessen. In gemeinsamem Rhythmus bewegten sich ihre Hüften. Seine Hände suchten ihre Brüste, streichelten sie und drückten sie. Sie hatte feste Brüste, groß und fest. Ihre Brustwarzen waren hart aufgerichtet, und ihr Bauch zitterte mit jeder Bewegung, die sie machten. Sie streichelte seine Brust, und er spürte, wie seine Brustwarzen sich ebenfalls aufrichteten. Schauer durchliefen seinen Körper, und er preßte die Augen zusammen. Dann öffnete er sie wieder und schaute zu Ulrike auf. Sie saß auf ihm, hatte den Kopf in den Nacken gelegt. Ihr Becken bebte, und sie keuchte sanft, während sie sich immer weiter bewegte.

Langsam steigerten sie ihr Tempo. Ihre Bewegungen wurden heftiger, immer heftiger, und schließlich keuchte sie lauter und lauter, bis ihr Körper immer stärker zu zittern begann. Auch Sven wurde von Schauern geschüttelt, spürte, wie es in ihm aufstieg, und kam schließlich mit einem lauten Keuchen. Aber er machte noch weiter, und kurz darauf kam auch Ulrike, fiel plötzlich in sich zusammen und ließ sich langsam auf seine Brust sinken, wo sie keuchend und schnaufend liegen blieb, sich an ihn schmiegte und ihn küßte.

Noch immer zitternd streichelte er ihr über den Rücken.

»Ich liebe dich.« murmelte er in ihr Ohr.

Abrupt setzte Ulrike sich auf. Sven befand sich noch immer in ihr, aber sie machte eine kurze Bewegung, und er war aus ihr heraus. Dann stand sie auf und begann schweigend, sich anzuziehen.

Völlig verdutzt und halb verzweifelt beobachtete er, was sie tat. Er war nicht fähig, etwas zu sagen, bis sie sich völlig wieder angezogen hatte und mit schnellen Schritten den Weg zum Bach antrat.

»Was ist denn los?« rief er ihr schließlich hinterher. »Was habe ich dir denn schon wieder getan?«

Dann war sie verschwunden, und Sven lag völlig verständnislos auf dem Boden. Was auch immer er tat, es schien das falsche zu sein…

An diesem Abend sah er sie nicht mehr. Er wartete auf sie, traute sich nicht, sie zu suchen, sondern wollte in ihrem Haus mit ihr sprechen. Aber sie kam und kam nicht, und als er gegen zwei Uhr schließlich einschlief, war sie immer noch nicht nach Hause zurückgekehrt.

Die Nacht verbrachte er sehr unruhig. Er träumte viel, wachte auch mehrmals auf, konnte sich jedoch nach dem Aufwachen kaum noch an das erinnern, was ihn im Traum so beschäftigt hatte. Nur ganz grob hatte er den Eindruck, daß Annette und Ulrike beide eine wichtige Rolle darin gespielt hatten, und daß sie beide ihm gemeinsam Vorwürfe machten.

Wie gerädert wachte er am nächsten Morgen auf. Er fühlte sich unausgeruht, sein Nacken schmerzte, sein ganzer Oberkörper und sein Kopf waren verschwitzt, und auch das Kopfkissen und die Bettdecke waren klamm von seinem Schweiß.

Mühsam stand er auf und duschte, bevor er nach unten ging.

Es war wie an seinen ersten Tagen in diesem Haus. Auch diesmal war Ulrike später als er nach Hause gekommen und hatte das Haus früher verlassen. Seit über einer halben Stunde war sie fort, wie seine Tante ihm verriet, was für ihn immerhin bedeutete, daß sie das Haus etwa verlassen haben mußte, als er sich aus dem Bett gequält hatte.

»Habt ihr beiden euch gestritten?« fragte Henny ihn, während sie ihm das Frühstück zubereitete.

Sven dachte an den vergangenen Nachmittag, dachte daran, wie sie im Wald miteinander geschlafen hatten, und fragte sich, wie er es seinen Verwandten sagen sollte, daß er sich in seine Cousine verliebt hatte. Dann dachte er daran, wie sie hinterher plötzlich verschwunden war. Sie hatte kein Wort mehr zu ihm gesagt. Er verstand sie einfach nicht. Er mußte unbedingt mit ihr sprechen und konnte nur hoffen, daß er ihr nichts schlimmes angetan hatte.

»Eigentlich nicht.« sagte er vorsichtig. Schließlich wußte er auch nicht, wieviel Ulrike vom vorangegangenen Tag erzählt hatte. Aber die Gefahr, daß sie etwas verraten hatte, durfte bei dem Verhältnis zu ihren Eltern gering sein.

»Sie war so anders. So angespannt. Als wenn sie etwas bedrückt.« sagte Henny langsam und nachdenklich. Sie schien sich noch einmal bildlich vorzustellen, wie ihre Tochter an diesem Morgen auf sie gewirkt hatte.

»Hat sie irgend etwas gesagt?« fragte Sven.

»Nein, sollte sie?« hakte Henny sofort nach. Durch diese Frage hatte er ihre Neugierde geweckt, und er konnte ihrem Blick ansehen, daß sie nicht eher nachgeben würde, als bis diese befriedigt war.

In diesem Augenblick kam seine Mutter zur Tür herein, und Sven ergriff die Ablenkung, um sich aus dem Staub zu machen.

»Bis später, ich muß los!« rief er den beiden verdutzten Frauen zu, dann war er aus der Küche und – Sekunden später – aus dem Haus verschwunden.

Er hatte eine Ahnung, wo er Ulrike finden konnte, und so schlug er den Weg zum Jugendzentrum ein, wo er, wenn schon nicht auf seine Cousine, so doch wenigstens auf ein paar ihrer Freunde treffen würde.

Unterwegs überlegte er immer weiter, was vorgefallen war, daß sie sich so plötzlich von ihm abgewandt hatte, und er erkannte mit immer mehr Deutlichkeit, daß sein nachträglich gemachtes Geständnis ihre Flucht ausgelöst hatte. Aber er verstand nicht, warum das so war. Sie hatte ihm selbst gesagt, daß sie die Liebe erleben wollte, und als er ihr gesagt hatte, daß er sie liebte, war sie davongelaufen. Möglicherweise, so überlegte er, fühlte sie sich auch auf den Arm genommen. Vielleicht erschien es ihr, als habe er das nur gesagt, weil er das Gefühl gehabt hatte, sie bestünde darauf. Dabei hatte er es aus voller Überzeugung gesagt, und nicht, um ihr einen

Gefallen zu tun, oder ihr nach dem Mund zu reden.

Als er am Jugendzentrum ankam, hatte er den festen Entschluß gefaßt, sich bei ihr zu entschuldigen, und ihr zu erklären, wie ernst ihm seine drei Worte gewesen waren.

Schon von außen hörte er Ulrikes Lachen, das ihm einen wohligen Schauer über den ganzen Körper jagte. Es klang glockenklar, und er wünschte sich nichts sehnlicher, als es immer wieder hören zu dürfen.

Dann öffnete er die Tür und trat in den Raum, in dem außer Ulrike noch Stefan, Thorsten, Simone und Patrick saßen. Alle fünf sahen überrascht zur Tür.

»Guten Morgen, Schlafmütze!« begrüßte Ulrike ihn lachend, und Sven fiel ein Stein vom Herzen.

»Guten Morgen ist gut.« sagte Patrick. »Wir haben beinahe Mittag. Bist eben erst aufgestanden?«

»So ungefähr.« gab Sven achselzuckend zu.

»Setz' dich zu uns.« bot Simone ihm an und machte Platz auf der Couch, auf der sie mit Stefan saß. Patrick saß auf einem leeren Bierkasten, mit dem Rücken an die Wand gelehnt, während Thorsten und Ulrike sich gemütlich auf ein paar Kissen eingerichtet hatten, die verstreut im Raum herumlagen.

Zögernd folgte Sven ihrer Aufforderung.

Ulrike und ihre Freunde nahmen ihre Unterhaltung wieder auf, ohne auf Sven einzugehen, und der hatte dadurch die Möglichkeit, sich an die Situation zu gewöhnen.

Er beobachtete Ulrike, die sich mit Thorsten über einen Film unterhielt, den sie beide vor einigen Tagen gesehen hatten.

So wie Sven es sich zusammenreimte, waren Ulrike und Thorsten gemeinsam im Kino gewesen, und er fragte sich, mit einer Spur von Eifersucht, ob sich zwischen den beiden möglicherweise etwas anbahnte.

»War das nicht so eine Liebesschnulze?« fragte Simone plötzlich in die Unterhaltung der beiden hinein. »Wie schrecklich.«

»Schrecklich?« Ulrike verdrehte die Augen. »Das sagst ausgerechnet du?«

»Ich kann es nicht haben, wenn sie auf der Leinwand immer so verliebt miteinander tun. Sich Verse schreiben und sowas. Findest du in Wirklichkeit doch eh nicht. Ich will ein bißchen was handfesteres.«

»Madame Realismus!« lachte Patrick. »Die Dame mit dem Taschentuch. Du heulst doch sonst bei jeder romantischen Szene.«

»Aber was zuviel ist…«

»Wer sagt, daß es so etwas nicht gibt?« unterbrach Stefan sie.

»Ich habe mal einem Mädchen ein Gedicht geschrieben.«

»Du?«

»Sicher. Eine halbe Seite lang. Gebracht hat es mir aber nichts. Sie hat mich danach nur schräg angesehen.«

»Wer war's denn?« hakte Ulrike neugierig nach. »Die Sonja? Melanie? Michaela?«

»Kommt ihr nie drauf.« winkte Stefan grinsend ab. »Ist auch schon viel zu lange her. Damals war ich vierzehn oder fünfzehn oder so.«

»Katja!« rief Patrick lachend. »Damals warst du doch ganz verschossen in die kleine Katja!«

Stefan wurde rot, und Simone und Ulrike begannen sich darüber zu ereifern, wie er sich in ein Mädchen hatte verlieben können, das so eingebildet gewesen sei.

»Sie war echt süß!« verteidigte Stefan sich. Aber auch er mußte bei dem Gedanken an diese Zeiten lachen, und niemand nahm ihm seine Verteidigung so recht ab.

»Wie ist es mit dir?« wandte Ulrike sich plötzlich an Sven. »Hast du eine Freundin?«

»Was? Ich…« stotterte er verdutzt. Er hatte amüsiert und gebannt dem Gespräch gelauscht und nicht damit gerechnet, diese Frage gestellt zu bekommen. Schon gar nicht von Ulrike, die doch genau wußte, daß Annette existierte.

»Ja, genau, erzähl mal was von dir!« bohrte nun auch Simone nach.

Sven hoffte, daß Ulrike den anderen wenigstens nichts vom vorigen Tag erzählt hatte, und zuckte mit den Achseln.

»Was soll ich groß erzählen?« sagte er langsam. »Ich studiere, ich lerne, ich gehe mit Freunden weg…«

»Und eine Freundin?« hakte Simone wieder nach.

»Machst du dir Hoffnungen?« stichelte Thorsten.

»Idiot.« wehrte Simone ab, ohne ihren gebannten Blick von Sven zu wenden, der sich ein wenig unwohl in seiner Haut zu fühlen begann. Er wußte nicht, warum Ulrike diese Frage aufgeworfen hatte, und er verstand auch nicht, warum sie sich jetzt zurücklehnte und mit einem genüßlichen Lächeln betrachtete, wie er sich aus der Affäre zu ziehen versuchte.

»Sicher, ich habe eine Freundin.« sagte Sven abwehrend.

»Oha, man hat eben eine Freundin.« sagte Stefan und machte eine wegwerfende Handbewegung. »Gehört ja schließlich auch dazu.«

»So war das nicht gemeint.« verteidigte Sven sich, der sich plötzlich wieder in die Enge getrieben fühlte. Er hatte einen Fehler gemacht, vielleicht hätte er nicht hierher kommen sollen, wo Ulrike im Kreis ihrer Freunde war, sondern allein mit ihr sprechen sollen. »Aber ich habe eine Freundin. Wir wollen uns eine Wohnung zusammen nehmen.

»Liebst du sie denn auch?« fragte Ulrike plötzlich.

»Natürlich liebt er sie!« antwortete Simone ihr, bevor Sven eine Chance dazu hatte. »Was meinst du, warum er mit ihr zusammenziehen will? Dummerchen.«

»Vielleicht nur, weil es *auch* dazugehört?« meinte Ulrike grinsend.

»Vermutlich schreibt er ihr auch Gedichte?« grinste Thorsten.

»Frag ihn!« sagte Ulrike und machte plötzlich ein ernstes Gesicht.

Sven hatte den hin und her fliegenden Sätzen nur erstaunt folgen können, ohne darauf etwas zu erwidern. Nun war die Aufmerksamkeit aller plötzlich wieder völlig auf ihn konzentriert, und er spürte, wie ihm die Röte ins Gesicht schoß.

»Ja, ist ja gut, ich schreibe ihr Gedichte!« rief er, zornig, so in die Enge gedrängt worden zu sein.

»Ahh!« quietschte Simone vergnügt auf. »Das ist nicht wahr!«

»Und du sagst, sowas gibt's nur im Film!« lachte Patrick.

»Ich nehm's zurück! Ich nehm's zurück!« quietschte Simon weiter. »Ich nehm' alles zurück!«

»Könntest du dir jemals vorstellen, einen Menschen zu betrügen, den du liebst?« fragte Ulrike plötzlich.

Sven brach der Schweiß aus.

»Was sind denn das für Fragen?« fuhr er auf. »Bin ich hier auf einem Prüfstand?«

»Nimm doch nicht alles so ernst, was die Uli brabbelt!« beruhigte Stefan ihn. Er legte ihm die Hand auf den Arm, was Sven tatsächlich ein wenig ruhiger werden ließ, und klopfte ihm dann auf die Schulter. »Die Uli kennst du doch inzwischen. Immer darauf aus, zu provozieren.«

»Sicher.« grinste Ulrike. »Immer provozieren!«

»Übrigens war das klasse von dir, daß du Uli gegen Heiko geholfen hast.« warf Simone ein.

Sven sah sie überrascht an.

»Die Uli hat erzählt, was gewesen ist.« bestätigte Thorsten. »Und wenn der Typ sich hier nochmal blicken läßt, kann er seine Knochen hinterher in 'ner Plastiktüte wieder mit rausnehmen. So einfach wird der uns nicht davonkommen!«

»Laßt mal gut sein.« winkte Ulrike ab, der das Thema erstaunlich wenig auszumachen schien. Sie wirkte eher gelangweilt, als unangenehm berührt.

»Du hast deinen Freunden davon erzählt, aber deinen Eltern keinen Ton gesagt?" entfuhr es Sven schließlich. Er mußte verdauen, was er gehört hatte. In einer vergleichbaren Situation wären seine Eltern die ersten gewesen, die er unterrichtet hätte. Es war ihm ohnehin sehr schwergefallen, ihnen nichts zu sagen, und er hatte es nur durchgehalten, weil es ihn zum einen nicht selbst betroffen hatte und sie vielleicht gar nicht das notwendige Interesse hätten aufbringen können, und zum anderen, weil er es Ulrike versprochen hatte.

»Sicher. Mit wem soll ich sonst reden?« fragte Ulrike, ebenfalls erstaunt.

»Du kennst doch sicher das Verhältnis, das Ulrike zu ihren Eltern hat.« sagte Patrick.

»Deswegen bist du doch hier.« nickte auch Stefan, und fügte, als er Svens überraschten Blick sah, hinzu: »Du siehst, wir wissen eine ganze Menge.«

»Ich merke es langsam.« murmelte Sven. Die Frage, wieviel Ulrikes Freunde vom vergangenen Tag wußten, drängte sich von neuem auf. »Aber trotzdem…«

»Besser mit meinen Freunden, als wenn ich mit gar keinem drüber reden würde. Mit dir kann ich drüber reden, weil du dabei warst, mit meinen Freunden, weil sie mir so viel bedeuten und ich weiß, daß ich ihnen etwas wert bin. Mit meinen Eltern klappt das nicht so. Dazu habe ich sie zu oft enttäuscht – und sie mich.«

Sven nickte still. Es hatte ihn enttäuscht, zu hören, daß sie mit ihm nur über Heiko reden konnte, weil er dabei gewesen war. Wenn sie gesagt hätte, daß sie sich ihn als Gesprächspartner wünschen würde, weil sie ihn gern mochte, wäre das etwas anderes gewesen, aber so…

»Bei euch zu Hause klappt es im Zwischenmenschlichen nicht so.« sagte er leise.

»Nett ausgedrückt.« stimmte Ulrike ihm zu. »Ich würde eher sagen, es läuft einfach beschissen. Ich kann es nicht haben, so unterdrückt zu werden. Und wenn sie von der Sache mit Heiko erfahren würden, würden sie mir nur sagen, daß ich es selbst herausgefordert hätte. Ich hätte ja nicht mit einem solchen Kerl rummachen müssen. Bla-bla-bla. Und so weiter und so fort. Diesen ganzen Sermon.«

»Vielleicht haben sie nicht ganz unrecht.« gab Sven zu bedenken. »Sie haben sich Gedanken gemacht, bevor sie dir solche Sachen gesagt haben.«

»Kannst du auch mal etwas tun, ohne dir die ganze Zeit 'Gedanken zu machen'?« fuhr Ulrike zornig auf. »Kannst du auch mal deine eigenen Erfahrungen sammeln, ohne ständig zu Mama und Papa zu rennen und dort zu fragen, ob es denn auch in Ordnung ist, wenn du mal dies oder mal das tust?« Bei den letzten Worten hatte ihre Stimme einen Klang angenommen, der Sven gar nicht gefiel. Sie behandelte ihn wie ein kleines Kind. Er war ganz und gar nicht so, und das wollte er ihr erklären.

Patrick kam ihm zuvor.

»Sieh das Leben doch einmal von dieser Seite.« schaltete er sich in den Streit ein, der sich zwischen den beiden zu entwickeln drohte. Er starrte Sven direkt ins Gesicht, und es blieb diesem beinahe gar nichts anderes übrig, als seine Aufmerksamkeit dem anderen zuzuwenden. »Das Leben – und die Liebe – sind wie ein Strauch. Und man muß ein guter Gärtner sein, um ihn in die rechte Form zu bringen. Aber man muß ihn auch genügend wässern und ihm gewisse Freiheiten lassen, um sich zu entwickeln. Er braucht Licht und Wärme und so weiter und so fort. Ulis Eltern wollen gute Gärtner sein. Sie wollen Ulis Leben in eine Form bringen, die ihnen gefällt, wollen ihr ein Leben beibringen, das ihrem eigenen entspricht. Aber sie übertreiben es. Sie zwängen sie ein, beschneiden ihre Freiheiten zu sehr, geben ihr nicht die Möglichkeit, sich zu entwickeln. Sie versuchen, den Strauch in eine Form zu schneiden, bevor der die Möglichkeit gehabt hatte, aufzublühen.«

»Aber ein Strauch – um dein Bild aufzugreifen,« warf Sven mit erhobenem Zeigefinger ein, »muß beschnitten werden, wenn er richtig zum Blühen kommen soll. Ansonsten verwildert er nur.«

»Du kannst ihn aber nicht in eine Form schneiden, solange die Grundsubstanz sich noch nicht voll entwickelt hat!« schaltete auch Ulrike sich nun ein. »Sicher, wenn du nur ein Püppchen haben willst, dann mag das in Ordnung sein. Aber wenn du dem Strauch die Möglichkeit geben willst, eine eigene Form und eine eigene Persönlichkeit zu entwickeln, dann ist das absolut der falsche Weg. Und deshalb hängt mir alles zum Hals raus, was meine Eltern mit mir anstellen. Ich will nicht beschnitten werden, bevor ich nicht erblüht bin.« Sie blickte ihren Cousin trotzig an, dann begann sie plötzlich zu grinsen und fügte hinzu. »Ich befinde mich gerade in einer Phase intensiver Wässerung.«

Simone begann wieder zu quietschen, und eine ernste Unterhaltung war danach unmöglich.

In den nächsten Tagen hatte Sven das Gefühl, Ulrike ginge ihm aus dem Weg. Sie sahen sich zwar, sie unterhielten sich miteinander, aber sie konnten sich nie wirklich aussprechen, denn immer war jemand anderes dabei. Und Ulrike gab ihm auch keinerlei Zeichen, daß sie eine Aussprache wünschte.

Sven fühlte sich wie auf glühenden Kohlen, und er war davon überzeugt, daß Ulrike das wußte. In ihren Blicken sah er etwas von diesem zufriedenen Lächeln, das sie im Jugendzentrum zur Schau gestellt, nachdem sie die Sprache auf seine Freundin gebracht hatte.

Und dann passierte etwas, mit dem Sven überhaupt nicht mehr gerechnet hatte.

»Heute ist ein ganz besonderer Tag.« sagte Henny beim Frühstück zu ihm, als er eine Schüssel Cornflakes in sich hineinschaufelte, um dann von neuem aufzubrechen und Ulrike einmal alleine zu erwischen.

Seine Gedanken kreisten immer wieder um seine Cousine, und er konnte sich abends kaum ins Bett legen, ohne ins Grübeln zu verfallen. Sein letzter Gedanke, bevor er einschlief, war Ulrike, und das erste, was er morgens vor sich sah, war ihr Gesicht, wie er es im Wald wahrgenommen hatte. Außerdem schlief er schlecht und unruhig, und er konnte im Spiegel regelrecht beobachten, wie er blasser und blasser wurde. Er hatte Ringe unter den Augen bekommen – und auch darauf hatten seine Tante und seine Mutter ihn schon angesprochen, aber er hatte ihre Bedenken damit zerstreuen können, daß er ihnen gesagt hatte, er lerne nachts noch ein wenig.

»Warum das?« fragte er teilnahmslos. Es interessierte ihn gar nicht, er wollte endlich aufbrechen.

»Annette kommt heute hier an.« sagte Henny und strahlte plötzlich über das ganze Gesicht.

»Was?« fuhr Sven auf.

»Annette. Deine Freundin. Das war doch richtig, oder?« Henny blickte plötzlich verwirrt. »Ich wollte nicht die Namen durcheinander schmeißen. Ich habe doch recht gehabt mit Annette, oder?«

»Sicher...« stammelte Sven. »Ich...«

»Sie hat hier vor zwei Tagen angerufen, und wir haben uns sehr nett miteinander unterhalten.« erklärte Henny fröhlich. Sie hatte das Chaos, in das ihre Mitteilung ihn gestürzt hatte, gar nicht registriert. »Sie hat gesagt, ihr wolltet euch nach drei Wochen hier treffen. Sie hat ihren Ferienjob jetzt hinter sich gebracht und wollte endlich nachkommen. Ich glaube, sie hat dich sehr vermißt, Sven. Eine sehr nette Stimme hat sie, das muß man schon sagen.« Plötzlich wurde sie rot und senkte ihre Stimme zu einem vertraulichen Flüstern. »Hast du ein Photo von ihr dabei? Ich würde sie gerne einmal sehen.«

»Natürlich.« murmelte Sven fassungslos. Er griff in seine Hosentasche und nahm sein Portemonnaie heraus. Als er es aufschlug, fiel sein Blick auf ein Bild, auf dem Annette und er gemeinsam abgelichtet waren. Sie hatten sich in einen dieser Paßbildautomaten gesetzt und alberne Grimassen geschnitten. Nur auf einem der Photos sahen sie ganz normal aus, und dieses zeigte er seiner Tante.

»Die ist aber sehr hübsch.« sagte Henny andächtig. Sie betrachtete sich das Bild eingehend und seufzte dann. »Warum kann Ulrike nicht auch so sein?« fragte sie Sven. »Sie hätte doch das Zeug dazu. Und hübsch ist sie doch auch, nicht wahr? Unsere Ulrike ist eigentlich ein hübsches Mädchen, wenn sie nur mehr auf sich achtgeben und sich besser herausputzen würde. Wie soll sie so jemals einen netten Jungen wie dich abbekommen?«

»Ja, wie…« murmelte Sven, als ihm bewußt wurde, daß seine Tante auf einen Kommentar von ihm wartete.

Er fühlte sich wie vor den Kopf gestoßen. Er hatte nicht mehr daran gedacht, daß Annette nachkommen wollte, auch wenn es sein eigener Vorschlag gewesen war. Er hatte ja auch nicht mit all dem rechnen können, was sich hier ereignet hatte, und schon gar nicht damit, daß irgend etwas einen Keil zwischen Annette und ihn treiben könnte.

'Ich habe den Keil selbst zwischen uns getrieben!' fiel ihm auf.

»Wann kommt sie an?« fragte er. »Und wie? Hat sie das gesagt?«

»Gegen zehn mit dem Zug.« sagte Henny strahlend. »Du mußt sie abholen. Wenn du willst kannst du unseren Wagen nehmen. Es ist schon ein bißchen weit, die Koffer vom Bahnhof hierher zu tragen, nicht wahr?«

»Natürlich, vielen Dank.« sagte Sven, dann raffte er sich auf, so gut es eben ging und fragte: »Warum hast du mir denn nicht gesagt, daß Annette angerufen hat?«

»Ich dachte, sie würde es dir selbst sagen.« erwiderte Henny unsicher. »Ihr habt doch jeden Tag miteinander telephoniert, oder nicht? Du hast doch am Anfang immer gefragt, ob du sie anrufen darfst.«

Sven hatte einen festen Kloß im Hals, wenn er daran dachte, daß Annette bald in diesem Haus auftauchen würde. Wie würden die beiden Mädchen aufeinander reagieren? Was würde Ulrike anstellen? Würde sie Annette berichten, was vorgefallen war? Er hoffte, daß sie das nicht tun würde, denn er wollte keine Szene veranstalten. Und außerdem wollte er – wie ihm plötzlich klar wurde – Annette nicht verlieren. Plötzlich bemerkte er, wie wichtig sie ihm war. Seit ein paar Jahren war sie ein fester Bestandteil seines Lebens, und das wollte er nicht einfach so aufgeben – aber auch auf Ulrike wollte er nicht verzichten!

»Wie spät haben wir eigentlich?« fragte er schließlich.

»Gleich halb zehn.« sagte Henny grinsend. »Du wirst dich langsam auf den Weg machen müssen. Warte, ich hole dir die Autoschlüssel. Weißt du übrigens, wie man zum Bahnhof kommt?«

Sven nickte.

Der Zug hatte ein paar Minuten Verspätung, wie es bei diesen kleinen Bahnhöfen scheinbar öfter der Fall war, und Sven befand sich auf dem Bahnsteig, lief unruhig ein paar Schritte hin und her, stellte sich dann wieder an die Wand des kleinen Bahnhofsgebäudes, um sich anzulehnen, nur um dann wieder ein paar Schritte zu gehen, weil er es nicht ertragen konnte, still zu stehen. Sein Blick wanderte immer wieder unruhig die Schienen entlang. Etwa dreihundert Meter vom Bahnhof entfernt beschrieben sie eine Kurve und verschwanden hinter dem dichten Wald, so daß er nicht sehr weit schauen konnte und nicht wußte, wie nah der Zug inzwischen herangekommen war.

Er hatte sich ganz eindeutig in eine schlimme Zwickmühle gebracht, und nur durch seine eigene Unvorsichtigkeit hatte es zu dieser Situation kommen können. Er fühlte sich überhaupt nicht wohl in seiner Haut, wenn er darüber nachdachte, was in den paar Tagen, die Annette und er gemeinsam hier verbringen würden, alles passieren konnte. Lediglich die Hoffnung, daß niemand etwas erfuhr, und daß Annette und er in einer Woche von hier fortfahren würden, ohne daß Ulrike etwas verraten hatte, hielt ihn aufrecht.

Dann erschien der Zug plötzlich hinter den Bäumen, und die Stunde der Wahrheit war gekommen.

Sven ergab sich in sein Schicksal, atmete tief durch und blieb stehen. Er setzte ein Lächeln auf, von dem er hoffte, daß es fröhlich wirkte und nicht so hilflos und ohnmächtig, wie er sich fühlte.

Der Zug fuhr in den Bahnhof ein, und Sven schaute in die langsam vorübergleitenden Fenster, ob er Annette irgendwo entdecken konnte. Aber er konnte sie nicht sehen. Schon keimte ein klein wenig Hoffnung in ihm auf, aber er wußte, daß das unsinnig war. Dann blieb der Zug stehen, und Sven blickte den Bahnsteig hinauf und hinab, um zu sehen, aus welcher Tür sie steigen würde.

Ganz am Ende kam sie schließlich zum Vorschein, und Sven lief auf sie zu, um ihr mit ihrem Gepäck zu helfen.

»Sven!« rief sie, als sie ihn erblickte, und als erstes fiel sie ihm um den Hals.

Er war von diesem Ansturm ein wenig überrascht, und beinahe wären sie gestolpert, aber sie fingen sich wieder, und ehe er sich's versah, begann sie ihn mit Küssen zu bedecken, von denen jeder einzelne auf seiner Haut brannte wie Feuer.

»Schön, daß du da bist!« sagte er schließlich, nachdem Annette sich ein wenig abreagiert hatte.

Sie zuckte bei dem Klang seiner Stimme ein wenig zusammen, und er fürchtete, daß sie seine Unruhe bemerkt hatte.

Er half ihr mit ihrem Gepäck, und gemeinsam gingen sie zu dem Wagen, den Henny ihm ausgeliehen hatte. Sie verstauten Annettes Taschen, dann setzten sie sich hinein, und gerade als Sven den Wagen starten wollte, legte sie ihm die Hand auf den Unterarm und zwang ihn somit dazu, sich zu ihr umzudrehen. In ihren Augen lag ein zorniger Schimmer.

»Ich hoffe, du hast ein schlechtes Gewissen!« sagte sie, und ihre Stimme hatte einen kalten Beiklang.

»Ich…«

»Ich habe jeden Tag auf deinen Anruf gewartet. Ich habe auf deine Post gewartet. Und was kam nach der ersten Woche? Nichts mehr. Ich war ziemlich sauer, wie du dir sicherlich vorstellen kannst!«

»Es tut mir leid.« murmelte er verlegen. »Aber Ulrike hat mich ganz schön geschafft. Das Mädchen ist anstrengend, und ich habe kaum etwas anderes machen können, als ihr nachzulaufen und mich um sie zu kümmern.«

Das war zumindest nicht gelogen, wie er sich selbst beruhigte. Vielleicht ging es ein wenig an der Wahrheit vorbei, aber er hatte sich schließlich wirklich die ganze Zeit Gedanken um seine Cousine gemacht.

Annette strich sich eine blonde Strähne aus der zornig in Falten gelegten Stirn. Diese Bewegung hatte ihm immer besonders gut gefallen, sie verlieh ihr ein gewisses Etwas, das er bei anderen Frauen nicht hatte entdecken können, und wenn sie ihn dann mit ihren strahlend grünen Augen anblickte, wurde ihm immer ganz anders zu Mute. Normalerweise fühlte er dann, wie sein Blut in Wallung geriet, wie es zu kochen begann, und meistens lagen sie kurz danach zusammen im Bett und schliefen miteinander. Diesmal jedoch spürte er nichts dergleichen.

»Irgendwann hatte ich die Schnauze voll und habe selbst versucht, dich zu erreichen, aber da habe ich nur mit deiner Tante gesprochen.«

»Sie hat mir davon erzählt.« sagte Sven kopfnickend.

»Warum hast du dann nicht zurückgerufen?« fuhr sie auf, der Zorn neu entflammt.

»Sie hat es mir erst heute morgen erzählt.« gab Sven zurück. »Es tut mir wirklich leid, aber ich bin im Augenblick ein wenig durcheinander.«

»Das merke ich.« sagte Annette und lehnte sich beleidigt im Sitz zurück. Sie blickte starr geradeaus. »Deine Tante hat mir gesagt, daß sie sich sehr freuen würde, mich kennenzulernen, und ich solle doch auf jeden Fall herkommen. Ich war mir erst gar nicht so sicher, ob ich es tun sollte.«

»Es tut mir leid, Annette.« sagte Sven. Das stimmte wirklich, wie er erleichtert feststellte. Das schlechte Gewissen war ein Zeichen dafür, wieviel Annette ihm bedeutete, und das beruhigte ihn ein wenig. »Es tut mir wirklich, wirklich unendlich leid.«

Er beugte sich zu ihr hinüber und legte ihr eine Hand in den Nacken. Ihre Gesichtszüge entspannten sich ein klein wenig, sie schloß ihre Augen und lehnte sich in seinen Griff. Um ihre Mundwinkel herum zuckte der Anflug eines Lächelns ins Leben, und als er sich ihrem Gesicht näherte, um sie zu küssen, kam sie ihm ein Stück entgegen.

Ihre Lippen fanden sich, und sie küßten sich zärtlich. Und Sven fühlte sich dabei wie ein Heuchler.

»Du bist also Annette!« begrüßte Henny das Mädchen, als sie vom Bahnhof zurückkehrten.

Sven und Annette hatten kaum Gelegenheit, aus dem Wagen auszusteigen, als seine Tante auch schon neben ihnen aufgetaucht war, um sie in Empfang zu nehmen. Svens Mutter war nirgends zu sehen, vermutlich saß sie im Wohnzimmer und sah fern. Sie hatte es immer gehaßt, sich bei neuankommenden Gästen sofort aufzudrängen – das zumindest war *ihre* Definition.

»Guten Tag, Frau Bachmann.« begrüßte Annette ihre Gastgeberin.

»Sag' doch Henny zu mir, Kind.« strahlte diese. »Niemand in diesem Haus nennt mich Frau Bachmann. Nenn mich einfach Henny. Sonst komme ich nachher noch mit meinen Namen durcheinander!« Sie kicherte bei diesem Witz und nahm Sven die Tasche aus der Hand, die dieser gerade aus dem Kofferraum genommen hatte. »Du bist noch viel hübscher als auf dem Photo, das Sven mir gezeigt hat.«

»Vielen Dank, Henny.« Annette errötete, und Sven stieß sie mit dem Ellenbogen sanft in die Rippen.

»So wird das jetzt eine Woche lang weitergehen.« flüsterte er ihr ins Ohr.

»Ich denke, da könnte ich mich dran gewöhnen.« flüsterte Annette ebenso leise zurück. »Komplimente hört man immer wieder gern!«

Im Haus wartete auch Svens Mutter auf die Ankömmlinge und

begrüßte Annette mit einer Umarmung. Sven war ebenso überrascht wie seine Freundin, denn seine Mutter hatte sich ihr gegenüber noch nie so herzlich verhalten, und Sven beschlich das ungute Gefühl, daß ein wenig davon lediglich Schauspielerei war, um seiner Tante noch einen letzten kleinen Tritt zu versetzen. Henny jedoch schien das als ganz normal zu empfinden, und so löste seine Mutter sich auch ziemlich schnell wieder aus dieser Umarmung.

Sven wurde beauftragt, die Tasche seiner Freundin nach oben zu bringen, während die Frauen sich in das Wohnzimmer zurückzogen, um eine Tasse Kaffee zu trinken. Er fragte sich, wo Ulrike sein mochte, denn er konnte sich nicht vorstellen, daß sie nicht von Annettes Ankunft wußte. Vermutlich war sie wieder im Jugendzentrum bei ihren Freunden – mit denen Sven sich inzwischen weitaus mehr angefreundet hatte, als er dies anfangs für möglich gehalten hätte – oder sie war mit Thorsten zusammen. In den vergangenen zwei Tagen hatten die beiden immer mehr Zeit miteinander verbracht, und Sven hatte den nagenden Biß der Eifersucht in sich gespürt.

Als er wieder nach unten kam, saßen die drei Frauen schon zusammen und unterhielten sich.

Einen Moment blieb er in der Tür stehen, um sie zu beobachten. Keine von den dreien hatte ihn bisher bemerkt. Annette paßte gut in eine solche Frauenrunde. Sie war eine Art Bindeglied zwischen seiner Mutter und seiner Tante. Die eine legte sehr viel Wert auf Stil und Äußerlichkeiten, während die andere sehr herzlich und aufgeschlossen war. Annette vereinte beides in sich. Sie war sehr herzlich und aufgeschlossen, wirkte aber immer elegant und stilvoll. Sie war eine wirklich schöne junge Frau, und Sven konnte sich zurückentsinnen, warum er sich vor ein paar Jahren in sie verliebt hatte. Er war *immer noch* in sie verliebt und wollte sie auch auf keinen Fall enttäuschen, aber während er sie betrachtete, hatte er den Eindruck, daß seine Verliebtheit ein wenig abgekühlt war. Vielleicht hatte er sich einfach schon zu sehr daran gewöhnt.

»Sven, setz dich doch zu uns!« rief Henny aus, als sie ihn in der Tür erblickte. »Komm, mein Junge, du bekommst auch eine Tasse Kaffee.« Sie nahm ein weiteres Gedeck aus dem Wohnzimmerschrank und stellte es auf den Tisch, so daß er sich neben seine Freundin setzen konnte.

Sven folgte ihrer Aufforderung, setzte sich und tätschelte Annette kurz das Knie, was diese mit einem leisen Lächeln beantwortete.

»Deine Mutter und deine Tante haben mir gerade erzählt, wie angestrengt du dich um deine Cousine gekümmert hast.« sagte sie mit einem ironischen Unterton in der Stimme, der Sven in regelrechte Angst versetzte. »Auf den Photos scheint sie ja ein sehr nettes Mädchen zu sein.«

Sven nickte. Er fühlte sich schuldig, und war der Meinung, daß man ihm das auch ansehen mußte. In jedem Satz, jedem Wort, jeder Nuance im Tonfall meinte er eine Anspielung auf sich und Ulrike zu erkennen, auch wenn er wußte, daß das nicht der Fall sein konnte. Niemand wußte bescheid, aber das schlechte Gewissen setzte ihm so sehr zu, daß einige Schweißperlen auf seiner Stirn erschienen.

»Ist sie auch.« sagte er. »Sie ist wirklich sehr nett. Sie ist ein toller Kerl.«

»Leider nur auf den Bildern.« setzte seine Mutter hinzu, und Henny sackte in ihrem Stuhl ein wenig zusammen.

»Sie hat ein paar Probleme.« stimmte Henny schließlich zu. »Das ist ja der Grund, warum wir Sven gebeten haben, sich um sie zu kümmern. Sie weiß einfach nichts mit ihrem Leben anzufangen.«

»Sie verkommt.« setzte Svens Mutter noch eins drauf.

»Aber seit Sven sich um sie kümmert, ist sie schon ein wenig ruhiger geworden.« fügte Henny mit einem schwachen Lächeln hinzu. Die Worte ihrer Schwester hatten sie offensichtlich getroffen, und nun wollte sie ihr möglichstes geben, um die Sache zu retten. »Sie ist ruhiger geworden, bilde ich mir ein. Nicht mehr ganz so flatterhaft. Und sie macht einen ernsthafteren Eindruck.«

Auf die Idee war Sven noch gar nicht gekommen. Konnte es sein, daß seine Anwesenheit wirklich einen Einfluß auf Ulrike ausübte? Bisher hatte er nur den Eindruck gehabt, daß sie Einfluß auf ihn nahm und nicht umgekehrt. Aber er war noch nie auf den Gedanken gekommen, daß sie sich anders benommen haben mochte, bevor er hier angekommen war. Natürlich hatte ihm auch die Vergleichsmöglichkeit gefehlt…

»Ja, so kenne ich Sven.« sagte Annette und legte ihm nun ihrerseits die Hand auf das Bein. Die Berührung fühlte sich in diesem Augenblick sehr fremd an. »Wenn er sich eine Aufgabe stellt, führt er sie gründlich durch. Wie im Studium. Er gehört zu den besten, weil er weiß, wie ernst diese Dinge zu nehmen sind.«

Sein Mutter strahlte, und Henny lächelte anerkennend.

In diesem Moment war in die Stille hinein das metallische Geräusch eines Schlüssels zu vernehmen, der in das Schloß der Haustür geschoben und herumgedreht wurde. Dann wurde die Tür geöffnet, wieder geschlossen, und einen kurzen Augenblick später stand Ulrike im Wohnzimmer.

»Du bist Annette.« stellte sie fest, baute sich vor Svens Freundin auf und hielt ihr die Hand hin. »Ich bin Ulrike.«

Sven betrachtete die beiden jungen Frauen und konnte sich nur mit Mühe ein Lachen verkneifen.

Ulrike stand in ihren üblichen schwarzen Sachen, mit ihren langen, offen hängenden Haaren, dem hellgeschminkten Gesicht und den dunklen Augen vor Annette, die in ihren hellen Stoffhosen, der hellen Bluse und dem dezenten Make-up sehr damenhaft wirkte. Allerdings starrte Annette Ulrike nicht sehr damenhaft mit offenem Mund an und wußte offenbar nicht so recht, wo sie sie einordnen sollte. Schließlich lächelte sie gequält und ergriff Ulrikes Hand, um sie zu schütteln.

»Hallo, Ulrike.« sagte sie mit stockender Stimme.

Sven erinnerte sich an seine eigene Reaktion, als er selbst Ulrike das erstemal begegnet war, und nun mußte er doch lachen.

Alle sahen sich erstaunt nach ihm um, nur Ulrike grinste und begann dann ebenfalls zu lachen. Henny sah hilflos auf die Szene, während Svens Mutter ihn mit ihren Blicken aufzuspießen versuchte. Annette saß zwischen ihnen beiden und sah sich hilflos um, bis sie ebenfalls nicht mehr an sich halten konnte, und zu lachen begann.

»Ulrike ist nett.« sagte Annette, als sie abends neben Sven im Bett lag.

Es hatte zunächst eine aufbrausende Diskussion gegeben, in welchem Zimmer Annette untergebracht werden sollte. Svens Mutter hatte – zu aller Überraschung – den Vorschlag unterbreitet, Annette bei Ulrike unterzubringen, aber die hatte sich dagegen zur Wehr gesetzt. Auch Sven und Annette waren sehr überrascht gewesen, und Henny hatte sich schließlich durchgesetzt, indem sie gesagt hatte, daß Annette letztendlich Sven besuche und nicht Ulrike. So gesehen habe sie nichts in Ulrikes Zimmers zu suchen, sondern in Svens. Zähneknirschend hatte Svens Mutter nachgegeben.

»Ja, das ist sie.« stimmte Sven zu. »Aber anstrengend.«

»Ich finde sie klasse.« beharrte Annette.

Sven drückte sie an sich, und sie gab einen zufriedenen Laut von sich. Er war sehr überrascht gewesen, wie gut die beiden Mädchen sich miteinander unterhalten hatten, nachdem Annette über den ersten Augenblick des Erschreckens hinaus gewesen war. Zwischen den beiden Mädchen schien ein Funke übergesprungen zu sein, und sie hatten sich innerhalb weniger Minuten miteinander unterhalten, als seien sie Schwestern – oder zumindest seit Jahren eng miteinander befreundet.

Auch Henny und Gudrun hatten ihren Augen kaum zu trauen

gewagt, als die beiden Mädchen sich so schnell in ein Gespräch vertieft hatten. Ulrike war sonst nicht sehr zugänglich, aber in diesem Fall schien jede Scheu, jedes Mißtrauen anderen gegenüber, wie fortgewischt.

»Das hast du sehr gut gemacht.« hatte seine Mutter ihm – gerade so laut, daß auch ihre Schwester es hatte hören können – zugeflüstert, und Sven hatte errötend beiseite geschaut. Wenn seine Mutter gewußt hätte, *was* er mit Ulrike gemacht hatte, wäre sie sicherlich nicht so begeistert gewesen.

»Sie ist sehr eigen.« versuchte Sven die Begeisterung seiner Freundin ein wenig zu bremsen. »Sie hat ihren eigenen Kopf, und den versucht sie auch durchzusetzen. Ihre Ideen sind manchmal ein wenig verschroben.«

»Du willst doch nicht behaupten, daß sie dumm ist?« fuhr Annette auf.

Sven zuckte zusammen. Es war wirklich, als habe er Annettes beste Freundin beleidigt. Ansonsten hielt Annette sich mit Verteidigungen sehr zurück, ließ die Leute ihre Streitigkeiten untereinander austragen. Aber für Ulrike ergriff sie sofort Partei.

»Natürlich nicht!« beeilte er sich, ihr zu versichern. Er dachte daran, wie das Bild, das er sich von seiner Cousine gemacht hatte, in den letzten Wochen gewandelt hatte, und konnte mit Bestimmtheit behaupten, daß er sie wirklich nicht als dumm einschätzte. »Sie ist sogar sehr intelligent. Und sie hat sich sicherlich auch eine Menge Gedanken gemacht. In vielen Bereichen!« setzte er dann noch hinzu.

»Zum Beispiel?«

»Ich war mit ihr in der Kirche…«

»Du? Du warst im Gottesdienst?« Annette lachte auf. »Das hätte ich nicht erwartet. Ich dachte immer, Gott und die Kirche interessieren dich nicht! Wenn ich mich daran erinnere, wie du dich mit Christoph an den Kopf bekommen hast, als er mit seiner religiösen Sache damals anfing? Damals hast du dich regelrecht dagegen gesträubt, in die Kirche zu gehen. Und keine zwei Wochen hier, schon rennst du mit deiner Cousine in den Gottesdienst?«

»Nein.« grinste Sven. »Ich bin nicht mit ihr in den Gottesdienst gegangen. Ganz und gar nicht. Aber wir haben uns die Kirche angesehen, und da kam der Pfarrer dazu. Ulrike kennt ihn anscheinend ziemlich gut. Die beiden haben wohl schon einige heftige Diskussionen hinter sich gebracht. Die beiden versuchen scheinbar schon seit einiger Zeit, sich vom jeweiligen Gegenstandpunkt zu überzeugen.«

»Und hat der Pfarrer schon Erfolg gehabt?«

»Ich denke nicht.« sagte Sven achselzuckend. »Das sollte auch nur ein Beispiel dafür sein, daß sie sich wirklich Gedanken über die Dinge gemacht hat, von denen sie spricht.«

»Sie hat einen schweren Eindruck bei dir hinterlassen, nicht wahr?« sagte Annette nach einer Pause nachdenklich.

»Wie kommst du darauf?« fragte Sven. Er drehte den Kopf zur Seite und betrachtete Annette, die den Blick zur Decke hinauf gerichtet hielt. Er fühlte sich ertappt und hätte am liebsten das Licht ausgeschaltet, damit sie ihm nicht ansah, wie er sich fühlte. Aber er traute sich nicht, gerade in diesem Augenblick zum Lichtschalter zu greifen, denn das hätte ihr Mißtrauen vielleicht noch eher geweckt.

»Du verteidigst sie regelrecht.« sagte Annette langsam. »Es ist beinahe so, als müßtest du mir beweisen, was für ein toller Kerl sie ist. Ich kann dich beruhigen. Du mußt dir nicht viel Mühe geben. Ich sagte ja schon, ich finde sie klasse!«

»Ja, sie ist wirklich klasse.« sagte Sven. Er dachte an den Wald zurück, daran, wie sie sich neben ihrem Baumstumpf auf dem Waldboden gewälzt hatten, an das Gefühl ihrer Brüste, die über seinen Körper strichen, an ihre Beine, die sich um ihn schlossen. Es war ein unglaublich schönes Erlebnis gewesen, und er wollte es immer wieder mit ihr erleben.

»Aber sie tut mir auch ein bißchen leid.« fuhr Annette nachdenklich fort. Sie hatte noch immer den Blick an die Decke gerichtet, wie sie es oft tat, wenn sie angestrengt über etwas nachdachte. Ihr Blick wanderte dann in die Ferne, und selbst, wenn sie jemanden scheinbar direkt dabei anblicken mochte, sah sie durch ihn hindurch.

»Wieso das?«

»Sie ist unsicher.« erklärte Annette. Diese Ansicht überraschte Sven. Er hatte bisher noch nicht den Eindruck gehabt, daß Ulrike unsicher sein könnte. Aber Annette fuhr bereits mit ihrer Erklärung fort: »Sicher, sie spielt die Starke. Nach außen hin scheint es, als könnte sie die ganze Welt erobern, und als würde sie sich auch von niemandem reinreden lassen. Aber in ihr sieht es anders aus. Sie möchte so stark werden, wie sie es nach außen scheint, aber innerlich ist sie das noch gar nicht. Was glaubst du, warum sie so selten zu Hause ist? Sie hat nicht die Kraft, sich mit ihren Eltern auseinanderzusetzen. Es fehlt ihr an der Selbstsicherheit, die sie benötigen würde, um eine klärende Konfrontation herbeizuführen. Sie hat Angst davor, daß ihre Eltern sie völlig in ihre Fänge bekommen könnten.«

»Henny und Paul sind aber auch ziemlich erdrückend!« gab Sven zu Bedenken. »Henny sicherlich mehr als Paul. Der ist ja kaum da. Nur abends ein paar Stunden.«

»Das müßte Ulrike ihren Eltern aber klar machen. Erst wenn sie ihnen beigebracht hat, ihr ein wenig mehr Freiheiten zu gönnen, kann wieder Frieden in diesem Haus einkehren.«

»Ulrike ist etwas ruhiger geworden, sagt ihre Mutter.« fiel Sven ein.

»Vielleicht hast du ihr ein wenig Selbstwertgefühl gegeben?« schlug Annette vor. »Was habt ihr denn getrieben, in den vergangenen Wochen?« Sie begann zu kichern und stieß ihn mit der Hand in die Seite. Dann wälzte sie sich über ihn und begann ihn zu kitzeln. »Nun sag schon, hm? Was habt ihr beiden so getrieben, in den letzten Wochen?«

Sven wehrte sich halbherzig. Er fühlte sich nicht zu Späßen aufgelegt. Zu nahe war er einen Augenblick daran gewesen, Annette die Wahrheit zu sagen, und das hätte zu einem gewaltigen Krach geführt, dem er eigentlich aus dem Wege gehen wollte. Statt dessen suchte er nach etwas, das er ihr bedenkenlos berichten konnte. Dann fiel ihm etwas ein:

»Ich habe mich mit ihr über ihre Gedichte gestritten.« sagte er.

»Ulrike schreibt Gedichte?« fragte Annette ihn überrascht. »Glaubst du, ich darf welche lesen?«

»Ich weiß nicht.« gestand er verdutzt. »Wir können sie morgen fragen.«

»Das wäre toll, frag' sie bitte für mich!«

»Ihr versteht euch doch so gut miteinander.« lachte Sven auf. Er fühlte sich gar nicht danach, hatte aber das Gefühl, sie ein wenig necken zu müssen, wenn er keinen Verdacht erregen wollte. Eigentlich hätte er sich am liebsten in eine Ecke verkrochen und niemanden an sich herangelassen, hätte am liebsten darauf gewartet, daß alles sich von selber regeln würde und er wieder sein normales Leben – ganz ohne schlechtes Gewissen – aufnehmen könnte.

»Aber ihr beiden kennt euch länger!« sagte Annette. »Und Gedichte sind immer eine sehr persönliche Sache. Ich möchte nicht gleich so mit der Tür ins Haus fallen!«

»In Ordnung, ich frage sie morgen.«

»Danke, Sven, du bist ein Schatz!« Sie beugte sich über ihn und küßte ihn zärtlich auf den Mund.

Mit einem unguten Gefühl erwiderte er den Kuß.

»Ich liebe dich!« flüsterte sie und ließ sich wieder auf ihre Seite sinken.

»Ich dich auch!« erwiderte er zögernd.

Dann schaltete er das Licht aus.

Ulrike und Sven saßen nebeneinander auf dem Boden, neben der Stereoanlage, und hörten sich CDs an, während Annette still und in sich versunken auf Ulrikes Bett saß, die Beine im Schneidersitz zusammengelegt, der Oberkörper vornübergebeugt, sich nur hin und wieder eine Haarsträhne aus dem Gesicht streifend, und in den Gedichten las, die Ulrike ihr in die Hand gedrückt hatte.

Sven fühlte sich unbehaglich, wenn er auch die Nähe seiner Cousine sogar ein wenig genießen konnte. Er hatte geglaubt, vor Scham und Schmerz im Erdboden versinken zu müssen, wenn sie drei sich in Ulrikes Zimmer trafen, aber erstaunlicherweise war dem gar nicht so. Ulrikes Blicke zeigten ihm, daß sie ebenso an den Nachmittag im Wald zurückdachte wie er, und es war beinahe aufregend, zwischen zwei Frauen zu sitzen, mit denen er ein Verhältnis ganz besonderer Art hatte. Lediglich die Tatsache, daß Annette nichts davon wußte – und auch nichts davon erfahren durfte – lastete auf ihm.

»Annette ist der Meinung, sie müsse sich ein wenig um dich kümmern.« flüsterte Sven seiner Cousine vorsichtig zu. Er wollte nicht, daß Annette etwas von dem Gespräch mitbekam, aber die war so in ihre Lektüre vertieft, daß sie sich vermutlich auch in normaler Zimmerlautstärke hätten unterhalten können.

»So auf die Große-Schwester-Tour?« fragte Ulrike. Auch sie hielt ihre Stimme gedämpft, und Sven war ihr dankbar dafür.

»Ein bißchen.« stimmte er zu.

»Dachte ich mir.« Ulrike nickte lächelnd mit dem Kopf. »Sie ist ein toller Kerl. Ich kann verstehen, daß du dich in sie verliebt hast. Ich könnte mir auch vorstellen, mit ihr zusammenzusein.«

»Wenn du ein Mann wärst.« ergänzte Sven mit einem Grinsen, aber Ulrike schüttelte den Kopf.

»Nicht unbedingt. Es gibt auch so etwas wie Anziehung unter Frauen.« sagte sie mit zuckersüßer Stimme und kicherte, als Svens Gesicht rot anlief. »Keine Angst, ich will dir deine Freundin nicht ausspannen! Ich meine ja nur… sie ist wirklich toll. Aber ich hatte schon so ein bißchen den Eindruck, als wenn sie gern meine größere Schwester gewesen wäre. Sie ist sehr korrekt, oder?«

»Schon.« nickte Sven. »Aber vor allem sehr hilfsbereit.«

»Dachte ich mir. Soziologie studiert sie, hast du gesagt?«

Sven nickte lediglich.

Annette richtete sich mit einem Seufzer auf, und die leise Unterhaltung, die die beiden geführt hatten, verstummte. Beide sahen erwartungsvoll zu Annette hinauf, die ihre Rücken durchbog und einen weiteren Seufzer hören ließ.

»Wahnsinn.« sagte sie schließlich.

»Was meinst du?« fragte Sven.

»Die Gedichte sind ein echter Hammer!« erklärte Annette. »Ich habe selten etwas gelesen, das mich so mitgenommen hat!«

»Ulrikes Gedichte?« fragte Sven aufgebracht. »Und was ist mit meinen?«

»Die sind auch schön.« sagte Annette und lächelte ihn liebevoll an. »Aber etwas ganz anderes. Eine ganz andere Art von Gedichten, ich denke, man kann Euch beide nicht miteinander vergleichen.«

»Jetzt mußt du dich aber anstrengen, wenn du die Kurve noch kriegen willst.« lachte Ulrike. »Ich glaube, Sven hat es nicht so gern, wenn man seine Dichtkünste anzweifelt. Wir haben uns da schon mal ganz schön an den Kopf gekriegt!«

»Das ist doch Quatsch!« fuhr Sven auf. »Ich verstehe nur nicht...«

»Reg' dich nicht auf, Sven, bitte!« beruhigte Annette ihn.

Sie stand vom Bett auf und setzte sich dann zu ihnen beiden auf den Boden, wo sie sich an Svens Arm hängte und ihm einen Kuß auf die Wange gab. Sven zuckte bei dieser Berührung ein wenig zusammen, und aus den Augenwinkeln heraus konnte er Ulrikes erhobene Augenbraue erkennen. Er wußte nicht, ob sie sich über Annettes Kuß ärgerte, oder über seine Verlogenheit.

»Ich rege mich überhaupt nicht auf! Ich verstehe ja, daß du die Aussagen und die Gedankengänge gut findest. Ging mir ja genauso. Aber der Stil!«

»Ist sehr ergreifend!« sagte Annette mit einer Bestimmtheit, der Sven nichts entgegenzusetzen hatte. »Ich habe selten etwas gelesen, daß in der Wortwahl dem Thema so gut entsprochen hat, wie diese Gedichte!«

»Du machst mich richtig verlegen!« grinste Ulrike. Sie versuchte, es auf ihre scherzhafte Art abzutun, aber Sven konnte doch erkennen, wie sehr es seine Cousine freute, dieses Lob aus Annettes Mund zu erhalten.

»Du brauchst nicht verlegen zu werden.« sagte diese. »Es ist einfach Klasse, was du da geschrieben hast. Du solltest mal darüber nachdenken, ob du nicht etwas veröffentlichen willst. An der Uni kenne ich ein paar Leute, die bei der Studentenzeitung arbeiten, und ein paar von denen haben auch Kontakte nach außen geknüpft. Also, wenn du willst, würde ich mich gerne mal für dich umhören, ob man nicht irgendwo ein paar von deinen Gedichten unterbringen kann.«

»Ernsthaft?« rief Ulrike aus.

»Natürlich ernsthaft!« sagte Annette strahlend. »Ich würde mich wirklich freuen!«

Sven betrachtete die beiden jungen Frauen fassungslos. Zu ihm hatte Annette noch niemals etwas von Veröffentlichung gesagt. Sie hatte sich über seine Gedichte gefreut, hatte sie gelesen, hatte ihn gelobt, aber niemals den Vorschlag gemacht, etwas davon zu veröffentlichen. Nun ärgerte er sich darüber, daß er die beide Mädchen zusammengebracht hatte, und er fühlte etwas in sich aufsteigen, das er erstaunt als Eifersucht erkannte. Er war eifersüchtig auf das gute Verhältnis, das sich zwischen den beiden entwickelte. Er wollte sie für sich. Alle beide wollte er für sich, und es fiel ihm schwer, zuzuschauen, wie gut sie miteinander umgehen konnten.

'Reiß dich zusammen!' ermahnte er sich im Geiste. 'Du hast schon genug Scheiße gebaut, nun verschlimmer' nicht noch alles!'

Aber das war vermutlich leichter gesagt, als getan.

Von Tag zu Tag wurde es schlimmer für Sven.

Sich zwischen Ulrike und Annette zu befinden, war eine Qual, die sich von Minute zu Minute steigerte. Er empfand es als ungeheuerlich, daß er Annette belog, und fühlte sich jedes mal wie ein Schwein, wenn er sie berührte oder sie ihm einen Kuß gab. Dinge, die er noch vor drei Wochen als wunderschön empfunden hatte, waren nun das schlimmste, das er sich denken konnte.

Es war der dritte Abend, den Annette im Hause von Svens Verwandten verbrachte, als Ulrike vorschlug, daß sie zu dritt in das Jugendzentrum gehen könnten. Sven war nicht begeistert von der Vorstellung sich mit Annette nun auch noch im Kreise von Ulrikes Freunden zu befinden, von denen er immer noch nicht genau wußte, wieviel Ulrike ihnen erzählt hatte, oder was sie von sich aus ahnten. Aber Annette fand sofort Gefallen an diesem Vorschlag.

»Ich weiß nicht, ob dir die Leute gefallen.« flüsterte Sven Annette zu, als sie zu dritt durch die noch hellen Straßen liefen. Es war schon Abend, und bald würde es dunkel werden, die Sonne hatte sich schon hinter dem Horizont verkrochen, aber noch lag ein angenehmes Licht über ihrer Umgebung. Es war ein warmer Sommerabend, und normalerweise hätte Sven sich die folgenden Stunden mit Annette sehr romantisch vorstellen können.

»Wieso?« fragte Annette unschuldig.

»Sie sind ein bißchen anders als die Leute, mit denen wir normalerweise zusammen sind.« flüsterte er.

»Was tuschelt ihr beiden denn?« fragte Ulrike. Sie warf Sven einen Blick zu, der ihm den Eindruck vermittelte, als wüßte sie ganz genau, wie er sich im Augenblick fühlte. Und sie grinste dabei.

»Sven ist ein Snob.« sagte Annette lachend.

»Ich weiß.« Ulrike nickte.

»Ich denke, das trifft nicht ganz zu.« gab Sven zurück. Er fühlte sich verletzt, ein wenig beleidigt. Er war mit Sicherheit kein Snob, und er hatte auch nicht diesen Eindruck erwecken wollen.

»Wir sind gleich da, dann kannst du dir selbst ein Bild von meinen Freunden machen.« sagte Ulrike und bewies, daß sie wirklich gewußt hatte, was in Sven vorging.

Der Himmel begann langsam, sich zu verfärben, nahm violette Tönungen an. Die wenigen Wolken schimmerten rot im Licht der untergehenden Sonne, und Annette hängte sich, von dem romantischen Anblick überwältigt, bei Sven ein, der einen Schauer über seinen Körper laufen spürte.

Dann sahen sie das Jugendzentrum, das Licht in den Fenstern, und konnten schon von weitem die Musik hören, die aus der laut aufgedrehten Stereoanlage hämmerte.

»Da sind wir!« rief Ulrike fröhlich, als sie an dem Gebäude angekommen waren, und sie den beiden die Tür öffnete. »Das ist der Platz, an dem ich mich am wohlsten fühle!«

Annette trat als erste in den Raum, Sven war dicht hinter ihr, und Ulrike schob sich zuletzt an den beiden vorbei und stellte sich in den Kreis ihrer Freunde, die noch gar nicht richtig mitbekommen hatten, daß Neuankömmlinge eingetroffen waren.

»Das ist Annette!« stellte Ulrike sie der Gruppe vor. Stefan, Thorsten, Kerstin und Patrick waren anwesend. Simone und Jens waren nirgends zu erblicken. »Svens Freundin, die vor ein paar Tagen nachgekommen ist.«

»Wir entwickeln uns zu einer Tourismusgemeinde.« stellte Patrick trocken fest.

»Und du bringst sie erst heute mit?« fragte Thorsten.

Sven spürte wieder einen eifersüchtigen Stich im Herzen, als er die Blicke sah, die Ulrike und Thorsten miteinander austauschten, aber er wurde aus seinen Gedanken gerissen, als Annette ihn bei der Hand nahm und in den Raum hineintrat.

Die Erinnerung an den Abend vor fast drei Wochen, als er selbst zum erstenmal in diesem Raum gelandet war, kam wieder in ihm auf, und er wußte noch viel zu genau, wie unwohl er sich im ersten Augenblick gefühlt hatte. Ulrikes Freunde hatten sich in der Zwischenzeit allesamt als liebe Kerle entpuppt – wenn er einmal von Heiko absah, der aber bislang nicht wieder aufgetaucht war – aber er hatte seinen Schrecken erst einmal überwinden müssen, als er ihnen begegnet war. Um so überraschter mußte er nun registrieren, daß Annette keinerlei Schwierigkeiten damit zu haben schien, einen Kontakt aufzubauen. Bevor er es sich versah steckte sie in einer Unterhaltung mit Kerstin und Stefan, während Patrick direkt auf ihn zusteuerte.

»Die Uli hat mir erzählt, daß deine Freundin ein paar Beziehungen hat.« sagte er, wobei er sich eine Strähne aus der Stirn wischte. Die langen Haare der linken Kopfhälfte schienen sich manchmal kaum bändigen zu lassen, was Patrick aber offensichtlich nicht im mindesten störte.

»Beziehungen?«

»Naja, zur Studentenzeitung an eurer Uni. Und von da aus vielleicht noch ein bißchen weiter.«

»Zumindest zur Studentenzeitung.« stimmte Sven zu. Er ahnte, worauf Patricks vorsichtiges Gespräch hinauslief, und wollte ihn ein wenig bremsen. »Aber nichts sicheres. Sie will nur mal ein paar Leuten die Gedichte von Ulrike zeigen. Sie ist der Meinung, daß sie sehr gut seien.«

»Das sind sie.« stimmte Patrick dem zu. »Eine tolle Sache, wenn man mit Worten so umgehen kann wie die Uli. Man wird richtig neidisch. Ich hab' ein paar Sachen von ihr gelesen, und ich muß sagen, daß ich wirklich fix und fertig war, hinterher.«

»Schreibst du auch?« fragte Sven, der nicht mehr länger um den heißen Brei herumreden wollte. Es war ihm klar, daß Patrick auf diese Weise versuchen wollte, seine Chance ebenfalls zu nutzen.

»Gott, nee!« lachte der jedoch überrascht auf. »Ich könnte keinen sinnvollen Satz zu Papier bringen. Das heißt, ich kann natürlich Aufsätze oder Briefe schreiben, oder so etwas, ganz so blöd bin ich dann doch nicht, aber Geschichten oder Gedichte? Nein, sicher nicht. Ist mir viel zu anstrengend.«

»Aber wieso…« stotterte Sven, den diese Absage völlig überrascht hatte.

Patrick klopfte ihm auf die Schulter.

»Warum ich so nachgebohrt habe?« fragte er und strahlte Sven mit einem breiten Grinsen an. »Weil ich mich für die Uli interessiere, und ich mich freue, wenn ihr was gutes passiert. Das Mädchen hat sich bisher noch nie getraut, ihre Gedichte irgendwo einzuschicken, und das ist vielleicht eine gute Sache, wenn mal etwas von ihr gedruckt wird. Es ist auf jeden Fall *wert*, gedruckt zu werden! Du dachtest, ich will auf den Zug mit aufspringen, habe ich recht?«

Sven blieb nichts anderes übrig, als beschämt zu nicken. Leugnen wäre zwecklos gewesen, die Lüge hätte ihm zu deutlich ins Gesicht geschrieben gestanden.

»Man muß nicht aus allem Kapital schlagen, Sven.« sagte Patrick und klopfte ihm noch einmal auf die Schulter. »Man darf sich auch einfach mal nur für seine Freunde freuen!«

»Sicher, war auch gar nicht so gemeint.« stammelte Sven, dem gerade bewußt wurde, daß seine Gedanken genau in diesen Bahnen verlaufen waren. Er fühlte sich bis auf die Knochen blamiert.

Ulrike tauchte plötzlich neben ihm auf und nahm ihn bei der Hand.

Sven warf einen erschrockenen Blick zu Annette, aber die unterhielt sich noch immer mit Kerstin und Stefan, und Patrick, der merkte, daß Ulrike alleine mit ihrem Cousin sprechen wollte, gesellte sich mit Thorsten ebenfalls zu der Dreiergruppe.

»Wieso kommt sie so schnell mit deinen Freunden ins Gespräch?« fragte Sven Ulrike. Er fühlte sich verstimmt und verunsichert, er verstand nicht mehr, was um ihn herum vorging. Annette und Ulrikes Freunde benahmen sich so, als kannten sie sich schon seit geraumer Zeit, dabei hatten sie sich gerade erst vor ein paar Minuten kennengelernt.

»Bist du etwa eifersüchtig?« fragte Ulrike mit funkelndem Blick. »Nicht jeder ist so ein verschlossener Klotz wie du! Manche Menschen finden eben etwas schneller Anschluß.«

»Ein verschlossener Klotz bin ich nun wirklich nicht.« ereiferte Sven sich auf der Stelle. »Und das lasse ich mir auch nicht so ohne weiteres sagen!«

»Auf jeden Fall bist du neuen Dingen gegenüber nicht sehr offen.« grinste Ulrike. »Du hast eine Art, dich an bestehendem festzubeißen, die man schon beinahe verknöchert nennen kann.« Sie blinzelte ihm fröhlich ins Gesicht, bevor sie hinzufügte: »Manchmal habe ich das Gefühl, mich mit einem alten Mann zu unterhalten, wenn wir uns gegenüberstehen.«

Sven fühlte eine Woge des Zorns in sich aufsteigen, und wollte seiner Cousine gerade eine heftige Antwort entgegenschleudern, um dann dieses Haus zu verlassen, als sie ihm die Hand auf den Unterarm legte und ihn mit großen Augen ansah. Sofort verrauchte ein Großteil seines Zorns wieder, und er fühlte sich mit einem Mal sehr albern.

»Du bist ein lieber Kerl, Sven. Ein sehr lieber Kerl, aber dir fehlt die *Bereitschaft*, neues kennenzulernen.«

»Das ist überhaupt nicht wahr.« sagte er, sich um Ruhe bemühend. »Ich studiere. Du kannst nicht sagen, daß ich mich gegen Neues stelle.«

»Du bist so ein intelligenter Mann.« fuhr Ulrike fort, ohne auf seinen Einwurf zu reagieren. »Aber du lebst jetzt schon in ganz festgefahrenen Bahnen. Du vergeudest dein Leben! Du solltest wirklich einmal deine eingefahrenen Muster durchbrechen, sonst wirst du am Ende noch einmal so ein Mensch wie deine Eltern.«

Sven wollte gerade wieder zornig reagieren, aber Ulrike kam ihm zuvor. Sie legte ihm den Zeigefinger auf die Lippen und schüttelte sanft den Kopf. Sven warf wieder einen Blick zu Annette, aber die war noch so sehr in ihr Gespräch vertieft, daß sie vermutlich gar nicht bemerkt hatte, daß er und Ulrike sich nicht in ihrer Gruppe befanden.

»Ich habe nichts gegen deine Eltern, aber glücklich sind sie nicht miteinander. Er arbeitet und arbeitet nur, und deine Mutter ist nur einigermaßen zufrieden, wenn sie einkaufen gehen kann. Und du fühlst dich in deiner Rolle als Sohn auch nicht glücklich. Willst du, daß es dein ganzes Leben lang so weitergeht? Willst du nicht langsam etwas tun, um alles ein wenig umzukrempeln?«

»Was soll ich denn tun?« fragte Sven aufschnaubend. Er fühlte sich von ihren Worten härter getroffen, als er das für möglich gehalten hätte, und das schien ihm ein Zeichen dafür zu sein, daß sie recht hatte. Er wollte es eigentlich gar nicht zugeben, aber ihre Worte hatten einen wunden Punkt in ihm berührt.

»Du solltest aufhören, dich hinter irgendwelchen Lügen zu verstecken. Du kannst kein neues Leben beginnen, wenn du deine alten Lügen immer mit dir herumschleppen mußt!«

»Was meinst du mit alten Lügen?« fragte Sven unsicher, obwohl er eigentlich recht gut wußte, worauf sie hinauswollte. Nun kam der Teil des Gespräches, den er gar nicht führen wollte.

»Du weißt, wovon ich spreche.« sagte Ulrike leise. Nun blickte *sie* sich nach Annette um, die noch immer nichts von ihnen beiden bemerkt hatte. Ulrikes Freunde nahmen sie zu sehr in Beschlag, ließen ihr gar nicht die Möglichkeit, sich nach den beiden umzuschauen, und Sven kam plötzlich der Verdacht, daß Ulrike ihre Freunde darum gebeten haben mochte, um ihn in diese Situation hineinzudrängen. »Annette ist ein so lieber Mensch! Sie ist ein Klassemädchen, und ich finde es nicht in Ordnung, daß du sie belügst.«

»Du belügst sie nicht minder.« gab Sven zurück.

»In gewissem Sinne hast du recht.« sagte Ulrike mit traurigem Blick. »Aber ich erinnere mich so vage an ein Gespräch, das wir beide in der Kirche geführt haben. Erinnerst du dich auch noch? Da ging es um Vertrauen und so. Wie wichtig Vertrauen in einer Beziehung ist. Glaubst du, man kann Vertrauen auf einer Lüge aufbauen? Man wird doch ständig über diese Lüge nachdenken und nicht mehr über das Vertrauen, das sich eigentlich zwischen zwei Menschen befinden sollte. Du hast selbst gesagt, daß man sich nicht belügen darf, weil man den anderen dann nicht mehr so behandeln kann, wie es ihm eigentlich gebührt.«

Sven schwieg. Diese Anschuldigung mußte er erst einmal verdauen. Aber Ulrike ließ ihm keine Zeit dazu.

»Bist du wirklich der Meinung, *ich* sollte diejenige sein, die mit der Lügerei Schluß macht? Ich könnte mich natürlich vor deine Freundin stellen und ihr erzählen, was zwischen uns beiden passiert ist, aber das ist nicht *meine* Angelegenheit. Ich kann dich auch nicht zwingen, mit Annette darüber zu sprechen. Ich kann dir nur sagen, daß *du* derjenige bist, der sich Gedanken machen muß! *Du* bist derjenige, der mit dieser Lüge leben muß! Wenn ihr in drei Tagen hier weg seid, ist die Geschichte für mich erledigt. Ich werde traurig sein, daß ihr fortfahrt, ich werde traurig sein, daß ihr in einer Lüge lebt, aber ich werde mich da raushalten. Für mich wird es eine weitere Erfahrung sein, die ich gemacht habe, und die ich nun in mir aufbewahre. Aber für euch…«

»Du findest wirklich, ich sollte mit ihr reden?« fragte Sven. Er fühlte sich den Tränen nahe, wenn er daran dachte, wie die Zukunft aussehen mochte, aber er konnte sich zurückhalten. Es wäre ihm peinlich gewesen, vor Ulrikes Freunden und Annette zu weinen, und es hätte zu viele Erklärungen nach sich gezogen.

»Das mußt du selbst entscheiden.« sagte sie achselzuckend. »Ich denke nur, daß du dein Leben selbst in die Hand nehmen mußt, und daß du einiges zu tun hast, bevor du mit dir selbst zufrieden sein wirst.«

»Ich kann doch nicht vor deinen Freunden…« versuchte Sven, sich zu wehren. Der Gedanke, mit Annette über seinen Fehltritt zu sprechen… Aber war es denn ein Fehltritt gewesen?

»Das sollst du auch gar nicht. Mach es nachher, wenn ihr alleine seid. Aber tu es auf jeden Fall. Du wirst es nur bereuen, wenn du nicht mit ihr darüber sprichst. Und denk vielleicht auch mal daran, daß es nicht nur dein Leben ist, daß du auf diese Art versaust! Es ist auch Annettes Leben!«

Damit wandte sie sich schließlich von ihm ab und gesellte sich zu den anderen, bei denen sie plötzlich wie ausgewechselt erschien. Wie auf Knopfdruck war sie fröhlich und ausgelassen, und Sven konnte sich nur über ihre schauspielerischen Fähigkeiten wundern. Er selbst brauchte noch einen Augenblick für sich allein, bevor er sich zu den anderen stellen konnte.

»Manchmal bist du ein richtiger Miesepeter.« sagte Annette, als sie später am Abend wieder in ihrem gemeinsamen Zimmer saßen. Annette begann bereits, sich für die Nacht auszuziehen, während Sven noch unschlüssig auf dem Stuhl vor dem Schreibtisch saß. »Ulrikes Freunde sind doch alle sehr nett.«

»Sicher sind sie das.« gestand Sven ihr zu. »Ich weiß auch nicht, was ich hatte. Ich dachte vermutlich, daß sie einfach nicht vom Typ her zu dir passen.«

»Diese Entscheidung kann ich schon für mich selbst treffen.« sagte Annette kurz. Er wußte, daß sie es nicht mochte, wenn er sie bevormundete, sie hatten schon die ein oder andere Diskussion darüber geführt, weil er manchmal eine etwas vorschreibende Art an den Tag legte, die er vermutlich von seinem Vater geerbt hatte.

»Sicher. Tut mir leid. Soll nicht wieder vorkommen.« antwortete er zerknirscht.

Annette hielt in der Bewegung inne und betrachtete Sven mit einem liebevollen Blick. Sie trug inzwischen nur noch ihre Unterwäsche, und noch vor zwei Wochen hätte der Anblick ihres Körpers Sven in rasende Erregung versetzt, aber im Augenblick fühlte er sich als Fremder. Er kam sich vor wie ein Voyeur, der seine Blicke auf Dinge richtete, die ihn nichts angingen.

»Du bist süß, wenn du so zerknirscht bist.« sagte Annette und stellte sich direkt vor ihn. Sie nahm seinen Kopf in ihre Hände und drückte ihn sanft gegen ihren Bauch. »Man muß dich einfach gern haben.«

»Da wäre ich mir nicht so sicher.« murmelte Sven. Er wußte gar nicht, was er tat, bis die Worte aus seinem Mund herausgekommen waren, und nun konnte er sie nicht mehr zurücknehmen.

Annette löste sich von ihm und trat einen Schritt zurück. Sie betrachtete ihn verwirrt. Es waren sicherlich nicht seine Worte gewesen, als vielmehr der Tonfall, in dem er sie gesprochen hatte.

»Ist irgend etwas?« fragte sie zögernd. Angst flackerte in ihrem Blick auf, und Sven ahnte, daß sie die Antwort eigentlich gar nicht hören wollte.

»Vor ein paar Tagen ist etwas passiert.« begann Sven zögernd. Er konnte Annette nicht direkt anschauen, zwang sich aber dazu, zu ihr aufzublicken, um ihr zu zeigen, wie ehrlich zerknirscht er war. »Ich wollte nicht, daß es passiert, das heißt... irgendwie wollte ich es natürlich schon, sonst...«

Annette begann, nach hinten zu tasten und ließ sich auf das Bett sinken. Sie starrte ihn aus großen Augen an, ahnte offensichtlich schon, was nun kommen würde und schüttelte den Kopf.

»Hör auf.« flüsterte sie leise. »Sprich nicht weiter!«

Aber Sven schloß die Augen und sagte: »Doch, ich muß weitersprechen! Ich muß es dir erzählen! Ich habe Mist gebaut, Annette, ich habe tierischen Mist gebaut! Wir sind beide immer der Meinung gewesen, daß wir absolut ehrlich miteinander sein müssen, wenn wir eine gemeinsame Zukunft haben wollen. Ich kann es nicht mit mir herumtragen, ohne mit dir darüber gesprochen zu haben.«

»Ich will es nicht hören!« flüsterte Annette, noch immer völlig fassungslos. »Ich will es gar nicht hören!«

»Ich habe mit einer anderen geschlafen.« sagte Sven und senkte den Blick.

Jetzt war es heraus, er konnte es nicht mehr zurücknehmen. Aber er war nicht in der Lage, Annettes Blick standzuhalten.

Annette schwieg. Er blickte sie nicht an, hörte nur ihren Atem, der zuerst aussetzte und dann um so heftiger wieder begann. Er hörte, wie sie schluckte, konnte sich vorstellen, wie sie um Fassung rang, konnte beinahe sehen, wie ihr die Tränen in die Augen schossen, und trotzdem konnte er nicht zu ihr aufschauen. Am liebsten hätte er sich im Boden vergraben und wäre nie wieder ans Tageslicht zurückgekehrt.

»Du…« begann sie schließlich mit erstickter Stimme, brach dann aber wieder ab.

Jetzt erst konnte Sven den Kopf heben und sie ansehen. Was er erblickte war genau, was er erwartet hatte. Annette hatte Tränen in den geröteten Augen, ihr Gesicht war blaß, ihre Unterlippe zitterte. Er fühlte sich wie ein Schwein bei dem Gedanken, daß er der Grund war, warum sie diese Qual erlitt.

»Mit Ulrike?« fragte sie, nachdem sie ihre Stimme wieder gefunden hatte.

Sven nickte. Er war überrascht, daß sie es sofort gewußt hatte, aber andererseits…

»Sie ist deine Cousine.« stammelte Annette fassungslos. »Ihr seid verwandt!«

»Nicht ersten Grades.« beeilte Sven sich, das richtigzustellen.

»Du solltest ihr helfen!« fuhr Annette tonlos fort.

»Ich kann nichts dafür, es war einfach so!« stammelte er. Am liebsten wäre es ihm gewesen, wenn sie ihn angeschrien hätte, wenn sie auf ihn eingeschlagen hätte. Sie hätte so reagiert, wie er das erwartet hätte, aber diesen Schmerz in ihrem Blick ertragen zu müssen ging beinahe über seine Kräfte.

»Hat sie dich verführt?« fragte Annette nach einer weiteren Pause.

»In gewisser Weise.« gab er zurück, aber als er bemerkte, worauf sie hinauswollte, stellte er es sofort richtig: »Aber nicht wirklich. Es ist nicht so, daß sie versucht hat, mich herumzukriegen. Auf keinen Fall! Es war von uns beiden, ganz plötzlich, wir konnten uns gar nicht dagegen wehren! Wir haben uns einfach ineinander verl…«

Annette schwieg. Mit einem Mal wurde ihr bewußt, daß sie fast nackt war, und sie zog die Beine an ihren Körper und wickelte die Bettdecke um sich herum. Sven wollte zu ihr gehen und ihr die Hand auf den Arm legen, wollte sie in seinen Arm nehmen, aber er wußte, daß es das letzte wäre, was Annette sich nun wünschte. Sie betrachtete ihn wie einen Fremden.

»Ich will nach Hause.« murmelte sie nach einiger Zeit, und wieder schossen ihr die Tränen in die Augen. Die ersten lösten sich und begannen, ihr über das Gesicht zu perlen, fingen sich an ihrem Mundwinkel wieder und liefen von dort weiter hinab, über ihren Kiefer, ihren Hals hinab. »Ich will dich nicht wiedersehen, und ich will nach Hause.«

Genau davor hatte Sven Angst gehabt. Daß sie ihn nicht wiedersehen wollte, daß sie sich von ihm trennen wollte.

»Annette…« begann er, aber sie schnitt ihm das Wort ab.

»Laß mich in Ruhe! Ich dachte, du liebst mich! Aber jetzt…«

»Annette, bitte!« Auch hierüber hatten sie sich einmal unterhalten. Annette hatte dieselbe Meinung vertreten, wie er auch. Wenn einer den anderen betrog, war die Vertrauensbasis verschwunden. Woher sollte man wissen, daß der andere es nicht wieder tat? Ständig wäre man auf der Hut, man könnte sich nicht mehr aufeinander verlassen. Sie hatte damals zu ihm gesagt, daß sie ihn verlassen würde, wenn er sie mit einer anderen betrog, und er hatte das akzeptiert, weil er ihren Standpunkt geteilt hatte. Aber nun…

Dann wurde ihm bewußt, daß es ihn gar nicht so sehr schmerzte, diese Worte aus ihrem Mund zu hören, wie er es erwartet hätte. Er hatte immer geglaubt, eine Welt würde für ihn zusammenbrechen, wenn Annette ihm sagte, daß es aus ist, aber nun war das alles ganz anders. Er fühlte sich schlecht, aber nicht *so* schlecht. Er fühlte sich nicht dem Ende nahe, sondern ganz im Gegenteil, er spürte plötzlich ein gewisses Gefühl der Ruhe durch seinen Körper strömen, ein Gefühl der Erleichterung.

Dann bekam er Angst.

'Ich habe sie aber geliebt!' versuchte er, sich selbst zu überzeugen. Aber diese Überzeugung wollte sich nicht so recht einstellen. Er hatte Angst davor, Annette unrecht zu tun, aber mehr und mehr hatte er den Eindruck, daß er nur mit ihr zusammengewesen war, weil das von ihm erwartet worden war. Sie waren ein tolles Paar gewesen, hatten einen guten Eindruck gemacht, wenn sie zusammen irgendwo erschienen waren. Und er mochte sie sehr gern. Er respektierte sie, aber liebte er sie überhaupt? Hatte er sie jemals so geliebt, wie er eine Frau lieben sollte, mit der er sein Leben verbringen wollte?

Er zitterte bei dem Gedanken daran.

Annette war eine der schönsten Frauen, die er kannte, und er konnte die Gedanken und Gefühle nicht verstehen, die durch ihn hindurchtobten, aber er konnte sie auch nicht ableugnen.

»Geh bitte!« flüsterte Annette in diesem Augenblick.

Als er nicht reagierte, wiederholte sie es noch einmal.

»Geh bitte!«

Wortlos stand er von seinem Stuhl auf und ging an die Tür. Hier blieb er noch einmal stehen und drehte sich nach ihr um, aber er konnte sehen, daß etwas zerbrochen war. Ihre Beziehung war nicht mehr so wie zuvor, und sie konnte es auch niemals wieder sein. Plötzlich wirkte Annette ihm fremd, und er spürte, daß es vorüber war.

»Willst du es dir wirklich nicht noch einmal überlegen, Kind?« rief Henny Annette nach, als diese ihre Taschen zum Auto brachte.

Annette schüttelte den Kopf.

»Ich kann nicht mehr bleiben.« antwortete sie, mit Tränen in der Stimme. »Tut mir leid.«

»Aber was ist denn los mit ihr?« wandte Henny sich an Sven, und auch seine Mutter stand plötzlich neben ihm und zog ihn ins Haus zurück, als er gerade zu Annette gehen und sie zum Bahnhof fahren wollte.

»Was hast du mit ihr angestellt?« fragte sie.

»Das geht dich überhaupt nichts an!« erwiderte Sven zornig und riß sich aus ihrem Griff los.

Seine Mutter schnappte nach Luft, versuchte aber nicht, ihn noch einmal festzuhalten.

»Was ist denn nun?« fragte Henny noch einmal kleinlaut, aber Sven antwortete nicht mehr, sondern stieg zu Annette in den Wagen und ließ den Motor an. Er warf ihr einen verstohlenen Seitenblick zu, aber sie blickte starr nach vorne, noch immer mit Tränen in den Augen.

Die Fahrt zum Bahnhof verlief schweigend, ebenso wie das kurze Frühstück, das sie vor einer guten Stunde hinter sich gebracht hatten. Danach war Annette wieder nach oben gegangen, um ihre Taschen zu packen, und Sven hatte sich darum gekümmert, daß er den Wagen seiner Tante bekam.

Von Ulrike war die ganze Zeit über nichts zu sehen gewesen, aber er hatte den Eindruck, daß Annette damit ganz zufrieden war – und er selbst war auch ein wenig erleichtert.

Am Bahnhof parkte er den Wagen und nahm dann ihre Taschen aus dem Kofferraum. Sie wollte sie zuerst selbst auf den Bahnsteig tragen, aber Sven bestand darauf, ihr wenigstens jetzt noch einmal zur Hand zu gehen.

Zwischen ihnen beiden herrschten Kälte und Schweigen, und Sven befürchtete, daß es auch in Zukunft so bleiben würde. Er wollte das nicht, er wünschte sich, Annette als Freundin behalten zu können, ohne noch mit ihr eine Liebesbeziehung zu haben. Annette war ein toller Mensch, und er wollte nicht, daß sie für immer aus seinem Leben verschwand – aber er wollte nicht zuviel verlangen, und er ging davon aus, daß der Schmerz, den er ihr zugefügt hatte, seine Zeit brauchte, um vergessen zu werden.

»Danke, daß du mich gefahren hast.« sagte sie schließlich mit erstickter Stimme.

Auch Sven hatte einen Kloß im Hals.

»Das ist das mindeste.« erwiderte er lahm, und Annette nickte auch bloß.

»Ich hätte niemals gedacht, daß es mal so mit uns endet.« sagte sie. Sie betrachtete ihn mit einem vorwurfsvollen Blick, aus feuchten, rotgeränderten Augen, und Sven wurde von einem Ansturm von Reue ergriffen.

»Ich habe es nicht gewollt.« stammelte er, aber nun versagte seine Stimme ihm den Dienst.

Eine Pause entstand, in der sie beide nicht wußten, was sie einander sagen sollten. Statt dessen blickten sie verlegen zu Boden, Sven scharrte mit den Füßen, Annette wandte sich langsam ihren Taschen zu, die er inzwischen auf den Bahnsteig gestellt hatte.

»He, wartet!« rief in diesem Augenblick eine Stimme, die sie beide erschreckt herumfahren ließ.

Aus dem Bahnhofsgebäude, durch dessen kleine Halle man zu den Bahnsteigen gelangte, kam Ulrike herausgeschossen, lief, so schnell sie konnte, die letzten Meter und gelangte, völlig außer Atem, bei den beiden an.

»Ich wollte nicht, daß du abfährst, ohne daß wir uns voneinander verabschiedet haben!« keuchte sie, nachdem sie wieder ein wenig zu Atem gekommen war.

Sven und Annette hatten bisher noch nichts gesagt. Sie hatten nur völlig überrascht auf das Mädchen gestarrt.

»Du hast wirklich den Nerv, hierher zu kommen?« fragte Annette schließlich leise. Ihre Stimme zitterte ein wenig, und ihre Wangen wurden vollkommen weiß. »Nachdem du mir den Freund ausgespannt...«

»Halt, Annette!« unterbrach Ulrike sie sofort. »So einfach ist die ganze Sache nicht! Sven, würdest du uns bitte einen Augenblick alleine lassen?«

»Ich...« stammelte Sven überrascht, wußte aber nicht, an wen er sich nun wenden sollte. Ulrike wollte, das er sie beide kurz allein ließ, und bei Annette hatte er ohnehin nichts mehr zu suchen. Der Blick, mit dem sie ihn bedachte, bestätigte ihm das.

Also ging er beiseite und betrachtete den Bahnfahrplan, der zwischen den zwei Türen, die in das Bahnhofsgebäude führten, an einer Säule angebracht war.

Die beiden Mädchen unterhielten sich miteinander, bis der Zug einfuhr.

Dann erst trat Sven wieder zu ihnen beiden und half Annette, die Taschen in ihr Abteil zu bringen.

»Mach's gut.« murmelte er, als er das Abteil verließ.

»Du auch.« sagte sie, wieder mit Tränen in den Augen.

Sven blieb unsicher stehen, wollte noch irgend etwas sagen, das ihren Schmerz ein wenig lindern mochte, irgend etwas, was sie wieder aufbauen und ihr zeigen würde, daß er gar kein so schlechter Kerl war, wie sie im Augenblick den Eindruck haben mußte. Aber dann wurde ihm klar, daß es nicht *ihr* helfen würde, wenn er ihr solche Dinge erzählte, sondern er nur *sein* Gewissen beruhigen würde. *Er* wollte nicht schlecht dastehen, aber das half Annette sicherlich im Augenblick überhaupt nicht. Also sagte er nichts mehr, sondern verließ das Abteil schweigend, nachdem er ihr noch einmal zugewunken hatte.

Kaum, war er aus dem Zug gestiegen, als die Türen sich auch schon schlossen und die Bahn sich in Bewegung setzte.

Ulrike stand neben ihm auf dem Bahnsteig, und gemeinsam blickten sie zu Annette hinauf, die noch einmal für zwei Sekunden an ihnen vorüberfuhr – dann war sie fort.

»Was hast du ihr gesagt?« fragte Sven seine Cousine schließlich.

»Nur die Wahrheit.« erwiderte Ulrike. Ihre Stimme klang belegt, und beinahe hatte Sven den Eindruck, daß der Abschied von Annette ihr wirklich zu Herzen ging. Vielleicht war es auch nur die Situation – daß sie nicht als Freundinnen, sondern als Rivalinnen um denselben Mann auseinandergegangen waren. »Ich habe ihr gesagt, daß niemand gewollt hat, was passiert ist, aber es ist einfach so gekommen. Ich schäme mich nicht dafür, und ich bereue es auch nicht. Und daß ich sicherlich nicht versucht habe, dich zu verführen, wie sie geglaubt hat.«

»Nein.« Sven schüttelte nachdenklich den Kopf. »Deine Schuld ist es nicht. Auch nicht Annettes. Meine ist es. Ich hätte nicht nachgeben dürfen, ich hätte ihr treu bleiben müssen.«

»Und dann?« fuhr Ulrike mit einer plötzlich Heftigkeit auf, die Sven in sich zusammenfahren ließ. »Dann wäre es in einem halben Jahr mit einer anderen passiert! Du hättest euch beide noch Monate oder Jahre lang belogen! Du hättest euch beide gequält, weil du das Gefühl gehabt hättest, etwas zu verpassen – und damit hättest du euch beiden das Leben vermiest! Ist es das, was du willst? Oder bist du doch eher froh, daß du reinen Tisch gemacht und euch alle Möglichkeiten von neuem eröffnet hast?«

»Ich fühle mich schuldig.« sagte er ernst.

»Das ist Quatsch!« grummelte Ulrike kopfschüttelnd. »Du brauchst dich nicht schuldig fühlen. Was passiert ist, ist passiert. Und es war etwas schönes! Also hör auf, dich schuldig zu fühlen, denn ändern wirst du nichts mehr daran.«

»Aber für die Zukunft daraus lernen!« beharrte Sven.

»Man kann auch Falsches lernen!« gab Ulrike zu Bedenken. »Und jetzt komm. Die Türen werden gleich wieder abgeschlossen. Laß uns lieber gehen, sonst stehen wir hier noch auf dem Bahnsteig, bis der nächste Zug eintrudelt.«

Henny und seine Mutter machten Sven in den nächsten zwei Tagen das Leben sehr unangenehm. Sie sprachen kaum ein Wort mit ihm, und wenn, dann waren es Vorwürfe, die sie ihm entgegenschleuderten. Sie konnten nicht verstehen, was er mit Annette angestellt hatte, wußten nur, daß es etwas schlimmes gewesen sein mußte, wenn das Mädchen so überstürzt das Haus verließ – mit Tränen in den Augen.

»Ein Musterknabe ist er ja wohl doch nicht gerade.« sagte Henny abends beim Essen, und Sven durfte miterleben, wie seine Mutter, sprachlos und rot vor Scham in ihrem Essen herumstocherte und nichts darauf erwiderte.

Ihn selbst ließen diese Vorwürfe seltsam kalt. Es war nicht angenehm, den ganzen Tag mit schiefen Blicken betrachtet zu werden, es war auch kein angenehmer Gedanke, daß seine Mutter seinem Vater von dieser Sache erzählen und der ihm die Leviten lesen würde, aber letztendlich war es sein eigenes Leben und er wußte, daß er sich richtig entschieden hatte.

Ulrike war ihm aus dem Weg gegangen, was ihn mehr als traurig gestimmt hatte, aber statt ihr nachzulaufen hatte er sich wieder mit seinen Büchern in den Wald zurückgezogen, um – auf dem Stein im Bach sitzend – zu lesen und zu lernen. Gedichte hatte er keine mehr geschrieben. Seit er Annette die Wahrheit gesagt hatte, war jegliche Motivation zum Schreiben verschwunden. Waren seine Gedichte vielleicht auch nur eine Lüge gewesen, mit der er sein Leben belastet hatte? Hatte er sie *auch* nur geschrieben, weil es *dazugehörte*?

Am letzten Abend, den sie im Haus ihrer Verwandten verbrachten, stand er in seinem Zimmer und packte seine Tasche zusammen. Sein Vater würde am nächsten Morgen mit dem Wagen kommen und seine Mutter und ihn abholen, und dann würde er so bald nicht wieder hierher zurückkehren. Der Gedanke machte ihn traurig, und ein klein wenig hatte er das Gefühl, etwas von ihm stürbe, sobald er dieses Haus verließ.

Mit diesen Gedanken suchte er seine Sachen zusammen, als es an der Tür klopfte, und Ulrike auf sein »Herein!« im Raum erschien.

»Ich dachte, du hättest Lust, heute Abend noch einmal wegzugehen.« sagte sie lächelnd. Aber auch in ihren Augen meinte Sven einen verräterischen Schimmer zu sehen, was ihm Mut machte.

»Klar.« sagte er. »Nichts lieber als das. Ich habe keine Lust, den ganzen Abend hier zu sitzen, meine Tasche zu packen und Trübsal zu blasen. Oder, noch besser, mich zu Henny und meiner Mutter ins Wohnzimmer zu setzen und wie einen Aussätzigen behandeln zu lassen.«

»Ein schönes Gefühl, nicht wahr?« lachte Ulrike auf. »Das habe ich bei meinen Eltern schon lange, lange Zeit!«

Gemeinsam verließen sie das Haus, und schon nach wenigen Metern wußte Sven, wohin ihr Weg sie führen würde.

»Ich dachte, wir könnten uns ein bißchen miteinander unterhalten.« sagte er enttäuscht, als ihm klar wurde, daß sie sich auf dem Weg zum Jugendzentrum befanden.

»Können wir doch auch.« antwortete Ulrike überrascht. »Aber die anderen waren der Meinung, daß sie dich nicht ohne eine kleine Feier gehen lassen können. Wenn sie schon Annette nicht verabschieden konnten, wollen sie doch wenigstens für dich noch etwas tun. Willst du sie vor den Kopf stoßen?«

»Nein, sicher nicht.« sagte er langsam.

Das Jugendzentrum war geschmückt, und Ulrikes Freunde hatten einen breiten Stoffstreifen mit der Aufschrift »Alles Gute, Sven!« bemalt und quer im Raum aufgehängt. Ein paar bunte Lampen hingen im Raum, und ein paar Luftschlangen, die sie noch irgendwo ausgegraben hatten, waren an den Wänden und über die Möbel verteilt.

Sie begrüßten ihn überschwenglich, und zum erstenmal hatte er nicht das Gefühl fremd unter ihnen zu sein. Es war ein schönes Gefühl, mit ihnen zusammenzusein, Musik zu hören, etwas zu trinken, und zu reden, reden, reden.

Irgendwann später gab er Ulrike zu Verstehen, daß er nun mit ihr sprechen wolle, und sie nickte und folgte ihm nach draußen in die Nacht hinaus. Der Himmel über ihnen war vollkommen klar, die Sterne funkelten am Nachthimmel wie tausende von kleinen

Diamanten, die auf schwarzem Samt ausgebreitet lagen, und der Mond, der sich gerade langsam über den Horizont erhob, leuchtete in einem matten, rötlichen Ton.

»Ich muß einfach noch einmal mit dir allein sein.« sagte Sven, als sie sich auf eine Holzbank vor dem Gebäude setzten.

Die Musik hinter ihnen war nicht so laut wie sonst, so konnten sie sich, trotz der geöffneten Fenster, gut miteinander unterhalten, ohne sich weit von dem Jugendzentrum entfernen zu müssen.

»Ich weiß.« sagte Ulrike, und Sven konnte so etwas wie Unsicherheit aus ihrer Stimme heraushören. Sie schluckte einmal kurz, bevor sie ihn direkt ansah.

»Ich habe mir wirklich den Kopf zerbrochen, ob es richtig wäre,« begann Sven mühsam die Worte, die er sich schon den ganzen letzten Tag zurechtgelegt hatte, aber nun, da er sie sprechen wollte, wurde es immer schwerer, sich an sie zu erinnern, und er befürchtete, völlig aufs Neue beginnen zu müssen, »aber ich denke, ich sollte es dir sagen. Ich möchte, daß du weißt, wie ich zu dir stehe.«

»Ich denke, das weiß ich.« sagte Ulrike leise. Ihre Augen schimmerten im Licht des Mondes.

Sven fühlte Tränen in sich aufsteigen. Ein Gefühl der Trostlosigkeit überrollte ihn für einen heftigen Moment, bevor er sich fangen und weitersprechen konnte.

»Ich bin in dich verliebt, Ulrike.« sagte er dann leise. Es war ihm nicht möglich, diese Worte laut auszusprechen, seine Stimme versagte ihm den Dienst, und dennoch klangen sie in seinen Ohren wie Donner.

»Ich weiß.« sagte sie, ebenso leise. Wieder mußte sie schlucken. »Ich habe mich auch in dich verliebt.« fügte sie dann hinzu.

Sven sah sie fassungslos vor Freude an. Vor seinem geistigen Auge tauchten Bilder von Ulrike in den letzten Tagen wieder auf, wie sie mit Thorsten zusammengesessen hatte, und ihre Beziehung immer enger zu werden schien. Sven war davon ausgegangen, sie habe ihn abgehandelt, und wende sich nun dem nächsten zu, vielleicht auch als erzieherische Maßnahme. Er hatte angenommen, sie wolle ihn einfach eifersüchtig machen, oder ihm die Sinnlosigkeiten seines Handelns vor Augen führen.

»Dann können wir ja…« stammelte er überrascht.

Ulrike unterbrach ihn: »Was können wir?« Ihre Stimme hatte einen plötzlichen, harten Klang bekommen, der Sven zusammenzukken ließ. Der Schimmer in ihren Augen hatte sich ausgeweitet, und eine erste Träne rollte über ihre Wange hinab.

»Wir können zusammenbleiben!« rief Sven halblaut aus und nahm sie bei den Schultern.

Ulrike schob ihn sanft von sich ab, was ihn zutiefst bestürzte.

»Das geht nicht, Sven.« sagte sie sanft und zwang ihn, in ihre Augen zu schauen.

»Warum sollte das nicht gehen?« fragte er, noch immer fassungslos. Er wollte ihr widersprechen, hatte aber das Gefühl, zu wissen, worauf sie hinauswollte. Und darauf fand er keine Gegenargumente.

»Wir können einfach nicht zusammenbleiben.« Sie schluckte wieder, und ihre Stimme bekam einen verschnupften Klang. Nun hielt sie sich nicht mehr zurück und ließ ihren Tränen freien Lauf, während sie mit völlig ruhiger und ernster Stimme weitersprach. Auch Sven schossen die Tränen in die Augen.

»Es ist nicht nur die Entfernung, die zwischen uns liegt. Die könnte man mit dem Wagen in ein paar Stunden überbrücken, ich weiß.« begann sie. »Es ist etwas anderes. Wir leben einfach nicht in der selben Welt! Wir sind zu verschieden, mit uns beiden könnte es nicht gutgehen.«

»Wir könnten es ausprobieren.« beharrte Sven. »Ich denke, daß ich mich ändern kann, ich kann…«

»Genau das will ich nicht!« schnitt Ulrike ihm heftig das Wort ab. »Siehst du es denn nicht? Wir sind zu unterschiedlich, um miteinander auskommen zu können! Wir müßten uns ändern, wir müßten uns einander anpassen! Und dann? Dadurch verlieren wir genau das, was uns im Augenblick so attraktiv füreinander macht! Wir würden versuchen, uns einander anzunähern, und uns dabei nur auseinanderleben. Ist es das, was du willst?«

»Wir müßten es versuchen!« sagte Sven wieder. Er wollte nicht so einfach aufgeben, war nicht in der Lage, jetzt einen Schlußstrich zu ziehen.

Aber Ulrike brachte diese Kraft auf: »Wir werden nicht zusammenbleiben!« sagte sie ernst und leise. Sven mußte sich anstrengen, ihre Worte zu verstehen. »Ich will diese Tage mit dir als etwas besonderes in Erinnerung behalten und das, was zwischen uns passiert ist, nicht damit kaputtmachen, daß wir uns in alltäglicher Routine auseinanderleben. Ich will, daß du so besonders für mich bleibst, wie du es im Augenblick bist!«

Sven sank in sich zusammen. Es war, wie er befürchtet hatte, und es brannte in ihm wie Feuer. Er wollte nicht auf Ulrike verzichten, aber er wußte, daß er es lernen mußte, denn er konnte sie nicht dazu zwingen, bei ihm zu bleiben. Er mußte lernen, auf etwas zu verzichten, das er unbedingt wollte – eine Erfahrung, die er – das wußte er – in seinem Leben noch nicht gemacht hatte.

»Bist du jetzt traurig, daß du mit Annette Schluß gemacht hast?«

fragte Ulrike ihn geradeheraus. Ihre Tränen hatte sie getrocknet, und jetzt betrachtete sie ihn wieder mit dieser Mischung aus Neugierde und Ironie, die sie in seinen Augen so wunderschön und begehrlich machte.

Sven mußte lachen.

»Du kannst es nicht lassen, nicht wahr?« fragte er.

»Nein.« stimmte sie ihm zu. »Also?«

Er überlegte einen Augenblick ernsthaft, bevor er ihr antwortete. »Nein. Absolut nicht.«

»Wenn du jetzt nach Hause zurückkehrst, hast du niemanden mehr! Dann bist du auf dich allein gestellt!«

»Ich weiß.« sagte er. »Aber das ist in Ordnung so. Annette und ich hätten uns nur noch belogen, und dafür bedeutet sie mir immer noch zuviel. Es ist besser, daß wir ehrlich zueinander waren. Vielleicht können wir irgendwann sogar wieder Freunde werden. In der Uni werden wir uns schließlich notgedrungen wieder über den Weg laufen.«

»Ihr habt *WAS* gemacht?« rief Jochen fassungslos aus.

Die Semesterferien waren vorüber, und die Studenten fanden sich nach und nach wieder im Studentenwohnheim ein. Jochen war der erste seiner Freunde, dem Sven über den Weg gelaufen war, und als dieser nach den Ereignissen in den Ferien gefragt hatte, hatte er ihm erzählt, daß Annette und er sich voneinander getrennt hatten.

»Es war das beste, das wir tun konnten.« sagte Sven gelassen. Er hatte genug Zeit gehabt, darüber nachzudenken, und mit jedem Tag war ihm leichter ums Herz geworden. Der Gedanke daran, noch mehrere Jahre in einer Beziehung mit Annette eingesperrt zu sein, hatten ihm die Seele zusammengeschnürt. So sehr er sie auch immer noch mochte, und so sehr sie ihm in manchen Momenten auch fehlte, so wußte er doch, daß die Trennung das einzig richtige gewesen war.

»Aber ihr wart doch unser altes Ehepaar!« rief Jochen aus. Er griff sich an die Stirn und tastete mit der anderen Hand nach der Wand hinter sich, um sich abzustützen. Sven mußte bei diesem Anblick lächeln, er hatte niemals erwartet, zu sehen, daß Jochen die Fassung verlor.

»Auch alte Ehepaare trennen sich.« sagte er achselzuckend.

Wenn er an den Streit seiner Eltern dachte, den sie geführt hatten, als sie von Henny und Paul zurückgekehrt waren, fragte er sich, wie lange es bei *den* beiden noch dauern würde. Sein Vater hatte sich wahnsinnig darüber aufgeregt, daß Sven und Annette sich ausgerechnet im Haus der Verwandten voneinander getrennt hatten, und seine Mutter hatte die Vorwürfe hinnehmen müssen, unfähig zu sein. Noch niemals hatte Sven seinen Vater so erregt gesehen, und noch niemals hatte er gesehen, daß seine Mutter in Tränen ausbrach. Aber in diesem Moment war ihm klargeworden, daß auch seine Eltern diese Jahre miteinander nur in einer Lüge verbracht hatten. Es war vielleicht nur noch eine Frage der Zeit, bis sie aufwachten, ihre Lage überschauten und dann die Scheidung einreichten.

Dieser Gedanke ließ ihn kalt. Es war nicht sein Leben sondern ihres, und er würde es hinnehmen, wie es kam.

In den nächsten zwei Tagen erfuhren alle seine Freunde von seiner Trennung von Annette, und alle reagierten ebenso schockiert wie Jochen. Sven und Annette waren für sie eine Art Institution gewesen, sie waren wie der Fels in der Brandung, den nichts erschüttern konnte, und niemand hatte erwartet, daß irgend etwas zwischen ihnen beiden vorfallen konnte, daß sie auseinanderbrachte.

Aber die Verhöre, die sie mit ihm anstellten verliefen glimpflicher, als er das befürchtet hatte. Er konnte sie alle damit abspeisen, daß Annette und er sich einfach als zu unterschiedlich erwiesen hatten, um miteinander glücklich sein zu können, und daß sie sich getrennt hatten, bevor sie sich zu sehr eingeengt fühlten.

Wovor er ein wenig Angst hatte, war die erste Begegnung mit Annette.

In der ersten Woche sah er sie überhaupt nicht, aber er wußte, daß es nur eine Frage der Zeit war, bevor sie einander über den Weg liefen. Der Campus war weitläufig, aber nicht so groß, daß sie einander ständig aus dem Weg gehen konnten, und in gewisser Weise wollte er das auch gar nicht. Er wollte ihr begegnen und mit ihr sprechen, und er wollte wissen, ob es ihr gut ging.

Als sie sich schließlich über den Weg liefen, war es ein wunderschöner Herbsttag. Das Laub der Bäume auf dem Universitätsgelände hatte Farbtöne von zartem Gelb bis hin zu kräftigstem Rot angenommen, und die Sonne ließ alles wie ein Meer aus Feuer erstrahlen.

Annette kam mit einer Freundin, der Sven hin und wieder begegnet war, den Weg entlang, auf dem Sven sich gerade in Richtung Hörsaal befand. Als sie einander erblickten, murmelte Annette ihrer Freundin ein paar Worte zu, woraufhin diese nickte und dann seitlich über die Wiese einen anderen Weg einschlug. Im Weggehen winkte sie Sven noch mit einem freundlichen Lächeln zu, dann war sie verschwunden.

»Hallo, Sven.« begrüßte Annette ihn, als sie sich schließlich gegenüberstanden. Sie hielt einen Stapel Bücher vor der Brust, hatte die Arme verschränkt – und sah hinreißend aus.

»Hallo, Annette.« sagte Sven. Die Unsicherheit der letzten Tage war fort.

»Wie geht es dir?« fragte sie.

»Ganz gut soweit. Und dir?«

Sie betrachtete ihn aufmerksam, dann nickte sie. »Inzwischen wieder gut. Auch wenn ich anfangs am Boden zerstört war. Ich habe gedacht, eine Welt bricht für mich zusammen, als wir plötzlich miteinander Schluß gemacht haben, aber inzwischen… Ich fühle mich irgendwie erleichtert.«

»Das freut mich.« sagte Sven. Er meinte das ehrlich. »Ich bin auch erleichtert, daß ich dir die Wahrheit gesagt habe.«

»Am Anfang habe ich das gar nicht gewollt.« sagte Annette leise. »Ich wollte gar nicht hören, was du mir zu sagen hast, aber inzwischen finde ich es ganz in Ordnung. Wenn ich zurückblicke, habe ich das Gefühl, als ob wir zuviel aus Zwang gemacht haben.«

Sven nickte. »Mir geht es genau so.« stimmte er zu. »Es war eine wunderschöne Zeit, die wir miteinander hatten – aber sie war zu Ende.«

»Zu Ende.« sagte Annette nachdenklich. »Ulrike hat mir sehr geholfen.«

»Ulrike?« fragte Sven überrascht. Dann fiel ihm die Unterhaltung am Bahnhof ein, bei der er sich hatte entfernen müssen.

Annette sah ihm an, daß er sich an die Situation erinnerte und nickte zustimmend mit dem Kopf.

»Sie hat mir erklärt, was zwischen euch beiden passiert ist, und sie war der Meinung, daß ich froh sein sollte, dich los zu sein.« Sie lachte. »Das waren ihre Worte: 'Sei froh, daß du ihn los bist!' Sie fand, du seist ein toller Kerl, aber nicht für mich gemacht. Seid ihr beiden jetzt zusammen?«

»Nein.« Sven schüttelte den Kopf. »Sie hat auch mir so manches erklärt. Unter anderem, daß es mit uns beiden ebenfalls keinen Sinn haben würde.«

»Ulrike ist seltsam.« lachte Annette leise auf. »Ich habe gestern mit ihr telephoniert.«

»Du hast *was*?« rief Sven überrascht aus.

»Sie ist ein lieber Kerl.« sagte Annette und schenkte Sven ein freundliches Lächeln. »Und es hat sie sehr interessiert, ob wir uns schon über den Weg gelaufen sind. Aber das waren wir gestern ja noch nicht.«

»Nein, allerdings nicht. Ich habe ehrlich gesagt ein wenig Angst vor diesem Augenblick gehabt.«

»Ich auch.« stimmte Annette ihm zu. »Aber das ist ganz in Ordnung. Es tut lange nicht so sehr weh, wie ich befürchtet hatte. Ich glaube inzwischen wirklich, daß es besser ist, wenn wir nicht mehr zusammen sind.«

»Vielleicht könnten wir wieder Freunde werden.« bot Sven vorsichtig an.

»Wir sollten uns noch ein bißchen Zeit lassen.« sagte Annette. Aber sie lächelte, und Sven blieb ein wenig Hoffnung. »Schreibst du eigentlich noch Gedichte?« fragte sie unvermittelt.

Er schüttelte den Kopf. »Nicht, seit wir auseinander sind.«

Annette nickte. »Trotzdem wird es dich vielleicht interessieren, daß demnächst ein paar Gedichte von Ulrike in der Unizeitung erscheinen werden. Ich habe mit einem aus der Redaktion gesprochen und ihm ein Gedicht gezeigt, das ich mitgenommen hatte. Er war ganz begeistert. Und sein Vater kennt ein paar Leute im Verlagswesen. Man wird sehen, was sich daraus entwickelt.«

»Ernsthaft?« lachte Sven. Kopfschüttelnd betrachtete er Annette. Er hatte erwartet, daß sie in Ulrike die Person sehen würde, die ihre Beziehung zerstört hatte, aber statt dessen setzte sie sich nun auch noch für sie ein.

»Ernsthaft.« sagte Annette lächelnd. »Aber ich muß jetzt weiter. Wir sehen uns sicherlich noch in den nächsten Tagen.«

»Würde mich freuen.« sagte Sven.

Einen Moment schauten sie einander direkt in die Augen, und Sven konnte die Erleichterung in Annettes Blick erkennen – dann verabschiedeten sie sich voneinander.

Schicksal oder Freier Wille?

Gelangweilt saß das Schicksal in seinem Büro und trommelte mit den Fingern der rechten Hand unrhythmisch auf der weißen Schreibtischplatte. Der bequeme Bürostuhl war nach hinten geneigt, die Beine hatte es übereinandergeschlagen und den Kopf hielt es in die linke Handfläche gelehnt, den Ellenbogen auf die Lehne des Stuhles gestützt. Den Blick hatte es auf die große Monitorwand gerichtet, welche die einzige Farbalternative in diesem Raum bot, und auf der es – beinahe nebenbei – Auf- und Untergang aller irdischen Lebensformen verfolgte. Der Rest des Büros war weiß, keinerlei Farbtupfer, keine Abwechslung. Farben waren vergänglich, Farben waren gleichbedeutend mit Zeit – und das vertrug sich nicht mit dem Konzept der Ewigkeit. Nur Schwarz und Weiß, die beiden Unfarben, trugen das Merkmal der Ewigkeit in sich und hatten deshalb zum Anstrich der Bürowände aller kosmischen Mächte verwandt werden dürfen. Das Schicksal hatte sich für Weiß entschieden, weil es allein bei dem Gedanken daran, die Ewigkeit in tiefster Schwärze zu verbringen, einer Depression nahegekommen war. Auf Dauer jedoch war eine sterile, weiße Umgebung nicht besser, und so trug es stets einen schwarzen Anzug, um ein wenig Abwechslung ins Spiel zu bringen.

Das Schicksal war unzufrieden. Seit ewigen Zeiten saß es in diesem Büro, übte einen 24-Stunden-Job ohne Urlaubsansprüche aus, ohne so etwas wie Tag oder Nacht, den Wechsel zwischen Geschäftigkeit und Ruhe, jemals kennenzulernen und tat letzten Endes doch nichts anderes, als nur zu beobachten. Beobachten, beobachten, beobachten. Seit ewigen Zeiten, für ewige Zeiten – in alle Ewigkeit. Es gab keine Abwechslung, es griff nicht ein.

Auf der Monitorwand vor sich sah es alles, was auf der Erde geschah. Es war das Schicksal eines jeden Lebewesens, das Schicksal einer schier unendlichen Anzahl von Organismen – und dennoch war es nur eines aus einer unendlichen Zahl von Schicksalen. Jedes von ihnen war für einen eigenen Planeten zuständig, wobei es gleichgültig war, wie groß oder klein der sein mochte, ob er belebt war oder nicht; und das Schicksal beneidete gerade die Kollegen, die für kleine, unbelebte Planeten zuständig waren, denn bei all der Unzufriedenheit wußte es doch, daß es noch viel unangenehmer wäre, sich um einen belebteren Planeten kümmern zu müssen, als die Erde dies war – und auch davon gab es unendlich viele. Genauer betrachtet war es doch ganz zufrieden damit, nicht *mehr* Arbeit zu haben.

Seit ewigen Zeiten überwachte es alles auf seinen Monitoren, und seit ewigen Zeiten lief das wie am Schnürchen.

Wenn es darüber nachdachte, tauchte auch immer wieder ein Gedanke auf, über den es lächeln mußte. Dieser Gedanke drehte sich um den Begriff der Zeit, und um die paradoxe Situation, in der es sich ihretwegen befand. Die Zeit der Menschen und aller übrigen irdischen Lebewesen war eine einfache, gut zu überschauende Angelegenheit, die sich einfach dadurch charakterisieren ließ, daß sie *verging*. Sie war linear, entwickelte sich zweidimensional, es gab einen Anfang, ein Ende und die Entwicklung zwischendrin. Entwicklung. An und für sich schon das Hauptmerkmal der irdischen Zeit. Aus Sicht des Schicksals allerdings sah die Angelegenheit ganz anders aus. Für das Schicksal gab es diesen Begriff der Zeit nicht. Das Schicksal – so wie all die anderen kosmischen Mächte – machte keinerlei Entwicklung durch, für es existierten weder Anfang noch Ende, weder Vergangenheit noch Zukunft, es *war* einfach. Ein Zustand, von dem es wußte, daß kein menschlicher Geist ihn jemals würde fassen können, denn für diese mußte immer ein vorher und ein danach existieren. Das Schicksal machte den Menschen daraus keinen Vorwurf, wußte es doch, daß die in ihrer Auffassungsgabe so mangelhaft gestrickt waren – aber es amüsierte sich immer wieder prächtig über deren unermüdlichen Versuche, dieses scheinbare Mysterium zu verstehen, das für das Schicksal die normalste Sache jeglicher Welt war. Versuche, die von vornherein zum Scheitern verurteilt waren. Das paradoxe an seiner Situation jedoch – worüber es in Anfällen von Galgenhumor auch hin und wieder lachen konnte – war, daß es, als zeitlose, unendliche Macht an dieses eingeschränkte, zweidimensionale Zeitmodell der Menschen gebunden war, um sie – im richtigen Augenblick – ihrer Bestimmung zuzuführen… oder dies zumindest zu überwachen.

Lächelnd schüttelte es den Kopf und begann sich zu strecken. Die Augen schloß es für einen Augenblick und entspannte sich, bevor es sich wieder in seinem Stuhl zusammensinken ließ. Langeweile machte müde – und auch in diesem Zustand befand es sich schon ewig.

Sein Blick fiel auf das Schicksalsbuch, in dem alles geschrieben stand. Ein unglaublich dicker Wälzer, in dickes Leder gebunden, mit goldenen Beschlägen verziert und golden beschriftet, ein unfaßbar prunkvoller Band, in den sein Chef – die alles bestimmende Macht – mit einem kleinen Taschenspielertrick eine unendliche Anzahl von Seiten untergebracht hatte.

In diesem Buch war alles verzeichnet, was auf der Erde geschah, von Anbeginn der Zeit, bis hin zu ihrem Ende. Jede Tat, jeder Gedanke, jedes Wort, jeder Atemzug eines irdischen Wesens fand sich hierin wieder, niedergeschrieben in einer Schrift, die nur die Schicksale lesen konnten.

Mit einem leisen Schuldgefühl mußte es sich eingestehen, daß es das Buch noch gar nicht ganz gelesen hatte, sondern sich immer nur auf die Taschenbuchausgabe konzentriert hatte, die immer einen Bereich von mehreren hunderttausend Jahren abdeckte und rechtzeitig aus dem Druckhaus angeliefert wurde. Ein Arbeits- und Verwaltungsaufwand, der auch für zeitlose Wesenheiten enorm war, und dessen Vorzüge das Schicksal voll und ganz für sich auskostete.

Das Buch bedeutete natürlich eine weitere Einschränkung seiner Betätigungsmöglichkeit, denn da ohnehin alles schon geschrieben stand, blieb ihm nur noch die Möglichkeit, zu kontrollieren. Aber in Anbetracht der Tatsache, daß alles miteinander verknüpft und verwoben war, daß eine Tat an einem Ende der Welt Auswirkungen auf eine unendliche Anzahl anderer Begebenheiten hatte, war er froh, daß alles schon organisiert war. Abweichungen hätten zur Folge, daß alles stets neu geschrieben werden müßte, ohne daß man etwas übersehen dürfte – und das wäre ein Aufwand, von dem es kaum glaubte, ihn bewältigen zu können.

Seine Abneigung gegen ein ständiges Neuschreiben der Geschichte hatte aber noch einen weiteren Grund. Das Schicksal vertrat eine sehr konservative Einstellung, es war gegen jede Art von Veränderung. Es machte ihm Spaß, sich das Taschenbuch zu nehmen, es irgendwo aufzuschlagen und ein wenig darin zu schmökern – und am schönsten daran fand es, daß es immer wieder gleich war. Die Beständigkeit allen Seins bereitete ihm die größte Freude; nichts war ihm unangenehmer, als eine Geschichte zu lesen, die es eigentlich schon kannte, um dann festzustellen, daß sich zwischenzeitlich etwas geändert hatte. Veränderung widersprach ganz einfach seiner Auffassung von Ewigkeit, die Komponente der Zeit hatte für es nichts in diesem Buch zu suchen.

Ein kleines Lämpchen neben der Monitorwand machte es darauf aufmerksam, daß auf der Erde jeden Moment ein Mensch das Zeitliche segnen sollte, und gelangweilt schaltete das Schicksal zu dem unglücklichen Wesen, ohne jedoch wirklich auf das Geschehen auf dem Bildschirm zu achten. Es hielt noch immer die Taschenbuchausgabe des Schicksalsbuches in der Hand und blätterte darin hin und her. Es war viel interessanter, nachzuzählen, wie oft es in den nächsten 1000 Jahren Liebe auf den ersten Blick auslösen würde, als zuzuschauen, wie ein Mensch starb. Eigentlich wußte es ja, wie oft es die Liebe zuschlagen ließ, aber letzten Endes war es für jede Betätigung dankbar, die es von dem langweiligen Geschehen auf der Monitorwand ablenkte.

Trotz der hohen Decke und der eingeschalteten Ventilatoren war die Luft stickig und verraucht. Das Licht in dem großen Raum war gedämpft, stammte zum größten Teil von den Kerzen, die auf den Tischen brannten, nur wenige Lampen an den Wänden und den beiden Säulen in der Mitte des Raumes trugen ihren Teil zur Beleuchtung bei. Kellner in schwarzen Hosen, weißen T-Shirts und knöchellangen blauen Schürzen schwirrten emsig zwischen den Tischen hin und her, brachten Getränke, kassierten, räumten leere Gläser und volle Aschenbecher von den Tischen. Aus kleinen, versteckt angebrachten Boxen sickerte leise Jazzmusik in die rauchgeschwängerte Luft, keine anspruchsvollen Variationen, eher in kommerzielle Richtung tendierend, und kaum laut genug, um eine Chance gegen das Gewirr Dutzender von Stimmen zu haben, die den Raum erfüllten wie das aufgeregte Summen eines großen Bienenschwarms.

Inmitten all dieser Menschen saß Frank Wallner mit einigen Freunden beisammen. Vor sich hatte er ein Glas überteuerten Sauvignon Blanc, das vierte oder fünfte an diesem Abend, er wußte es nicht mehr so genau, irgendwann hatte er aufgehört zu zählen. Seine Augen waren gerötet vom Alkohol, vom Rauch und von Müdigkeit – aber er war noch nicht bereit, nach Hause zu gehen, dafür amüsierte er sich zu gut.

Frank war ein gerade 30 Jahre alt gewordener Jung-Manager, wie er sich selbst gern bezeichnete, und hatte es sich in den Kopf gesetzt, sein Leben in vollen Zügen zu genießen. Erfolg im Beruf und bei Frauen empfand er dabei als gleichermaßen selbstverständlich, und in der Beziehung zu seiner Freundin hatte er von vornherein klargestellt, daß sie in seinem Leben nicht an erster Stelle stand. Sie hatte sich damit arrangiert – und er selbst übertrieb es nicht, wobei sein gutes Aussehen ihm allerdings dabei half, daß er nicht lange auf eine Gelegenheit warten mußte, wenn die Lust sich einstellte.

Ihm gegenüber saßen Klaus und Ines, seit acht Jahren ein Paar, und einander – soweit er das beurteilen konnte – immer treu. Sie machten im Umgang miteinander immer noch einen sehr verliebten Eindruck auf Frank, worum er sie einerseits beneidete, was er auf der anderen Seite aber auch sehr langweilig fand. Er brauchte Abwechslung, wenn er nicht das Gefühl haben wollte, ewig auf der Stelle zu treten. Klaus hatte hin und wieder versucht, ihm ins Gewissen zu reden, ihn zum Nachdenken zu bewegen, aber diese Unterhaltungen hatte er selbstsicher abgeschmettert. Er war nicht

der Typ, der über Beziehungen nachdachte, er war kein Denker –
das wußte er, und es störte ihn auch gar nicht. Er war intelligent,
beileibe nicht dumm, und ihm gingen Dinge durch den Kopf, die
ihm wichtiger waren als über die Probleme einer Zweierbeziehung
nachzudenken. Viel lieber trank er etwas, unterhielt sich mit Freunden oder machte eine Eroberung.

Die Blondine am Nebentisch warf ihm einen eindringlichen
Blick zu, den er lächelnd erwiderte. Er wußte, wie Frauen darauf
reagierten, wenn er seine Lippen ein wenig bewegte, einen Schimmer seiner weißen Zähne aufblitzen ließ, ihnen einen vieldeutigen
Blick aus seinen blauen Augen zuwarf… und auch diesmal reagierte
sie wie erwartet. Sie schien auf der Stelle dahinschmelzen zu wollen, und er mußte nur aufstehen und an ihren Tisch hinübergehen,
um eine Begleitung für diese Nacht zu haben.

Aber der Wein lag ihm schon zu schwer in den Gliedern, er
fühlte sich entspannt und zufrieden, ein wenig schläfrig sogar, und
er hatte gar keine Lust, eine Eroberung zu machen. Lieber wollte er
noch ein wenig mit ihr flirten und beobachten was geschah – zumal
er die unbestimmte Vermutung hegte, daß er stark schwanken
würde, sobald er zu ihr ging; und so etwas konnte eine Frau mitunter sehr abschrecken.

Die Blonde war sehr hübsch, und was er von ihrer Figur hatte
sehen können, als sie das Lokal betreten hatte, hatte ihm ebenfalls
sehr gut gefallen. Und trotzdem war sie allein hier und versuchte,
einen Mann abzubekommen, mit dem sie ins Bett gehen konnte.
Innerlich zuckte er bei diesem Gedanken mit den Achseln. Wäre es
anders, hätte er oftmals nicht soviel Erfolg.

Dann stieß Katrin ihn plötzlich an, die direkt neben ihm saß,
und der er versprochen hatte, sie nach Hause zu fahren, und
machte ihn auf den jungen Kellner, der neben ihm stand und die
Rechnung präsentierte, aufmerksam. Überrascht, daß sie schon im
Aufbruch inbegriffen waren, bezahlte Frank und folgte dann dem
Beispiel seiner Freunde, die sich von ihren Stühlen erhoben und
dem Ausgang zustrebten.

Als er sich von seinem Stuhl erhob, schoß ihm der Alkohol in
den Kopf, und plötzlich fühlte er sich sehr unsicher auf den Beinen,
seine Knie wurden weich und in seinem Kopf schien alles zu ver-
schwimmen. Dann klärte sich alles wieder und die Blondine am
Nebentisch war das erste, was er sah. Auf ihrem Gesicht war ein
enttäuschter Ausdruck erschienen, der sich in ein hoffnungsvolles
Strahlen verwandelte, als er sich auf sie zubewegte. Frank konzentrierte sich darauf, während dieser zwei Meter nicht zu sehr zu
schwanken und auch nicht laut aufzulachen, obwohl ihm im Au-

genblick alles um ihn herum sehr komisch vorkam; und wenn er an die Reaktion der Blonden dachte, die gleich folgen mußte…

Durch den leichten Alkoholschleier, der seine Wahrnehmung benebelte, konnte er immer noch erkennen, daß der erregte Atem der Frau schneller ging, und vor allem entdeckte er auch, daß sie älter sein mußte, als er zunächst angenommen hatte. Um ihre Augen, die ihm aus der Nähe zu stark geschminkt erschienen, hatten sich kleine Falten eingegraben, und er schätzte, daß sie mindestens zehn Jahre älter war, als sie auf den ersten Blick zu sein schien.

»Bei denen« sagte er, als er sich zu ihr vorbeugte, wobei er sich mit einer Hand auf dem Tisch abstützte und mit der anderen in Richtung Theke wies, wo noch ein paar Männer standen und die anwesenden Frauen taxierten »haben sie bestimmt gute Karten.«

»Was?« entfuhr es der Frau überrascht, aber dann hatte sie ihren ersten Schrecken schnell überwunden und fuhr zornig auf: »Was fällt ihnen ein? Eine Unverschämtheit ist das!«

Frank hörte gar nicht mehr weiter zu. Lachend ging er zum Ausgang und trat durch die Tür ins Freie hinaus, wo seine Freunde bereits auf ihn warteten, um sich zu verabschieden.

»Was war denn noch?« fragte Karin.

Frank schüttelte grinsend den Kopf. »Nichts besonderes.«

»Abgeblitzt?« fragte sie weiter.

»Korb gegeben.« grinste er.

»Na, dann können wir uns ja auf den Heimweg machen.« sagte Klaus. Ines nickte zustimmend, und wenige Augenblicke später waren Karin und Frank allein.

»Wir zwei haben noch nie miteinander…« sagte Frank unvermittelt.

»Ich denke, Tanya hätte etwas dagegen.« entgegnete Karin nüchtern. »Komm, wir rufen uns ein Taxi.«

»Quatsch, ich fahr dich nach Hause.«

»Du bist betrunken, Frank. Du fährst *kein* Auto mehr!«

»Nun komm schon.« Er nahm sie bei der Hand und zog sie mit sich. Sie ließ sich ziehen. Widerstrebend zwar, aber dennoch folgte sie ihm.

»Weißt du eigentlich, wie unverantwortlich das ist?« fragte sie, nachdem sie ein paar Schritte gegangen waren und die Kassenhäuschen des unterirdischen Parkhauses vor ihnen auftauchten. »Wenn du betrunken Auto fährst, gefährdest du nicht nur dein Leben, sondern auch das Unbeteiligter!«

»Ach was.« Gleichgültig winkte er ab, wobei er ins Straucheln geriet und sicherlich auch zu Boden gestürzt wäre, wenn Karin ihn nicht aufgefangen hätte. Das fand er lustig und begann zu lachen.

Sie mußten stehenbleiben und warten, bis sein Lachanfall sich gelegt hatte.

»Fahr mit mir im Taxi!« bat Karin und wies nach rechts, wo mehrere Taxis in einer Reihe standen. »Da drüben sind schon die nächsten, du brauchst nicht einmal weit zu laufen.«

Aber Frank wehrte ab: »Ich fahr doch nicht mit dem Taxi! Weiß du, wie teuer das bis zu mir raus ist?«

»Du kannst auf meiner Couch schlafen, wenn du willst!«

»In deinem Bett wäre mir lieber.«

»Du kriegst jetzt sowieso nichts mehr hoch!« versuchte Karin ihn mit Humor von diesen Gedanken abzubringen.

»Hast du eine Ahnung.«

»Vergiß es, du schläfst auf der Couch.«

»Vergiß *du* es! Ich fahre mit dem Auto!«

»Du…« Karin blieb wie vom Donner gerührt stehen und starrte ihn aus weitaufgerissenen Augen an, schüttelte dann ungläubig den Kopf und drehte sich schließlich von ihm fort. Mit zornigen Schritten ging sie zu dem Taxistand, der sich in der Nähe befand und rief ihm über die Schulter wutentbrannt zu: »Mach doch, was du willst!«

Dann war sie fort, und Frank ging kopfschüttelnd und grinsend in das Kassenhäuschen, wo er die Parkgebühren bezahlte, dann die Treppen in die Tiefgarage hinunterstieg und zu seinem Wagen ging. Er war schon oft in diesem Zustand mit dem Auto gefahren und noch niemals war etwas geschehen – er war ein Glückskind, denn das Schicksal meinte es gut mit ihm. Und auch diesmal würde nichts passieren.

Ein wenig unsicher fuhr er durch die Tiefgarage, die ihm an diesem Abend enger vorkam als sonst, aber sobald er nach oben gelangt war, kurbelte er das Fahrerfenster ein Stück herunter, um die frische Luft hereinzulassen, die ihm den Kopf ein wenig klärte.

Karin hatte wirklich versucht, ihm den Abend nachträglich noch zu vermiesen. Er verstand nicht, warum sie plötzlich zu einer solchen Prinzipienreiterin hatte werden müssen. Sicher, inzwischen war die 0,8-Promille-Grenze auf 0,5 heruntergesetzt worden, und die Strafen fielen empfindlicher aus; aber solange er einen Führerschein hatte und mit dem Auto fuhr, war er noch niemals kontrolliert worden – und die Polizei würde nicht gerade in dieser Nacht damit anfangen.

Das Licht der Straßenlaternen schien ihm nicht so hell wie sonst, alles war dunkler und verschwommener, die Schatten schwärzer. Wenn er erst einmal aus der Stadt heraus war, standen ihm noch knapp zehn, fünfzehn Kilometer durch den Wald bevor und dann die Fahrt durch den nächsten Ort, in dem er wohnte – eigentlich ein Außenbezirk der Stadt, in den auch die Stadtbusse fuhren, aber um diese Zeit konnte er selbstverständlich nicht mehr auf eine Busverbindung bauen. Der letzte fuhr, soweit Frank das beurteilen konnte – denn er war noch nie mit dem Bus gefahren – gegen zehn Uhr abends.

Die nächste Kurve nahm er ein wenig weiträumiger, die Reifen quietschten, als er das Lenkrad noch herumreißen konnte und so die Fahrt nur ein wenig auf den Bürgersteig ausdehnte, aber wenigstens nicht in Berührung mit der sich anschließenden Hauswand kam.

»Wenn du betrunken Auto fährst, gefährdest du nicht nur dein Leben, sondern auch das Unbeteiligter.« hatte Karin ihm eben noch gesagt. Unsicher fragte er sich, ob sie nicht vielleicht sogar Recht damit gehabt hatte. Wieder zuckte er mit den Achseln und schüttelte diesen Gedanken von sich ab.

Er kurbelte das Fenster ein Stück weiter herunter, die kalte Nachtluft strömte stärker in das Innere des Wagens, schlug ihm hart ins Gesicht und rüttelte seinen Geist wach.

Vor ihm tauchte eine große Kreuzung auf, die durch das orangefarbene Licht der Straßenlaternen unwirklich, wie aus einem Traum erschien; wie eine Landschaft auf einem fremden, weit entfernten Planeten. Für ihn führte die Straße geradeaus weiter, jenseits der Kreuzung noch etwa fünfhundert Meter, bis der Wald begann und dann in sanften Kurven bis hin zum dem Ortsteil, in dem er seine Wohnung hatte. Gekreuzt wurde sie von einer Schnellstraße, die nach links zur nächsten Autobahn führte und nach recht ein Stück durch die Stadt, auf einer Brücke über den Fluß und dann, nach wenigen Kilometern, in das Industriegebiet.

Mit unverminderter Geschwindigkeit steuerte Frank den Wagen auf die Kreuzung zu. Er konnte keinen Lichtschein von einem anderen Auto erkennen, also mußte er nicht abbremsen, um zu schauen, ob von links oder recht etwas kam.

Plötzlich durchfuhr es ihn wie ein Blitz.

Was tat er da eigentlich? Karin hatte vollkommen recht! Er fuhr betrunken mit dem Auto, er war gar nicht mehr in der Lage, angemessen zu reagieren! Wenn ihm jetzt jemand vor den Wagen lief, würde er das erst bemerken, wenn er ihn schon überfahren hätte – ganz zu schweigen von den Tieren im Wald. Er war sich nicht einmal sicher, ob er dort noch in der Lage wäre, den Kurven zu folgen.

Plötzlich wurde ihm klar, daß er selbstmörderisch handelte, und umbringen wollte er sich auf gar keinen Fall! Auf der Stelle würde er den Wagen abstellen und sich ein Taxi suchen, um sich nach Hause fahren zu lassen.

Er trat kräftig auf die Bremse, die Räder blockierten und mit quietschenden Reifen rutschte er auf die Kreuzung zu – und dann kam der Tanklaster. Ein großer, silberner Tanklaster raste von links kommend über die Kreuzung, einer der Frontscheinwerfer war defekt, so daß er nur noch ganz schwach nach vorne leuchtete. Mit unverminderter Geschwindigkeit donnerte das silberne Ungetüm vor ihm vorüber, während Frank die letzten zwei, drei Meter bis zur Kreuzung noch rutschte und dann stehenblieb.

Der Tanklaster war ebenso schnell wieder verschwunden, wie er aufgetaucht war; wenn er nach recht schaute, konnte er die roten Rücklichter noch wie funkelnde, böse Raubtieraugen in der Nacht verschwinden sehen, und auch das Rumpeln und Donnern des stählernen Monstrums konnte er noch ausklingen hören.

Dann war alles wieder ruhig und Frank saß mit zitternden Armen und Beinen und rasendem Herzen in seinem Auto. Wenn er nicht gebremst hätte, wäre er genau vor dem Lastwagen auf der Kreuzung erschienen und der hätte ihn mit seiner Schnauze direkt in die Fahrerseite getroffen. Er wäre jetzt tot!

Es dauerte eine ganze Weile, bis er sich nach diesem Schrecken wieder bewegen konnte. Der Motor seines Wagen war inzwischen aus, er hatte ihn in seinem Schrecken vermutlich abgewürgt, ohne dies zu bemerken. Der Gedanke, daß er dem Tod gerade noch einmal entronnen war, füllte sein gesamtes Denken aus, nur ganz langsam ließ er sich von der Erkenntnis verdrängen, daß er noch gesund und am Leben war. Hätte er sich nicht plötzlich dafür entschieden, scharf zu bremsen, wäre sein Schicksal besiegelt gewesen.

Mit zittrigen Fingern griff er nach dem Autoschlüssel und drehte diesen. Beim dritten Versuch gelang es ihm schließlich, den Wagen zu starten, um ihn dann vorsichtig und ein wenig umständlich in einen Parkbereich am Straßenrand zu manövrieren, dann stieg er aus.

Nach diesem Schock fühlte er sich sehr ernüchtert, aber er wollte es nicht mehr darauf ankommen lassen; also machte er sich auf die Suche nach einem Taxi.

Vollkommen verständnislos starrte das Schicksal auf das kleine, rote Lämpchen in seinem Schreibtisch, das hektisch blinkte, hörte den fiepsenden Warnton, der das Blinken begleitete und sah aus dem Augenwinkel Unmengen von Statistiken über die Monitorwand flimmern, die es in dieser Geschwindigkeit gar nicht aufzunehmen in der Lage war. Dann verstand es plötzlich, daß irgend etwas schiefgelaufen war, und Panik kam in ihm auf. Noch niemals, seit

Menschengedenken und darüber hinaus, war etwas schiefgelaufen. Das gab es einfach nicht!

Zwei Menschen hätten in diesem Moment sterben müssen – das war ihr Schicksal – und aus unerfindlichen Gründen hatten sie einander verfehlt. Plötzlich geriet alles ins Wanken, das ganze Gefüge innerhalb der kosmischen Einheit bekam einen Riß, den das Schicksal beinahe körperlich spüren konnte. Es mußte unbedingt handeln!

Den Lkw hatte es schnell gefunden. Ein großer, silberner Tanklaster, der Fahrer verheiratet und Vater von drei Kindern, saß im Halbschlaf hinter dem Steuer, sah kaum die Straße vor sich im Licht des einen, verbleibenden Scheinwerfers. Der Mann schlug seine Familie, trank – nach seinem Tod würde einige Zeit vergehen und dann würde seine Frau einen anderen Mann finden, mit dem sich alles zum Guten wenden würde. Die Brücke tauchte vor dem Lkw auf, das Schicksal ließ einen Reifen platzen, der Mann verlor die Kontrolle über das stählerne Ungetüm und durchbrach die Brüstung. Der Tanklaster stürzte in die Tiefe und der Fahrer wurde bei dem Aufprall zerquetscht – er war sofort tot.

Der prompte Erfolg beim ersten Überlebenden beruhigte das Schicksal ein wenig, aber nun mußte es den Pkw-Fahrer finden.

Den Wagen hatte es schnell entdeckt, aber der war leer. Damit hatte es nicht gerechnet, und das Gefühl der Panik verstärkte sich. Es hatte den Menschen verloren, der gerade seinen letzten Atemzug hinter sich gebracht haben sollte.

Aufgeregt griff es nach dem Schicksalstaschenbuch, stieß es in der Hektik auf den Boden, sprang von seinem Stuhl auf, lief um den Tisch herum und hob das Taschenbuch wieder auf. Mit zitternden Fingern blätterte es die Seiten durch, bis es die Stelle vor sich hatte, an der die Menschheit sich gerade befand.

Dort fand es den Unfall, der gerade nicht stattgefunden hatte, und spürte ein dumpfes Zittern durch seinen Körper laufen. Eindeutig war etwas schrecklich schiefgelaufen. Am Ende des Eintrages sah es eine kleine Fußnote, die auf das Register am Ende des Buches verwies, und mit einem letzten Hoffnungsschimmer blätterte es dorthin.

Und tatsächlich: ein Register. Ein Register, in dem Namen und Ereignisse noch einmal verzeichnet waren, mit Seitenzahlen, um nähere Angaben zu finden. Fassungslos starrte das Schicksal auf diese Seiten, die es noch niemals zuvor gesehen hatte. Ihm fiel wieder ein, daß es das Buch noch niemals bis zum Ende gelesen hatte, und auch niemals auf die Idee gekommen war, so etwas wie ein Register könnte vonnöten sein – noch nie war jemals etwas nicht nach Plan verlaufen.

Es suchte den Namen des Pkw-Fahrers heraus und sah dort einen Verweis auf eine bestimmte Seite. Ein wenig ruhiger, aber mit trotzdem noch zitternden Fingern schlug es die Seite auf und begann zu suchen. Doch dort stand nichts. Auf dieser Seite befanden sich einige Dinge, die etwa zwei- oder dreitausend Jahre vor dem aktuellen Ereignis stattgefunden hatten, aber nichts, was irgendwie mit diesem Beinaheunfall oder einem der beiden Fahrer zu tun hatte.

Entsetzt starrte das Schicksal in die aufgeschlagenen Seiten vor sich. Seine Knie wurden weich, und es griff mit der linken Hand nach seinem Schreibtisch, um sich abzustützen. Es durfte gar nicht daran denken, was nun geschehen würde… Es hatte noch niemals diesen Fall gegeben, daß ein Schicksal versagt hatte. Es würde die Geschichte neu schreiben müssen, es würde in den Strafdienst geschickt, es würde… Dann fiel ihm auf, daß es überhaupt nicht wußte, was es erwartete, denn es hatte diesen Fall wirklich noch niemals gegeben. Die alles entscheidende Macht jedoch würde etwas parat haben, diese Nachlässigkeit zu ahnden!

Dann fiel sein Blick auf das gebundene Schicksalsbuch, und neue Hoffnung kam auf. Mit einem Sprung stand es vor dem Stehpult, auf dem das Buch aufgeschlagen lag, sah im Index nach und schlug die Seiten auf, auf die verwiesen wurde – und tätsächlich. Hier waren die Einträge, die es gesucht hatte. Hier stand, wie es diesem Pkw-Fahrer an den Kragen gehen konnte: drei Möglichkeiten hatte es, zuzuschlagen. Drei Möglichkeiten, die so in die geschriebene Geschichte verwoben waren, daß stets alles wieder auf dasselbe hinauslaufen würde.

Dem Schicksal schwindelte. Ehrfürchtig erkannte es die geistige Leistung der alles bestimmenden Macht an, die es fertiggebracht hatte, mehrere parallele Stränge derselben Handlung zu ersinnen, die zwar unterschiedlich abliefen, aber doch in sich alle gleich waren. Selbst dem Schicksal fiel es schwer, dieser Logik zu folgen, und es wußte, daß ein Mensch noch größere Probleme damit bekommen würde. Vor allem, als es sah, daß die Anzahl der Möglichkeiten individuell geregelt war. Bei dem jetzigen Störenfried hatte es drei Chancen; bei anderen sah es vier, fünf, bei einem sogar acht Möglichkeiten.

Es schüttelte sich, um die Konsequenzen eines solchen Denkens von sich abzuwerfen, und wandte sich dann wieder der wartenden Aufgabe zu. Was galt es, nun zu tun? Es mußte zum einen herausfinden, wo der Mensch sich nun aufhielt – und zum anderen, wie es zu dieser Panne hatte kommen können!

An dem Stehpult war ein Klingelknopf angebracht, den es drückte, woraufhin die Tür sich öffnete und seine Sekretärin den Raum betrat.

»Finden sie heraus, wie es zu diesem Zwischenfall hat kommen können!« befahl es.

»Das habe ich schon getan.« gab sie zurück.

Das Schicksal war über soviel Eigeninitiative überrascht, sagte sich dann aber, daß sie schon lange genug seine Sekretärin war, um so eigenständig handeln zu kennen. Eine Ewigkeit sozusagen…

»Und wie konnte es dazu kommen?« fragte es.

»Der Freie Wille.« sagte sie.

»Der Freie Wille.« wiederholte das Schicksal verständnislos. Die Worte schienen zunächst überhaupt keinen Sinn zu ergeben, aber dann begann es ihm zu dämmern. Der Freie Wille… Dann verstand es plötzlich alles.

»Das kann doch wohl nicht wahr sein!« fuhr es auf, worauf die Sekretärin erschrocken zusammenzuckte. »Dieser… Ich habe gleich gesagt, dieses Konzept bringt nur Ärger! Wer kam überhaupt auf diese Schnapsidee, so etwas wie einen freien Willen einzuführen? Wer? Egal, rufen sie ihn her, hören sie? Ich will den Freien Willen sprechen, und zwar so schnell wie möglich!«

»Sehr wohl!« entgegnete sie kleinlaut, verschwand aus dem Raum und zog die Tür hinter sich zu.

Das Schicksal brodelte innerlich. Am liebsten wäre es, mit hinter dem Rücken verschränkten Händen, in seinem Büro auf und ab marschiert, um sich zu überlegen, wie es diesem dahergelaufenen Störenfried die Leviten lesen und ihn dann aus dem Verkehr ziehen konnte, aber dazu hatte es keine Zeit. Im Augenblick mußte es ersteinmal herausfinden, wo der Mensch sich befand, den es seinem Ende zuführen mußte.

Nachdem es eine Zeit in dem gebundenen Schicksalsbuch gesucht und dabei die Taschenbuchausgabe verflucht hatte, wußte es schließlich bescheid. Es hatte die nächste Gelegenheit gefunden, wußte, wo der Mensch sich zur Zeit befand, was er tat… Beruhigt kehrte es an seinen Schreibtisch zurück, ließ sich in seinen Stuhl sinken und schlug die Beine übereinander. Zurückgelehnt und mit auf dem Bauch zusammengelegten Händen erwartete es den Freien Willen.

Von Anfang an hatte das Schicksal sich gegen den Freien Willen gewehrt. Irgend jemand war mit diesem Konzept in Erscheinung getreten, und dem Allmächtigen hatte es zunächst gefallen. Das Schicksal verstand den Nutzen nicht, den der Freie Wille haben sollte; er bedeutete Mehrarbeit, nichts anderes – das hatte das

Schicksal gesagt, und prompt war ihm der Freie Wille als eine Art Pilotprojekt zugeteilt worden. Nach menschlichen Maßstäben war das noch gar nicht so lange her, aber genaugenommen, war es natürlich ebenfalls eine Ewigkeit, ebenso wie alles andere auch. Das war wieder einer dieser paradoxen Zustände, in dem das Schicksal sich hin und wieder gefangen sah. Einerseits war alles in seiner Umgebung ewig und unveränderlich, andererseits war dieses Konzept des Freien Willens etwas neues, das eine umwälzende Veränderung mit sich bringen konnte. Und das erschien dem Schicksal als etwas, das dem Konzept der Ewigkeit widersprach, so wie es das selbst verstand. Wenn es über den Freien Willen nachdachte, kam manchmal die vage Furcht in ihm auf, daß sie doch nicht ewig waren, sondern veränderlich – das wäre gleichbedeutend mit einem Todesurteil, denn wo eine Veränderung, da ein Anfang und – vor allem – ein Ende…

Lange Zeit hatte das Schicksal überhaupt nichts von dem Freien Willen bemerkt, aber anscheinend hatte der inzwischen genug Zeit gehabt, um sich in sein Aufgabengebiet einzufinden und nun endlich zuzuschlagen.

Als es an der Tür klopfte, versteifte das Schicksal sich einen kurzen Augenblick, nur um sich dann zur Gelassenheit zu zwingen. Es würde dem Freien Willen nicht zeigen, wie aufgeregt es war.

»Herein!«

Die Tür öffnete sich und eine undefinierbare Gestalt betrat den Raum. Einem Menschen ähnelnd, aber beständig die Gestalt wechselnd, immer wieder das Äußere dessen annehmend, dessen Freier Wille es gerade zu sein gedachte. Diese Veränderung gingen in einer so rasend schnellen Folge vonstatten, daß es unmöglich war, einzelne Gesichter oder Gestalten wahrzunehmen, was einen verschwommenen Gesamteindruck zurückließ. Dem Schicksal fiel es schwer, den Freien Willen direkt anzuschauen, ohne den Eindruck zu gewinnen, seine Sehschärfe lasse nach.

»Sie wollten mich sprechen?« fragte der Freie Wille mit einer volltönenden Stimme und baute sich vollkommen ungeniert vor seinem Schreibtisch auf.

»Allerdings.« gab das Schicksal überrascht zurück. Es hatte erwartet, der Freie Wille würde ein wenig zurückhaltender vorgehen, aber andererseits mußte jemand, der eine solche Aufgabe nahm, auch ein gewisses Maß an Taktlosigkeit mitbringen. »Ich denke, wir sollten einmal über das reden, was soeben passiert ist.«

»Also haben sie es bemerkt?« fragte der Freie Wille, nicht ohne eine Spur von Stolz in der Stimme.

»Selbstverständlich habe ich es bemerkt!« brauste das Schicksal auf. »Es hat mir eine ganze Menge an Mehrarbeit eingetragen! Also habe ich es *natürlich* bemerkt!«

»Dann habe ich meine Aufgabe ja erfüllt!« sagte der Freie Wille und wollte sich schon wieder umdrehen, um das Büro zu verlassen.

Einen kurzen Augenblick zögerte das Schicksal, völlig verdutzt von diesem seltsamen Verhalten, dann hatte es sich wieder gefangen und schlug mit der Faust auf den Tisch.

»Sie bleiben gefälligst hier, bis ich mit ihnen fertig bin!« fuhr es auf.

Nun war der Freie Wille an der Reihe, verdutzt zu schauen.

»Was ist denn los?« fragte er.

»Was los ist? Sie haben mir in meine Arbeit gepfuscht und dadurch ein kleines Chaos verursacht! Das werden sie in Zukunft unterlassen, sonst sehe ich mich gezwungen, andere Schritte einzuleiten! Haben wir uns verstanden? Sie lassen in Zukunft die Finger von jeglicher Art menschlichen, tierischen oder pflanzlichen Denkens, halten sich ganz generell von dieser Welt fern! Sie haben mir einmal die Arbeit versaut, und das werden sie niemals wieder tun!«

»Sonst passiert *was*?« fragte der Freie Wille, der sich inzwischen wieder beruhigt hatte und nun zufrieden und siegessicher grinste. »Sonst gehen sie zur Allesbestimmenden Macht? Denken sie daran, daß ich von der Allesbestimmenden Macht persönlich die Aufgabe erhalten habe, die ich gerade ausfülle. Ich wurde dazu *ausersehen*, ihnen Probleme zu machen. Und das werde ich tun, kapiert?«

Damit drehte er sich um und ging zur Tür.

Das Schicksal saß völlig sprach- und verständnislos in seinem Stuhl und starrte diesem seltsamen Gefährten nach, als der den Raum verließ. War das gerade wirklich passiert? Hatte dieser Neuling es gerade wirklich wie einen Trottel vorgeführt? Es mochte es nicht glauben, aber offensichtlich war es gerade geschehen... Das durfte nicht sein!

Daß Frank kein eigenes Büro hatte, hatte er schon oft moniert, aber mitunter hatte es auch gewisse Vorteile. So konnte er sich auf seinem Stuhl zurücklehnen, die Beine übereinanderschlagen und ganz gelassen durch das Großraumbüro in die Ecke des Schreibpools schauen.

Gewissermaßen hatte er ein eigenes Büro. Spanische Wände und Pflanzen waren so aufgebaut, daß man für gewisse Leute eigene Bereiche abgetrennt hatte – so auch für ihn – aber durch die Lücken konnte er Geli zuschauen, die am anderen Ende des großen Raumes saß, oft mit Minirock oder kurzem Kleid, sich in verführerischen Posen auf dem Stuhl räkelte und es hin und wieder fertigbrachte, Briefe oder Dokumente auf ihrem Computer zu schreiben. Sie war nicht die intelligenteste, wie er jedesmal feststellte, wenn er sich mit ihr unterhielt, aber sie war ein lieber Mensch, wollte niemandem etwas böses und sah atemberaubend gut aus. Dabei hatte sie eine sehr natürliche Art behalten und verscherzte es sich nicht durch zickige Anwandlungen bei ihren Kolleginnen – ganz im Gegenteil: ein paar von denen hatten es sich in den Kopf gesetzt, das »arme, naive Mädchen« vor dem Unbill des Lebens zu schützen... genaugenommen vor Männern wie ihm.

Dann fiel sein Blick wieder auf den kurzen Artikel mit Bild, den er sich gestern aus der Zeitung ausgeschnitten und auf seinen Schreibtisch gelegt hatte. Aus diesem Bericht hatte er erfahren, daß der Lkw-Fahrer, mit dem er an dem Abend davor beinahe kollidiert war, nur wenige Kilometer von der Kreuzung entfernt von einer Brücke gestürzt und gestorben war. Auf dem Photo war das Wrack des Lastzuges zu sehen, wie es sich im Tal, unterhalb der Brücke, durch den Aufprall in eine unförmige, häßliche Masse aus Metall verwandelt hatte – und dennoch war es Frank nicht schwergefallen, den Lkw wiederzuerkennen.

Der Fahrer habe Alkohol im Blut gehabt, hieß es in diesem Artikel, und das war der Hauptgrund, warum Frank ihn sich aus der Zeitung ausgeschnitten hatte. Als Erinnerung daran, wie dicht er selbst im Rausch an seinem Ende vorbeigefahren war. Nach diesem Beinahezusammenstoß hatte er sich geschworen, nie wieder unter Alkoholeinfluß mit dem Auto zu fahren!

Schließlich fiel sein Blick wieder auf Geli, die gerade ihre langen, blonden Haare in einer schwungvollen Bewegung nach hinten warf, und alles andere war vergessen. Er überlegte kurz, ob er mit Tanya, seiner Freundin, eine Verabredung für diesen Abend ausgemacht hatte, aber er glaubte nicht, daß dem so war. In solchen Momente war er froh darüber, daß sie nicht zusammengezogen waren. Sie hatte ihm das vorgeschlagen, aber er hatte es abgelehnt. Entweder sie akzeptierte, daß er seinen Freiraum brauchte, oder sie trennten sich voneinander. Tanya hatte das akzeptiert, und das ermöglichte Frank ein glückliches Junggesellenleben, wenn er das wollte, und ein ebenso glückliches und erfülltes Beziehungsleben, wenn ihm *danach* der Sinn stand. Heute abend wollte er der Junggeselle bleiben und auf die Jagd gehen...

Das Kopiergerät stand bei den Frauen vom Schreibpool, und wenn er einen Vorwand suchte, sich dorthin zu begeben, hatte er noch jedes mal etwas zu kopieren gehabt. So auch diesmal. Wahllos nahm er ein paar Blätter von seinem Schreibtisch, stand auf und ging um die spanische Wand herum, die seinen Büroteil vom Rest des Raumes abtrennte. Der Blick auf den Schreibpool war nun vollkommen frei, und zu seiner Zufriedenheit erkannte er, daß außer Geli nur noch eine einzige Kollegin anwesend war. Die anderen machten vermutlich eine kleine Kaffee- oder Zigarettenpause.

»Na, Geli, wie läuft's« fragte er, als er an dem Kopierer stand und die unwichtigen Seiten kopierte.

»Bestens, Frank.« gab sie mit einem koketten Augenaufschlag zurück. Sie hatte die Gabe, sich in jeder Situation so hinzusetzen, daß ihr Körper äußerst vorteilhaft erschien.

Frank spürte die erste Welle der Erregung schon durch seinen Körper hindurchlaufen und fragte sich, warum er noch niemals etwas mit ihr angefangen hatte. Sie war geradezu wie für einen Seitensprung geschaffen.

Nun ließ er den Kopierer völlig außer Acht und setzte sich auf Gelis Schreibtischkante. Ihre Kollegin warf ihr einen vielsagenden Blick zu, stand auf und verließ den Raum. Nun waren sie beide vollkommen allein, auch wenn Frank eine Ahnung hatte, daß das nicht lange so bleiben würde. Gelis Kolleginnen würden ihnen eine kurze Frist gewähren und dann geschlossen an ihren Arbeitsplatz zurückkehren.

Sie unterhielten sich ein, zwei Minuten über belanglose Dinge, die sie beide nicht interessierten, erst dann rückte Frank mit der eigentlichen Frage heraus.

»Hast du heute abend schon etwas vor?«

Er legte seine Hand auf die ihre, mit der sie sich neben der Computertastatur abstützte. Sie zog sie nicht fort.

»Hast du nicht eine Freundin?«

»Sicher. Hast du einen Freund?«

»Ja.«

»Stört dich das?« fragte er weiter.

»Wir leben zusammen.« sagte sie und lächelte ihn dabei aufreizend an.

»Meine Wohnung ist frei.« gab er zurück. »Wir könnten erst etwas essen gehen und danach… Ich könnte dir…«

»Deine Briefmarkensammlung zeigen?«

»Zum Beispiel.« antwortete er grinsend.

Geli überlegte einen Augenblick, wobei sie ihre Stirn in Falten legte und einen angestrengten Blick bekam. Frank hätte am liebsten seine Hand nach ihr ausgestreckt und ihr Gesicht gestreichelt, hielt sich aber zurück. Das hatte Zeit bis heute Abend, er wollte nicht, daß sie doch noch einen Rückzieher machte, weil er plötzlich zu aufdringlich wurde.

»Ich könnte zu Hause erzählen, daß ich mich mit ein paar Freundinnen treffe.« sagte sie schließlich nachdenklich. »Das tue ich ab und zu. Das fällt bestimmt nicht auf.«

»Na, wunderbar.« stimmte Frank fröhlich zu. »Ich freue mich auf heute abend. Um acht?«

»Geht klar.« sagte Geli strahlend. »Wo treffen wir uns?«

Frank schlug ihr einen Treffpunkt vor, dann ging er zu seinem Schreibtisch zurück. In diesem Augenblick öffnete sich die Tür zum Flur, und Gelis Kolleginnen betraten das Büro. Sie tuschelten und blickten zu ihm herüber, aber das störte ihn nicht. Er wußte, welchen Ruf er in der Firma hatte, und hin und wieder machte sich das bezahlt – er hatte inzwischen die Erfahrung gemacht, daß Frauen viel eher zu einem Abenteuer bereit waren, wenn sie wußten, daß der Mann später keine Besitzansprüche anmelden würde.

Um fünf Uhr war Feierabend in der Firma. Gemeinsam machten sie sich auf den Weg zum Fahrstuhl, und Geli nahm Frank noch einmal zur Seite.

»Glaubst du wirklich, es ist eine gute Idee?« fragte sie. In ihrer Stimme lag ein leiser Zweifel, den er aber mit einem Lächeln aus der Welt schaffen konnte.

»Die beste!« sagte er, und sie erwiderte sein Strahlen. »Es wird niemand erfahren, und wir zwei haben ein wenig Spaß miteinander. Was kann man dagegen einwenden?«

Sie grinste und kniff ihn in den Hintern, dann ging sie ein wenig schneller, um ihre Kolleginnen einzuholen, die schon in den Fahrstuhl gestiegen waren. Frank beeilte sich, um ebenfalls noch mit einzusteigen, doch dann blieb er wie angewurzelt stehen.

»Was ist denn, Herr Wallner?« fragte eine der Frauen aus dem Schreibpool. »Trauen sie sich nicht, mit uns im selben Fahrstuhl zu fahren?«

»Mein Computer ist noch an.« erklärte er. »Ich denke, ich sollte ihn besser ausschalten.«

»Um acht wird der Strom abgeschaltet.« gab die Frau zurück. »Dann ist er sowieso aus.«

»Aber besser ist besser.« sagte er. Das mit dem abgeschalteten Strom entsprach der Wahrheit, und eigentlich war es idiotisch, noch einmal zurückzukehren, um den Computer auszuschalten, aber…

»Nun komm schon, Frank.« drängte Geli. Die Türen des Fahrstuhles hatten schon damit begonnen, sich zu schließen, und sie hatte extra auf den Türöffner gedrückt.

»Ich nehme die Treppen.«

»Wir sind im vierzehnten Stock!«

»Ich muß mal ein wenig für meinen Kreislauf tun.« sagte er achselzuckend und grinste die Frauen fröhlich an. Dann drehte er sich um und lief zurück in das Büro, wo er seinen Computer ausschaltete und sich dann auf den Weg zum Treppenhaus machte. Die Idee, die vierzehn Stockwerke hinunterzulaufen, war ihm noch niemals gekommen, aber es hatte etwas für sich, wenn er seinen Kreislauf in Schwung bringen wollte. Er war schon seit einiger Zeit nicht mehr im Fitneßstudio gewesen, und er hatte langsam einen kleinen Bauchansatz. Der Waschbrettbauch, wie er ihn eine Zeit lang besessen hatte, war schon nicht mehr zu erkennen. Noch war sein Bauch flach und straff, aber nicht mehr so hart wie früher. Sein männlicher Stolz trieb ihn nun dazu, endlich wieder etwas gegen diese Verweichlichung zu unternehmen.

Zwei, drei Stufen auf einmal nehmend, lief er die Treppen aus dem vierzehnten Stock hinunter, zwischendrin immer wieder eine kurze Pause einlegend, um nicht völlig außer Atem zu sein, wenn er unten angelangte. Dabei fiel ihm auf, wie schön die Aussicht aus den Treppenhausfenstern war. Er konnte die ganze Stadt überblikken, und im Licht der untergehenden Sonne sah alles schön und romantisch aus. Das war ihm noch niemals aufgefallen. Also blieb er eine Zeit lang vor dem Fenster stehen und blickte nach draußen, bis ihm eine Reihe von Polizei- und Rettungsfahrzeugen auffiel, die mit Blaulicht und Sirenen zu dem Bürogebäude rasten und vor dem Haus anhielten.

Mit einem schlechten Gefühl im Magen setzte er seinen Weg fort, die letzten acht Stockwerke, diesmal ohne Unterbrechungen, um so schnell wie möglich im Erdgeschoß anzugelangen.

Dort herrschte Chaos.

Die Vorhalle sah aus wie ein Schlachtfeld, die Tür des Fahrstuhles, in den er hatte steigen sollen, wurde gerade von Männern in Uniformen aufgeschoben, der Anblick dahinter war so schrecklich, daß er nach hinten gegen die Wand sank und sich daran zu Boden sinken ließ.

Der Fahrstuhl war abgestürzt. Der Fahrstuhl mit Geli und ihren Kolleginnen, der Fahrstuhl, in den er selbst zuerst noch hatte einsteigen wollen…

Ein Mann baute sich vor ihm auf, ein Polizist, wie er erkannte, der ihn mit Fragen bombardierte, die er wie in einem Traum beantwortete. Wer er sei, was er hier in diesem Haus tue, ob er etwas von dem Unglück mitbekommen habe, warum er selbst nicht mit dem Fahrstuhl gefahren sei. Frank antwortete, so gut es eben ging, aber immer wieder gaben seine Knie nach, und der Anblick der Männer und Frauen, die aus dieser Todeskabine befreit wurden war zuviel für ihn. Irgendwann führte der Beamte ihn in einen der Waschräume, wo er sich übergab.

Er konnte sein unverschämtes Glück nicht fassen. Daß er selbst nicht in der Kabine gestanden hatte, als die abgestürzt war, war ein reines Wunder. Wenn er sich nicht im letzten Moment an seinen Computer erinnert und gegen jede Logik entschieden hätte, ihn auszuschalten, obwohl das Abschalten des Stromes um 20.00 Uhr denselben Effekt hatte… Und seine plötzlichen Gedanken, was die Stärkung seines Kreislaufes und sein Training anbelangte. Er war seinem Schicksal durch diese plötzliche Eingebung entronnen, genau wie zwei Tage zuvor, als er in einem plötzlichen Anfall von Klarheit den Wagen angehalten und so den Zusammenstoß mit dem Lkw verhindert hatte. Als ihm das bewußt wurde, mußte er sich ein weiteres mal übergeben.

Das Schicksal war vor Wut völlig außer sich!

Die zweite Chance, diesen Menschen aus dem Weg zu räumen, war vorüber, die zweite Möglichkeit aus dem Schicksalsbuch hatte es ebenfalls nicht ergreifen können! Am liebsten hätte es das große, ledergebundene Buch genommen und mit voller Wucht in diese nervtötende Monitorwand geschleudert!

»Das war doch wieder dieser dämliche, widerliche Wicht!« knurrte es halblaut vor sich hin, ballte die Fäuste und schlug, so fest es konnte, auf den Schreibtisch. Einen kurzen Augenblick flackerten alle Lämpchen unter der durchsichtigen Tischplatte einmal auf, und das Schicksal zuckte zusammen, als es bemerkte, daß es einige Katastrophen in verschiedenen Teilen der Erde ausgelöst hatte, aber dann fing es sich wieder soweit, daß alles, was blieb, ein unbändiger Zorn war.

Heftiger als nötig drückte es den Knopf der Gegensprechanlage und brüllte »Bringen sie mir einen Kaffee« in das kleine Mikrophon, aber aus dem kleinen Kasten kam keine Antwort.

Außer sich stürmte es zur Tür und riß diese auf, aber seine Sekretärin befand sich nicht an ihrem Platz.

Einen Augenblick zögerte es, machte sich dann jedoch auf den Weg zum Kaffeeautomaten im dritten Stock. Ein paar Minuten würde die Welt auch ohne es zurechtkommen – im Augenblick schien ohnehin alles egal, nichts wollte mehr so laufen, wie es eigentlich geplant war.

Diesen Freien Willen würde es sich vorknöpfen, wenn sie einander wieder über den Weg liefen. Es war richtig, daß dieser Kerl nur seine Arbeit erledigte, aber es mußte auch möglich sein, dies zu tun, ohne dem Schicksal ständig in *seine* Arbeit zu pfuschen. Wenn der Kerl einem anderen Schicksal aufgebürdet wurde, dann war ihm das egal, Hauptsache, es konnte wieder genau so ungestört arbeiten wie in den Ewigkeiten zuvor!

Vor dem Kaffeeautomaten standen einige der kosmischen Mächte versammelt. Es sah zwei Schicksale, sah eine Liebe und auch Haß und Vergeltungsdrang. Eine Anziehung stand daneben und unterhielt sich mit einer Großen Seele. Als sie es kommen sahen, begannen sie zu tuscheln und leise zu lachen.

Das Schicksal ließ sich davon nicht beirren, stellte sich an den Automaten und wählte einen Kaffee ohne Milch, aber mit viel Zukker.

»Langsam geht's auf der Erde den Bach runter, nicht wahr?« fragte der Vergeltungsdrang.

Das Schicksal drehte sich ruckartig zu ihm. »Wer sagt das?«

»Man hört so gewisse Dinge.«

»Es soll alles ein wenig drunter und drüber gehen.«

»Eine Ewigkeit ist eben für manchen zuviel.«

Die kosmischen Mächte bestürmten es vor allen Seiten mit Frotzeleien und angreifenden Bemerkungen, und das einzige, was blieb, war schließlich der Rückzug. Es ließ den Kaffeebecher fallen und lief, unter dem höhnenden Gelächter der Kollegen, den Gang zurück zur Treppe und kehrte in sein Vorzimmer zurück.

Die Sekretärin saß wieder hinter ihrem Tisch, wo sie eigentlich die ganze Zeit hätte gewesen sein sollen.

»Wo waren sie?« donnerte es sie an.

»Auf der Toilette.« erwiderte die verschüchtert. »Ich mußte mal...«

»Haben sie das Gerücht verbreitet, ich hätte meine Arbeit nicht mehr im Griff?« fuhr es zornig fort. Der Ärger über das mißglückte Ende dieses Menschen und die Demütigung, die es gerade vor dem Kaffeeautomaten erfahren hatte, taten sich zusammen und wollte herausgelassen werden.

»Ich... nein...« stammelte die Sekretärin verständnislos.

»Ich wurde gerade von meinen Kollegen angegriffen, die alle genauestens informiert zu sein schienen!« fuhr es brüllend fort. »Wer außer ihnen wußte denn noch bescheid?«

»Ich habe den Freien Willen aus dem Büro des Chefs kommen sehen!« schrie sie, in einem plötzlichen Anfall von frustriertem Ärger zurück. »Wahrscheinlich war der es! Und hören sie endlich auf, immer auf mir herumzuhacken! Das geht schon seit Ewigkeiten so, und ich habe *keine Lust mehr!* Immer habe ich alles für sie getan, und immer haben sie nur ihren Frust an mir ausgelassen! Ich war immer eine gute und loyale Sekretärin, aber wenn sie nicht irgendwann damit aufhören, ständig ihren Ärger an mir abzulassen, dann werde ich mir eine neue Stelle suchen!«

Überrascht und beschämt trat das Schicksal einen Schritt zurück, und ein peinliches Schweigen machte sich zwischen ihnen beiden breit. Schließlich raffte es sich auf und trat an den Schreibtisch der Sekretärin heran, hielt ihr die Hand hin, die sie nach einigem Zögern ergriff und sagte: »Es tut mir leid, so war das nicht gemeint. Ich werde mir in Zukunft etwas mehr Mühe geben, mich im Zaum zu halten.«

Sie nickte nur, und das Schicksal trat mit hängendem Kopf in sein Büro. Es hatte niemals damit gerechnet, daß seine Sekretärin sich diese gelegentlichen Schreiereien so zu Herzen nahm.

Der Schock steckte Frank auch zwei Tage später noch tief in den Knochen. Er verstand noch nicht, was eigentlich geschehen war, wie das Leben einiger seiner Kolleginnen und Kollegen so plötzlich hatte beendet sein können – und vor allem, wie knapp er diesem Schicksal entgangen war. Seine Gedanken kreisten immer wieder um dieses Unglück, und er hatte das Gefühl, wahnsinnig werden zu müssen, wenn er nicht irgendeine Abwechslung fand. Klaus, der ihm immer wieder zuredete, er solle seine Freundin Tanya nicht weiter betrügen, hatte das erkannt und war mit ihm in eine Kneipe gegangen, wo sie beide sich ganz langsam zu betrinken gedachten.

Sie hatten sich in der Stadt getroffen, in die Frank diesmal mit dem Bus gefahren war – mit der festen Absicht, entweder den letzten Bus nach Hause noch zu erwischen, oder in ein Taxi zu steigen, wenn es zu spät werden sollte – und waren in eine gemütliche kleine Kneipe mit dunkler Holztäfelung und einer großen Theke gegangen, an der sie sich auf zwei Barhockern niedergelassen und sofort mit ihrem ersten Bier begonnen hatten. Zwischendrin knabberten sie Erdnüsse, die in einer kleinen Glasschale vor ihnen standen und immer wieder von der hübschen Bedienung hinter der Theke aufgefüllt wurden, sobald sie das Schälchen leergeräumt hatten.

»Irgend etwas ist hier im Gange.« sagte Frank schließlich. Sie hatten sich zunächst über den Fahrstuhlabsturz unterhalten, über die Vorgehensweise der Polizei, über seine Befragung und die möglichen Ursachen des Unglücks unterhalten. Mehrere der Stahlkabel, an denen der Fahrstuhl hing, waren brüchig und alt gewesen, die Routineuntersuchung hatte das nicht aufgedeckt gehabt, und die Wartungsfirma sah sich enormen Klagen gegenüber.

»Wie meinst du das?« Klaus hatte inzwischen vier oder fünf Bier getrunken und sein Blick war nicht mehr so gestochen scharf, wie zu Beginn ihrer Unterhaltung. Frank hingegen fühlte sich noch immer stocknüchtern, er hatte den Eindruck, als ob der Alkohol nicht in der Lage war, ihn aus seinen Gedanken herauszuziehen, sondern alles nur noch klarer erscheinen ließ.

»Ich habe dir von meiner Heimfahrt vor vier Tagen erzählt?« fragte er.

Klaus nickte.

»Im letzten Moment habe ich mich entschieden, nicht zu fahren, habe scharf gebremst, und nur so einen Unfall mit dem Tanklaster vermieden, der ein paar Kilometer weiter von der Brücke gefallen ist…«

»Sicher, hast du erzählt.«

»Sie meinen diesen armen Menschen, der jetzt Frau und Kinder hinterlassen hat?« fragte die Bedienung hinter der Theke, die von dem ernsten Tonfall in den Stimmen der beiden Männer angelockt worden war. »Der von der Schnellstraßenbrücke über dem Grünbachtal gestürzt ist?«

»Haben sie das auch gelesen?« fragte Frank, dann winkte er ab. »Sicher haben sie das gelesen, stand ja groß in jeder Zeitung. Ja, den meine ich. Ich bin fast mit diesem Tanklaster kollidiert, weil ich betrunken nach Hause gefahren bin. Irgendwann habe ich gemerkt, daß es so nicht gehen kann und habe meinen Wagen gestoppt, und der Tanklaster ist haarscharf an mir vorbeigerauscht.«

»Mannomann, sie machen Sachen.« Die junge Frau bedachte ihn mit einem strafenden Blick. Sie war sehr hübsch, hatte lange braune Haare und eine Figur, die ihn auf der Stelle zum Träumen anregte. Bei ihrem Anblick vergaß er für einen Augenblick das ernste Thema, über das er sich mit Klaus hatte unterhalten wollen und stellte sich statt dessen vor, wie es sein mochte, sie aus ihrer Bluse zu schälen, ihr Gesicht mit seinen Fingern zu streicheln und ganz langsam und zärtlich mit ihr zu ungeahnten Höhepunkten der Lust zu gelangen. Dann schüttelte er den Kopf, um sich von dieser Vorstellung zu befreien – im Augenblick hatte er andere Sorgen.

»Heute bin ich mit dem Bus gekommen.« sagte er, die Hände in einer abwehrenden Geste hebend, worauf sie mit ernstem Blick nickte und ihn dazu beglückwünschte, so vernünftig geworden zu sein.

»Und dann diese Geschichte mit dem Fahrstuhl.« wandte Frank sich wieder an Klaus, der das kurze Hin und Her zwischen seinem Freund und der Bedienung mit mißbilligendem Blick registriert hatte.

»Denk an Tanya.« flüsterte Klaus ihm kurz zu, aber Frank brachte ihn mit einem entnervten Blick zum Schweigen.

»Kannst du mir damit mal für einen Augenblick die Ruhe lassen?« bat er scharf. »Im Augenblick habe ich andere Dinge im Kopf, als herumzuvögeln.«

»Schon gut, schon gut.«

»Danke.«

Einen Moment lang schwiegen sie. Klaus betreten, Frank beleidigt. Bis die Bedienung dazwischentrat und nachfragte: »Was war denn nun mit diesem Fahrstuhl?«

Klaus skizzierte mit einigen kurzen Worten, was vor zwei Tagen in Franks Bürogebäude geschehen war, und die junge Frau starrte ihn mit großen Augen an. Sie hielt sich mit beiden Händen an der Theke fest, als ob sie fürchtete, zu fallen, sobald sie losließ, und sagte etwas wie: »Sie haben vielleicht ein Glück…«

»Ich habe das Gefühl, als ob ich meinem Schicksal ein Schnippchen geschlagen hätte.« sagte Frank schließlich.

»Wie meinst du das?« Klaus war überrascht. Sie hatten inzwischen das nächste Bier vor sich stehen, und für ihn wurde die Unterhaltung immer schwerer zu überblicken. Frank hingegen fühlte sich noch so nüchtern wie zu Beginn.

»Ich bin zweimal dem Tod entronnen.« erklärte Frank, und es schauderte ihn, als er seine eigenen Worte hörte. »Zweimal. Ich habe Dinge getan, wie ich sie immer tue, und dann – ganz plötzlich – habe ich mich anders entschieden. Völlig untypisch. Eben einfach so, wie ich es sonst nie getan hätte… Und beide Male bin ich dadurch dem Tod von der Schippe gesprungen.«

»Und du meinst jetzt, damit hättest du dein Schicksal ausgetrickst?« fragte Klaus sinnierend. Er bemühte sich, ernsthaft darüber nachzudenken, was ihm nicht mehr ganz leicht fiel.

»Genau das meine ich. So in Richtung, freier Wille, verstehst du? Ich habe mein Schicksal, habe aber eine freie Entscheidung getroffen und damit mein Schicksal von mir abgewandt. So ungefähr stelle ich mir das vor.«

»Das würde bedeuten, dein Schicksal ist es, jetzt zu sterben.«

»Beschrei es nicht!« bat Frank, dem bei diesen Worten plötzlich übel geworden war.

»Bist du schon mal auf die Idee gekommen, daß es vielleicht dein Schicksal war, diese Entscheidung zu treffen und damit deinem Tod zu entgehen?« fragte Klaus nach einer Weile. »Das würde die Sache in einem viel freundlicheren Licht erscheinen lassen, meinst du nicht? Dann wäre es nämlich dein Schicksal, *nicht* zu sterben!«

Frank überdachte diese Möglichkeit einen Augenblick, schüttelte dann aber den Kopf.

»Nein, das erscheint mir nicht schlüssig.«

»Wieso nicht?«

»Jungs, ihr habt ein ganz seltsames Thema angeschlagen.« mischte die Bedienung sich ein weiteres mal in ihre Unterhaltung ein. »Was sind denn das für Sprüche? Von wegen freier Wille und Schicksal und so. Ihr solltet hier sitzen, euch einen hinter die Binde kippen und euren Spaß haben – ihr hättet viel mehr davon, glaubt mir.«

Sie warf Frank einen eindringlichen Blick zu, der ihm das Blut höher steigen ließ, und wieder stellte er sich vor, wie es wäre, mit dieser jungen Frau im Bett zu landen.

»Wie lange hat der Laden hier offen?« fragte er, was sie mit einer hochgezogenen Braue quittierte, und dann antwortete, daß sie gegen ein Uhr Feierabend habe. Es war gerade kurz nach elf.

»Ich denke, so lange könnte ich es hier noch gut aushalten.« gab er zurück.

Sie lächelte.

»Hör auf damit.« zischte Klaus ihm zu, aber Frank gab ihm einen Stoß gegen die Schulter und warf ihm einen strafenden Blick zu. Klaus zuckte die Achseln und drehte sich demonstrativ ein wenig zur Seite.

Einen Augenblick lang saßen sie wieder schweigend nebeneinander, bevor sie auf das eigentliche Thema zurückkamen.

»Siehst du, was ich meine?« fragte Frank. »Es ist, als ob ich meinem Schicksal eins ausgewischt hätte.«

»Das glaube ich nicht.« antwortete Klaus ernsthaft. »Ich denke, es ist alles Schicksal. Jeder Gedanke, den du hast, ist Schicksal. Dir ist alles vorherbestimmt – und wenn du glaubst, du hättest dich frei entschieden, dann ist es eben dein Schicksal, dies zu glauben. Es waren Gedanken, die dir vorherbestimmt waren, ebenso wie deine Reaktion darauf. Diese ganze Sache mit dem freien Willen ist ja gut und schön, aber ich habe nicht den Eindruck, daß es damit hinhaut.«

»Das würde bedeuten, so etwas wie einen freien Willen gibt es gar nicht.« gab Frank zurück. »Das würde bedeuten, wir Menschen haben keinerlei Macht und Gewalt über das, was wir tun. Ist es das, was du glaubst?«

Klaus zuckte mit den Schultern, ohne ein Wort zu sagen.

»Ich denke, es ist ein wenig anders – und genau diese beiden Ereignisse beweisen es doch eigentlich. Mein Schicksal wäre es gewesen, in den Tanklaster zu rasen, oder mit dem Fahrstuhl in die Tiefe zu stürzen. Aber ich habe mich anders entschlossen. Es war wie eine Eingebung, und ich bin ihr gefolgt. Ich habe mein Schicksal ausgetrickst, indem ich eine freie Entscheidung getroffen habe! Ich denke, man hat sein Schicksal, aber man kann es eben auch ändern, indem man nachdenkt und nach seinen eigenen Ideen handelt.«

»Das kommt dir nur so vor, weil es dein Schicksal ist, so zu denken.« beharrte Klaus starrsinnig.

»Ich denke, eine Mischung aus Schicksal und freier Wille haut nicht hin, Jungs.« schaltete die Bedienung sich wieder ein.

Die beiden sahen überrascht auf, und die junge Frau begann zu erklären: »Wenn jemand einen freien Willen hat und damit sein Schicksal ändert – dann betrifft das ja nicht nur ihn selbst. Er beeinflußt auch noch andere Menschen damit, die mit ihm zusammentreffen, und indirekt natürlich die Menschen, die mit den Menschen in Kontakt kommen, mit denen er zusammengetroffen ist und so weiter und so weiter. Diese Kette könnte man endlos fortsetzen. Jedes bißchen freier Wille würde eine unendliche Anzahl von Schicksal beeinflussen – nichts könnte feststehen. Die Sache ist also ganz logisch. Sobald irgend jemand freien Willen entwickelt, einen eigenen Gedanken hat, ist das Schicksal schon wieder ad absurdum geführt. Es paßt einfach nicht zusammen. Entweder man hat ein Schicksal, oder man entscheidet sich frei. Beides zusammen paßt einfach nicht.«

Die beiden Männer sahen die junge Frau mit großen Augen an. Die zuckte mit den Achseln und wandte sich einem Kunden zu, der ihr gerade eine Bestellung weitergab.

»Was haben wir denn hier?« fragte Frank seinen Freund. Der zuckte mit den Achseln.

»Wie sieht es nun aus mit später?« fragte die Bedienung, als sie wieder zu ihnen zurückgekehrt war.

Frank betrachtete sie zweifelnd. »Ich habe den Eindruck, daß ich das Unglück anziehe.« scherzte er, aber plötzlich wurde ihm bewußt, daß er diesen Eindruck tatsächlich hatte. Irgendwie gelang es ihm, sich im letzten Augenblick aus diesem Unglück wieder zu entfernen, aber diejenigen, die mit ihm zu tun hatten, konnten dies nicht. Seine letzte Verabredung war mit einem Fahrstuhl vierzehn Stockwerke in die Tiefe gestürzt.

»Das klingt ja richtig spannend.« gab die Frau zurück.

Klaus verdrehte die Augen.

»Ich sollte Tanya davon erzählen.« flüsterte er Frank ins Ohr.

»Halt dein Maul!« zischte der zurück.

Irgendwann verschwand Klaus, um nach Hause zu gehen, und Frank blieb allein in der Kneipe zurück. Seine Gedanken schwirrten immer noch um die Unterhaltung, die er mit seinem Freund geführt hatte, noch immer dachte er darüber nach, daß er es wirklich geschafft hatte, seinem Schicksal eins auszuwischen und sich frei gegen seinen Tod zu entscheiden. Er wußte nicht, wie er die vergangenen Tage anders auslegen sollte, und die Idee, daß selbst diese Entscheidungen sein Schicksal gewesen seien, gefiel ihm ganz und gar nicht. Er wollte sich selbst einfach ein gewisses Maß an Selbstbestimmung zugestehen und konnte es nicht akzeptieren, daß er nur die Marionette eines Schicksales sein sollte, das darüber entschied, wann, wie und warum er zu leben hatte.

Schließlich wurde die Kneipe abgeschlossen. Er blieb als einziger Gast sitzen, bis die Bedienung aufgeräumt und die Kasse abgeschlossen hatte, dann ging er mit ihr fort. Er hatte einiges an Bier getrunken, fühlte sich aber ausgesprochen nüchtern – und als sie Arm in Arm durch die Straßen zu ihrer Wohnung gingen, freute er sich lediglich auf die Nacht, die ihm nun bevorstand.

Das Schicksal starrte auf die Monitorwand und trommelte mit den Fingern auf seiner Tischplatte herum. Die Dreistigkeit, mit der dieser Mensch darüber sprach, daß er ihm ein Schnippchen geschlagen hatte, ärgerte es. Und wenn diese junge Frau nicht noch einige Jahre zu leben gehabt hätte, wäre das eine geeignete Gelegenheit gewesen, ihn aus der Welt zu schaffen.

Zornig blickte es auf den Schreibtisch, beobachtete die blinkenden Lichtchen. Wie konnte dieser Mensch es wagen, so über Schicksal und Freien Willen zu sprechen? Er tat gerade so, als ob der Freie Wille tatsächlich in der Lage wäre, das Schicksal zu beeinflussen, tat gerade so, als ob der Freie Wille so mächtig wäre, alles über den Haufen zu schmeißen, was im großen Schicksalsbuch geschrieben stand.

Das Schicksal stockte bei diesem Gedanken.

War es nicht so? Der Freie Wille hatte es tatsächlich geschafft, ihm zweimal einen Strich durch die Rechnung zu machen, und wenn es beim nächsten Mal nicht Erfolg vermelden konnte, wäre dieser Fall wirklich eingetreten, daß der Freie Wille das Schicksal völlig ausgeschaltet hatte.

Schweiß erschien dem Schicksal auf der Stirn, kalter Schweiß, der einen unangenehm klebrigen Film auf seiner Haut zurückließ. Wenn es dem Freien Willen tatsächlich gelang, diesen Menschen auch noch aus der dritten Situation herauszuholen, in der das Schicksal zuschlagen konnte, war die Sache vorbei… Der Freie Wille hätte dann bewiesen, daß er sehr wohl in der Lage war, seine Aufgabe besser auszufüllen, als das Schicksal, und das Schicksal wäre möglicherweise dazu verdammt, das Schicksal der ganzen Erde ständig neu zu schreiben! Der Gedanke an diese Arbeit, die es unmöglich bewältigen konnte, ließ es in seinem Innersten erzittern!

Das Klopfen an der Tür ließ es zusammenzucken.

»Was ist?« fragte es kleinlaut.

Die Tür öffnete sich, und die Sekretärin hielt ihren Kopf herein. Sie sah so unglücklich es, wie das Schicksal sich fühlte.

»Sie will sie sprechen.« sagte sie mit einem unruhigen Zittern in der Stimme.

»Wer?«

»*Sie!*« sagte sie, und dem Schicksal schien das Blut in den Adern zu gefrieren. Es wußte, bei wem es sich melden sollte, bevor die Sekretärin weitersprach. »Die Allesbestimmende Macht! Auf der Stelle! Sie sollen sofort zum Chef!«

Das Schicksal erhob sich von seinem Stuhl und durchquerte sein Büro auf unsicheren Beinen. Es fühlte sich, als befände es sich auf dem Wege zum Schafott; es konnte nichts gutes bedeuten, wenn es zum Chef zitiert wurde.

Die Sekretärin legte ihm mitfühlend die Hand auf die Schulter, als es an ihr vorüberging, dann war es im Gang und ging zum Fahrstuhl. Es stieg in die Kabine und fuhr in das oberste Stockwerk, in das Geschoß der ersten Führungsebene, die genaugenommen nur aus dem Chef bestand. Im ganzen Stockwerk gab es daher auch nur zwei Büros: das Büro des Chefs und das seiner Sekretärin.

Das Schicksal wollte gerade an die Tür der Sekretärin klopfen, als diese sich öffnete und der Freie Wille mit einem breiten Grinsen im ewig veränderlichen Gesicht heraustrat.

»Der Alte erwartet dich!« sagte er, klopfte dem Schicksal auf die Schulter und ging den Gang hinunter zum Fahrstuhl.

Fassungslos sah das Schicksal ihm nach, wurde erst wieder aus seiner Erstarrung befreit, als die donnernde Stimme des Chefs durch den Gang hallte und ihn beim Namen rief.

Schuldbewußt beeilte es sich, an der Sekretärin vorbei – die ihm nur ein kurzes Kopfnicken gönnte, bevor sie sich wieder ihrer Arbeit zuwandte – in das Büro der Allesbestimmenden Macht zu laufen.

Das Büro war eindrucksvoll eingerichtet. Ein großer Raum, dessen Ausmaße die Unendlichkeit erreichten, ganz in strahlendem weiß, ebenso das Mobiliar, das sich in der unermeßlichen Weite des Raumes beinahe verlor und dennoch gewaltig und raumfüllend wirkte. Erhellt wurde das Büro von einem unwirklichen Leuchten, das hinter dem ledernen Schreibtischstuhl des Chefs in dichten, fast körperlichen goldenen Strahlen langsam hervorquoll, sich wie die Ranken einer Pflanze durch den unendlichen Raum bewegte und das Schicksal sofort in seine Wärme mit einschloß und unwiderstehlich in Richtung der Allesbestimmenden Macht zog. Diese thronte hinter ihrem Schreibtisch, eine große, imposante Gestalt, die die Unendlichkeit selbst einzunehmen schien, sie mit ihrer Präsenz füllte. Großgewachsen, ohne Gesicht – und dennoch einnehmend und persönlich…

»Sie haben versagt!« brüllte der Chef, und der Zauber verlor für das Schicksal auf der Stelle an Wirkung. »Sie haben so jämmerlich versagt, daß es nicht mehr zu glauben ist!«

»Ich habe mich bemüht!« versuchte das Schicksal auf der Stelle, sich zu verteidigen. »Ich konnte nichts dafür, der Freie Wille…«

»Ich bin bestens unterrichtet!« donnerte der Chef und hieb mit einer gewaltigen, erderschütternden Faust auf die weiße Mahagoniplatte des Schreibtisches, daß das Universum erbebte. »Noch niemals hat aus dieser Abteilung ein Schicksal so unglaublich versagt! Das gibt es einfach… Das *kann* es nicht geben!«

»Der Freie Wille…«

»Lassen sie mich gefälligst ausreden!« Die Allesbestimmende Macht blickte das Schicksal mit zornigen Augen an. Es senkte den Kopf und nickte reumütig.

»Verzeihung.«

»Ich habe nachgesehen, eine Chance haben sie noch.«

»Jawohl.« bestätigte das Schicksal, als der Chef nicht weitersprach. »Ich werde alles mögliche tun, um zu einem Erfolg zu gelangen.«

»Das sollten sie allerdings.« grollte die thronende Allmacht. »Wenn sie sich noch einen solchen Patzer leisten, können sie sich schon mal mit dem Gedanken anfreunden, daß sie demnächst einen neuen Vorgesetzten vor sich haben. Der Freie Wille ist ein Pilotprojekt, und bisher sind seine Ergebnisse sehr zufriedenstellend – also reißen sie sich am Riemen und kommen sie wieder zu den Ergebnissen zurück, die sie früher erbracht haben.«

»Das werde ich! Das werde ich!« beeilte das Schicksal sich, diensteifrig zu versprechen.

»Bedenken sie doch, welches Chaos sie in ihre eigenen Angelegenheiten bringen.« fuhr die Allesbestimmende Macht mit inzwischen ruhigerer Stimme fort. Inzwischen klang sie nicht mehr so zornig, wie zu Beginn ihres kurzen Gesprächs, sondern beinahe ein wenig ungläubig. »Solange dieser Mensch noch am Leben ist, können so viele andere Dinge nicht eintreten, die wiederum so viele Menschen in ihrem weiteren Leben positiv beeinflussen… Denken sie an die Kausalität der Ereignisse. Es gibt nun einmal gewisse Richtlinien, die wir einhalten müssen.«

»Sehr wohl.« stimmte das Schicksal kriecherisch zu.

»Und jetzt machen sie, daß sie wieder an die Arbeit kommen!«

Die Allmacht wandte sich ab, und das Schicksal verließ geknickt das Büro. Dies war das erste mal, daß es zum obersten aller Chefs gerufen worden war – und das nur, um einen Verweis entgegennehmen zu müssen... Es hatte sich seine Aufgabe einmal anders vorgestellt.

Im Gang traf es zu seiner Überraschung auf den Freien Willen, der noch immer beim Fahrstuhl stand und auf die Kabine wartete. Es überlegte einen Augenblick, ob sein Besuch bei der Allmacht so kurz gewesen war, daß nicht einmal ein Fahrstuhl hatte kommen können, oder ob der Freie Wille absichtlich auf es gewartet hatte, und es kam zu dem Schluß, daß es sich um letzteres handeln mußte.

»Na, wie war's?« fragte der Freie Wille mit einem süffisanten Grinsen, als das Schicksal zu ihm trat.

»Laß mich in Ruhe!« zischte es ihm zornig zu.

»Gab wohl einen Anschiß?« fragte der in gespielter Anteilnahme.

»Halt dich aus meinen Angelegenheiten raus, sonst bekommst du Probleme! Und zwar nicht zu knapp!«

Der Freie Wille lachte auf, freute sich darüber, das Schicksal so in Rage gebracht zu haben.

Dann fiel dem Schicksal plötzlich etwas auf.

»Deine Arbeit ist eigentlich ziemlich paradox, meinst du nicht auch?«

»Wie meinst du das?« Der Freie Wille blickte überrascht, hatte offensichtlich nicht damit gerechnet, selbst einmal zum Gesprächsthema zwischen ihnen beiden zu werden.

»Eigentlich nimmst du dir in deiner Arbeit selbst die Existenzberechtigung...« sinnierte das Schicksal mit zunehmender Sicherheit. Der Gedanke, den es gerade bekommen hatte, gefiel ihm.

»Mach mal halblang...« entfuhr es dem Freien Willen. Er legte noch immer seine gewohnte Großspurigkeit an den Tag, aber dennoch meinte das Schicksal eine gewissen Unsicherheit unter der Fassade zu entdecken. War es möglich, daß der Freie Wille gar nicht so selbstsicher und bestimmt war, wie er vorgab zu sein?

»Du gibst den Menschen Gedanken vor, die sich dem Schicksal gegenüber vollkommen diametral verhalten.« erklärte das Schicksal seine Gedanken. »Ich mache etwas und du gibst dem Menschen den Gedanken vor, genau das Gegenteil zu tun...«

»Und?«

»Du gibst ihm den Gedanken *vor*! Du zwängst ihm etwas auf! Wo bleibt denn die *Freiheit* des Menschen bei dem sogenannten *Freien* Willen, wenn er sich gar nicht selbst entscheiden kann? Du machst dasselbe wie ich, nur in einer anderen Richtung, und behauptest, daß meine Arbeit nicht die richtige sei?«

Die Fahrstuhltür öffnete sich und das Schicksal trat in die enge Kabine.

Der Freie Wille stand noch immer im Gang, betrachtete es sprachlos, wußte nicht, was es darauf erwidern sollte.

»Wie war das mit der *Freiheit* des Menschen zu *freien* Entscheidungen?« lachte das Schicksal. »Ein Hoch auf den *Freien* Willen!«

Dann schlossen sich die Türen und die Kabine setzte sich nach unten in Bewegung.

Das Schicksal fühlte sich überhaupt nicht gut. Es hatte dem Freien Willen einen kleinen Denkzettel verpaßt, hatte ihn überrollt, aber das brachte es nicht weiter. Es mußte dafür Sorge tragen, daß es bei der dritten Gelegenheit zuschlug und auch einen Erfolg verbuchen konnte. Der Freie Wille würde jetzt um so verbissener dahinter her sein, ihm die Arbeit zunichte zu machen, und der kurze Schrecken, in den es ihn versetzt hatte, würde nicht lange vorhalten.

Zurück in seinem Büro griff es sofort nach der Taschenbuchausgabe des Schicksalsbuches und schlug die Notfallseiten auf. Inzwischen hatte es herausgefunden, in welchem Verhältnis die Seitenzahlen in beiden Büchern zueinander standen und konnte sowohl in diesem als auch in jenem nachschlagen, wenn es schnell eine Lösung finden mußte.

Dort fand es die dritte Gelegenheit. Eine einfache Situation, und eigentlich durfte nichts schieflaufen… Und trotzdem hatte es das Gefühl, als müsse es sich darauf vorbereiten, im Notfall eingreifen zu können!

»Kommst du heute abend zu mir?«

»Ich habe dir doch gesagt, daß ich mit Jens einen Trinken bin.« antwortete Frank seiner Freundin. Er stand in der Kneipe am Telephon und sprach mit ihr, weil er vergessen hatte, sie von zu Hause anzurufen.

»Das gefällt mir nicht, wenn ihr zusammen loszieht.« sagte sie. Ihre Stimme hatte einen weinerlichen Tonfall angenommen, der ihn schon seit einiger Zeit an ihr störte. Immer wenn ihr etwas nicht gefiel, versuchte sie, ihn auf diese Art zu manipulieren – aber das ließ er nicht mit sich machen.

»Darüber haben wir schon gesprochen.« erwiderte er nur kurz. »Fang also jetzt nicht davon an.«

»Warum hast du überhaupt angerufen?« fragte sie trotzig.

»Damit du weißt, daß ich heute abend nicht vorbeikomme.« sagte er wütend. »Und weil du dich beschwerst, wenn ich ausgehe und dir nicht bescheid sage. Könntest du dich also endlich mal entscheiden, wie ich es richtig machen soll?«

»Tut mir leid.« kam Tanyas Stimme ganz klein und leise durch die Leitung gekrochen. Er konnte sich vorstellen, wie geknickt sie jetzt aussehen würde, und für einen Augenblick tat sie ihm leid. Sie liebte ihn und nahm vieles hin, das er tat, auch wenn es ihr nicht gefiel. Es war nicht einfach für sie – auch wenn er ihr von Anfang an gesagt hatte, was für ein Mensch er war – und dafür tat sie ihm leid. Aber sie wußte, worauf sie sich eingelassen hatte…

»Ist schon gut.« sagte er beruhigend. Vom anderen Ende hörte er ein leises Seufzen, so als atme sie erleichtert auf. »Wir reden morgen darüber, in Ordnung?«

»Geht klar.« gab sie zurück. »Ich hab dich lieb.« fügte sie dann noch flüsternd hinzu.

»Ich dich auch.« erwiderte er, dann legte er auf.

Zurück am Tisch erwartete Jens ihn bereits ungeduldig.

»Das dauert vielleicht, wenn du mit deiner Alten sprichst.«

»Quatsch keinen Scheiß.« sagte Frank grinsend. »Hast du was passendes gefunden?«

»In der Ecke.« antwortete Jens und wies verdeckt mit dem Finger in die Richtung, die er meinte.

Wenn Frank und Jens eine Kneipentour machten, taten sie das nicht nur, um gemeinsam etwas zu trinken und sich zu unterhalten, sondern sie hatten schon vor langer Zeit eine Art Wettstreit begonnen. Es ging darum, möglichst viele Frauen anzusprechen und abzuschleppen. Je besser die Frau aussah, desto mehr Punkte brachte ihre Eroberung ein, und je weiter sie mit ihr kamen, desto weiter brachte es sie in ihrer Punkteliste nach vorne. Es war ein stetes Kopf-an-Kopf-Rennen, denn Jens hatte nicht weniger Erfolg bei Frauen als Frank, und hin und wieder entschied es sich erst kurz vor Schluß, mit wem die Frau nun mitgehen würde. Der andere blieb in solchen Fällen deprimiert zurück, hatte kaum noch Gelegenheit, eine andere Begleitung zu finden.

Tanya wußte lediglich, daß Jens ein guter Freund war, den Frank noch aus Schultagen kannte, und daß sie gerne zusammen ausgingen. Selbstverständlich hatte Frank ihr niemals von ihrem Wettstreit erzählt, aber mitunter hatte er den Eindruck, als ahnte sie irgend etwas. Anfänglich hatte sie Jens nett gefunden, aber mit der Zeit war es ihr immer unangenehmer gewesen, wenn die beiden zusammen fortgingen – vermutlich konnte sie sich denken, was sie taten, wenn sie zusammen waren. Oder aber Jens hatte einmal versucht, bei ihr einen Treffer zu landen. Frank hatte seinen Freund schon einmal darüber befragt, und der hatte das verneint, aber das hieß für Frank nicht unbedingt, daß Jens ihm die Wahrheit gesagt hatte.

Die Frau in der Ecke, auf die Jens ihn nun aufmerksam machte, war recht hübsch. Sie hatten beide schon schönere Frauen aus den diversen Kneipen geführt, aber dafür, daß sie schon einige Zeit lang keine direkte Auseinandersetzung mehr gehabt hatten, war sie gut genug.

»In Ordnung.« stimmte er also zu. »Wieviel Punkte?«

»Was beträgt unsere Differenz?«

Irgendwann hatten sie sich entschlossen, nicht mehr die Punkte direkt im Auge zu behalten, sondern nur noch die Differenz, die zwischen ihnen beiden lag – um die Zahlen nicht zu unübersichtlich werden zu lassen.

»Acht Punkte.« sagte Frank. »Ich führe.«

»Dann sagen wir für die… fünf Punkte.«

»Einverstanden. Wer versucht es zuerst?«

»Ich bin dran. Du kannst später nachkommen.«

Frank blieb also auf seinem Barhocker sitzen, während er beobachtete, wie sein Freund aufstand, die Kneipe durchquerte und sich zu der jungen Frau an den Tisch setzte. Sie betrachtete Jens mit großen, hübschen Augen und begann über etwas zu lachen, das er ihr erzählte. Frank richtete sich schon einmal darauf ein, nicht bei ihr zum Zug zu kommen.

Gelangweilt sah er sich in dem Lokal um. Normalerweise war es recht einfach hier einer hübschen Frau über den Weg zu laufen, aber an diesem Abend war es ein wenig anders. Es waren fast nur Männer anwesend, und die wenigen Frauen – außer derjenigen, an der Jens gerade arbeitete – waren bereits in Begleitung hierher gekommen. Wenn also nicht schnell jemand durch die Tür kam, konnte es eng für ihn werden. Er hatte allerdings auch keine Lust, an diesem Abend doch noch zu Tanya zu gehen und ihr dann erklären zu müssen, warum er sich nicht an seine eigenen Aussagen hielt. Vielleicht würde sie sich auch einfach nur darüber freuen, daß er doch vorbeikam, aber er wollte sich nicht darauf verlassen.

Einige Minuten blieb er so sitzen, trank sein Bier aus und wartete, daß die Kneipentür sich öffnete und eine Frau den Gastraum betrat, die ihm gefiel und mit der er ein paar Worte sprechen wollte. Aber nichts geschah.

Als er schließlich wieder in die Ecke schaute, in der Jens mit seinem 'Opfer' beisammensaß, bemerkte er, daß die Frau verstohlen zu ihm herüberblickte, und erkannte eine Chance, seinen Freund auszubooten.

Er bestellte sich noch ein Bier, wartete, bis es vor ihm stand und ging dann, mit dem Glas in der Hand, an den Ecktisch, an dem die beiden saßen.

»Kann ich mich noch dazusetzen?« fragte er, als sie zu ihm aufsahen.

Die Frau lächelte strahlend und nickte, Jens wirkte nicht sehr begeistert.

»Eigentlich…« begann er, aber die Frau fiel ihm ins Wort:.

»Aber klar doch.« sagte sie und deutete auf den freien Stuhl, der direkt neben ihr stand.

Frank setzte sich dazu und begann auf der Stelle mit der Arbeit. Es dauerte nicht lange, bis er die junge Frau – ihr Name war Jutta – soweit hatte, daß sie Jens vollkommen ignorierte. Eine gute halbe Stunde, nachdem er sich zu ihnen gesetzt hatte, trat sein Freund deprimiert den Rückzug an, blieb noch eine Weile an der Theke stehen, verließ die Kneipe dann aber, um sich anderswo eine Begleitung zu suchen oder irgendwann einsam in sein Bett zu fallen.

Die junge Frau war eine angenehme Gesprächspartnerin, was es Frank ein wenig einfacher machte, den Abend mit ihr zu verbringen. Er hatte es nicht eilig, sie ins Bett zu bekommen, auch wenn es schließlich darauf hinauslaufen würde, aber vorher genoß er es einfach, sich ein wenig mit ihr zu unterhalten. So wie mit ihr hatte er mit Tanya schon lange nicht mehr gesprochen – zwischen ihnen war es in letzter Zeit häufiger zum Streit gekommen – und es war eine angenehme Abwechslung, sich mit einer Frau zu unterhalten, die mehr konnte, als nur Vorwürfe zu machen.

Unter dem Tisch begann sie, ihn mit ihren Füßen zu berühren, an seinen Schienbeinen auf und ab zu streichen, irgendwann landete ihre Hand, scheinbar zufällig, auf seinem Oberschenkel und bewegte sich sehr ruhig und gelassen weiter nach oben. Ihre Berührung erregte ihn, und er legte ihr eine Hand auf den Rücken, streichelte sie ein wenig und griff ihr dann ebenfalls an den Oberschenkel. Vorsichtig, auf ihre Reaktionen achtend, schob er sie langsam noch oben, bis unter ihren Rock, was sie geschehen ließ, ohne sich dagegen zu wehren. Ihre Augen glänzten verführerisch, und er konnte sich vorstellen, wie es sein würde, mit ihr im Bett zu liegen und die Laken zu zerwühlen…

»Laß uns zu mir gehen.« schlug sie schließlich vor, und Frank beeilte sich, ihr zuzustimmen.

Sie verließen die Kneipe, und Frank wollte den Weg zum nächsten Taxistand einschlagen, da er sich auch weiterhin daran hielt, nicht mit dem Auto zu fahren, wenn er wußte, daß er an dem Abend etwas trinken würde, aber sie nahm ihn bei der Hand und zog ihn in eine andere Richtung.

»Ich habe meinen Wagen im Parkhaus.« sagte sie.

Sie spazierten Hand in Hand durch die inzwischen dunklen Straßen der Stadt, näherten sich der Altstadt mit ihren dunklen Seitengassen und schlecht ausgeleuchteten Straßen, und nutzten jeden Schatten, um stehenzubleiben, sich zu umarmen und zu küssen. Mit den Händen fuhr er durch ihre Haare, die weich waren wie Seide, und streichelte ihren Hintern, ihre Brüste, faßte sie an, wo immer er hingelangte.

»Wie weit ist es denn noch?« fragte er, nach einiger Zeit. Er wußte kaum noch, wo sie sich befanden, er hatte gar nicht mehr auf den Weg geachtet – und wo das nächste Parkhaus sich befand, wußte er auch nicht mehr.

»Wir sind gleich da.« antwortete sie und zog ihn weiter.

Aber plötzlich stockte er.

Er mußte an Tanya denken, und daran, daß sie vermutlich zu Hause saß und sich Gedanken darüber machte, ob er ihr wieder fremdging oder nicht. Er wußte, daß es ihr nicht leichtfiel, mit dieser Sache zu leben; sie hatte ihn immer wieder gebeten, damit ein Ende zu machen, aber statt auf ihren Wunsch einzugehen, hatte er ihr immer gesagt, das sei etwas, das zu seinem Leben gehöre, und wenn es ihr nicht gefalle, solle sie sich jemand anderen suchen, den sie unterdrücken konnte. Plötzlich tat es ihm leid, jemals so etwas zu ihr gesagt zu haben, und erstaunt mußte er feststellen, daß ihre Liebe ihm eine ganze Menge bedeutete. Daß er Jutta im Arm hielt und mit ihr auf ihren Wagen zusteuerte, um in ihre Wohnung zu fahren und dort mit ihr zu schlafen, erregte plötzlich eine gewisse Übelkeit in ihm, und eigentlich wollte er es auch gar nicht mehr.

Der Gedanke an Tanya ließ den Spaß, den er mit Jutta in den letzten Stunden erlebt hatte, in einem ganz anderen Licht erscheinen – er war nichts mehr wert. Tanya war diejenige, die ihm etwas bedeutete, und Tanya war auch diejenige, mit der er diese Nacht verbringen sollte. Sie gehörte zu ihm und er gehörte zu ihr.

Die Plötzlichkeit dieser Erkenntnis überraschte ihn und brachte ihn beinahe voller Verlegenheit zum Lachen. Seit Jahren kannten sie sich und waren ein Paar, aber noch niemals war ihm aufgefallen, was sie eigentlich für ihn darstellte – und daß es genau in einer solchen Situation passierte, in der er drauf und dran war, sie zu betrügen, erschien ihm beinahe ironisch.

»Hör mal, Jutta, vielleicht solltest du allein nach Hause gehen.« sagte er und blieb stehen.

»Was?« fragte die junge Frau überrascht.

Sie war es nicht gewohnt, eine Abfuhr zu erhalten, das sah man ihr deutlich an.

»Du hast richtig gehört. Ich denke, ich gehe jetzt besser nach Hause. Ich habe eine Freundin, weißt du? Und die wartet auf mich. Vielleicht sollte ich mich besser um die kümmern, als um eine andere.«

»Ich glaube, du spinnst!« fuhr Jutta ihn aufgebracht an. »Du befingerst mich wie ein Weltmeister und versetzt mich dann, weil dir plötzlich einfällt, daß du eine Freundin hast? Was bist du eigentlich für ein Arschloch?«

»Genau das habe ich mich auch gerade gefragt.« gestand er ihr ehrlich und ließ sie stehen. Sie war nicht wichtig, er mußte jetzt zu Tanya. Die würde sich sicherlich freuen, daß er zu ihr kam, und er hätte es endlich fertiggebracht, einmal in seiner Beziehung etwas richtig zu machen.

»Hau doch ab, du Pisser!« schrie Jutta ihm noch einmal hinterher, aber dann hatte er sie auch schon hinter sich zurückgelassen.

»Nein, nein, nein, NEIN!« tobte das Schicksal in seinem Büro, als es miterleben mußte, wie sich plötzlich alles wieder wendete und dieser Mensch erneut seinem Ende entging. »Das kann einfach nicht wahr sein! Es *kann nicht!*«

Die Tür öffnete sich einen Spalt breit und seine Sekretärin steckte den Kopf vorsichtig herein.

»Ist etwas passiert?« fragte sie vorsichtig.

»Und ob etwas passiert ist!« rief das Schicksal fassungslos. Es stand von seinem Schreibtischstuhl auf, ging zur Tür und öffnete sie, um die Sekretärin ganz hereinzulassen. Es spürte einen unsäglichen Zorn in sich brodeln, war aber gleichzeitig so durcheinander, daß es nur fassungslos und verwirrt reagieren konnte. Es hatte nicht die Energie zu einem Wutausbruch – und der Gedanke, daß es gerade seine letzte Chance vertan hatte, machte ihm ebenfalls zu schaffen.

»Wieder der Freie…« begann die Sekretärin, noch immer vorsichtig, offenbar darauf gefaßt, jeden Augenblick angeschrien zu werden.

Das Schicksal bestätigte ihre nicht zu Ende gestellte Frage mit einem Nicken.

»Unser lieber Freund«, erklärte es dann voll triefendem Sarkasmus, »hat sich wieder einmal die Ehre gegeben, einfach alles durcheinander zu bringen. Dabei war alles ganz einfach, und es hätte überhaupt nicht schiefgehen dürfen!«

»Was ist denn passiert?« fragte die Sekretärin. Langsam erlangte sie ein wenig mehr Selbstvertrauen. Die schwierigen Sekunden waren für sie offensichtlich vorüber, und nun konnte sie etwas freier aufsprechen.

»Dieser Mensch ist ein notorischer Fremdgänger.« begann das Schicksal, und seine Stimme überschlug sich beinahe. Die Erregung brach sich nun immer mehr Bahn, und auch der Zorn kam nun immer mehr an die Oberfläche. Es würde nicht mehr lange dauern, dann wäre der erste Schock überwunden, und es könnte endlich so explodieren, wie es das die ganze Zeit wollte. »Es steht geschrieben, daß er in diesem Augenblick tot in einer Seitenstraße liegen soll, aber der Freie Wille hat ihm plötzlich wieder einen ganz anderen Gedanken eingegeben, und er befindet sich nun quicklebendig auf dem Weg zu seiner Freundin, die er schon so oft betrogen hat, daß es kaum noch zu zählen ist – und natürlich ist er in völliger Liebe zu ihr entbrannt.«

»Das ist doch romantisch.« entwischte es der Sekretärin, bevor sie sich zurücknehmen konnte.

»Romantisch! Romantisch! Ich höre wohl nicht recht!« donnerte das Schicksal aufgebracht. Seine Sekretärin beeilte sich, es zu beschwichtigen, und bat darum, daß es weitererzählte. »Ganz einfach zusammengefaßt: Dieser Mensch hat eine Frau kennengelernt, sollte mit ihr gehen, um – wie er glaubte – mit ihr zu schlafen. In Wirklichkeit hätte sie ihn in eine Seitenstraße gelockt, wo ihr Freund in einem Auto auf sie wartete. Der hätte den Mann niedergeschlagen, wobei dieser mit dem Kopf so unglücklich auf dem Boden aufgeschlagen wäre, daß er innerhalb von fünf Minuten das Zeitliche gesegnet hätte, und die beiden hätten ihn ausgeraubt. Aber der Freie Wille hat uns wieder einmal einen Strich durch die Rechnung gemacht!«

»Was wollen sie jetzt tun?« fragte die Sekretärin, nachdem sie sich alles angehört und einen Augenblick nachgedacht hatte.

»Das kann ich ihnen sagen.« knurrte das Schicksal zornig. »Ich gehe jetzt auf der Stelle zu meinem ‘Freund’ und werde ihn mir vorknöpfen! Ich kann nicht zulassen, daß er mir auch nur ein einziges mal noch in die Quere kommt!«

Damit stürmte es zur Tür, riß diese auf und tobte in den Gang hinaus, lief zu den Fahrstühlen und fuhr zwei Stockwerke tiefer, wo der Freie Wille ein kleines Büro am Ende des Ganges sein eigen nennen konnte. Es hielt sich nicht erst damit auf, anzuklopfen, sondern riß die Tür direkt auf und stürmte in den kleinen Raum, der in einem ansprechenden Schwarz-Weiß-Muster gehalten war und somit eine gewisse Abwechslung bot, die im Büro des Schicksals fehlte.

»Können sie nicht anklopfen?« rief der Freie Wille überrascht auf, als er sich seinem Besucher gegenübersah. Er hatte nicht einmal die Zeit gehabt, von seinem Stuhl aufzustehen, sondern saß mit weitaufgerissenem Mund und geweiteten Augen auf seinem Platz und glotzte verdutzt in das wütende Gesicht des Schicksals, das sich drohend vor dem Tisch aufgebaut hatte und sich mit beiden Händen auf der Schreibtischplatte abstützte.

»Das war das letzte mal, daß sie mir so in die Quere gefunkt haben!« brüllte das Schicksal außer sich. »Noch einmal werden sie das nicht tun!«

»Das kann gut sein.« gab der Freie Wille gelassen zurück, nachdem er sich von seinem ersten Schrecken erholt hatte. Auf seinem Gesicht erschien ein überlegenes Lächeln, und in seinen Augen blitzte unverblümter, kalter Haß auf. »Ihre Zeit ist abgelaufen, mein Alter!«

»Ich werde mich bei der Allesbestimmenden Macht über sie beschweren!« keifte das Schicksal, scheinbar ohne auf die Worte des Freien Willens zu achten – aber insgeheim hatte es sie sehr wohl gehört und auch mit Bestürzung zur Kenntnis genommen. Es wußte, worauf sein Widersacher anspielte.

»Die Allesbestimmende Macht wird sie abservieren!« triumphierte der Freie Wille mit einem siegesbewußten, überheblichen Lächeln. »Sie wissen, welche Aufgabe ich hatte, und sie wissen, daß ich sie erfüllt habe. Sie dagegen haben versagt, und nun müssen sie ihren Platz räumen. So einfach ist das. Sie räumen ihren Platz, und ich werde ihn einnehmen – und dann krempele ich den ganzen Laden so um, daß sie ihn nicht mehr wiedererkennen werden.«

»Das letzte Wort in dieser Angelegenheit ist noch nicht gesprochen.« gab das Schicksal bestürzt zurück. Es versuchte, weiterhin zornig zu klingen, war sich aber nicht sicher, ob das gelungen war.

»Da wäre ich mir nicht ganz so sicher.« erklärte der Freie Wille mit einem kräftigen Anteil an Verachtung in der Stimme. Er nahm das Schicksal als Gegner nicht mehr ernst, sah in ihm nur noch eine Macht, die ihre Stellung verlor und nun verzweifelt versuchte, sich an die letzten Strohhalme zu klammern. Genau so fühlte das Schicksal sich auch.

Es wollte gerade noch etwas sagen, als das Telephon klingelte. Der Freie Wille nahm den Hörer von der Gabel, ohne darauf zu achten, ob das Schicksal den Raum verließ oder nicht, ignorierte es einfach und gab ihm das Gefühl, als sei das Gespräch nun beendet.

Das wollte das Schicksal sich nicht gefallen lassen. Es überlegte sich den nächsten Schritt, dachte darüber nach, was es dem Freien Willen an den Kopf schleudern wollte, sobald dieser den Hörer wieder auf die Gabel gelegt hätte, als dieser es wieder überraschte: er hielt ihm den Telephonhörer hin und sagte grinsend: »Für sie!«

Zitternd nahm das Schicksal den Hörer aus der Hand seines

Widersachers.

»Ja?«

»Der Chef.« sagte seine Sekretärin am anderen Ende der Leitung. »Ich stelle durch.«

»Was machen sie denn für einen Quatsch?« donnerte die Stimme der Allesbestimmenden Macht durch die Leitung, noch ehe das Schicksal die Gelegenheit gehabt hätte, sich zu rechtfertigen oder auch nur zu melden.

»Ich…«

»Keinen Ton! Kommen sie in mein Büro – und zwar auf der Stelle!«

Dann war die Leitung tot, und das Schicksal stand im Büro seines Feindes, fühlte sich vollkommen überrollt und hinterhältigst hintergangen, und wußte nicht mehr ein noch aus.

»Dürfte ich den Hörer wiederhaben?« bat der Freie Wille voller Schadenfreude.

Tonlos reichte das Schicksal ihn ihm, wandte sich von ihm ab und verließ den Raum wie in Trance. Alles um es herum schien in einem Meer aus Watte zu verschwinden, die Geräusche waren gedämpft, sein Blick vernebelt. Es hörte den Freien Willen noch etwas hinter sich sagen, verstand aber die Worte nicht mehr; dann war es draußen auf dem Gang, dann im Fahrstuhl, und schließlich mitten in dem großen Konferenzsaal, ohne daß es sich noch daran erinnern konnte, hierher gegangen zu sein.

»Es ist unglaublich.« donnerte die Allesbestimmende Macht, was das Schicksal aus seiner Benommenheit aufrüttelte und es mit einem Schlag wieder in das Hier und Jetzt der Unendlichkeit zurückriß.

Erschrocken blickte es sich um, sah in die ernsten, unnachgiebigen Gesichter eines Gremiums aus verschiedenen kosmischen Mächten, die es fixierten und sich klein und unbedeutend fühlen ließen.

»Sie hatten ihre Chance.« sagte die Allesbestimmende Macht nun ernst, während die anderen schweigend dazu nickten. »Sie haben dem direkten Vergleich mit dem Freien Willen nicht standgehalten.«

»Aber…« begann das Schicksal ohnmächtig, wurde aber sofort von seinem Chef wieder unterbrochen.

»Seien sie ruhig!« fuhr der es an. »Sie werden noch Gelegenheit bekommen, etwas zu ihrer Verteidigung zu sagen. Zuvor jedoch möchte ich für diejenigen unter uns, die nicht den genauen Stand der Dinge kennen, erläutern, was sich bisher zugetragen hat.

Es ist eine ganze Weile her, daß wir über den Vorschlag eines unserer Mitglieder diskutiert haben, das Prinzip des Freien Willens einzuführen. Unsere Vorgehensweise, ein Schicksal einzusetzen, das über Geschick und Mißgeschick eines ganzen Planeten wacht und entscheidet, bestand seit Ewigkeiten, hat sich in dieser ganzen Zeit auch nicht verändert und sollte dies ursprünglich auch niemals tun. Um konkurrenzfähig zu bleiben, müssen wir uns jedoch verändern. Der Freie Wille war ein Vorschlag in die entsprechende Richtung.«

»Konkurrenzfähig?« entfuhr es dem Schicksal, das in diesem Augenblick das erstemal von diesem Aspekt hörte. Es verstand nicht recht. »Wem gegenüber? Wir sind *alles*! Wer stellt denn für uns eine Konkurrenz dar?«

Die Allesbestimmende Macht warf ihm einen unverwandten Blick zu, schien selbst einen Augenblick zu zweifeln, und auch der Rest des Gremiums sah sich untereinander unangenehm berührt an. Niemand schien das bisher bedacht zu haben, daß überhaupt keine Konkurrenz *existierte*.

»Wir haben uns dafür entschieden, den Freien Willen zunächst einmal in einem Pilotprojekt an einem Schicksal auszuprobieren.« fuhr die Allesbestimmende Macht schließlich fort, ohne auf den Einwand des Schicksals einzugehen. »Und wir entschieden uns für das Schicksal der Erde, weil dieses seine Aufgaben bisher mit einer gewissen Nachlässigkeit durchgeführt hatte. Sagen sie keinen Ton!« fuhr sie das Schicksal heftig an, als dieses sich wieder zu Wort melden wollte. Das Schicksal schloß seinen Mund wieder, den es schon zu Widerworten geöffnet hatte. »Der Freie Wille hat seine Aufgabe zu unserer vollsten Zufriedenheit gelöst, während das Schicksal sich in seiner gewohnten Lethargie nicht zu helfen wußte. Diese einmalige Konstellation aus Schicksal und Freier Wille hat sich als ein Erfolg erwiesen, das neue Konzept scheint aufzugehen und seinen Platz zu behaupten. Wir sollten nun darüber abstimmen, ob wir es fest an dieser Stelle belassen, oder ob wir dem Schicksal weiterhin den Vorrang geben.«

»Das Schicksal hat versagt, wenn ich richtig verstanden habe?« fragte eine der kosmischen Mächte mit nachdenklicher Stimme. »Und der Freie Wille war in der Lage, ihm das Heft aus der Hand zu nehmen?«

»Ganz recht.« nickte der Chef.

»Wußte das Schicksal darüber bescheid, daß es einer solchen Konkurrenz in seinem Bereich ausgesetzt würde?«

»Wir haben es davon in Kenntnis gesetzt, daß der Freie Wille zu ihm stoßen würde. Aber nicht, wann das geschehen würde, und auch nicht, in welcher Form.« räumte die Allesbestimmende Macht ein.

»Ist das denn dann ein Ergebnis, mit dem man arbeiten darf?« fragte eine andere kosmische Macht.

Der Chef blickte unzufrieden, das Schicksal hingegen verspürte einen Hoffnungsschimmer in sich aufkeimen. In diesem Gremium befanden sich einige Schicksale, die davon ausgehen mußten, daß auch sie irgendwann von einem Freien Willen heimgesucht würden, wenn sie sich jetzt gegen es entschieden. Vielleicht konnte es sie dazu bringen, zu ihm zu halten.

»Warum sollte man nicht?« fragte die Allesbestimmende Macht.

»Nun, immerhin hat der Freie Wille genau gewußt, was und wann passieren würde, während des Schicksal sozusagen ins kalte Wasser geworfen wurde. Es hatte keine Gelegenheit, sich auf das einzustellen, was kommen würde, während der Freie Wille sich einen genauen Plan zurechtlegen konnte. Das er dadurch einen Vorteil hatte, dürfte klar ersichtlich sein.«

»Vielleicht sollten wir das Schicksal einmal hören.« schlug eine andere kosmische Macht vor. »Schließlich diskutieren wir hier über seine weitere Existenz. Ich denke, es wäre nur angemessen, wenn es sich dazu äußern dürfte.«

Der Chef nickte dazu, und auch die anderen waren einverstanden.

Das Schicksal stand im Brennpunkt des langen, halbrunden Tisches, an dem die kosmischen Mächte sich verteilt hatten. Der Chef saß in der Mitte, hielt die Arme verschränkt und lehnte sich in seinem Stuhl zurück – ein Muster an Ablehnung. Das Schicksal atmete tief durch, versuchte, Aufregung und Zittern zu unterdrücken und begann zu sprechen:

»Vielen Dank, daß sie mich anhören. Kosmische Mächte, Allesbestimmende Macht…« Es verneigte sich leicht in alle Richtungen, bevor es fortfuhr: »Die Ewigkeit ist das Prinzip, nach dem wir arbeiten, ist das Prinzip, das seit Ewigkeiten all unserem Handeln zugrunde lag. Die Ewigkeit ist unendlich und damit zeitlos. Kann man eine Zeit messen, ist die Ewigkeit nicht mehr vorhanden, denn aus der Unendlichkeit wird eine Endlichkeit. Zeit bedeutet Anfang und Ende, bedeutet Veränderung. Das widerspricht der Ewigkeit, denn diese ist unveränderlich. Unveränderlichkeit, Zeitlosigkeit und Ewigkeit gehören zusammen, die Ewigkeit kann ohne die beiden anderen nicht existieren.

Der Freie Wille hingegen ist nun ein klarer Angriff auf die Ewigkeit. Der Freie Wille bringt das Chaos mit sich. Es ist unmöglich, ein unendliches Schicksal festzulegen, das sich nicht mehr verändert, da er sich überall einschaltet und immer wieder alles über den Haufen wirft, was geplant wurde. Das bringt einen Verwaltungsaufwand mit sich, den man nicht mehr überblicken kann. Wir alle wissen, wie sehr die Einzelschicksale einer Welt miteinander verknüpft sind. Passiert an einem Ende etwas, hat das Auswirkungen, die man – selbst als Schicksal – nicht mehr richtig abschätzen kann. Alles ist so verknüpft, so komplex, daß es unverantwortlich ist, das Prinzip des Freien Willens auf dieses wunderbar durchplante Gebilde loszulassen. Der Freie Wille wirft all dies über den Haufen!

Lassen wir den Freien Willen schalten und walten, bedeutet dies für uns alle einen Arbeitsaufwand, der nicht mehr zu handhaben ist. Jedes Schicksal muß ständig neu geschrieben werden – und wir wissen alle, daß die Druckereien jetzt schon nicht mehr nachkommen – mit Schicksalen, die seit Ewigkeiten feststehen und sich nicht verändern… Es ist einfach nicht praktikabel, die bestehende Arbeit zu vervielfachen, bei der gleichen unendlichen Zahl von Arbeitern. Wie soll das funktionieren? Die Unendlichkeit vervielfachen? Der Freie Wille widerspricht jeglicher planbaren Logik.

Aber das vielleicht wichtigste ist etwas ganz anderes: führen wir den Freien Willen in die Existenz, treten wir alle traditionellen Werte, die uns etwas bedeuten, mit Füßen. Das System der Ewigkeit, auf dem alle Existenz beruht, wird damit über den Haufen geworfen. Wir berauben *uns selbst damit jeglicher Existenz!*«

Das Schicksal, das sich im Laufe seiner kleinen Rede immer mehr in das Thema hineingesteigert hatte, atmete nun tief aus und warf einen ängstlichen Blick in die Runde. Es fürchtete, Ablehnung zu finden, war aber überrascht, in Gesichter zu schauen, die nachdenklich wirkten. Selbst das Gesicht der Allesbestimmenden Macht wirkte nicht zornig oder aufgebracht, sie hatte auch die Arme nicht mehr vor der Brust verschränkt, sondern stützte sich nun mit beiden Händen auf der Tischplatte vor sich auf.

»Sie haben die Worte des Schicksals gehört.« sagte der Chef schließlich, nachdem sie alle eine Weile ernsthaft darüber nachgedacht hatten. »Ihre Meinung dazu.«

»Ich stimme dem Schicksal zu.« sagte eine der kosmischen Mächte, die sich zuerst dazu durchringen konnte, etwas zu sagen. »Wir müssen unsere traditionellen Werte ehren und können sie nicht einfach so über Bord kippen. Wo soll das enden, wenn wir nicht mehr für das einstehen, was wir sind?«

»Ich schließe mich an.« sagte eine andere Macht. Zustimmendes Gemurmel erhob sich unter den Anwesenden, und das Schicksal glaubte schon daran, daß es eine Sieg gegenüber dem Freien Willen davongetragen hatte. Nun hing es nur noch an der Meinung des Chefs, was aus seiner Zukunft würde.

»Wir sollten nicht so voreilig an Altem hängenbleiben.« sagte die Allesbestimmende Macht schließlich nachdenklich, und dem Schicksal stockte der Atem. Das war kein guter Anfang. »Wir sollten offen sein für Neuerungen, auch wenn diese scheinbar allem widersprechen, was wir im Augenblick für richtig halten. Wir sollten eine Zeit lang beobachten, wie sich die beiden untereinander verhalten.«

»Haben wir das nicht schon getan?« fragte ein Schicksal. »Haben wir nicht das Ergebnis dieses Feldversuches betrachtet und konnten uns trotzdem den Ausführungen unseres… nun ja, 'Angeklagten' anschließen? Ich denke, wir sollten auch nicht an neuen Ideen hängenbleiben, bloß weil sie neu sind. Nicht alles neue ist besser als das althergebrachte.«

»Da haben sie wohl recht.« gestand der Chef diesem zu. Seine Stimme klang nicht erfreut über diese Anmerkung, aber er mußte sich der Logik dieser Aussage beugen. »Vielleicht sollten wir einen Kompromiß finden. Schaffen wir gleiche Voraussetzungen: Das Schicksal weiß nun, woran es ist, der Freie Wille ebenso. Lassen wir es nun zu einem direkten Vergleich kommen, in dem beide wissen, was sie zu tun haben. Wer sich dann durchsetzt, bekommt den Job. Stimmen wir darüber ab. Wer dafür ist, dem Schicksal noch eine Chance zu geben, hebe jetzt die Hand.«

Die Aufregung brachte das Schicksal beinahe um den Verstand, während es darauf wartete, wie die Anwesenden sich entschieden, aber zu seinem Glück mußte es nicht lange warten. Nach und nach gingen alle Hände nach oben, selbst die Hand der Allesbestimmenden Macht war davon nicht ausgeschlossen. Es hatte einstimmig eine weitere Chance erhalten, und die mußte es nun nutzen.

Nun stand es vor einem weiteren Problem: Seine drei Möglichkeiten, diesen Menschen aus dem Reich der Lebenden in das Reich der Toten zu überführen waren vorüber, waren verbraucht. Und auch ein Schicksal mußte sich an gewisse Regeln halten…

Frank saß um Flußufer auf einer Bank und starrte nachdenklich auf das sich kräuselnde Wasser hinaus, das ohne Unterlaß an ihm vorüberströmte. Ein paar Enten paddelten träge vor ihm auf und ab, als wären sie ausruhende Spaziergänger gewöhnt und warteten nun darauf, daß er ein paar Brocken trockenen Brotes zu ihnen hinunterwarf.

Er war in einer nachdenklichen Stimmung, die er an sich selbst als völlig untypisch empfand. Er hatte noch nie zu den großen Philosophen seiner Zeit gehört, hatte sich niemals Gedanken gemacht, die nicht einen praktischen Wert für seine Karriere oder seinen

Spaß gehabt hätten. Aber nun war dies anders. Die verschiedensten Dinge gingen ihm durch den Kopf, Dinge, die seine Zukunft betrafen, seine Vergangenheit, die Gegenwart...

Sein Leben war erfüllt gewesen von Spaß und allem, was er sich immer gewünscht hatte – und trotzdem hatte er nun den Eindruck, es vergeudet zu haben. Er hatte seinem Leben keinen Sinn gegeben, auf den er mit Stolz blicken konnte. Herumgehurt und gesoffen hatte er, Geld verdient und es in Saus und Braus wieder ausgegeben, aber nichts geschaffen, das einen bleibenden Wert besaß. Er hatte seine Freundin betrogen, die ihn aufrichtig liebte – was er überhaupt nicht verstehen konnte, wenn er seinen Lebenswandel und sein Verhalten nachträglich betrachtete.

Er befand sich in der für ihn völlig ungewohnten Situation, daß er mit sich selbst nicht mehr zufrieden war...

Gerade in den letzten Tagen waren einige Dinge geschehen, die ihn nachdenklich gemacht hatten. Daß er nicht mit dem Lkw kollidiert war, der daraufhin einige Kilometer weiter von einer Brücke stürzte, hatte er noch als Glücksfall abtun können, auch wenn er schon ein ungutes Gefühl dabei gehabt hatte. Er hatte den Eindruck gewonnen, als habe er sich gegen sein gerechtes Schicksal aufgelehnt, als habe er noch einmal eine Chance erhalten, alles besser zu machen. Der Absturz des Fahrstuhls, in dem die blonde Geli gewesen war – in dem er selbst auch hätte sein sollen, wenn nicht diese dämlichen Ideen wegen seines Computers, der noch eingeschaltet gewesen war, und seines Kreislaufs, den er plötzlich hatte ankurbeln wollen, in ihm aufgetaucht wären... Er zog das Unheil an! Und plötzlich war er gar nicht mehr so sicher, daß er noch eine weitere Chance erhalten sollte. Er hatte eher den Eindruck, als habe er sich nur noch mit Glück seinem Ende entzogen. Sicher konnte er die Sache auch so sehen, daß diese beiden Unglücksfälle ihn aus seinem bisherigen Leben aufrütteln und ihn zu einer Änderung bewegen sollten, aber er glaubte das nicht. Das Gefühl in seinem Inneren teilte ihm etwas anderes mit.

Er hatte sich Gedanken gemacht – das hatte er am vergangenen Abend festgestellt. Sie waren vielleicht nicht offen und bewußt in ihm abgelaufen, aber er hatte sich gewisse Gedanken gemacht, sonst hätte er niemals diese Frau fortgeschickt, mit der er schon auf dem Weg zu ihrem Auto gewesen war. Ihm war klargeworden, daß er Tanya liebte und sie nicht mehr betrügen durfte, wenn er nicht wollte, daß er sie verlor.

Sie hatte sich gefreut, als er so unvermutet bei ihr erschienen war, und sie hatten eine wundervolle Nacht miteinander verlebt. Und dennoch war er an diesem Morgen mit einem Gefühl aufgewacht, als sei sein Ende gekommen.

»Darf ich mich setzen?« fragte plötzlich eine Stimme neben ihm. Erschrocken zuckte er zusammen, denn plötzlich wußte er, was gerade geschah. Er blickte auf und sah in ein seltsames Gesicht, das sich stetig zu verändern schien, ein Anblick, der bereits ausreichte, ihn an den Rand des Wahnsinns zu treiben.

»Wer sind sie?« stieß er keuchend hervor.

»Ich bin ihr Schicksal.« sagte die Gestalt und setzte sich neben ihm auf die Bank. Frank konnte sehen, daß es sich mit einem Ausdruck umblickte, der beinahe gehetzt wirkte, konnte sich aber nicht vorstellen, warum das der Fall sein sollte.

»Mein Schicksal…« wiederholte er tonlos.

»Ihr Schicksal.« nickte die seltsame Gestalt. Sie trug einen schwarzen Mantel, darunter einen schwarzen Anzug und schien menschliche Gestalt zu besitzen, war aber in der Größe nicht recht festzulegen. Obwohl sie eine durchschnittliche Größe zu haben schien, wirkte sie doch gleichzeitig viel größer, schien den ganzen Raum um sie beide zu füllen. Frank glaubte dieser Gestalt sofort.

»Was wollen sie von mir?« fragte er fassungslos.

»Ich will ihren Tod.« antwortete die Gestalt.

Frank sank in sich zusammen, plötzlich schossen Tränen aus seinen Augen.

»Was habe ich denn getan?« fragte er verzweifelt. Eine gewaltige Leere höhlte ihn innerlich aus.

»Sie leben zu lange.« sagte die Gestalt ernst, wobei sie sich wieder unruhig umblickte. »Es ist ihr Schicksal, zu sterben, aber bisher haben sie sich dem entzogen. Der Lkw war kein Zufall, ebensowenig der abstürzende Fahrstuhl. Sie hätten schon beim ersten mal ums Leben kommen sollen, spätestens beim zweiten mal. Auch diese Frau gestern abend hätte eigentlich ihren Tod bedeuten sollen. Sie hätte sie in einen Hinterhalt geführt, wo sie niedergeschlagen und getötet worden wären. Wieder haben sie sich auf unrechtmäßige Art ihrem Schicksal entzogen.«

»Wie kann ich mich unrechtmäßig meinem Schicksal entziehen?« entfuhr es Frank. Er blickte die Gestalt fassungslos an, als ihm klar wurde, daß er am vergangenen Abend beinahe wieder gestorben wäre.

»Das hat kosmische Zusammenhänge, die sie ohnehin nicht verstehen würden. Lassen sie es mich so ausdrücken: Wir haben einen kleinen Test gestartet, der nicht funktioniert hat.«

»Sie machen Fehler?« entfuhr es Frank. Er spürte, wie sein Verstand sich langsam zu lösen begann. Er verstand nicht, was um ihn herum geschah, hatte nur den Eindruck, einem Ereignis beizuwohnen, für das er nicht geschaffen war, und er fühlte Wahnsinn in sich aufsteigen. War das der Preis dafür, einen Blick hinter den Vorhang allen kosmischen Wissens zu werfen?

»Ihr Verstand löst sich auf, wenn wir nicht bald Schluß machen.« erklärte das Schicksal. »Ihr Geist ist nicht für Wissen dieser Art geschaffen, und wir sollten nicht weiter auf diesem Thema herumreiten. Eines jedoch sollten sie wissen: Sie beeinflussen nicht nur *ihr* Leben. Wenn sie sich gegen ihr Schicksal stemmen, beeinflussen sie das Leben vieler anderer, besonders der Menschen in ihrem näheren Umfeld. Sie zerstören deren Leben. Jeder Tag, den sie länger auf dieser Erde verweilen, macht die Hoffnung dieser Menschen auf ein glückliches, zufriedenes, erfülltes Leben eine Spur unwahrscheinlicher. Besonders die Chance ihrer Freundin, eines Tages wirklich glücklich zu werden, schrumpft immer weiter!«

»Aber…« Frank ließ den Kopf in seine Hände sinken, hielt sich die Schläfen und versuchte, dem Todesgefühl, das sich in ihm aufbaute, zu entgehen. »…wie…«

Als er wieder aufblickte, war die Gestalt verschwunden. Er sprang von der Bank auf, sah den langen Uferweg hinauf und hinab, aber nirgendwo war jemand zu entdecken. Ein Mensch hätte nicht so spurlos verschwinden können – das war für ihn der letzte Beweis, daß er wirklich eine übernatürliche Begegnung gehabt hatte…

Er war seinem Schicksal begegnet und mußte nun mit der Schuld fertig werden, das kosmische Gefüge ins Wanken gebracht und seine Freunde um eine glücklichere Zukunft betrogen zu haben. Besonders Tanya, zu der er gerade erst seine wirklichen Gefühle entdeckt hatte, sollte am meisten davon profitieren, wenn er starb!

Diese Gedanken hallten in den nachfolgenden zwei Tagen stärker und stärker in seinem Kopf wider, bis er es nicht mehr ertragen konnte.

Drei Tage nachdem er seinem Schicksal am Ufer des Flusses begegnet war, starb er auf der Heimfahrt aus der Stadt zu seiner Wohnung, als sein Wagen von der Straße abkam und gegen einen Baum prallte.

Er war sofort tot.

Triumphierend betrachtete das Schicksal sich die Beisetzung dieses Menschen auf der Monitorwand in seinem Büro. Die Hinterbliebenen, Angehörigen und Freunde waren verzweifelt, weinten und trauerten um den Toten, aber das Schicksal lehnte sich zufrieden in seinem Stuhl zurück und beobachtete alles mit dem zufriedenen Gefühl, alles richtig gemacht zu haben.

Mit dem Menschen persönlich zu reden war die letzte Möglichkeit gewesen, die es noch für sich gesehen hatte, auch wenn es wußte, daß so etwas strengstens untersagt war. Kosmische Mächte durften nicht persönlich in Erscheinung treten, um ihre Arbeit auszuführen, sie mußten den Menschen Gedanken eingeben, ihnen Hindernisse in den Weg legen, oder sich einfach zurücklehnen und darauf warten, daß alles den ohnehin schon beschriebenen Weg ginge. Sich in menschlicher Gestalt zu einem von ihnen zu gesellen und persönlich mit ihm zu sprechen war untersagt. Es widersprach den Spielregeln, und sollte die Allesbestimmende Macht jemals dahinterkommen, könnte das Schicksal sich nach einer neuen Stelle umsehen. Aber andererseits hatte es keinen Hinweis hinterlassen. Es hatte darauf geachtet, daß niemand es sehen konnte…

Die Freunde dieses Menschen unterhielten sich fassungslos und unter Tränen darüber, daß er sich in den letzten Tagen verändert hätte. Er sei ihnen gebrochen vorgekommen, habe davon gesprochen, seinem Schicksal begegnet zu sein…

Das Schicksal lächelte, als es diese Worte hörte. Menschen waren leicht zu beeinflussen. Wollten sie etwas glauben, dann war es nicht schwierig, ihnen die nötigen Argumente zu liefern. Es hatte dem Menschen nur gesagt, was er ohnehin schon geahnt hatte, hatte ihm die eigenen Gedanken bestätigt und – zugegeben – dem ganzen noch eine kleine Krone aufgesetzt. Die Wirkung war deutlich. Es hatte ihn so sehr beeindruckt, daß er sein Leben hatte enden lassen, nachdem er all seinen Freunden von seinem Erlebnis erzählt hatte.

In diesem Augenblick flog die Tür auf, und der Freie Wille stürmte wütend durch den Raum, stoppte direkt vor seinem Schreibtisch.

Das Schicksal zuckte erschrocken zusammen.

»Das ist das allerletzte!« schrie der Freie Wille außer sich.

»Was?« entfuhr es dem Schicksal.

»Das da!« keifte der Freie Wille und wies auf die Monitorwand. »Ich habe mir das ganze eben auch angesehen! Das ist eine Schweinerei! Das ist Beschiß!«

»Aber ich muß doch sehr bitten.« entgegnete das Schicksal ruhig. Im allerersten Moment hatte es einen Schrecken bekommen, aber es war schon zu lange im Geschäft, um sich von einer solchen Störung lange aus der Ruhe bringen zu lassen. Der Freie Wille wollte es in die Enge drängen, aber er wußte offensichtlich nicht wie, sonst wäre er nicht so in Rage.

»Sie haben mit diesem Menschen persönlich gesprochen!« kreischte der Freie Wille und traf damit bei dem Schicksal einen

Nerv. Dieses konnte sich jedoch zusammenreißen. Es hatte gewußt, daß der Freie Wille mit dieser Anschuldigung zu ihm kommen würde und hatte sich innerlich darauf vorbereitet.

»Wie kommen sie auf *diese* Idee?« fragte es mit Unschuldsmiene.

»Ich habe gehört, was seine Freunde sagten.« schrie der Freie Wille zornig weiter. »Ich habe gehört, wie sie sagten, er habe davon erzählt, sein Schicksal sei ihm begegnet.«

»Sie kennen doch die Menschen.« beschwichtigte das Schicksal ihn. »Was die so sagen, wie die ihre Ideen ausdrücken. Menschen haben oft eine sehr bildhafte Sprache. Man darf nicht allzu ernst nehmen, was sie sagen, sie wissen es oft selbst nicht.«

»Dieser wußte es!«

»Aber, aber.«

»Nichts da! Der Mann sprühte vor Lebenslust! Der hätte sich nicht einfach so gegen einen Baum gefahren, wenn er nicht persönlich die Anweisung des Schicksals bekommen hätte.«

»Sind sie da so sicher?« fragte das Schicksal bedächtig. Dies war der kritische Punkt. Gelang es ihm, den Freien Willen über diese Stelle des Gesprächs hinauszuführen, könnte es gewonnen haben. »Der Mann hat sich in der letzten Erdenwoche so einige Gedanken gemacht. Je näher er dem Tod gekommen ist, desto nachdenklicher ist er geworden. Immerhin hat er drei schwere Schicksalsschläge hinnehmen müssen, von denen er auch zwei als solche erkannte. Glauben sie, daß ein Mensch dies einfach so erleben und darüber hinweggehen kann? So sind Menschen nicht geschaffen. Das ganze war eine Kurzschlußreaktion, der ich im Rahmen der mir erlaubten Möglichkeiten selbstverständlich nachgeholfen habe. Aber das ist schließlich meine Aufgabe…«

»Sie…« Der Freie Wille stand schnaubend vor dem Schreibtisch und starrte das Schicksal aus zornig funkelnden Augen an. »Ich werde beweisen, was sie dort gemacht haben. Glauben sie mir, ich finde die Beweise, und dann geht es ihnen an den Kragen.«

»Sie sind ein schlechter Verlierer.« stellte das Schicksal erstaunt fest. »Habe ich mich so aufgeführt, als sie mir einen Strich durch die Rechnung machten? Ich gebe zu, daß ich nicht ganz ich selbst war, aber so weit wie sie bin ich dann doch nicht gegangen. Abgesehen davon haben sie überhaupt keine Zukunft.«

»Bitte?« rutschte es dem Freien Willen überrascht heraus.

»Haben sie einmal darüber nachgedacht, wer von uns beiden letzten Endes gewinnen *muß*?«

»Wie meinen sie das?«

»Eine ganz einfach Sache.« belehrte das Schicksal seinen Widersacher in gütigem Tonfall. »Überlegen sie doch einmal. Gestehen wir dem Menschen einen Freien Willen zu… Er wird Entscheidungen treffen, wird Dinge tun, die alles durcheinanderbringen, wird alles ins Chaos stürzen, was im Buch des Schicksals geschrieben steht. Aber letzten Endes… Das Schicksal wird ihn immer wieder einholen. Er kann so viele freie Entscheidungen in seinem Leben treffen, wie er will, aber letzten Endes werde ich ihn doch immer wieder einholen und ihn seinem Ende zuführen. Das Abschaffen des Schicksales wäre gleichbedeutend mit einem ewigen Leben – und das ist für den Menschen nicht vorgesehen. Versuchen sie doch mal, die Allesbestimmende Macht dafür zu erwärmen, den Menschen ewig leben zu lassen. Der Chef wird sie in hohem Bogen aus seinem Büro schmeißen.«

»Aber…« stammelte der Freie Wille ungläubig. »Soll das heißen…«

»Sie sind ein nettes Spielzeug für die Führungsebene gewesen. Eine kleine Idee, die man einmal ausprobieren wollte. Aber zu guter letzt können sie mir den Rang doch niemals ablaufen – nicht, ohne das gesamte kosmische Gefüge aus seinen Angeln zu heben; und das würde bedeuten, sie sägen am Stuhl des Chefs. Der wird sie vorher einfach aus der Liste der Existenzen streichen. Sie dürfen mir vielleicht hin und wieder das Leben schwer machen, aber sie werden niemals meinen Platz einnehmen.

Glauben sie mir: Das Schicksal triumphiert immer!«

Damit lehnte es sich wieder gelassen in seinem Schreibtischstuhl zurück, verschränkte die Arme hinter seinem Kopf und sah zu, wie der Freie Wille geknickt sein Büro verließ. Es wußte, daß der andere nach Beweisen suchen würde, daß es nicht nach den Spielregeln gehandelt hatte – aber es wußte auch, daß derartige Beweise nicht existierten. Es gab keine Möglichkeit für den Freien Willen, jemals etwas gegen das Schicksal zu unternehmen.

Das Schicksal gewann immer!

Ein Abend mit Freunden

Es dauerte einige Minuten, bevor Jochen von der Musik des Radioweckers aus dem Schlaf getragen wurde. Mühsam öffnete er die
Augen, schloß sie wieder, rieb sie sich und öffnete sie erneut, diesmal ein wenig leichter. Der Raum war dunkel, die Jalousien heruntergelassen und die Tür zum Nebenzimmer fest geschlossen. Die
einzige Lichtquelle war die Leuchtanzeige des Radioweckers. Er griff
neben sich und schaltete die Nachttischlampe ein, deren heller
Schein den engen, vollgestellten Raum mit gedämpftem Licht füllte.

Mühsam wühlte er sich aus der Decke, in die er sich nachts fest
eingerollt hatte, zog seine Hausschuhe über, nahm seinen Morgenmantel von dem Stuhl direkt neben seinem Bett, zog ihn sich über
seinen Schlafanzug und stand auf. Er band den Morgenmantel
vorne mit einem Knoten zu, dann erst trat er an das kleine Fenster
und begann, die Jalousie nach oben zu ziehen.

Jochens Schlafzimmerfenster lag nach Osten, wo er die ganze
Stadt überblicken konnte. Viele kleine Häuser, die eng beieinander-
standen, dazwischen größere Geschäftshäuser, die all die kleinen
Häuser einzwängten und erdrückten, und am Stadtrand die Fabriken, die all das zu bewachen schienen wie Hirtenhunde die Schaf-
herde. Am südlichen Stadtrand lag der Stadtpark, in den er so gern
und häufig ging. Der einzige Platz in der ganzen Stadt, an dem er
nicht das Gefühl hatte, beengt und eingeschlossen zu sein, der
einzige Platz, an dem er aufatmen und sich frei fühlen konnte. Er
ging gerne dorthin, wenn er es auch nicht allzu häufig tun konnte.

Die Sonne hatte zwar schon ihren roten Widerschein über den
Himmel verströmt, aber ihr Gesicht noch nicht gezeigt. In wenigen
Minuten würde sie über den Horizont klettern und der Welt das
Licht wiedergeben, aber dann würde Jochen schon in der Küche
stehen, sich einen Kaffee kochen und ein paar Scheiben Knäckebrot
zubereiten, denn er hatte einen enggesteckten Zeitplan einzuhal-
ten.

Noch verschlafen tapste er in das Badezimmer, wo er seinen
Bademantel ablegte und den Schlafanzug aufknöpfte. Der Körper,
den er im Spiegel betrachtete, gefiel ihm. Er tat viel dafür, trieb
regelmäßig Sport und hielt strenge Diät. Er gestattete sich nur wenige Freiheiten und Ausschweifungen in seinem Leben, denn er
wollte einen Körper besitzen, den er herzeigen konnte, und das
bedurfte einiger Einschränkungen.

'Heute Abend ist eine Ausnahme!' beruhigte er sich, als der
Gedanke an die kleine Feier in ihm auftauchte. Eine kleine Feier mit
seinen Nachbarn. Sie waren fünf Leute, alle etwa im selben Alter,

Ende zwanzig, Anfang dreißig. Hin und wieder trafen sie sich abends miteinander, um den neuesten Klatsch zu verbreiten, etwas miteinander zu trinken und zu essen, oder auch eine neue Freundin oder einen Freund vorzustellen. Sie verstanden sich alle sehr gut miteinander, und Jochen konnte sich kaum noch vorstellen, jemals in einer anderen Hausgemeinschaft eingeschlossen zu sein als in dieser.

An diesem Abend wollten sie sich bei Silvia treffen. Sie hatte sich einen neuen Raclette-Grill gekauft, den sie einweihen wollte, und außerdem hatte sie verlauten lassen, daß sie jemanden mitbringen werde. Das hatte sie vor drei Tagen gesagt, und seitdem waren die Spekulationen im Haus in vollem Gange gewesen, aber sie hatte nur lächelnd abgewunken, wenn sie darauf angesprochen worden war, und gesagt, man werde sehen...

Jochen wusch sich gründlich, betrachtete seinen Körper noch einen Augenblick, wobei er vor dem Spiegel einige Posen einnahm, dann lachte er über sich selbst, zog sich an und machte sich auf den Weg in die Küche. Im Gehen band er sich die Krawatte und zog den Knoten fest zu. Ein ordentliches Erscheinungsbild war das A und O einer überzeugenden Persönlichkeit.

'So hat meine Mutter es mir beigebracht.' dachte er, ein wenig spöttisch, als das Gesicht seiner Mutter vor ihm auftauchte – aber trotzdem hielt er sich noch immer an diese Grundsätze. 'Mutter war immer ein wenig extrem!' ging es ihm durch den Kopf. Diesen Gedanken konnte er nicht verleugnen.

Er setzte Kaffee auf, bereitete zwei Scheiben Knäckebrot, und frühstückte eilig. In Ruhe konnte er selten frühstücken, denn sein Zeitplan für den Tag war stets eng gedrängt mit vielen Dingen, die er zu erledigen hatte; und früher aufzustehen, nur um morgens in Ruhe essen zu können kam ihm nicht in den Sinn. Er war froh über jede Minute Schlaf, die er herausschinden konnte.

Schließlich verließ er die Wohnung, warf einen Blick auf seine Armbanduhr, und stellte fest, daß er sogar ein wenig zu früh dran war. Er hatte genügend Zeit, zu Fuß zur Arbeit zu gehen, was nicht oft vorkam, was er aber immer wieder gern tat. Besonders an einem so schönen Tag wie diesem, denn als er aus dem Küchenfenster hinausgeschaut hatte, hatte ihn die Sonne bereits angelacht. Der Himmel war wolkenlos und klar, und es sah aus, als würde die Temperatur heute wieder ein wenig steigen. Es konnte ein wunderschöner Tag im Spätherbst werden, frische, angenehme Luft, bunte Farben in den Bäumen, die Sonne, die über all dem thronte und mit der Natur spielte.

Auf dem Weg zur Treppe fiel ihm ein, daß er Katrin an den

heutigen Abend hatte erinnern wollen. Sie war seine direkte Nachbarin, und es war kein Umweg für ihn, wenn er kurz bei ihr vorbeischaute.

Er stellte sich vor die Tür und drückte auf den Klingelknopf, dann wartete er einen Augenblick. Er begann schon, sich Sorgen zu machen, ob etwas nicht in Ordnung war, als ihre Schritte sich doch endlich der Tür näherten. Sie hatte einen leisen, beinahe katzenhaften Gang, und der einzige Grund, warum er sie doch hörte, waren die extrem dünnen Wände. Anfangs hatte das zu viel Heiterkeit unter den Nachbarn geführt, daß man den anderen bei jedem Wort zuhören konnte, das sie sprachen, aber inzwischen war es so normal und alltäglich geworden, daß niemand mehr sich die Mühe machte, zu lauschen. Die Themen waren auch allesamt viel zu langweilig gewesen.

Die Tür öffnete sich einen Spalt, und Katrin blickte ihn aus verschlafenen Augen an.

»Morgen, Jochen.« murmelte sie. »Wie spät ist es?«

»Viertel nach acht.« sagte er fröhlich. »Ich sollte vorbeischauen und dich an heute abend erinnern, weißt du noch?«

»Schon Viertel nach acht?« fragte sie, noch immer verschlafen, aber auch ein wenig aufgeschreckt, so als habe sie verschlafen. Sie ließ die Tür los, welche ein wenig weiter aufschwang und einen Blick auf das innere der Wohnung ermöglichte. Die Rolläden waren noch heruntergelassen und die Räume waren in Dunkelheit getaucht. Auch von Katrin sah er mehr, und die Art, wie sie, nur halb angezogen, in ihrem Nachthemd vor ihm stand, die Haare zerzaust, mit einem verwirrten Blick, ließ sie sehr attraktiv erscheinen. Ein leiser, wohliger Schauer überlief Jochen bei ihrem Anblick. Sie war sehr sportlich und hatte eine gute Figur, und außerdem eine erfrischend unordentliche Art.

»Schon Viertel nach acht.« stimmte er zu. »Denk an heute abend. Und sag' nicht, ich hätte dir nicht bescheid gesagt. Bis später, in Ordnung?«

»Sicher, klar!«

Jochen drehte sich um und begann, die Treppen hinabzusteigen, hinaus in den sonnigen Herbstmorgen, mit einem ersten Gefühl von Freiheit.

Katrin schloß die Tür, als Jochen sich umdrehte und die Treppen hinabzusteigen begann. Sie war noch immer verschlafen, aber sie war auch schon spät dran, deswegen war sie sehr froh, daß Jochen daran gedacht hatte, sie noch einmal an den heutigen Abend zu erinnern. Wenn es sich überhaupt einrichten ließ…

»Du *mußt* kommen!« hatte Silvia sie angefleht, als sie von Bedenken gesprochen hatte.

»Ich werde es versuchen!« hatte sie versprochen. »Aber ich kann es nicht schwören!«

»Hast du eine Verabredung?« hatte Silvia gefragt, und die Enttäuschung war deutlich aus ihrer Stimme herauszuhören gewesen. Sie waren die beiden einzigen Frauen in diesem Haus, und Katrin wußte etwas über ihre Nachbarin, das die drei Männer mit Sicherheit nicht wußten. Sie beide standen sich sehr nahe, und es war für Silvia eine Selbstverständlichkeit, daß Katrin bei einer Feier, die sie gab, auch erschien.

»Was geschäftliches.« hatte Katrin erklärt. »Hör mal, ich werde es versuchen, und es wird sicherlich auch gutgehen, in Ordnung? Vielleicht komme ich ein paar Minuten später, aber ich werde bestimmt auftauchen. Ist das in Ordnung?«

»Klar!« hatte Silvia erwidert, und die Erleichterung hatte ihr Gesicht zum Leuchten gebracht. Katrin hatte danach ein komisches Gefühl im Magen gehabt, denn sie wußte nicht, ob sie nicht etwas versprochen hatte, das sie unmöglich einhalten konnte.

'In ein paar Minuten weiß ich es.' dachte sie, als sie, sich mit der rechten Hand am Oberschenkel kratzend, in das Badezimmer tapste.

Sie zog ihr Nachthemd aus und betrachtete sich einen Augenblick im Spiegel. Sie war gut in Form, ihr Bauch war flach, ihre Oberschenkel muskulös und durchtrainiert. Sie trieb viel Sport, denn in ihrem Job konnte sie es sich nicht leisten, körperlich außer Form zu geraten, aber es machte ihr auch Spaß. Einen Tag, an dem sie sich nicht aktiv betätigen konnte, war für sie verloren.

Als sie schließlich, mit einem Becher Kaffee vor sich, an ihrem Küchentisch saß, und in ihr schnurloses Telephon eine Nummer eingab, war sie hellwach. In wenigen Minuten würde sie mit ihrem Auftraggeber sprechen, da durfte sie keinen verschlafenen Eindruck machen.

Sie hörte das charakteristische Rauschen und die Wählgeräusche, die ihr analoges Telephon machte, zählte bei dem leisen Knattern mit, mit dem die Zahlen der Telephonnummer irgendwo in diesem riesigen Kabelnetz und Datengewirr eingestellt wurden, dann hörte sie das Freizeichen und begann unruhig zu werden. Sie rief ihren Auftraggeber nicht gern an. Er war ein unangenehmer Mensch, und sie hätte am liebsten gar nichts mit ihm zu tun gehabt. Aber sie *mußte* für ihn arbeiten. Es gab nichts anderes, das sie tun konnte.

»Hallo?« meldete sich schließlich eine brummige Stimme, die so klang, als wäre ihr Besitzer sehr, sehr zornig.

Katrin beruhigte sich damit, daß er immer so klang, und sicherlich nicht auf *sie* wütend war, aber die Unruhe und Unsicherheit blieb.

»Ich bin's.« sagte sie. »Katrin.«

»Ach, Katrin.« erwiderte die Stimme nach einer kurzen Pause. Sie war voll triefenden Hohns, und Katrin ahnte schon, was kommen würde. »Ich hätte nicht gedacht, jemals wieder von dir zu hören. Ich dachte, du wärst durchgebrannt, und würdest dich gar nicht mehr melden. Oder habe ich mich geirrt, und wir *hatten* gar keine Verabredung?«

»Tut mir leid.« sagte sie, mit einer Mischung aus Unterwürfigkeit und Rechtfertigung, bei der ihr selbst sich der Magen umdrehte. Sie haßte es, diesem Kerl in seinen fetten Arsch kriechen zu müssen. »Ich weiß, ich hätte dich schon vor zwanzig Minuten anrufen sollen, aber es ist mir etwas dazwischengekommen. Tut mir leid, ehrlich.«

»Zwanzig Minuten können in unserem Geschäft Welten ausmachen, das weißt du.« sagte er – diesmal ernst.

»Ich weiß.« antwortete sie kleinlaut. »Wird auch nicht wieder vorkommen.«

»Hast du einen Kerl in deinem Bett gehabt, den du erst loswerden mußtest?« fragte die Stimme. Auf die Worte folgte ein glucksendes Lachen, bei dem Katrin übel wurde. Charlie war ein widerlicher Mensch.

»Keinen Kerl.« sagte sie kurzangebunden.

»Dein Glück, Mädchen. Denk an meine Worte. Ein Kerl behindert dich nur. Er behindert dich in deinem Job, er behindert dich in deinem Leben. Ein Kerl ist das allerletzte, was du brauchst. Das einzige, was du wirklich nötig hast, ist Arbeit, und die kann ich dir bieten.«

»Was hast du für mich?« fragte sie. Sie war voller Hoffnung, aber andererseits auch voller Abscheu vor dem, was sie wieder tun würde. Sie sah keinen Ausweg aus dem Teufelskreis, in dem sie steckte. Und was sie manchmal nachts nicht einschlafen ließ, war die Tatsache, daß es ihr selbst Spaß bereitete. Sie hatte ihre Freude daran, und das machte ihr manchmal mehr Angst, als alle Gefahren, die mit ihrer Arbeit verbunden waren. Alles andere war kalkulierbar, aber nicht ihre eigene Seele. Die überraschte sie so manches mal wieder völlig aufs Neue.

»Erinnerst du dich noch an unser Gespräch vor vier Tagen?« fragte Charlie, und seine Stimme war nun nur noch geschäftlich. Keine Anspielungen mehr, keine Albernheiten, keine schlechten Witze – reines Geschäft.

»Selbstverständlich.« sagte Katrin, ein wenig zornig. »So lange kann ich mich gerade noch zurückerinnern.«

»Heute Abend geht die Sache über die Bühne. Der Zeitpunkt ist genau richtig.«

»Heute Abend?« fragte sie zweifelnd.

»Hast Du etwas daran auszusetzen, Mädchen?« fragte Charlie barsch.

Katrin mochte es nicht, wenn er sie »Mädchen« nannte.

»Ich hatte mich heute Abend mit einer Freundin treffen wollen…« entfuhr es ihr, bevor sie sich zurückhalten konnte. Sie verfluchte sich dafür, daß sie das gesagt hatte, sobald die Worte ihren Mund verlassen hatten, aber es war nicht mehr rückgängig zu machen.

»Hör mal, Kleine. Wenn du nicht willst, dann gebe ich den Auftrag jemand anderem, gar kein Problem.« donnerte Charlie zornig. »Aber glaub ja nicht, daß du noch einmal mit mir ins Geschäft kommst, wenn du diese Sache sausen läßt! Ich habe schon ein paar Leute aussteigen lassen, damit du die Sache kriegst, hast du das kapiert? Ich weiß, daß du immer knapp bei Kasse bist, und der Auftrag ist eine kleine Geste meines guten Willens! Du hast immer gut gearbeitet, also komm mir nicht auf diese Klein-Mädchen-Tour von wegen mit Freundin treffen, oder sowas! Hast du das verstanden?«

»Ja, Charlie.« sagte sie leise.

»Dann ist ja gut. Machst du die Sache?«

»Ja, Charlie.« antwortete Katrin wieder. »Du kannst dich auf mich verlassen. Alles so, wie wir es besprochen haben?«

»Alles genau so.« stimmte Charlie ihr zu. »Und komm mir nicht noch einmal mit so einem Scheiß, verstanden?«

»Nein, Charlie, werde ich nicht. Ganz bestimmt nicht, ich verspreche es!«

»In Ordnung, dann sehen wir uns heute Abend, wenn alles vorbei ist. Mach's nicht zu spät! Ich habe auch noch anderes zu tun!«

Ein Klicken in der Leitung beendete ihr Gespräch, und Katrin drückte auf die Taste mit dem kleinen Telephon unter dem Zahlenfeld. Charlie hatte keine gute Laune gehabt, aber sie konnte von Glück reden, daß er ihr trotzdem den Auftrag gegeben hatte.

»Wie konntest du nur sagen, du wolltest dich mit einer Freundin treffen?« rief sie halblaut und zornig in die Küche. Sie sprang von ihrem Stuhl auf schlug sich mit der flachen Hand gegen die Stirn, während sie wütend auf und ab marschierte. Sie hatte sich selten so dämlich verhalten wie bei diesem Gespräch. Das war kein professionelles Verhalten! So etwas durfte nicht noch einmal vorkommen!

Wütend stürmte sie in ihr Schlafzimmer, riß ihre Schwimmsachen aus dem Schrank und stopfte sie in ihre Sporttasche, dann lief sie aus der Wohnung. Ihr fiel ein, daß sie Thomas noch an den heutigen Abend hatte erinnern wollen, also lief sie zu seiner Tür und klopfte, aber niemand öffnete. Sie schrieb eine kurze Notiz auf einen Zettel, daß er an den heutigen Abend denken und doch bitte auch den Käse und die Eier besorgen solle, dann lief sie die Treppen hinunter und sprang in ihren Wagen.

Zehn Minuten später betrat sie die Schwimmhalle, zog sich um und stieg mit einem Gefühl der Erleichterung und wesentlich abgekühlterem Zorn, in das kühle Wasser.

Als Thomas in seinem dunklen Schlafzimmer die Augen aufschlug, wußte er sofort, daß etwas nicht in Ordnung war. Einen Moment war er völlig orientierungslos, um ihn herum drehte sich alles, und am liebsten hätte er die Augen wieder geschlossen, aber er mußte zur Arbeit, und konnte es sich nicht leisten, wieder einzuschlafen.

Er drehte den Kopf zur Seite und blickte auf den Wecker, der irgendwann jetzt damit beginnen mußte, ihn zu wecken, und sah, daß er schon eine Dreiviertelstunde verschlafen hatte.

Mit einem Schlag war er hellwach.

»Verdammte Scheiße!« fluchte er, als er sich aus dem Bett wälzte. Er mußte den Wecker wieder ausgeschaltet und sich dann auf die andere Seite gedreht haben, um weiterzuschlafen.

Er rannte quer durch die Wohnung in sein Badezimmer, wusch sich und putzte sich die Zähne und lief dann, noch immer nackt, in die Küche, um sich einen Kaffee zu machen. Dann lief er in sein Schlafzimmer zurück, um sich anzuziehen, während der Kaffee gebrüht wurde, und kehrte schließlich in die Küche zurück, steckte schnell zwei Scheiben Toastbrot in den Toaster, nahm sich einen Becher aus dem Schrank und schenkte sich den Kaffee ein.

Sein Chef würde ihm den Kopf abreißen, wenn er schon wieder zu spät zur Arbeit kam. Der Mann konnte ihn nicht ausstehen, was auf Gegenseitigkeit beruhte, denn er mochte seinen Vorgesetzten ebenfalls nicht. Der Mann wartete nur darauf, daß Thomas sich etwas derartiges leistete, um ihm einen Denkzettel zu verpassen. In der letzten Zeit waren sie öfter aneinandergeraten, und sein Chef hatte ihm den Rat gegeben, sich in Zukunft mehr zusammenzunehmen, nicht mehr so aufbrausend zu sein… und seine Arbeit besser zu erledigen!

»Dieser Arsch!« fluchte er in die leere Küche hinein. »Dieser verfickte, blödsinnige Arsch! Kreuzweise kann er mich!«

Der Mann wußte überhaupt nicht, was Thomas in der Firma leistete. Ohne ihn hätten sie vermutlich schon vor einiger Zeit den Laden dichtmachen können, aber gerade *er* hatte mit seiner aggressiven Taktik wieder neue Kunden an Land gezogen. Die Menschen brauchten das. Sie mußten spüren wer der Herr im Hause war, sonst reagierten sie überhaupt nicht – und kauften auch nichts.

Thomas nahm einen schnellen Schluck von seinem Kaffee und verbrannte sich die Lippen.

»Au, Scheiße!« schrie er schmerzerfüllt in die Küche. »Verdammte Scheiße!«

Wütend goß er den Inhalt des Bechers, aus dem er erst wenige Schlucke getrunken hatte, in den Ausguß, nahm statt dessen die beiden Toastscheiben, die inzwischen aus dem Toaster herausgesprungen waren und begann, Margarine auf ihnen zu verteilen. Darauf schmierte er etwas Marmelade, dann schlang er sie mit wenigen Bissen herunter.

Ein Blick auf seine Uhr zeigte ihm, daß er für alles, was er an diesem Morgen getan hatte, nur fünfzehn Minuten gebraucht hatte.

'Keine schlechte Zeit.' dachte er, einigermaßen zufrieden, aber mit der rechten Hand wischte er sich den Schweiß von der Stirn. Die ganze Hetzerei strengte mehr an, als er sich das vorgestellt hätte.

Im Flur zog er seine Schuhe an und wollte danach gerade die Tür öffnen, als ihm ein Zettel auffiel, der auf dem Boden lag. Offensichtlich war er unter der Tür hindurchgeschoben worden. Er bückte sich und hob ihn auf.

»Denk bitte an heute Abend.« las er. »Du besorgst den Käse und die Eier. Katrin.«

Hatte sie versucht zu klingeln? Wenn ja, dann hatte er nichts gehört. Er mußte wirklich geschlafen haben wie ein Stein, wenn er sowohl seinen Wecker, als auch das Klingeln an der Haustür nicht gehört hatte.

»Mannomann, den Schlaf hatte ich wohl bitter nötig.« murmelte er und riß die Tür auf.

An den heutigen Abend hatte er schon gar nicht mehr gedacht, und wenn Katrin ihn nicht, wie verabredet, daran erinnert hätte, hätte er es wirklich vergessen. Käse und Eier mußte er besorgen. Als gäbe es sonst keine Probleme in seinem Leben. Nun sollte er auch noch Käse und Eier besorgen. 'Ich weiß, ich habe es versprochen!' ging es ihm durch den Kopf, aber im Augenblick hatte er keine Lust, an ihren Raclette-Abend zu denken. Silvia hatte sie alle eingeladen, also war es eigentlich ihre Sache, für Essen und Getränke zu sorgen. Er schüttelte den Kopf, während er die Treppen hinunterstürmte. Bisher war es immer so gewesen, daß jeder etwas mitgebracht hatte. Das machte die Abende lockerer und ungezwungener, denn man mußte nicht darüber nachdenken, wieviel der ganze Abend den Gastgeber kosten würde. Außerdem feierten sie auf diese Art häufiger miteinander.

»Ich muß Elke nachher noch abholen.« brummelte er weiter, dann stieß er die Haustür auf und lief den kurzen Weg hinunter zur Straße. Von hier aus waren es nur knapp hundert Meter zur nächsten Bushaltestelle.

Als er dort ankam und den Fahrplan studierte, stellte er fest, daß er noch beinahe zehn Minuten Zeit hatte, bis der nächste Bus abfuhr. Fluchend trat er einen Stein beiseite, der auf dem Bürgersteig lag. Der Stein prallte gegen die nächste Hausmauer und von dort gegen ein parkendes Auto. Erschrocken sah Thomas sich um, ob jemand etwas mitbekommen hatte, aber niemand blickte in seine Richtung. Das Auto hatte eine kleine Delle, wo der Stein es getroffen hatte, das sah er, ohne sich anstrengen zu müssen.

»Wenn das jetzt jemand gesehen hätte…« murmelte er erleichtert vor sich hin. Der Gedanke daran, daß er vielleicht noch einen Schaden an diesem Auto hätte bezahlen müssen, machte ihn noch eine Spur wütender. Er war genau in der richtigen Stimmung, um seinem Chef gegenüber zu treten. Der Mann würde sicherlich wieder ein Theater machen, weil er sich ein paar Minuten verspätet hatte. Dabei kam das gar nicht so häufig vor.

Thomas drehte sich ungeduldig hin und her, warf einen Blick auf seine Armbanduhr, und fluchte, weil die Zeit überhaupt nicht zu verstreichen schien. Dann landete sein Blick auf der Telephonzelle, die neben der Bushaltestelle stand, und ihm fiel ein, daß er irgend etwas hatte tun sollen. Einen Moment überlegte er angespannt, dann fiel es ihm weiter ein. Er hatte Silvia noch einmal an den Abend erinnern sollen.

»Scheiße!« fluchte er vor sich hin. »Warum soll ich Silvia an heute Abend erinnern? Sie ist die Gastgeberin, verdammt noch mal!« Trotzdem hatte er es versprochen, nur für den Fall, daß sie es vergaß. Silvia konnte manchmal ein wenig schusselig sein, also war es vielleicht gar keine so schlechte Idee, noch einmal bei ihr anzurufen.

Er riß die Tür der Telephonzelle auf, kramte sein Portemonnaie aus der Hosentasche und wühlte darin herum, bis er endlich die Telephonkarte gefunden und herausgezogen hatte. Er schob sie in den Automaten und wählte aus dem Gedächtnis.

Es klingelte zweimal, dreimal, viermal. Thomas überlegte schon, ob er wieder auflegen sollte, denn offensichtlich war Silvia entweder nicht zu Hause, oder sie schlief noch. Außerdem mußte sein Bus jeden Augenblick eintreffen.

Dann wurde am anderen Ende abgehoben, und Silvia meldete sich.

»Silvia, hier ist Thomas.« sagte er. »Ich bin ein bißchen im Streß. Ich habe verschlafen, und jetzt stehe ich an der Bushaltestelle. Der Bus muß jeden Augenblick kommen. Ich habe also nicht viel Zeit. Ich sollte dich an heute Abend erinnern, weißt du noch?«

»Natürlich weiß ich noch!« lachte Silvia am anderen Ende der Leitung, und Thomas hätte ihr dafür eine Ohrfeige geben können. Er machte sich diesen ganzen Streß, und sie lachte nur darüber. »Ich bin die Gastgeberin. Ich *sollte* es noch wissen, meinst du nicht?«

»Sicher.« sagte er. Der Bus kam um die Ecke, und fuhr auf die Haltestelle zu. »Mein Bus kommt. Ich muß Schluß machen. Was wolltest du mitbringen? Die Salate glaube ich, oder?«

»Ja, ich mache die Salate.«

»In Ordnung, dann bis heute Abend.« Thomas wartete nicht mehr auf Silvias Antwort, sondern knallte den Hörer auf die Gabel, wartete ungeduldig auf seine Telephonkarte, und sprang aus der Telephonzelle. Der Bus hielt vor ihm, und mit einem Seufzer der Erleichterung stieg er ein und zeigte seine Monatskarte.

Silvia war an diesem Morgen kaum aus dem Bett gekommen. Zuviel würde sich an diesem Tag ereignen, und sie wußte noch nicht so recht, wie sie ihn durchstehen sollte. Alles war so kompliziert geworden, seit sie sich das letzte mal mit ihrem Bruder unterhalten hatte. Alles war so schwer und voller Fallen. Ihr Bruder, dieser Mistkerl. Am liebsten hätte sie ihm die Augen ausgekratzt, aber das war nicht möglich. Wenn sie das tat, war alles aus.

Der Gedanke an den Raclette-Abend hatte sie ein wenig aufgeheitert, und bei dem Gedanken an das, was sie an diesem Abend vorhatte, hatte ihr Herz sich erleichtert – aber eine gewisse Anspannung war zurückgeblieben. Sie kannte ihre Nachbarn gut. Sie waren alle Freunde, und Katrin war derselben Meinung. Katrin war die einzige im Haus, die schon bescheid wußte, und sie glaubte auch, daß die anderen es ebenso gelassen aufnehmen würden. Sie waren alle ungefähr im selben Alter, und vielleicht war man dann einfach ein wenig aufgeschlossener als Leute, die schon ein paar Jahrzehnte mehr auf dem Buckel hatten – wie ihre Eltern zum Beispiel.

Müde und lustlos war sie in die Küche gegangen, wo sie den Umschlag mit den Bildern aufbewahrte.

Sie hatte die Kaffeemaschine gefüllt und eingeschaltet, dann das Mehrkornbrot aus dem Brotkasten genommen und sich eine Scheibe davon abgeschnitten. Sie hatte sich ein Brot mit Käse gemacht und dann den Kaffee, der inzwischen durchgelaufen war, aus der Kanne in einen großen Becher gefüllt. Die ganze Zeit waren ihre Blicke immer wieder zu dem Umschlag mit den Photos gewandert, und hatten ihr ein schlechtes Gewissen bereitet.

Die Aussicht aus ihrem Fenster hatte sie nur wenig aufgeheitert. Sie konnte weit über die Stadt schauen, und der Tag versprach wunderschön zu werden, aber trotz allem hatte sie dem Anblick an diesem Morgen nur wenig abgewinnen können. Sie mochte nicht, was sie heute tun würde, aber trotzdem *mußte* sie es tun. Das schlechte Gewissen wurde dadurch jedoch nicht geringer, sondern nur um so größer. Wieso mußte sie jemand anderem etwas derartiges zufügen?

'Ich mache es ja nicht freiwillig.' hatte sie sich gesagt. Es war als Beruhigung gedacht, hatte aber das Gegenteil bewirkt. Gerade *weil* sie es nicht freiwillig tat, war es ihr um so vieles schlimmer erschienen. Gab es denn keine andere Möglichkeit…

»Nein, es gibt keine!« hatte sie sofort aufgebracht gemurmelt. Sie hatte sich keine Zeit zum Nachdenken gegeben, hatte es auch gar nicht gewollt. Wenn sie nachdachte, kamen ihr vielleicht nur noch mehr Zweifel.

'Vielleicht komme ich auch auf eine andere Idee.' hatte sie sich gesagt, aber schließlich hatte sie mit den Achseln gezuckt. Vielleicht war auch alles gar nicht notwendig. Das würde sich zeigen. Vielleicht war alles nur ein böser Traum, und sie mußte gar nichts unternehmen. Wenn sie nur wartete und alles aussaß, erledigte es sich möglicherweise von selbst.

Sie hatte gewußt, daß es nicht so kommen würde.

Als das Telephon geklingelt hatte, war sie zusammengezuckt.

Im ersten Augenblick hatte sie gezögert. Wenn sie nicht an das Telephon ging, konnte er nicht wieder mit ihr sprechen, konnte ihr nicht wieder Vorhaltungen machen und ihr drohen. Sie würde ihre Ruhe haben, wenn sie nicht an den verdammten Apparat ging und ihm damit die Möglichkeit gab, sie zu bedrängen.

Das Telephon hatte inzwischen zum zweiten Mal geklingelt.

Andererseits hatte sie auch gewußt, daß es keine Lösung war, wenn sie nur hier saß und wartete. Er würde es wieder versuchen, immer wieder und wieder, bis er sie endlich erreichte. Oder aber er würde zornig werden, weil sie sich vor ihm verbarg und dann alles auffliegen lassen. Das wäre noch viel schlimmer als die Ungewißheit, die sie im Augenblick erfüllt hatte. Sie hätte eine Menge Ärger am Hals, den sie vermeiden konnte, wenn sie nur endlich diesen dämlichen Telephonhörer aufnahm.

Zum dritten Mal war das schrille Klingeln des Telephons durch ihre kleine Wohnung gedrungen.

»Ist ja gut, ist ja gut, ich komme ja schon!« hatte sie verzweifelt gerufen.

Sie war von ihrem Stuhl aufgesprungen und hatte Küche und Flur durchquert, während das vierte Klingeln ertönt war. Dann hatte sie den Hörer von der Gabel gerissen und sich gemeldet. Aber es war nur Thomas gewesen, der sie an den Raclette-Abend hatte erinnern wollte, so wie sie es ausgemacht hatten, und der ziemlich in Eile gewesen war, weil er verschlafen hatte. Silvia war eine Zentnerlast vom Herzen gefallen, als sie seine Stimme gehört hatte und hatte gewußt, daß sie im Augenblick noch verschont geblieben war. Dann war das Gespräch auch schon wieder beendet gewesen, weil Thomas seinen Bus erwischen mußte, und Silvia kehrte in die Küche zurück. Sie fühlte sich ein wenig wacklig auf den Beinen, so sehr hatte das Klingeln des Telephons sie mitgenommen. Sie hatte mit einem anderen Anrufer gerechnet.

Schließlich ließ sie sich wieder am Küchentisch nieder. Der Kaffee dampfte noch, und das Brot lag vor ihr. Sie hatte erst zwei Bissen davon genommen und schon keinen Appetit mehr.

»Wenn ich nicht esse, überstehe ich den Tag bestimmt nicht.« murmelte sie vor sich hin, als wolle sie sich selbst Mut machen, nahm das Brot und biß ein Stück ab. Dann fiel ihr Blick wieder auf den Umschlag mit den Bildern und ihr Herz machte einen erschrockenen Sprung.

Es war unmöglich; was sie vorhatte, war kaum vorstellbar. Sie hätte niemals geglaubt, jemals zu so etwas in der Lage zu sein, aber sie hatte festgestellt, daß man vieles tun konnte, wenn man mußte. Mit zitternder Hand griff sie nach dem Umschlag, nahm ihn vom Küchenschrank und legte ihn vor sich auf den Tisch, wo sie ihn einen Augenblick betrachtete und musterte. Sie wußte, was sich darin befand, und dennoch hatte sie Angst davor, ihn zu öffnen, als könnte sich der Inhalt in etwas schreckliches verwandelt haben.

»Es reicht, wenn ich sie ihm heute gebe.« flüsterte sie atemlos. »Ich muß sie nicht noch einmal sehen.«

Dann öffnete sie den Umschlag und nahm die Photos heraus.

Es waren ganz gewöhnliche Photos von einem Paar, das sich im Arm hielt und küßte. Paare, wie sie haufenweise in den Parks der Stadt umherschlenderten, oder auch in den Straßen spazierengingen. Paare, die sich in der Öffentlichkeit bewegten, sich umarmten. Eigentlich nichts außergewöhnliches. Eigentlich. Sie musterte die Bilder eingehend, ob auch alles gut zu erkennen war. Es bestand kein Zweifel.

Der Mann war ein Kollege, mit dem sie seit einigen Jahren zusammenarbeitete, und den sie nie sonderlich gemocht hatte, was die Sache ein wenig für sie vereinfachte. Dieser Kollege war vor einigen Wochen 48 Jahre alt geworden, und vielleicht, so sagte Silvia sich, hatte seine Midlife-crisis nun begonnen. Denn obwohl er seit zwanzig oder mehr Jahren verheiratet war, war die Frau auf den Photos nicht die seine. Diese Frau war jung, Anfang zwanzig, schätzte Silvia, und hätte seine Tochter sein können, abgesehen von der Art und Weise, in der sie sich umarmten und küßten.

Silvia hatte schon länger geahnt, daß der Mann seine Frau betrog, er hatte auch ihr einmal ein zweideutiges Angebot gemacht, das sie aber dankend ausgeschlagen hatte. Doch an Wichtigkeit hatte es erst vor kurzer Zeit für sie gewonnen. Erst seit sie mit ihrem Bruder gesprochen hatte, diesem windigen kleinen Mistkerl. Sie spürte wieder eine Welle des Zorns und des Hasses über sich hinwegspülen, die sie mit sich fortzureißen drohte, aber das durfte sie auf keinen Fall zulassen. Sie mußte einen kühlen Kopf bewahren, wenn sie mit heiler Haut aus dieser Sache herauskommen wollte. Sie durfte sich auch nicht so sehr von dieser Angst unterkriegen lassen, die ihr Bruder in ihr ausgelöst hatte. Auf jeden Fall hatte sie seit ihrem letzten Gespräch damit begonnen, ihren Kollegen zu beobachten, und hatte nun auch prompt genug Material für ihr Vorhaben zusammen.

»Verdammte Scheiße.« murmelte sie, als ihr bewußt wurde, was sie plante. Aber es gab kein Zurück mehr.

Als Klaus die Augen aufschlug und die Sonnenstrahlen beobachtete, die durch die Ritzen seiner Jalousie ins Zimmer fielen und in denen klitzekleine Staubpartikelchen tanzten, fühlte er sich schon wohl und zufrieden. Die Wettervorhersage hatte einen warmen, sonnigen Tag angekündigt, und so schien es auch gekommen zu sein. Klaus liebte Sonnentage.

Voller Vorfreude auf den Tag sprang er aus dem Bett und ging ins Badezimmer, wo er sich wusch und die Zähne putzte, dann ging er in die Küche, um sich einen Kaffee zu machen. Einen Augenblick überlegte er, ob er sich eine Schüssel mit Müsli und Joghurt füllen sollte, um diese vor dem Fernseher leerzuessen, aber dann entschied er sich dagegen. Der Tag war zu schön, um in der Wohnung vor dem Fernseher zu versauern. Er wollte nach draußen, das Wetter genießen.

Also trank er seinen Kaffee aus, zog sich eine leichte Stoffhose und ein Hemd an, schlüpfte barfuß in seine Mokassins und verließ die Wohnung. Durch das Treppenhaus ging er zur Haustür, als ihm auffiel, daß Silvia ihn gar nicht an den heutigen Abend erinnert hatte. Bei ihrem letzten Treffen hatten sie ausgemacht, wer wen an den Raclette-Abend erinnern sollte, und Silvia hatte sich um ihn zu kümmern. Sie hatte es nicht getan, obwohl sie bestimmt schon wach und auf dem Weg zur Arbeit war. Grinsend schüttelte Klaus den Kopf. Silvia konnte manchmal ein wenig schusselig sein, und sicher hatte sie es vergessen. Oder sie schlief noch und würde zu spät zur Arbeit kommen, was auch eine Möglichkeit war.

Einen Augenblick blieb er unschlüssig im Treppenhaus stehen, und überlegte, ob er bei ihr klingeln und sie dafür schelten sollte, daß sie ihn nicht wie versprochen erinnert hatte, aber dann schüttelte er den Kopf noch einmal und verließ das Haus. Silvia war nun einmal so, und dafür konnte man sie schließlich nicht rügen.

Kaum stand er draußen vor dem Haus in den Sonnenstrahlen, als die Welt um ihn herum zu erblühen schien. Klaus hatte schon immer ein besonderes Verhältnis zum Leben gehabt. Jeder Tag erschien ihm wie ein Geschenk des Himmels, jede Pflanze um ihn herum war ein Zeichen für die Güte der Natur, und jeder Mensch, den er traf, war für ihn ein Wunder. Manchmal saß er abends in seiner Wohnung und dachte über seine Einstellung nach. Dann mußte er lächeln und fühlte sich ein wenig naiv in seiner Betrachtungsweise, aber das änderte nichts an der Tatsache, daß diese Gefühle in ihm keimten und ihn zu einem positiven, optimistischen Menschen machten.

Langsam und den leichten Wind genießend schlenderte er die Straße entlang in Richtung Innenstadt. Er würde sich in ein Straßencafé setzen, das noch Tische draußen stehen hatte. In den letzten Wochen war das Wetter nicht so gut gewesen, und die meisten Cafés hatten sich auf den Winter eingestellt, was bedeutete, daß es kaum noch eine Möglichkeit gab, irgendwo unter freiem Himmel zu sitzen. Er hoffte, daß es an diesem Morgen anders sein würde, denn er wollte im Freien frühstücken. Im Notfall mußte er in einen Supermarkt gehen, sich etwas zu Essen besorgen und dann in einen Park gehen; aber das erschien ihm nicht als stilgerecht und blieb die letzte Notlösung.

Vor einem Geschäft sah er eine Frau mit einem Kinderwagen stehen, und einen Moment blieb er bei ihr, wechselte ein paar Worte mit ihr, und beugte sich dann über den Wagen, um das Baby anzuschauen. Es war erst vier Wochen alt, erzählte die Mutter ihm stolz, und Klaus konnte nicht umhin, dieses neugeborene Leben zu betrachten und zu bewundern.

Es war ein schöner Augenblick, als das Kind ihn mit großen Augen anschaute, und er wünschte sich, ebenfalls ein Kind zu haben.

'Ich habe nicht einmal eine Freundin.' dachte er, was ihn ein wenig betrübte. Solange dies nicht anders war, würde es auch mit dem Vaterwerden schlecht klappen. Also verabschiedete er sich von der Frau, wünschte ihr noch einen schönen Tag und ging weiter.

Er hatte noch einige Stunden Zeit, bevor er sich um seine Arbeit kümmern mußte, der Vormittag gehörte ganz allein ihm. Gestern hatte er einen Anruf erhalten, daß es heute soweit war, alles weitere würde er später erfahren, auf dieselbe Art wie immer, am selben Platz, zur selben Zeit. Das Leben konnte so einfach und unkompliziert sein, wenn man nur wußte, wie man es sich einzurichten hatte.

'Wäre schön, wenn Katrin heute abend neben mir sitzen würde.' dachte er, als er weiterspazierte und sich dabei die Schaufenster der Geschäfte betrachtete, an denen er vorüberkam. Er mochte Katrin sehr gern, und er glaubte, daß auch sie ihn nicht unsympathisch fand. Aber auch wenn er sich gern mit ihr unterhielt, und auch über alles mögliche mit ihr sprechen konnte, hatte er doch immer ein wenig Hemmungen, sie um eine Rendezvous zu bitten. In dieser Beziehung war er schüchtern, und deswegen war es noch nie zu einer Verabredung mit ihr allein gekommen. Aber Silvia hatte so eine Andeutung gemacht…

Schließlich kam er an ein Straßencafé, das seine Tische auf einem kleinen Platz, nahe eines Brunnens, aufgebaut hatte, und er setzte sich. Der Kellner kam, und er bestellte ein französisches Frühstück mit Milchkaffee, dann lehnte er sich zurück und betrachtete beim Essen die Leute, die an seinem Tisch vorübereilten. Die meisten wirkten angespannt und überarbeitet, wie es Klaus schien, nur wenige nahmen sich die Zeit, den Tag so zu genießen, wie er das tat. Das konnte er nicht verstehen. Jeden Tag aufs Neue erlebte er, wie groß das Geschenk des Lebens war, und jeden Tag aufs Neue konnte er sich nur darüber wundern, wie wenig Respekt seine Mitmenschen diesem Geschenk entgegenbrachten. Wenn er die Leute betrachtete, sah er ihnen regelrecht an, daß sie nur auf ihre Arbeit fixiert waren. Sie hatten Geld im Kopf, Karriere, Statussymbole. Niemand achtete mehr darauf, sein Leben in Frieden zu genießen, allen ging es nur noch darum, Eindruck zu schinden, bei Freunden, bei Nachbarn, bei Kollegen.

Klaus schüttelte den Kopf, um sich von diesem Gedanken zu lösen, denn wenn er ihm einmal folgte, dann war es nicht leicht für ihn, wieder an etwas anderes zu denken. Aber er wollte sich den Tag nicht mit trüben Gedanken vermiesen. Später hatte er noch eine schwere Arbeit zu erledigen, und bis dahin wollte er den Tag so unbeschwert wie möglich genießen. Das, so hatte er festgestellt, war die beste Art und Weise, sich einen Ausgleich zu schaffen. Und wer in seinem Metier arbeitete, hatte das auch bitter nötig.

»So, jetzt habe ich *auch* über die Arbeit nachgedacht.« murmelte er vor sich hin und mußte grinsen.

Heute war ein Tag, an dem er mal wieder etwas unternehmen konnte, überlegte Jochen, als er durch die Straßen ging. Er war auf dem Weg zur Arbeit und genoß die wärmenden Sonnenstrahlen. Es war das ideale Wetter, um wieder einmal etwas auf die Beine zu stellen. Er könnte nach der Arbeit einen kleinen Umweg über den Park machen. Vielleicht auch ein wenig später, aber noch vor dem Abendessen bei Silvia, denn nachts allein im Park herumzulaufen war ihm nicht ganz geheuer.

An vielen Häusern wurden die Rolläden erst jetzt hochgezogen, an manchen waren sie noch geschlossen. Die engen Straßen schienen ihm auch nicht dazu einzuladen, aus dem Fenster zu schauen. Aber andererseits gefiel ihm der Anblick langer, schmaler Straßen, die sich in vielen Windungen durch die Stadt zogen.

Einige Häuser weiter öffnete sich eine Tür, und ein kleiner Junge trat heraus, gefolgt von seiner Mutter, die ihn noch einmal festhielt und sich dann vor ihm niederkniete.

Jochen beobachtete die beiden, während er sich näherte.

Der Junge trug eine blaue Jeans, einen roten Pullover und eine Jeansjacke. Es schien beinahe so, als trüge der Junge noch ein T-Shirt unter seinem Pullover, aber ganz sicher war Jochen sich da nicht. An den Füßen hatte der Junge große Turnschuhe. Seine Mutter kniete vor ihm und zupfte an seiner Jacke und seinem Pullover herum, damit auch alles richtig saß, bevor sie ihm erlaubte, sich auf den Weg zur Schule zu machen.

Jochen tat der kleine Junge leid. Er würde schwitzen, wenn die Sonne sich weiter über den Himmel schob. Ihm würde heiß werden, in seinen Sachen, und er würde schwitzen. Ihm würde unangenehm zumute werden, und er würde fluchen und schimpfen, daß er diese dicken Sachen tragen mußte. Einen Augenblick überlegte Jochen, ob er zu der Frau hingehen und ihr sagen sollte, was sie dem Jungen antat, aber dann zuckte er mit den Achseln.

Seine Mutter war nicht anders gewesen. Sie hatte ihn ebenfalls immer viel zu dick eingepackt, hatte ihn gezwungen, Mützen zu tragen, wenn alle anderen Kinder ohne Mütze herumgelaufen waren, hatte ihm Jacken aufgezwungen, wenn es draußen so warm gewesen war, daß er im T-Shirt hatte herumlaufen wollen. Deshalb konnte er nachfühlen, was in dem Jungen vorgehen mußte. Aus der Haltung des Kleinen hatte Jochen schon erkennen können, daß dieser die Sachen am liebsten ausgezogen und in den Schmutz geworfen hätte. Ihm war schon jetzt zu warm, und er wußte, was in den folgenden Stunden auf ihn zukam.

'Tu es einfach!' dachte Jochen mit einem kleinen Grinsen. 'Zieh deine Sachen aus und befreie dich von der Übermacht deiner Mutter!'

Aber der Junge würde es nicht tun, genausowenig wie er es früher getan hatte.

'Deine Mutter wird dich immer dazu zwingen, solche Sachen zu tragen. Du wirst nicht aus dem Haus gehen können, ohne daß sie Angst hat, du könntest dich erkälten… ohne daß du viel zu warm angezogen bist. Jeden Tag wird sie dafür Sorge tragen, daß man nichts von dir sieht, außer einem kleinen bißchen Hals, deinem Gesicht und deinen Händen. Wenn dir zu warm wird, hast du keine Möglichkeit, etwas auszuziehen, denn irgend jemand könnte es deiner Mutter sagen und du würdest ein Donnerwetter zu hören bekommen, wenn du nach Hause kämest. Armer Junge, du tust mir wirklich leid.' dachte er, als er weiter ging.

Der Kleine ging langsam vor ihm, schlenkerte mit den Füßen, hatte keine Lust, schnell zu gehen, trat nach Steinen, die auf dem Weg lagen. Jochen holte langsam auf.

»Na, Junge, wie geht's?« fragte er, als er ihn eingeholt hatte.

Der Junge blickte überrascht, und auch ein wenig erschrocken auf. In seinen Augen blitzte Furcht auf, und Jochen konnte erkennen, was seine Mutter ihm außer den dicken Sachen noch eingetrichtert hatte: Sprich niemals mit Fremden!

'Der arme Junge ist später mal total verbaut!' dachte er voller Mitleid.

»Bist du nicht ein bißchen dick angezogen?« fragte er.

Der Junge nickte.

»Ist verdammt warm, nicht wahr?«

»Noch nicht.« sagte der Junge.

»Aber später. Hast du noch ein T-Shirt drunter?« fragte Jochen.

»Klar.« erwiderte der Junge. Er zog eine Grimasse und warf Jochen einen Blick zu, der ihm klarmachen sollte, wie dumm diese Frage gewesen war. »Natürlich. Ohne T-Shirt unter'm Pulli läßt meine Mutter mich nich' raus!'

»Das kenne ich.« sagte Jochen. »Meine Mutter war genau so. Jeden Tag in Pullover und langen Hosen, wenn's ging mit Jacke und Mütze. Egal wie warm es war. Ich war immer angezogen, als hätten wir dicksten Winter.«

»Hm-hm.« murmelte der Junge, wobei er seinen Blick zu Boden senkte.

»Soll ich dir einen Tip geben?« fragte Jochen.

»Was denn?« Noch immer war der Kleine vorsichtig, aber er taute ein wenig auf. Er hatte jemanden vor sich, der all das erlebt hatte, was er selber gerade durchmachte, und erkannte das auch.

»Zieh deinen Pullover in der Schule aus.« sagte Jochen mit ernster Stimme. »Du hast noch ein T-Shirt drunter, das ist in Ordnung. Zieh deinen Pullover aus. Niemand wird es deiner Mutter sagen. Sie wird es niemals herausfinden – und dir ist nicht so warm.«

Der Junge warf ihm noch einen mißtrauischen Blick zu, aber Jochen zwinkerte ihm aufmunternd zu.

»Glaub mir, das hilft.« sagte er. »Niemand erfährt es. Du kannst es ruhig tun. Schaff dir einfach ein wenig Freiheit. Du tust schließlich niemandem weh – außer dir selbst, wenn du den Pullover anbehältst. So, ich muß hier rechts rein. Schönen Tag noch.«

Damit bog er nach rechts ab, wo es zu seiner Arbeitsstelle ging, und ließ einen kleinen Jungen zurück, der offensichtlich nicht so recht wußte, was er mit diesem seltsamen Mann anfangen sollte. Aber Jochen freute sich, dem Kleinen einen Rat mit auf den Weg gegeben zu haben. Früher hätte er sich jemanden gewünscht, der ihm einen Tip gab, wie er mit seiner Mutter fertig werden konnte, aber niemand hatte ihm diesen ersehnten Tip gegeben. Nicht einmal diesen kleinen, den er dem Jungen zugesteckt hatte.

Er hatte sich trotzdem befreit!

Das Firmengebäude befand sich inmitten der Fußgängerzone, und Thomas mußte sich schon durch den ersten Strom von Kauflustigen hindurchdrängeln, die um diese Zeit zwischen den Geschäften hin und her pendelten. Er verstand nicht, warum die Leute nicht warten konnten, bis normale Menschen bei der Arbeit waren, verstand auch nicht, wieso überhaupt so viele Leute Zeit hatten, in die Stadt zu gehen und in den Kaufhäusern herumzurennen. An welchem Tag er auch durch die Innenstadt ging, es war immer voll, und manchmal schien es ihm, als sei er der einzige im ganzen Land, der noch arbeiten mußte.

Schließlich gelangte er, nachdem er so manchem Idioten hatte ausweichen müssen, der ihm plötzlich aus irgendeiner Richtung in den Weg gesprungen war, an dem Firmengebäude an, und blickte unsicher nach oben. Es war schon spät – er hätte bereits vor einer guten halben Stunde anfangen sollen, und sein Chef kochte sicherlich schon vor Wut. Warum mußte er auch einen so beschissenen Vorgesetzten haben? Manchmal kam es ihm beinahe so vor, als habe die ganze Welt sich gegen ihn verschworen.

Er lief am Pförtner vorbei, ohne ihn eines Blickes zu würdigen.

Der Pförtner war ohnehin nur ein alter, dicker Mann, mit dem er sich nicht unterhalten wollte. Die Treppen hinauf, durch einen Gang und in das Büro, das er sich mit drei Kollegen teilte.

»Morgen.« sagte er schlechtgelaunt, als er den Raum betrat.

Seine Kollegen blickten auf, einer zog die Augenbrauen empor und sagte: »Oh, sind wir heute mies drauf?«

»Leck mich!« grunzte Thomas zurück und setzte sich an seinen Schreibtisch. Er schaltete seinen Computer ein und nahm die Akten, die ihm schon auf den Tisch gelegt worden waren. Er wagte gar nicht daran zu denken, wer das getan haben könnte.

»Der Alte will dich sprechen, Thomas.« sagte ein zweiter Kollege.

Thomas' Herz setzte für ein oder zwei Schläge aus.

»Hat er gesagt, weswegen?« fragte er, als er sich wieder gefangen hatte.

»Nur, daß er mit dir sprechen will.« sagte der Kollege. »Aber er schien nicht sehr fröhlich zu sein. Mach dich mal lieber auf einen saftigen Anschiß gefaßt.«

»Vielleicht solltest du in Zukunft etwas pünktlicher sein.« sagte der erste Kollege. »Der Alte wurde erst sauer, als er erfahren hat, daß du noch nicht im Haus warst.«

»Ihr hättet es ja nicht unbedingt verraten müssen!« fuhr Thomas auf. So wenig Loyalität unter Kollegen brachte ihn auf die Palme. Er hätte für jeden von ihnen gelogen, ob er sie nun mochte oder nicht. Man nahm seine Kollegen gegen einen Vorgesetzten in Schutz – das war einfach so.

»Was hätten wir denn sagen sollen?« fragte der erste Kollege, ebenfalls aufgebracht. »Er konnte schließlich sehen, daß du nicht an deinem Platz warst!«

»Ihr hättet sagen können, ich wäre auf Toilette, mein Gott! Muß man euch denn alles vorkauen? Könnt Ihr nicht *einmal* etwas allein machen?«

»Wußten wir denn, ob du heute *überhaupt* kommst?« fragte der dritte seiner Kollegen. »Nachher hättest du angerufen und dich krank gemeldet, und dann hätten wir dagestanden wie Idioten. Das wäre auch nicht so gut gewesen.«

»Meine Fresse!« fluchte Thomas vor sich hin. Er hatte eine der Akten aufgeschlagen und starrte wütend hinein, ohne etwas von dem zu verstehen, was er vor sich hatte. Er war viel zu zornig, um sich auf seine Arbeit konzentrieren zu können.

»Ich würde lieber gleich zum Alten gehen, bevor er noch einmal hier auftaucht.« sagte der Erste nun wieder. »Wenn der Alte wieder herkommen muß, ist er bestimmt noch geladener, als wenn du bei ihm auftauchst.«

In diesem Augenblick wurde die Tür aufgerissen, und der Chef stand vor ihnen. Ein großer, sehniger Mann mit grauen Haaren und einem hageren, bösartigen Gesicht. Thomas hatte immer den Eindruck, als habe der Mann wenig Spaß im Leben – und das ließ er seine Angestellten spüren.

'In was für einem Scheiß-Verein bin ich hier gelandet?' fragte er sich wieder einmal. Er hatte schon oft überlegt, ob er sich nicht einfach einen anderen Job suchen sollte, aber bei der derzeitigen Lage auf dem Arbeitsmarkt war das gar nicht so einfach. Mit seinen zweiunddreißig Jahren war er inzwischen in einem Alter, in dem die Firmen sich nicht mehr um ihn rissen. Es wäre einfacher gewesen, wäre er, bei seinem jetzigen Wissensstand, vierundzwanzig oder fünfundzwanzig gewesen. Aber so…

»Krüger, da sind sie ja endlich!« schnauzte der alte Mann sofort in den Raum hinein. »Sie sollten sich doch auf der Stelle bei mir melden!«

»Wollte ich ja!« verteidigte Thomas sich. Er spürte die Wut wieder in sich hochkochen. Was fiel dem Alten ein, ihn direkt vor seinen Kollegen so herunterzuputzen? »Ich wollte mich gleich auf den Weg machen. Ich hatte nur vorher die Akten kurz durchsehen…«

»Ich sagte: AUF DER STELLE!« knurrte der Alte drohend. »Und wenn ich sage: Auf der Stelle, dann meine ich das auch! Haben sie das verstanden, Krüger?«

»Ja.« keifte Thomas zurück.

»Gewöhnen Sie sich einen anderen Ton an, wenn sie mit einem Vorgesetzten sprechen!«

»Jawohl, Herr *Direktor!*« giftete Thomas voller Sarkasmus.

Im Gesicht des Alten zuckte es kurz, dann hatte er sich wieder unter Kontrolle.

»Sie sollten es nicht übertreiben, Krüger!« sagte er leise und drohend. »Sie sind in der letzten Zeit häufig zu spät gekommen, und ihre Arbeit erledigen sie mehr als mangelhaft.«

»Muß das *hier* sein?« fragte Thomas zornig. Er konnte nicht glauben, was der Mann alles vor seinen Kollegen über ihn erzählte.

»Ich glaube kaum, daß ich ihren Kollegen etwas neues erzähle.« sagte der Alte mit einem zufriedenen Lächeln. »Die Herren bekommen doch sicherlich jeden Tag hautnah mit, was für einen Unsinn sie hier anstellen. Allein im letzten Monat haben sie fünf Vorgänge, die ein Auszubildender mit Erfolg abgeschlossen hätte, in den Sand gesetzt. Sie sollten sich darüber klar sein, daß sie sich hier in der freien Marktwirtschaft befinden! Wenn sie so weitermachen, gibt es nur zwei Möglichkeiten: Entweder die Firma landet im Ruin, oder aber sie werden entlassen. Und als offizieller Vertreter dieser Firma kann ich ihnen versichern, daß wir nicht gewillt sind, Ihretwegen in unseren Untergang zu steuern! Also *REISSEN SIE SICH ZUSAMMEN!*« brüllte er plötzlich.

Thomas zuckte zusammen. Er spürte Tränen in sich aufsteigen. Tränen des Hasses, der Verzweiflung. Er wollte nicht vor seinen Kollegen so heruntergeputzt werden. Er wollte aufspringen und den Alten am Kragen packen, ihn durchschütteln, ihn grün und blau schlagen. In Gedanken sah er vor sich, wie er immer wieder mit der geballten Faust in das Gesicht des Alten hineindrosch, spürte schon, wie die Nase unter seinem Schlag brach, wie die Zähne unter seinem Zorn nachgaben. Aber er konnte es nicht tun. Zuviel stand für ihn auf dem Spiel.

»Haben wir uns verstanden, Krüger?« fragte der Alte, nun wieder etwas ruhiger, aber aus seinen Augen blitzte noch immer kochender Zorn.

»Ja.« sagte Thomas kleinlaut.

»Wie war das? Ich kann sie nicht hören!«

»Ja.« schrie Thomas zurück. »Ich habe sehr wohl verstanden!« Er wußte, daß der Alte es genoß, ihn leiden zu sehen. Aber er konnte nichts daran ändern. Er fühlte sich zutiefst gedemütigt, und es war ihm einfach nichts anderes übriggeblieben, als zu schreien.

Dann drehte der Alte sich wieder um und stürmte aus dem Büro. Ebenso schnell und unaufhaltsam, wie er gekommen war.

Zurück blieb betretenes Schweigen.

Silvia stand im Badezimmer, um sich für den Tag bereitzumachen. Sie hatte den Vormittag frei genommen, weil sie noch Überstunden abfeiern mußte und andererseits auch gerne mal wieder ein wenig hatte ausschlafen wollen. Und heute war ein ruhiger Tag, was man vom Rest der Woche noch nicht wußte. Also hatte sie sich den heutigen Vormittag reserviert.

Sie war gerade am Ende ihrer täglichen Waschriten angelangt, über die Melanie sich schon lustig zu machen begonnen hatte – wenn auch nur im gutmütigen Sinne, und auch nur so weit, wie Silvia es ertragen konnte –, als das Telephon wieder klingelte.

Schon am Klang erkannte sie, daß es diesmal nicht Thomas oder irgendeiner ihrer Nachbarn war, sondern ihr Bruder. Sie wußte, daß es unmöglich war, den Anrufer am Klingeln des Telephons zu erkennen, denn das Telephon klingelte immer gleich, aber trotzdem wußte sie schon, wer sich am anderen Ende der Leitung befand. Sie fühlte es, und als sie den Hörer abnahm und sich meldete, sah sie sich bestätigt.

»Hast du das Geld?« hörte sie seine Stimme. Er machte sich nicht einmal die Mühe, sich mit seinem Vornamen zu melden, sondern warf ihr einfach diese Frage hin.

»Hör mal…« begann sie zögerlich. Sie war durch seine forsche Art aus dem Gleichgewicht geraten, aber dazu hatte ohnehin nicht viel gefehlt. Sie spürte wieder diese grenzenlose Angst durch ihren Körper strömen, die alle anderen Gefühle zu verbannen schien. Es war gleichgültig, ob es sich um ihren Bruder handelte, oder um einen Fremden. Im Augenblick spürte sie nichts als Furcht vor dem, was der Mensch am anderen Ende der Leitung zu tun in der Lage war, und der Zorn und die Wut, mit denen sie sich den ganzen bisherigen Morgen über die Runden geschleppt hatte, waren irgendwohin verschwunden. Alles was blieb, war Angst.

»Hör mir auf mit deinem Gejammer, Silvia!« fuhr ihr Bruder sie an, und sie zuckte zusammen, als habe er ihr eine Ohrfeige gegeben. »Ich kann dein ewiges Gejaule nicht mehr ertragen! Ich stecke bis zum Hals in der Scheiße, und ich brauche das Geld dringend! Es geht mir an den Kragen, wenn ich nicht bezahle! Willst du das?«

»Ich…« begann Silvia.

»Willst du das etwa?« fiel ihr Bruder ihr ins Wort, ohne darauf zu achten, was sie hätte sagen wollen.

»Nein!« rief sie erschrocken aus, auch wenn sie dachte, daß ihr nichts lieber gewesen wäre als das. Mit einem plötzlichen Gefühl tiefer Traurigkeit dachte sie an ihre gemeinsame Kindheit zurück. Dieter war zwei Jahre jünger als sie, und sie hatten sich immer wunderbar miteinander verstanden. Sie hatten viel Unsinn zusammen unternommen, bis sie sich irgendwann völlig auseinanderentwickelt hatten. Dieter war in Kreise abgerutscht, aus denen er nun nicht mehr herauskam, und diese Kreise verlangten Geld für Dinge, von denen Silvia keine Ahnung hatte. Dieter war kriminell geworden und steckte in Schwierigkeiten.

'Ich werde jetzt auch kriminell!' dachte sie, und dafür haßte sie ihren Bruder – daß er ihr dies aufzwang… Wieder blitzte die Frage in ihrem Kopf auf, ob es nicht noch eine andere Möglichkeit gab, an das Geld zu kommen. Eine andere Möglichkeit, als einen Kollegen mit Photos zu erpressen, aber sie schob den Gedanken als hinderlich beiseite.

»Also, hör mir mal gut zu, Schwesterherz!« sagte Dieter nun, und seine Stimme klang kalt wie Eis. Silvia spürte eine Gänsehaut über ihren Rücken kriechen. »Ich will das Geld haben, und zwar auf der Stelle. Ist das klar geworden?«

»Ich habe es nicht!« rief sie verzweifelt. »Aber…«

»Kein gottverdammtes 'Aber'!« schrie er durch die Leitung, und Silvia hätte beinahe vor Schrecken den Hörer fallenlassen. »Ich will keins von deinen beschissenen, gottverdammten 'Abers' hören, hast du das kapiert?«

Silvia schluchzte laut auf. Die Angst vor ihrem Bruder war beinahe grenzenlos geworden.

»Hast du das kapiert, du blödes Stück?«

»Ja, ich habe es kapiert!« schrie Silvia verzweifelt in den Hörer. »Ich habe es kapiert! Ich habe es kapiert!« Dann schnaufte sie nur kraftlos.

»Wann werde ich das Geld bekommen?« fragte Dieter, nun ein wenig ruhiger, aber noch immer voller Eiseskälte.

»Ich werde es heute besorgen.« sagte Silvia schwach.

»Dann komme ich heute Abend vorbei.« sagte er kurz.

»Nicht heute Abend!« rief Silvia erschrocken aus. Der Gedanke, daß ihr Bruder mitten in den Abend mit ihren Freunden hineinplatzen könnte, jagte einen Schrecken ein. »Heute Abend geht es nicht!«

»Wann geht es denn?« fragte er, und Silvia stellte erleichtert fest, daß er nicht weiter darauf bestand, noch an diesem Abend zu ihr zu kommen. Wenigstens das blieb ihr also erspart.

»Ich leiere das heute an mit dem Geld.« erklärte sie. »Aber ich weiß noch nicht genau, wann ich es bekomme.«

»Ich habe nicht viel Zeit, Silvia.« sagte er, und seine Stimme hatte wieder diesen drohenden Unterton angenommen. »Also laß mich nicht hängen. Du weißt, was ich sonst unseren Eltern über dich erzählen werde!«

»Laß das, bitte!« flehte sie.

»Du weißt, wie sie auf diese Geschichte mit deiner kleinen Schlampe...«

»Melanie ist keine Schlampe!« rief sie schwach aus. Dieter fuhr fort, als habe er sie gar nicht gehört.

»...reagieren würden, nicht wahr?« Seine Stimme klang kalt, und doch auch von einer gewissen Schadenfreude erfüllt. »Es hat sie schon schwer getroffen, welchen Weg ihr Sohn eingeschlagen hat, Schwesterherz. Das hat ihnen schon zu schaffen gemacht. Willst du ihnen den Rest geben? Das kannst du! Laß mich nur hängen, dann hast du die beiden auf dem Gewissen!«

»Laß das!« flehte sie weiter. Sie wußte, daß er Recht hatte. Ihre Eltern waren ihr sehr wichtig, aber die beiden waren so konservativ eingestellt, so schrecklich konservativ! Daß Silvia mit Melanie zusammenleben wollte, würden sie einfach nicht überstehen. Sie könnten niemals verstehen, daß Melanie die große Liebe für Silvia war, und besonders ihr Vater, der schon einen Schlaganfall hinter sich hatte, würde es nicht überleben. Sie wußte, daß er daran sterben würde.

»Dann bring mir das Geld!« sagte Dieter kurz. »In drei Tagen melde ich mich wieder, und dann will ich das beschissene Geld sehen, hast du das verstanden?«

»Ja.« sagte sie kraftlos.

»Na, dann ist ja alles in Ordnung.« bellte Dieter abschließend und knallte den Hörer auf die Gabel.

Silvia blieb völlig verzweifelt zurück.

Der Bahnhof war für Klaus ein seltsam doppelbödiger Ort. Einerseits vibrierte hier alles voller Leben. Menschen liefen umher, machten eine Zwischenstation auf der Reise von einem Ort zu einem anderen, Arbeiter waren unterwegs, die an irgendwelchen Teilen des alten Gebäudes Reparaturen auszuführen hatten, Züge fuhren ein und aus, Gepäckkarren wurden zwischen den Menschen hindurchgefahren. Alles war in Bewegung und im Umbruch, ständig gab es etwas neues zu sehen, und überall herrschte wildes, ungezähmtes Leben. Ob es nun der Mann war, der darüber wetterte, seinen Zug versäumt zu haben, oder die junge Frau, die ihrem ebenso jungen Freund um den Hals fiel, der gerade aus dem Zug stieg, überall herrschte wunderschönes Leben.

Klaus konnte stundenlang an eine Säule gelehnt stehen und die Menschen beobachten, konnte sich kaum daran sattsehen, wie sie einander begegneten, sich austauschten, begrüßten und verabschiedeten.

Andererseits war der Bahnhof der Ort, an dem er seine Aufträge entgegennahm.

Durch den Haupteingang betrat er die alte Bahnhofshalle, die um diese Zeit schon voller Menschen war. Zwischen den Leuten bahnte er sich einen Weg zu der Schließfachreihe, die sich am hinteren Ende des großen Saales befand, und blieb vor dem kleinen Schränkchen mit der Nummer 123 stehen. Er kramte den Schlüssel aus seiner Hosentasche hervor, steckte ihn in das Schloß und drehte ihn herum.

Im Inneren des Faches befand sich ein kleiner brauner Umschlag, den er herausnahm, dann schloß er das Fach wieder, verstaute den Schlüssel in der Hosentasche und wandte sich dem kleinen Stehcafé zu, das sich direkt neben dem Durchgang zur Abfahrtshalle befand.

Den Lärm und die Bewegung um sich herum nahm er kaum noch wahr, gerade noch als angenehme Hintergrundkulisse, vor der er sich bewegte. Er ließ sich von dem Leben durchpulsen, das um ihn herum herrschte, ohne jedoch selbst daran teilzuhaben, denn, wie sehr er sich auch bemühen mochte, er konnte keiner von ihnen sein.

Er bestellte sich einen Kaffee, nahm die Plastiktasse mit dem heißen, dampfenden Gebräu und stellte sich an einen Tisch, der genau auf der Grenze zwischen dem Inneren des Stehcafés und der Gleishalle befand, damit er die Züge beobachten konnte, die ein- und ausfuhren.

Einen Augenblick wartete er noch, bevor er den Umschlag öffnete. In diesem Umschlag befand sich sein Auftrag. Sobald er ihn geöffnet hatte, begann für ihn der Arbeitstag, und das wollte er noch ein wenig hinauszögern. Lieber wollte er noch ein wenig die Menschen betrachten, die durcheinanderliefen, und bei deren Anblick er immer ein beinahe väterliches Gefühl in sich spürte. Bei dem Gedanken daran, daß ihnen etwas geschehen könnte, durchlief ihn ein kaltes Schaudern, und er wünschte sich nichts sehnlicher, als daß jeder, der sich hier befand, sicher dorthin gelangte, wo er zu sein wünschte.

Das war ein Grund für ihn, warum er selten die Nachrichten im Fernsehen betrachtete, und auch kaum Zeitung las. Die täglichen Katastrophenmeldungen schnitten ihm ins Herz. Er haßte das Unglück anderer Menschen, zitterte mit den Angehörigen von Verschollenen mit, bis die Opfer geborgen waren, ärgerte sich über Streitigkeiten, mit denen manche Menschen sich gegenseitig das Leben verbitterten. Einen Teil seines Verdienstes spendete er wohltätigen Zwecken, um, wenn irgend möglich, das Leid eines anderen Menschen damit zu lindern. Und trotzdem blieb ihm noch immer genug Geld zurück, um gut leben zu können. Manchmal hatte er den Eindruck, als ob es nicht genug sei, was er tat, als müsse er alles spenden, was er verdiente, aber der praktische Teil seines Geistes wollte von dieser Möglichkeit nichts wissen. Er tat, was er konnte, um anderen Menschen zu helfen, und mehr war nicht möglich!

Nachdem ihn letztendlich das Gefühl überkommen hatte, seine Arbeit nicht mehr weiter hinausschieben zu können, nahm er den Umschlag in die Hand und betrachtete ihn eingehend. Abgetastet hatte er ihn schon in dem Augenblick, in dem er ihn aus dem Schließfach genommen hatte, und er brauchte nicht zu befürchten, daß eine kleine Falle darin eingebaut war. Nur Papier und ein oder zwei Photographien befanden sich darin.

Er war froh, daß er nicht jeden Tag arbeiten mußte, sondern nur in unregelmäßigen – und auch relativ großen – Abständen. Er hatte sich einen guten Namen in der Branche gemacht, und sein Honorar war beträchtlich. Aber die Anspannung, die sich mit seinen Aufträgen verband, war ebenfalls nicht zu mißachten. Er hatte lange für diese Einteilung kämpfen müssen, aber inzwischen hatte er sich eine gewisse Unabhängigkeit erkämpft.

Mit einem Fingernagel fuhr er unter die Lasche des Umschlages, die an einer Stelle ein wenig abstand, und riß sie ein. Als er den Umschlag umdrehte und den Inhalt auf den Tisch vor sich rutschen ließ, stellte er fest, daß er richtig getippt hatte. Zwei maschinenbeschriebene Blätter und zwei Photographien lagen vor ihm.

Er drehte den Umschlag noch einmal um und warf einen Blick hinein, ob auch nichts mehr darin verborgen war, legte ihn dann befriedigt bei Seite, und widmete sich seinem Inhalt. Die Blätter waren mit den Details seines Auftrages beschrieben, enthielten einen kleinen Grundrißplan und unterrichteten ihn auch über die Art und Weise der späteren Kontaktaufnahme und Bezahlung.

Nachdem er sie gelesen hatte, nahm er die beiden Photos auf und studierte sie eingehend.

Es war schon beinahe ein Uhr, als Katrin sich mit Bernd vor dem kleinen italienischen Restaurant traf, in dem sie manchmal gemeinsam essen gingen. Sie hatte ein paar Minuten vor dem Eingang gewartet und schon damit gerechnet, daß er sie vergessen hatte, aber dann war ein Taxi vorgefahren, aus dem er nun ausstieg. Er bezahlte den Fahrer, drehte sich dann zu ihr um, hob die Achseln und warf ihr einen entschuldigenden Blick zu.

»Es tut mir leid, Katrin, ehrlich.« sagte er, als er auf sie zukam.

»Schon in Ordnung.« erwiderte sie gelassen. Sie gaben sich zur Begrüßung einen Kuß auf die Wange, dann betraten sie das Restaurant. Katrin hätte bei diesem Wetter gerne draußen gesessen, unter dem Schatten des Baumes, der sich im Hinterhof befand, und um den herum im Sommer die Tische aufgestellt waren, aber sie hatte schon im Vorbeigehen gesehen, daß dort nichts aufgebaut war. Sie konnten sich vielleicht höchstens an ein offenes Fenster setzen.

»Ich bin ein wenig aufgehalten worden.« erklärte Bernd eilig. »Ich habe mich so schnell freigemacht, wie ich konnte, aber du weißt ja, wie das ist. Man wird bequatscht und bequatscht. Und dann finde mal auf die Schnelle ein Taxi.«

Katrin wußte, worauf er anspielte. Sie hatte sich ein paar Mal zu einem Abendessen mit ihm verspätet, weil sie erst so spät von einem Auftrag hatte fortkommen können; natürlich wußte er nicht, was sie wirklich tat, hatte ohnehin nur eine sehr vage Vorstellung von einem Beruf, den sie möglicherweise ausübte. Sie hatte es bisher immer geschafft, derartigen Fragen auszuweichen, denn sie wollte ihn nicht belügen. Und die Wahrheit konnte sie ihm auf gar keinen Fall sagen.

»Du bist gerade mal fünf Minuten nach der verabredeten Zeit hier.« beruhigte sie ihn nun. »Andere verspäten sich viel mehr.«

»Fünf Minuten sind fünf Minuten zuviel, wenn ich mit einer so schönen Frau verabredet bin.« sagte er mit einem fröhlichen Augenzwinkern, und sie schenkte ihm ein geschmeicheltes Lächeln.

Sie wollte etwas darauf erwidern, aber er kam ihr zuvor.

»Was leider viel zu selten ist.« sagte er, und sie mußte lachen.

Ein Kellner führte sie an einen Fensterplatz, von dem aus sie einen Blick auf den Innenhof hatten, und auf den Lindenbaum, der in seiner Mitte wuchs. Im Sommer war es ein romantisches Fleckchen, um gemeinsam zu essen, und auch jetzt, mit seinen gelb-rot gefärbten Blättern, strahlte der Baum etwas wundervolles aus. Manchmal störte es sie beinahe, daß dieser Baum im Besitz eines Einzelnen sein sollte, und sie nur hierher kommen konnte, wenn sie auch gleichzeitig etwas zu Essen bestellte.

Bernd bestellte für sie beide eine Flasche milden Frascati, und sie begannen mit ihrem Salat.

Ihm lag etwas auf der Seele, das spürte sie deutlich. Während der Unterhaltung stockte er manchmal, schien nach Worten zu suchen und blickte ihr dann wieder starr in die Augen. Er schien etwas mit sich herumzuschleppen, das er ihr unbedingt sagen wollte, ohne dabei jedoch zu wissen, wie er es ihr am besten beibringen konnte.

Katrin konnte sich ungefähr denken, was auf sie zukam, und sie wollte es gar nicht erst hören. Bernd und sie kannten sich schon seit einigen Jahren, und für sie war er immer ein sehr guter Freund gewesen. Für ihn war es offensichtlich mehr, und schon mehrere Male hatte sie den Eindruck gehabt, als wolle er ihr eine Liebe gestehen, die sie nicht erwidern konnte. Sie wollte ihre Freundschaft nicht für etwas derartiges aufs Spiel setzten, deshalb hatte sie bisher jedesmal eine Möglichkeit gefunden, das Gespräch auf etwas anderes zu lenken. Und heute schien es wieder einmal soweit zu sein. Nicht, daß es ihr nicht gefiel, von einem Mann begehrt zu werden, und sicherlich sah Bernd gut aus, und sie verstand sich auch blendend mit ihm. Aber das war es eben. Zur wahren Liebe fehlte ihr noch etwas, etwas das Bernd einfach nicht mit in ihre Beziehung brachte.

Außerdem hatte sie ganz andere Sachen im Kopf.

»Weißt du, was mir einfach nicht aus dem Kopf geht?« fragte sie, als Bernd gerade einmal wieder ins Stocken geraten war. Sein

Gesicht war ein Spiegelbild des Kampfes, der sich hinter seiner Stirn abspielte, und sie sagte sich, daß es ohnehin keinen Sinn mit einem Mann hatte, der so lange brauchte, einer Frau seine Liebe zu gestehen – und es dann noch nicht einmal zuwege brachte.

»Nein, was?« fragte er überrascht. Sein Blick klärte sich ein wenig auf, und Katrin war froh, eine Ablenkung gefunden zu haben.

»Ich habe dir die Geschichte schonmal erzählt.« sagte sie, während sie mit der Gabel in ihrem Salat herumstocherte. Trotzdem sie sich auf dieses Treffen gefreut und bisher auch kaum etwas gegessen hatte, hatte sie keinen richtigen Hunger. Die Aufregung vor dem Auftrag dieses Abends drückte ihr ein wenig auf den Magen. Wie jedesmal. »Aber ich kann es einfach nicht aus meinem Kopf kriegen, es taucht immer und immer wieder auf.«

»Doch nicht diese alte Kamelle, die du so oft…« begann er, verbiß sich aber dann den Rest.

Katrin mußte grinsen. Er kannte sie eben doch schon seit einigen Jahren, und sie hatte ihm diese Geschichte sicherlich auch schon an die hundert Mal erzählt. Aber es fiel ihr schwer, an etwas anderes zu denken, wenn sie einmal ihr Gesicht gezeigt hatte. Sie mußte es dann einfach erzählen, es aus sich herauspressen, um es möglicherweise wieder für ein oder zwei Wochen zu vergessen.

'Jedesmal, wenn ich mit Charlie gesprochen habe fällt es mir wieder ein.' dachte sie, und sie sah den Zusammenhang. In der Aufregung vor einem neuen Auftrag schummelte sich diese Erinnerung irgendwie zurück ans Tageslicht, aus dem sie sie so angestrengt zu vertreiben versuchte.

»Doch, diese alte Kamelle.« sagte sie gutmütig.

Bernd lief rot an, aber sie griff nach seiner Hand und drückte sie kurz. Er erwiderte den Druck mit einem schüchternen Lächeln. In seinen Augen blitzte so etwas wie Hoffnung auf, und er tat Katrin leid. Er war ein lieber Kerl, und er konnte eine Frau sicherlich auch sehr glücklich machen, aber er war einfach nicht der Mann, nach dem sie suchte.

»War nicht so gemeint.« sagte er mit rotem Gesicht.

Katrin winkte ab.

»Ich falle dir bestimmt schon auf die Nerven, aber ich sehe es eben einfach immer wieder vor mir. Es geht mir nicht aus dem Kopf, verstehst du? Ich war damals vierzehn Jahre alt, was immerhin schon sechzehn Jahre zurück liegt.« Sie schüttelte den Kopf, als ihr die Bedeutung dieser zweiten Zahl bewußt wurde. »Schon sechzehn Jahre, meine Güte. Ich konnte mir früher niemals vorstellen, irgendwann mal dreißig Jahre alt zu sein.«

»Jeder wird mal dreißig.« fiel Bernd ihr ins Wort, und sie gab ihm unter dem Tisch einen Tritt gegen das Schienbein.

»Blödmann.« lachte sie. Dann wurde sie ernster, als der Schrekken zu ihr zurückkehrte, den sie als Vierzehnjährige verspürt hatte. »Damals war mir überhaupt nicht nach Lachen zumute. Damals hatte ich einfach nur eine Heidenangst. Weißt du, was für ein Gefühl das ist, wenn du mit deinen Eltern aus dem Urlaub zurückkommst… und die Wohnung ist aufgebrochen? Stell dir nur mal vor, die Einbrecher hätten das getan, wenn wir zu Hause gewesen wären? Sie hätten auf einen von uns stoßen und ihn umbringen können, oder irgend etwas schlimmeres. Ich weiß nicht.« Sie schüttelte sich. »Aber danach konnte ich wochenlang kein Auge schließen.«

»Ich verstehe dich ja.« sagte Bernd und hielt ihre Hand weiterhin gedrückt. »Aber das ist sechzehn Jahre her, und ich denke, du solltest dich inzwischen davon erholt haben, meinst du nicht auch?«

»Du hast leicht reden.« sagte sie, ein wenig verärgert, auch wenn sie wußte, daß er es durchaus nicht böse gemeint hatte. »Wenn ich daran denke, wie einfach es heutzutage ist, in eine fremde Wohnung einzudringen…«

»Ich glaube nicht, daß es in den Wohnungen, in denen etwas zu holen ist, allzu einfach ist.« gab Bernd zu bedenken. »Mit all den modernen Sicherheitsvorkehrungen, die es heutzutage gibt.«

»Es ist einfach! Glaub mir!« widersprach Katrin ihm mit Bestimmtheit.

Bernd betrachtete sie einen Augenblick aufmerksam, dann zuckte er mit den Achseln und wandte sich wieder seinem Salat zu.

Auf dem Weg zum Bus konnte Silvia für einen Moment allen Ärger um sich herum vergessen. Die Sonne schien auf sie herab, kitzelte mit ihren warmen Strahlen die Haut ihrer Arme und ihr Gesicht. Sie hatte es nicht für möglich gehalten, in diesem Jahr noch einmal einen so warmen Tag zu erleben, und ein wenig brachte er vielleicht auch ihren Raclette-Abend in Gefahr, denn bei diesen Temperaturen war es nicht sehr angenehm, in einem Raum zu sitzen, in dessen Mitte ein kleiner elektrischer Grill seine Hitze verbreitete. Raclette war etwas für kalte Winterabende, an denen man sich mit Freunden zusammensetzte, um sich zu unterhalten und gegen den eisigen Wind, der um die Häuserecken strich, geschützt zu sein. Je kälter und ungemütlicher es draußen war, desto wärmer und heimeliger war es beim Raclette.

»Na, wenn das mal gut geht.« sagte sie sich, als sie an der Bushaltestelle stand, das Gesicht zum Himmel erhoben hatte und die Augen zusammengepreßt hielt, um nicht von der Sonne geblendet

zu werden. Der Tag war so sommerlich, wie die meisten Sommer-
tage es in diesem Jahr nicht gewesen waren.

Als der Bus an der Haltestelle hielt, konnte Silvia ihre Monatskarte nicht finden und blieb wie angenagelt, und mit bleichem
Gesicht vor dem Fahrer stehen. Sie wühlte in ihrer Tasche herum,
während der Mann sie unbarmherzig anstarrte und mit den Fingern
zu trommeln begann.

»Wird's bald?« fragte er schließlich. Auch einige der Fahrgäste
stießen inzwischen die ersten Unmutsäußerungen aus.

»Ich finde meine Fahrkarte nicht.« stammelte Silvia.

»Dann steigen Sie aus oder lösen Sie hier bei mir eine.« erwiderte der Fahrer gelangweilt. Es war offensichtlich, daß er häufig
dasselbe von Fahrgästen hörte, und seine Antwort war mechanisch
und eingeübt.

»Aber ich habe doch eine Monatskarte.«

»Sagen alle.«

Schweren Herzens nahm Silvia ihr Portemonnaie heraus und
zählte das Geld für eine einfache Stadtfahrt neben die kleine Kasse
des Fahrers. Der grunzte, drückte ihr den Fahrschein in die Hand
und trat heftig auf das Gaspedal, als Silvia sich gerade auf den Weg
machte, um sich einen Platz zu suchen. Wie ein Stein fiel sie in eine
leere Sitzreihe und blieb benommen sitzen.

Der Blick in ihr Portemonnaie hatte sie wieder auf den Boden
der Tatsachen zurückgeholt. Nur mit Mühe hatte sie das Geld für
die Fahrkarte zusammenkratzen können. Es blieben ihr nur noch
ein paar Mark für den Rest des Tages.

'Oder den Rest der Woche.' dachte sie traurig.

Sie mußte in der Stadt an den nächsten Bankautomaten, um
sich etwas Geld zu besorgen, aber das würde den Minusstand auf
ihrem Konto immer weiter vorantreiben, und irgendwann kam der
Zeitpunkt, an dem sie ihn auf keinen Fall mehr würde ausgleichen
können.

'Wie bezahle ich die Miete?' fragte sie sich, als ihr klar wurde,
daß dies die nächste größere Zahlung war, die ausstand, und sie
noch volle zwei Wochen auf ihr nächstes Gehalt warten mußte.
Schon beim letzten Mal hatte sie einen Brief von ihrer Bank bekommen, daß sie doch bitte ein wenig besser mit ihrem Geld haus-
halten solle, da sie sonst immer höhere Sollzinsen zu bezahlen
habe. Irgend etwas in dieser Richtung hatte in dem Schreiben gestanden, was genau es gewesen war, wußte sie nicht mehr. Nachdem sie es das erstemal durchgelesen hatte, hatte sie es erschrocken
zerrissen und in den Mülleimer geworfen. Niemals hatte sie damit
gerechnet, solche Briefe von ihrer Bank zu bekommen; dafür hatte

sie sich immer zu intelligent und vernünftig gehalten. Aber ihr Gehalt war gering und die Miete und die Lebenshaltungskosten sehr hoch…

'Wie schaffen andere das?' Sie wußte keine Antwort darauf.

Melanie verdiente auch nicht mehr als sie, und es war sicherlich eine Wohltat, wenn sie sich die Miete für die Wohnung teilen konnten. Silvias Wohnung war zwar etwas teurer als Melanies, dafür aber auch um einiges größer, und so war die Wahl nicht schwergefallen, in welcher sie zusammenziehen sollten. Die Aussicht, bald nur noch die halbe Miete mit ihrem winzigen Gehalt bestreiten zu müssen, ließ Silvias Herz höher schlagen.

Natürlich war das nicht der Grund, warum sie mit Melanie zusammenzog. Sie waren füreinander geschaffen, sie waren ein Paar. Mit keinem Mann hatte sie erlebt, was Melanie ihr hatte bieten können. Melanie war der Mensch, der sie ergänzte, und sie ergänzte Melanie. Wenn sie zusammen waren, herrschte zwischen ihnen das Gefühl absoluter Harmonie, die nichts zerstören konnte. Hin und wieder blitzte ein kurzes Gewitter auf, aber das waren gesunde Entladungen. Sie halfen ihnen, ihre Harmonie aufrechtzuerhalten, ohne daß daraus eine Lüge wurde.

Wenn nur Dieter sie endlich in Ruhe lassen könnte.

Das brachte sie wieder auf ihren Kollegen zurück, dem sie an diesem Nachmittag die Bilder präsentieren würde. Sie hatte so etwas noch nie gemacht, und sie war aufgeregt, ängstlich, fühlte schon bei dem leisesten Gedanken an das, was ihr bevorstand, den Schweiß auf ihrer Stirn. Sie hatte noch niemals jemanden erpreßt, und nun mußte sie es tun, weil sie selbst erpreßt wurde. Eine schwache Ausrede, wie sie sich selbst eingestand, aber dennoch war es die Wahrheit.

'Du wirst kriminell, damit deine Eltern nichts schlechtes von dir denken.' nagte eine leise Stimme in ihr, aber es gelang ihr, sie auszuschalten. Genauso, wie es ihr gelungen war, die Erpressung als einzigen Ausweg anzuerkennen. Sie hatte nur kurz darüber nachgedacht, ob es noch andere Möglichkeiten gab, ihrem Bruder das Geld zu besorgen. Achttausend Mark waren keine Summe, die sie einfach so auf ihrem Sparbuch beiseite gelegt hatte. Sie verdiente kaum genug zum Leben. Einen Kollegen zu erpressen, der ein eigenes Haus besaß und sich die ein oder andere Geliebte leisten konnte war ihr als sehr einfach erschienen.

Melanie wußte darüber nicht bescheid. Melanie wußte zwar, daß Dieter Silvia mit ihrer Liebschaft unter Druck setzte, aber nicht, welche Ausmaße das angenommen hatte. Das einzige, was Melanie wirklich wußte, war daß Silvias Eltern nichts von ihnen beiden er-

fahren durften. Das hatte Melanie zwar nicht gefallen, da ihre Eltern
sie sehr offen erzogen hatte, und auch voll und ganz zu ihrer lesbi-
schen Tochter standen, aber sie hatte schließlich eingesehen, daß
nicht alle Eltern so sein konnten wie ihre, und daß Silvias Eltern
vielleicht ein besonders schwerer Fall waren. Sollten sie sich aus
irgendeinem Grund irgendwann einmal begegnen, so hatten sie
vereinbart, würde sie sich als eine Kollegin oder Schulfreundin
ausgeben.

Sie mußte diese Sache einfach ganz leise und ohne Aufsehen
hinter sich bringen, dann konnte sie ihren Bruder vielleicht ab-
schütteln. Eine Sicherheit hatte sie nicht, daß er mit diesen achttausend Mark zufrieden wäre, und eine Gans, die goldene Eier legte,
schröpfte man gerne, bis sie nichts mehr hergab, aber Silvia hoffte
trotz allem, daß damit alles ausgestanden sein würde.

Schließlich war er doch immer noch ihr Bruder.

In der Mittagspause verließ Thomas das Gebäude und trat hinaus in
die Fußgängerzone.

Elke und er hatten heute ihren ersten Jahrestag, und wenn sie
ihn schon nicht feierten, so wollte er ihr doch wenigstens etwas
schenken. Genaugenommen hatte Elke den Jahrestag sogar feiern
wollen, aber er selbst fand das albern; er machte sich nichts aus
solchen Jubiläen, und ein Geschenk besorgte er ihr auch nur, weil
sie sonst eingeschnappt wäre. Und daß sie an diesem Abend von
Silvia eingeladen worden waren, paßte ihm besonders gut in den
Kram, denn damit hatte er eine Ausrede, warum er Elke nicht zum
Essen ausführen mußte.

»Silvia hat etwas Wichtiges.« hatte er gesagt.

»Ist unser Jahrestag nicht wichtig?« Elkes Blick war enttäuscht
gewesen, und Thomas hatte sich in die Ecke gedrängt gefühlt. Warum mußten Frauen einem Mann immer ein schlechtes Gewissen
machen?

»Jahrestage sind doch Humbug!« hatte er erwidert.

Eigentlich war es ein Zeichen von Schwäche, daß er ihr nun ein
Geschenk besorgen wollte, aber letztendlich war ihm seine eigene
Ruhe wichtiger. Und die würde sie ihm nicht lassen, wenn nicht
wenigstens eine Kleinigkeit für sie dabei heraussprang.

Thomas war, nach der frühmorgendlichen Begegnung mit seinem Chef, noch immer zornig und aufgekratzt, und er spürte stets
den Drang, irgend etwas zu zerschlagen, zu zerstören und seine
Frustration zu entladen, und so wurde der Weg durch die Fußgängerzone zu einem einzigen Spießrutenlauf für ihn.

Menschen strömten hierhin und dorthin, drängelten sich rücksichtslos quer zur allgemeinen Laufrichtung, blieben mitten im Weg stehen, um zu diskutieren, wechselten plötzlich die Richtung, machten kleine Sätze nach links oder rechts, oder schnauzten ihn einfach an, wenn er geradeaus ging. Thomas kochte vor Wut. Das Musikgeschäft, in dem er eine CD für Elke kaufen wollte, befand sich nicht weit von dem Gebäude, in dem er arbeitete, aber der Weg schien eine Ewigkeit in Anspruch zu nehmen.

Er bemühte sich den Leuten auszuweichen, aber es blieb nicht aus, daß er hin und wieder einen Ellenbogen in die Rippen bekam, oder daß ihm jemand auf die Füße trat. Mit jeder Berührung und jedem Ausweichmanöver wurde er zorniger, und langsam begann er innerlich zu brodeln und zu kochen. Warum konnten die Menschen sich nicht zivilisiert benehmen?

Einer jungen Frau, die ihn beiseite schob, um durchzukommen, grunzte er ins Ohr: »Fahren Sie so auch Auto? Rempeln Sie da auch?«, aber er war zu leise, als daß sie ihn gehört hätte.

Das machte ihn noch wütender.

Mit hochrotem Kopf bahnte er sich einen Weg, begann nun seinerseits, Leute anzurempeln und ihnen auf die Füße zu treten.

»Passen Sie doch auf, Mann!« meckerte ein alter Mann ihm nach, den er mit der Schulter zur Seite geschoben hatte.

»Halt's Maul, alter Sack!« schnauzte er zurück, und der Alte wurde blaß.

'Damit hat er nicht gerechnet!' dachte Thomas zufrieden, und sein Zorn milderte sich ein ganz klein wenig. Aber nur für einen kurzen Augenblick, dann stand er vor einer Gruppe von drei Frauen, die mitten im Strom der sich durchwälzenden Menschenmasse stehengeblieben war, um irgendwelche Kleinigkeiten zu diskutieren.

»Haut doch endlich ab, Ihr bescheuerten Weiber!« donnerte er in die Gruppe hinein. Die Frauen sprangen erschrocken zur Seite, nur um dann lauthals zu Schreien und zu Keifen, als er an ihnen vorüber war.

»Mistkerl!«

»Sind wir hier im Busch?«

»Verflixter Idiot!« und anderes flog ihm nach, und er blieb einen Augenblick stehen, drehte sich um und fixierte sie mit einem starren Blick, der aus dem tiefsten Inneren seines Zorns heraufbeschworen war. Die drei Frauen verstummten, und er wandte sich wieder dem Musikgeschäft zu, das in erreichbare Nähe gerückt war.

Sein Kopf schmerzte, und seine Augen brannten. Er hatte das Gefühl schreien zu müssen, und um sich zu schlagen. Dieses Pack ging ihm so sehr auf die Nerven! Er wollte in die Menge springen, den Leuten die Köpfe aneinanderrammen, sie würgen und auf sie

einschlagen. Er wollte sie zu Boden schleudern und ihnen in die
Rippen treten, wollte ihre Knochen brechen hören, wollte sehen,
wie sie nach Luft schnappten wie Fische auf dem Trockenen. In
Gedanken sah er, wie er, einem tobenden Gott gleich, in die Menge fuhr und sie niedermetzelte, wie er im Blut der Niedergeworfe-
nen watete. Ah, es wäre eine Genugtuung, all diesen Menschen zu
zeigen, was für ein niedriges, widerliches Pack sie waren! Er wollte
über sie kommen wie ein Gewitter, und wie der Blitz wollte er in
sie einschlagen und sie verbrennen!

Schließlich erreichte der das Geschäft, drängte sich in die Tür
hinein und atmete tief durch. Der Zorn blieb, und bei dem Gedanken daran, daß er sich auf dem Rückweg noch einmal durch diese
dumme, hirnlose Masse zwängen mußte, kochte er beinahe über.

Wenn Klaus einen Auftrag hatte, konnte er es den Tag über kaum in
seiner Wohnung aushalten, jede freie Minute versuchte er, draußen
zu verbringen, unter freiem Himmel. Es bereitete ihm Freude, spazierenzugehen, sich die Natur zu betrachten, oder sich in ein Straßencafé zu setzen und die Menschen zu beobachten, die an ihm
vorübereilten, auf dem Weg zur Erledigung ihrer täglichen Angelegenheiten, Geschäfte und Arbeiten.

Auch heute zog es ihn nicht nach Hause.

Seine Arbeit brachte es mit sich, daß er Menschen in die Augen
sah, deren letzte Stunde geschlagen hatte, und die einzige Art und
Weise, mit einer solchen Verantwortung fertigzuwerden, war, sich
eine Ablenkung zu suchen.

Anfangs hatte es ihm nichts ausgemacht, hatte für ihn keine Bedeutung besessen, aber im Laufe der Zeit hatte er erkannt, daß es
doch nicht alles so einfach war, wie man es sich mit zwanzig, einundzwanzig Jahren auszumalen gewohnt war. Er hatte erkannt, daß
auch er selbst bei seiner Arbeit Schaden nahm, daß seine Seele –
ein Begriff, den er damals nie in den Mund genommen hätte –
ebenfalls darunter litt. Er mußte ihr einen Ausgleich schaffen, wenn
sie verkraften sollte, was er tat, und den hatte er darin gefunden,
sich mit den Lebenden zu beschäftigen.

Er half den Leuten gerne bei ihren kleinen Problemen, mit denen sie im Alltag zu kämpfen hatten. Wenn er jemanden sah, dem
er einen kleinen Dienst erweisen konnte, dann war es für ihn eine
Selbstverständlichkeit, dies auch zu tun. Er freute sich über den
ehrlichen Dank, dem man ihm für diese kleinen Selbstlosigkeiten
entgegenbrachte, und der war ihm ebensoviel wert wie all das Geld,
das er mit seiner gefährlichen Arbeit verdiente.

'Sie ist nicht übermäßig gefährlich.' berichtigte er sich selbst im

Geiste. Seine Arbeit barg zwar gewisse Risiken, denen er sich stellen mußte, aber ansonsten war es ein ruhiger Job. Hin und wieder ein Auftrag, von dem er einige Wochen leben konnte, manchmal kamen die Einsätze auch in kürzeren Abständen, so daß er beinahe ein halbes Jahr nichts zu tun hatte, außer sein Geld zu zählen und faul die Daumen zu drehen.

Nicht, daß er sich so gehen ließ, wenn er Wartezeiten hatte. Er hielt sich fit, blieb im Training. Er konnte es sich nicht erlauben, weichlich und fett zu werden, oder auch nur schlampig im Umgang mit seinem Handwerkszeug. Er mußte immer – jederzeit – hundertprozentig einsatzfähig sein, wenn er seinen Namen in der Branche nicht einbüßen wollte. Und würde es erst einmal dazu kommen, konnte es nicht mehr lange dauern, bis jemand anderes die Aufträge einstrich, für die man sich bisher noch immer vertrauensvoll an ihn wandte.

Klaus schlenderte durch die Straßen, bis er in die Fußgängerzone gelangte, in denen sich die Kaufhäuser und Modeboutiquen befanden, die kleinen Restaurants und Eisdielen, die Cafés und Kinos.

Er hatte noch nichts, das er während seine Auftrages anziehen konnte. Etwas Dunkles war angebracht, etwas, das bequem und zweckmäßig war, aber trotzdem eine gewisse Eleganz mit sich brachte, denn er wußte, was er den Leuten schuldig war. Andererseits durfte es auch nicht zu teuer werden, denn er würde es nur diesen einen Abend tragen und dann wieder entsorgen. So hatte er es bisher immer gehandhabt, und so würde er es auch weiterhin beibehalten. Seine Arbeitskleidung war jedesmal neu und einmalig, genau wie seine Aufträge jedesmal neu und einmalig waren. Wiederholungen gab es nicht – auch nicht in seiner Garderobe.

In einem Herrenbekleidungsgeschäft ließ er sich ein paar Hosen und Hemden zeigen, entschied sich dann schließlich für eine schwarze Stoffhose, ein ebenso schwarzes Hemd mit dunkler Krawatte und ein dunkelgraues Sacko. Auch seine Schuhe und Socken waren schwarz.

Mit der Tüte in der Hand setzte er seinen Weg schließlich fort, um noch ein wenig spazierenzugehen, bevor er in einem Restaurant zu Mittag essen und später vielleicht noch in einem Straßencafé die Leute betrachten würde.

Er hatte Zeit, und er liebte das Leben und die Menschen, die es verkörperten. Und er war dankbar für diesen Herbsttag, der ihm die Möglichkeit gab, das alles an einem seiner Arbeitstage zu genießen.

Jochen langweilte sich bei der Arbeit.

Er saß oft an seinem Schreibtisch und starrte in das Großraumbüro hinein, betrachtete seine Kollegen, die mit emsigem Eifer, wie Bienen in einem engen Bienenkorb, ihren Aufgaben nachgingen, ihre Papiere auf den Schreibtischen herumwälzten, ihre Akten aufschlugen, um irgendwelche Daten über Kunden, Vorfälle, Unfälle nachzuschauen, oder sich die Telephonhörer an die Ohren hielten, um mit Klienten zu sprechen, mit Vertretern gegnerischer Versicherungen oder mit Anwälten, die aber in der Regel an die Rechtsabteilung verwiesen wurden. Dann betrachtete er die Kollegen, betrachtete, was sie anhatten, wie sie sich miteinander unterhielten.

Jochen selbst gehörte nicht zu jenen, welchen eine große Karriere vorausgesagt wurde, aber er erledigte seine Arbeit ordentlich und zuverlässig, so daß niemand einen Grund hatte, etwas nachteiliges über ihn zu sagen. Daß er dennoch die Zeit fand, über seinen Tisch in den Raum zu starren lag daran, daß er nicht vorhatte, hoch hinauszukommen. Es gefiel ihm, wo er war, am Fuße der Hierarchie, mit möglichst wenig Verantwortung, wenn auch mit wenig Geld, aber doch nicht so mit Arbeit überladen, daß er nicht mehr ein noch aus wußte.

Auch heute hatte er ein paar Minuten, die er erübrigen konnte, und er ging seiner Lieblingsbeschäftigung nach: er betrachtete seine Kolleginnen und die Kleider, die sie trugen. Hin und wieder verschwendete er auch mal einen Blick an seine Kollegen, aber das kam selten vor. Die Frauen interessierten ihn mehr als die Männer. Dieser Gedanke ging ihm durch den Kopf, und er lächelte ein wenig dabei. Ja, Frauen interessierten ihn eindeutig mehr als Männer, auch wenn er in der Schule teilweise als schwul abgestempelt worden war, weil er immer so peinlich genau auf seine Kleidung geachtet hatte. Während seine Mitschüler in zerrissenen Jeans und T-Shirts herumgelaufen waren, hatte er Stoffhosen und Pullover getragen, hin und wieder auch eine Krawatte. In dieser Zeit hatte er seine Mutter dafür gehaßt, daß sie ihn zwang, solche Sachen zu tragen, aber er hatte nicht gewagt, sich dagegen aufzulehnen. Nun, inzwischen lag das alles hinter ihm. Er hatte sich befreit, und wenn er sich heute mit seiner Mutter unterhielt – was meistens am Telephon geschah, denn sie lebte in einer anderen Stadt – dann hatte er keine Rachegefühle mehr gegen sie. Er hatte gelernt, auf seine Weise mit diesem Problem umzugehen.

Die junge Frau, die gerade den Telephonhörer aufgenommen hatte und den Kunden am anderen Ende der Leitung im Namen der Versicherung, für die sie arbeiteten, begrüßt hatte, trug einen kurzen Rock und eine leichte Bluse. Nicht gerade die ideale Herbstkleidung, wie Jochen sich sagte, aber doch der Außentemperatur angemessen. Draußen war wirklich ein warmer Sonnentag angebrochen, und man fühlte sich unwillkürlich ein paar Wochen in der Zeit zurückversetzt, als wäre noch einmal der Hochsommer zu ihnen zurückgekehrt.

Eine andere Kollegin, die gerade vor dem Kopiergerät stand, war das genaue Gegenteil. Sie trug ein Kostüm, in dem ihr offensichtlich zu warm war. Der Rock ging etwas über die Knie hinaus, die Kostümjacke war bis obenhin geschlossen. Ihre Beine steckten in dunklen Strümpfen, die keinen Blick auf die darunterliegende Haut durchließen, und an den Füßen hatte sie schwarze Lackschuhe. Sie machte den Eindruck einer tüchtigen Geschäftsfrau, die sich im Wetter ein wenig verkalkuliert hatte. Bei sommerlichen Temperaturen trug sie eine Kombination, mit der sie bei 5 bis 10 Grad besser aufgehoben gewesen wäre.

Jochen fragte sich einen Augenblick, warum sie die Jacke nicht einfach auszog, oder zumindest ein wenig aufknöpfte, um sich ein wenig Luft zu verschaffen, denn daß ihr zu warm war, sah man ihr deutlich an.

'Vielleicht trägt sie nichts darunter?' überlegte er mit einem süffisanten Grinsen. 'Vielleicht trifft sie sich nachher noch mit einem Freund, der auf die strenge Tour steht, und möchte ihn ein bißchen überraschen…'

Wenn sie keine Bluse und keinen BH trug, dann war es immerhin auch möglich, daß sie keine Unterhose anhatte, überlegte er weiter, und er spielte eine kurze Zeit mit dem Gedanken, das auf irgendeine Art zu prüfen. Vielleicht, indem er sich neben sie stellte und so tat, als ob er etwas fallengelassen hätte? Nein, ihr Rock war zu lang, als daß er hätte darunter schauen können. Er hätte sich schon direkt mit dem Kopf zwischen ihren Beinen auf den Boden legen müssen und senkrecht nach oben schauen, aber er glaubte nicht im mindesten daran, daß sie ihm diesen Einblick gestatten würde.

'Es würde auch ein wenig albern wirken.' gestand er sich selbst schmunzelnd ein, aber die Phantasie verfolgte ihn noch eine ganze Weile.

In der Zwischenzeit bekam er wieder Arbeit auf den Schreibtisch. Einer seiner Klienten hatte einen Autounfall gehabt, und er mußte sich nun um die Schadensregulierung kümmern. Er mochte Autounfälle nicht besonders, aber sie gehörten in seinen Zuständigkeitsbereich, also biß er die Zähne zusammen und machte sich an die Arbeit.

Als er seinen Blick später noch einmal durch den Raum schweifen ließ, landete er wieder bei seiner hochgeschlossenen Kollegin, und ihm fiel auf, daß seine Mutter sich ebenso zugeknöpft gegeben hatte – und auch immer noch gab. Er hatte niemals herausgefunden, warum seine Mutter so war, hatte auch schon lange aufgegeben, nach einem Grund zu suchen. Sie war, wie sie war, und er konnte ohnehin nichts mehr daran ändern. Inzwischen war sie 61, und ein Mensch in diesem Alter änderte sich vermutlich überhaupt nicht mehr.

Er wandte seinen Blick von der Kollegin ab und starrte statt dessen hinaus in den sonnigen Nachmittag. Noch zwei Stunden bis zu seinem Feierabend, dann wäre die Sonne noch am Himmel und würde ihre warmen Strahlen auf ihn herabschicken. Er dachte an die Möglichkeit, noch im Park spazierenzugehen, bevor er sich auf den Heimweg machte. Heute war der ideale Tag, um etwas zu unternehmen.

'Ich muß noch Kartoffeln besorgen.' fiel ihm ein. 'Und ein paar Saucen.'

Er schrieb es sich auf einen Zettel, um es nicht zu vergessen, und steckte ihn in die Tasche. Sie würden heute abend nicht allzugut dastehen, wenn er vergaß, die Kartoffeln zu besorgen, die sie für das Raclette brauchten. Er wußte gar nicht, wer von den anderen was mitbrachte, aber das war auch gleichgültig. Bei ihren Treffen hatte stets jeder etwas beizusteuern, und bisher hatte das auch immer vorzüglich funktioniert. Eine enge Planung war nicht zu verachten, wie er jedesmal von neuem feststellte.

Seine Mutter hatte niemals gewollt, daß irgend jemand mehr Haut von ihr oder einem anderem Mitglied der Familie zu sehen bekam, als unbedingt notwendig, kehrte er schließlich wieder zu seiner Vergangenheit zurück. Ins Schwimmbad zu gehen war ihm daher zum Beispiel streng untersagt gewesen, und wenn er es doch das ein oder andere Mal getan hatte, dann nur unter großen Hemmungen und mit schweren Schuldgefühlen. Seine Mutter war darin immer sehr strikt und extrem gewesen.

Es war nicht einfach gewesen, in einer solchen Kindheit normal aufzuwachsen, aber er hatte es einigermaßen hinbekommen. Die ein oder andere Macke hatte schließlich jeder, und er war sicherlich einer der Harmlosen.

'Ich tue schließlich niemandem weh.' dachte er grinsend.

Bei der Arbeit konnte Silvia kaum ruhig auf ihrem Stuhl sitzen. Sie hatte ein kleines Büro für sich allein, wofür sie dankbar war, denn sie hätte es nicht ertragen können, ständig Leute um sich herum zu haben. Aber die Tür zum Gang stand offen, um ein wenig kühle Luft hereinzulassen, denn das Büro heizte sich an Sonnentagen jedesmal stark auf, und ständig gingen Leute an ihr vorüber, von denen einige auch mal stehenblieben, um sich ein wenig mit ihr zu unterhalten. Sie hatte nicht bemerkt, wie beliebt sie bei ihren Kollegen zu sein schien, bis zu diesem Tag, an dem sie nichts sehnlicher wünschte, als daß niemand ihr Beachtung schenkte. Sie fürchtete einfach, jemand könnte ihr ansehen, was sie vorhatte.

'Es wird alles glattgehen und niemand wird etwas bemerken!' machte sie sich Mut, aber auch das half nicht viel. Wie jemand, der gerade vom Friseur kam und nun der Meinung war, jeder Mensch auf der Straße mußte sofort sehen, daß er seine Haare anders trug, schien es Silvia, als müßte jeder ihrer Kollegen sofort die schlimmen Gedanken erkennen, die sie mit sich herumschleppte. Jeder mußte sofort erkennen, was sie vorhatte, sobald er ihr ins Gesicht sah.

Aber immer mehr Leute kamen an ihr vorüber, unterhielten sich mit ihr und gingen wieder, ohne etwas zu sagen, oder etwas bemerkt zu haben, und langsam begann sie sich zu entspannen. Manchmal war es eben doch ein Vorteil, daß man nicht in andere Menschen hineinschauen konnte. Auch wenn sie an den heutigen Abend dachte, an ihre Nachbarn und Freunde, mit denen sie Raclette machen wollte, war ihr das eine Hilfe. Ihre Nachbarn waren alle ganz normale Menschen mit einem ganz normalen Leben und vor allem keinen größeren schlechten Angewohnheiten. Sie hatte sich von Anfang an bei ihnen wohlgefühlt, und den anderen ging es genauso. Katrin zum Beispiel war eine Seele von Mensch. Gutmütig, immer für einen Spaß zu haben, und absolut ehrlich.

'Wenn einer von ihnen wüßte, was ich hier tue, würden sie sich vermutlich nie mehr bei mir blicken lassen.' dachte sie, ein wenig schmerzerfüllt, denn das bedeutete, daß sie sich selbst aus der Gemeinschaft der anderen ausschloß. Nicht äußerlich, denn die anderen wußten ja nichts von ihrem kriminellen Vorhaben, aber doch innerlich, denn sie selbst wußte, daß sie anders war als die anderen. Keiner von ihnen hatte jemals etwas schlimmeres getan, als vielleicht als kleines Kind in einem Supermarkt eine Packung Kaugummis zu stehlen (Katrin hatte ihr einmal gebeichtet, daß sie das getan hatte).

»Was machst du denn für ein Gesicht?« wurde sie plötzlich angesprochen und fuhr zusammen.

»Bitte?« fragte sie. Ihre Stimme war atemlos, und alles mußte nun auffliegen.

»Du schaust, als ob du Kummer hättest.« sagte ihre Kollegin, die vor ihrer Tür stehengeblieben war und zu ihr hereinschaute. »Dabei ist heute so ein schöner Tag, und außerdem hattest du den Vormittag auch noch frei. Das ist nicht die richtige Zeit für Kummer, meinst du nicht?«

Ihre Kollegin war Anfang fünfzig, aber sie hatten irgendwann beschlossen, sich alle gegenseitig zu duzen. Mit dem einen oder anderen war es Silvia zunächst schwergefallen, aber sie hatte sich dazu durchgerungen, und nun war es gang und gäbe.

»Ich habe keinen Kummer.« sagte sie, und versuchte, ein zufriedenes Lächeln aufzusetzen. Sie war sich nicht sicher, ob es klappte.

»Na, du hast aber ganz so ausgesehen.«

»Ehrlich, nichts besonderes. Ich mußte nur mal an meine Eltern denken. Meinem Vater geht es mal wieder nicht so besonders.«

»Also doch Kummer.«

»Minimal.«

»Also gut.« Ihre Kollegin lächelte und schüttelte den Kopf. »Aber laß den Kopf nicht zu sehr hängen. Deinem Vater wird es bestimmt bald wieder besser gehen. Sein Herz macht Probleme, nicht? Schlimme Sache, aber trotzdem. Wenn er sich nicht überanstrengt und nicht ständig Streß ausgesetzt ist, dann sollte er es noch einige schöne Jahrzehnte lang machen.«

»Sicher.« Silvia nickte, als die Kollegin verschwand. Ihr war schon häufiger die seltsame Art aufgefallen, in der diese Frau jemandem Mut zusprechen wollte. Man wußte nie genau, ob sie sich über die Probleme anderer lustig machte oder nicht, aber dennoch hatten die Worte etwas in Silvia ausgelöst. Es war ganz richtig, daß sie ihrem Vater keinen Streß zumuten durfte. Und würde er erst einmal von ihr und Melanie erfahren, dann bedeutete das eine *Menge* Streß für ihn. Sie mußte sich aufraffen und endlich zur Tat schreiten.

Mit energischen Schritten verließ sie ihr Büro und trat auf den Gang hinaus. Nach links ging es zum Großraumbüro des Vertriebs und dahinter zum Treppenhaus und zum Ausgang. Nach rechts ging es in die Verwaltung, und auch zum Büro von Gunter Wendel, ihrem Kollegen, der sie vermutlich bald nicht mehr sehr zu schätzen wissen würde. Sie wappnete sich gegen den Zorn, der sie treffen mußte, und machte sich auf den Weg.

Auch Gunter hatte die Tür zu seinem Büro offenstehen lassen – trotzdem klopfte Silvia, bevor sie eintrat.

»Hallo, Silvia.« begrüßte er sie. Er lächelte, und das erschien ihr eine Spur anzüglich zu sein. Wahrscheinlich war er hinter jeder jungen Frau her, aber vielleicht war das auch nur Einbildung. Sie versuchte, diesen Gedanken zu verbannen, betrat das Büro und schloß die Tür hinter sich. Gunter betrachtete sie überrascht.

»Ich muß mit dir reden, Gunter.« sagte sie und zog sich einen Stuhl vor seinen Schreibtisch. Sie setzte sich.

»Was gibt's denn, Kleines?« fragte er. Diese väterliche Art gefiel Silvia nicht. Sie hatte den Eindruck, als verfolge er damit ein bestimmtes Ziel, und das machte es ihr ein wenig leichter, ihm die Photos hinzulegen. Sie hatte Gunter ohnehin nie sehr gemocht.

»Ich habe hier etwas, das dich interessieren könnte.« sagte sie, wobei sie betont gleichgültig klang. Damit zog sie den Umschlag mit den Photos aus ihrer Hosentasche und legte ihn zwischen ihnen beiden auf die Schreibtischplatte.

»Was ist das?« fragte er.

»Schau's dir an.«

Mißtrauisch beäugte Gunter den Umschlag, sah wieder zu ihr auf, dann wieder auf den Umschlag. Er schien nicht zu wissen, wie er sich verhalten sollte, ahnte nichts gutes. Schließlich nahm er den Umschlag in die Hand und öffnete ihn. Er zog die Bilder daraus hervor und betrachtete sie lange und eingehend. Sein Gesicht verdunkelte sich.

»Was soll das heißen?« fragte er schließlich. Von seiner väterlichen Art war nichts mehr übrig geblieben, seine Stimme war rauh und heiser, und in seinem Blick stand Mord geschrieben.

»Ich habe ein paar finanzielle Probleme.« begann Silvia. Sie hatte sich genau überlegt, wie sie vorgehen sollte, aber plötzlich war alles wie fortgeblasen. Immerhin hatte sie Gunter ungefähr da, wo sie ihn hatte hinhaben wollen. Die Photos trafen ihn auf die Weise, wie sie es erhofft hatte.

»Wer hat die nicht?« entgegnete Gunter kalt. »Was habe ich damit zu tun?«

»Du könntest mir ein wenig aushelfen.« sagte Silvia. »Glaub mir, ich mache das nicht gern. Und es ist sicherlich auch das einzige Mal, daß ich dich in diese Situation bringen werde. Wenn du mir hilfst, ist alles vergessen.«

»Und wenn ich diese Bilder zerreiße?«

»Ich habe die Negative.« antwortete Silvia bestimmt. »Ich würde neue Abzüge machen. Die bekäme aber deine Frau und nicht du.«

»Wer sagt dir, daß meine Frau das stört?« fragte Gunter geradeheraus.

Das brachte Silvia durcheinander. Sie hatte niemals damit gerechnet, daß Gunters Frau vielleicht über die Seitensprünge ihres Mannes bescheid wußte. Vielleicht war es wirklich so, daß es in ihrem Einverständnis geschah; vielleicht führten sie eine dieser modernen, offenen Ehen, in denen die Partner sich so oft sie wollten, außerehelich betätigen konnten, ohne daß der andere deshalb eifersüchtig wurde. Vielleicht war es seiner Frau auch einfach nur gleichgültig, und sie blieben aus Gewohnheit zusammen… wer konnte das wissen? Aber dagegen sprach die Art, in der Gunter auf die Bilder reagiert hatte. In seinen Augen war mehr gewesen, als Zorn darüber, erpreßt zu werden. In seinen Augen hatte sie auch die Angst gesehen, diese Bilder könnten in die falschen Hände gelangen – in die Hände seiner Frau. Das beruhigte Silvia wieder ein wenig, und sie blieb standhaft.

»Wir können es ausprobieren.« sagte sie und stand auf. Ein Bluff war das einzige, was ihr in dieser Situation noch blieb.

»Nein, halt, warte!« stieß Gunter erschrocken aus, als sie sich auf den Weg zur Tür machte. »So war das doch gar nicht gemeint. Setz dich wieder, Silvia, bitte, setz dich!«

Jetzt wußte Silvia, daß sie gewonnen hatte; aber dieses Wissen half ihr nicht über das Gefühl eines großen Verlusts hinweg, den sie soeben erlitten hatte. Jetzt hatte sie das erste Mal ein Wissen gegen jemand anderen ausgespielt, und das auf die hinterhältigste und infamste Weise. Sie fühlte sich nicht als Siegerin, sondern als Verliererin.

»Wieviel brauchst du?« fragte Gunter.

»Achttausend.« sagte Silvia

»So viel?« fuhr Gunter auf, beruhigte sich aber schnell wieder. »Du gibst mir die Negative und ich dir das Geld?«

»Versprochen.«

»Und du hast keine weiteren Abzüge gemacht?«

»Du wirst niemals wieder Ärger mit mir haben, Gunter, versprochen. Ich stecke selbst in der Klemme, und ich habe keinen anderen Ausweg. Sonst würde ich so etwas überhaupt nicht machen.«

Gunter starrte ihr unverwandt in die Augen und überlegte. Dann nickte er, und ihr Sieg war endgültig. »Wann brauchst du das Geld?«

»Morgen.«

Der Feierabend kam für Thomas wie eine Erlösung. Ein weiterer Tag in dieser dumpfen Tretmühle lag hinter ihm, nun konnte er endlich mit dem Leben beginnen.

Mit dem Bus fuhr er in die Nähe von Elkes Wohnung, stieg aus und ging die letzten Meter zu Fuß. Elke hatte schon vor einiger Zeit mit ihm zusammenziehen wollen, aber das hatte er abwiegeln können. Er brauchte seine persönliche Freiheit noch eine Zeit lang, er wollte sich noch nicht von ihr in eine gemeinsame Wohnung einsperren lassen. Wenn ihm danach war, hinauszugehen, um eine andere aufzureißen, dann wollte er das tun können. Er wollte eine

Wohnung haben, in die er mit seiner Eroberung zurückkehren konnte, und wenn Elke zu Hause im Bett lag, dann ging das nicht. Er war gerade erst dreißig geworden, und er brauchte noch ein wenig Zeit, um sich die Hörner abzustoßen.

Er kam an ihre Haustür und drückte den Klingelknopf. Einen Moment später drang ihre Stimme aus der Gegensprechanlage, er nannte seinen Namen und sie öffnete per Summer die Tür. Diese Gegensprechanlage ging ihm ebenfalls auf die Nerven. Er war ihr Freund! Sie konnte ihm wenigstens einen Schlüssel für ihre Wohnung geben, damit er nicht ständig wie ein Idiot auf die Klingel drücken mußte.

Elke erwartete ihn bereits an der Tür. Sie sah sehr hübsch aus in ihrem Kleid und mit den hochgesteckten Haaren, und Thomas spürte die Lust in sich, ihr sofort alles vom Leib zu reißen und sie auf dem Küchentisch zu nehmen.

»Heute haben wir unseren ersten Jahrestag!« sagte sie, nachdem sie ihn mit einem langen Kuß begrüßt hatte. »Das müssen wir feiern!«

»Ich habe doch gesagt, ich *will nicht* feiern!« erwiderte Thomas sauer. Sie hatten sich lange darüber unterhalten, und er dachte eigentlich, daß er sich klar ausgedrückt hatte. Wieso mußte sie jetzt schon wieder mit diesem Unsinn anfangen?

»Ich habe eine Flasche Sekt kaltgestellt.« sagte sie zögerlich.

Eine peinliche Pause stellte sich zwischen beiden ein, und sie betrachteten sich mit betretenen Blicken. Thomas spürte den Zorn, der ihn schon den ganzen Tag verfolgte, wieder in sich aufkommen. Wieso brachte sie es immer wieder fertig, ihm ein schlechtes Gewissen zu machen?

Er zögerte einen Augenblick, bevor er die CD aus der Tasche kramte und ihr hinhielt.

»Ich habe dir etwas mitgebracht.« sagte er dazu.

Elkes Gesicht begann zu strahlen, und sie fiel ihm um den Hals. Sie küßte ihn überschwenglich und drückte sich an ihn. Offensichtlich hatte er ihr eine wirkliche Freude bereitet, auch wenn er nicht verstehen konnte, wie man sich über eine solche Kleinigkeit derart freuen konnte. Offensichtlich bedeutete ihr dieser Jahrestag doch eine ganze Menge mehr als ihm.

»Also war das alles nur Show?« fragte sie, als sie sich wieder von ihm gelöst hatte, und die CD, die der Verkäufer in dem Musikgeschäft eingepackt hatte, aus dem Papier befreite.

»Was war Show?« fragte Thomas. Er mochte es nicht, wenn irgend etwas, das er tat, als 'Show' abgetan wurde. Was er machte, meinte er ernst.

»Na, dieses ganze Theater von wegen, kein Jahrestag feiern und so weiter.« sagte Elke lachend. Sie hatte inzwischen die CD ausgepackt, betrachtete sie einen Augenblick, dann fiel sie ihm wieder um den Hals. »Ich hatte sie heute schon in der Hand und habe überlegt, ob ich sie kaufen sollte!« rief sie entzückt aus. »Ich stand schon davor, ganz ehrlich!«

»Dann paßt's ja.« sagte Thomas zufrieden. Für ihn war jetzt der Punkt erreicht, an dem sie zur Tagesordnung übergehen konnten. »Wir sollten uns jetzt auf den Weg machen. Ich muß noch einkaufen.«

»Aber ein Glas Sekt können wir doch noch trinken!« bettelte Elke mit einem fröhlichen Lächeln. Es war deutlich, daß sie seine Drängelei nicht mehr ernst nahm, sondern nur noch als Teil der 'Show' betrachtete, für die sie alles hielt.

»Ich muß Käse und Eier besorgen, und ich habe keine Zeit, mit jetzt noch mit diesem Humbug aufzuhalten!« sagte Thomas gereizt. »Ich habe einen anstrengenden Tag hinter mit, und ich will meine Sachen endlich auf die Reihe bringen, wenn es dir nichts ausmacht. Und ich habe dir hundertmal gesagt, daß ich keine Lust habe, unseren Jahrestag zu feiern!«

»Aber, was ist denn…« begann Elke und betrachtete ihn verwirrt. Es war deutlich, daß sie nicht mehr wußte, wie sie sich verhalten sollte, und diese Unsicherheit, mit der sie vor ihm stand, machte Thomas rasend.

»Nun pack dich endlich, daß wir loskommen!«

»Wie sprichst du denn mit mir?« fragte Elke langsam. Sie kam allmählich über den ersten Schock hinweg, und nun wurde sie gleichfalls wütend. Sie hatte sich den heutigen Abend anders vorgestellt, aber das war Thomas mittlerweile gleichgültig. Er hatte einen entnervenden Tag hinter sich und wollte den Abend nicht noch ebenso anstrengend gestalten.

»So wie du's brauchst!« schnaubte er. »Also, komm in Bewegung!«

»Ich glaube, du spinnst!« fuhr sie auf. »Was ist denn los mit dir? Ist dir das Wetter nicht bekommen? Ist dir zu warm geworden, oder was? Ich glaube, bei dir ist irgendwo was durchgebrannt im Oberstübchen!«

»Paß auf, was du sagst!« Er drohte ihr mit der erhobenen Faust. Wieder sah er das Bild vor sich, das ihn auch heute in der Fußgängerzone bestürmt hatte. Menschen, die vor ihm auf den Boden lagen, in ihrem eigenen Blut, mit gebrochenen und verdrehten Gliedmaßen, auf die er einschlug und eintrat, die er quälte und mißhandelte, um so seine Frustration aus sich herauszujagen.

»Ich werde mit dir so reden, wie du es brauchst!« keifte Elke. »Und offensichtlich brauchst du ein gehöriges Donnerwetter!«

»Halt dein Maul!« schrie er ihr ins Gesicht.

Sie wurde blaß und trat einen Schritt zurück, aber in ihren Augen blitzte Aufsässigkeit und Ungehorsam, und Thomas wußte, daß sie über kurz oder lang wieder anfangen würde, ihm zu widersprechen, ihn zu reizen und anzufahren. Er hatte keine Lust mehr auf all das, er wollte nur noch seine Ruhe, und er wollte die Spannung aus sich heraushaben. Jeder Muskel seines Körpers schien sich zu verspannen, es bedurfte einer schon beinahe übermenschlichen Anstrengung, sich überhaupt noch zu bewegen, überhaupt noch zu atmen. Jede Bewegung wurde ihm überdeutlich bewußt, und es war eine wahre Wohltat, mit dem rechten Arm auszuholen, die Hand einen Augenblick wie erstarrt in der Luft schweben zu lassen, um sie dann mit heftigem Schwung niederzujagen. Er schlug Elke mit der flachen Hand ins Gesicht, und sie wurde heftig zu Boden geschleudert.

Innerhalb des Bruchteils einer Sekunde war er über ihr, deckte sie mit Schlägen ein, schlug immer wieder mit der flachen Hand in ihr Gesicht, begann nun auch, ihr in die Seite zu treten.

Elke schrie nicht, sie wimmerte nur, stieß bei jedem Schlag und bei jedem Tritt, der ihren Körper traf, ein zitterndes Keuchen aus, das von einem durchgehenden Jammern unterlegt war. Das trieb ihn noch weiter an. Nun kam es plötzlich nicht mehr nur darauf an, seinen eigenen Frust zu entladen, sondern auch darauf, einen Schrei aus ihr herauszuholen. Plötzlich war das wichtiger als alles andere. Er würde auf sie einschlagen, bis sie schrie, bis sie endlich einen gottverdammten, beschissenen Schrei ausstoßen würde.

Thomas schlug und trat weiter. Elke begann aus mehreren kleinen Wunden zu bluten, und die ersten blauen Flecken bildeten sich schon, während er noch weiter auf sie eindrosch, und irgendwann stieß sie einen keuchenden, erschöpften Schrei aus, aber er reichte, und Thomas hörte auf, sie zu schlagen, trat einen Schritt zurück und betrachtete mit einer plötzlichen inneren Ruhe ihren zusammengekrümmten Körper.

Keuchend und von der Anstrengung schwitzend, blieb er stehen und betrachtete sie.

Elke bewegte sich langsam, aber sie bewegte sich. Er hatte ihr wehgetan, aber offensichtlich nicht so sehr, daß sie sich nicht mehr selbst zu helfen wußte. Einen Augenblick hatte er Angst gehabt, sie so heftig geschlagen zu haben, daß sie ohnmächtig war oder schwer verletzt, vielleicht sogar tot. Das wäre schlimm gewesen, und er hätte sich überlegen müssen, wie er am besten aus dieser Situation wieder herausgekommen wäre, aber so wie die Dinge standen, mußte er sich darüber keine Gedanken machen.

»Wie geht's dir?« fragte er keuchend, und selbst in seinen eigenen Ohren klang es so, als wolle er sie auf den Arm nehmen, als wolle er sie lediglich verspotten, nachdem er ihr gezeigt hatte, wo es langging.

Elke blickte aus blutunterlaufenen Augen zu ihm auf.

»Verschwinde!« flüsterte sie aus ihrem inzwischen geschwollenen Mund. Ein wenig Blut tropfte zwischen ihren Lippen hervor und auf ihr Kleid. Sie sah noch immer toll aus, und wieder überlegte er, wie es wäre, wenn er jetzt mit ihr schlief. Sie würde sich sicherlich wehren, aber vielleicht machte gerade das den besonderen Reiz bei der Sache aus. Er trat schon einen Schritt vor, um ihr vom Boden aufzuhelfen und sie ins Schlafzimmer zu bringen, aber dann zögerte er. Wenn er sie jetzt fickte, und sie sich dabei wehrte, dann war das eine Vergewaltigung, und davor schreckte er zurück. Nicht so sehr vor der Tat, als vielmehr vor der Strafe, die ihm drohte, wenn es ans Tageslicht gelangen sollte. Er hatte keine Lust, für etliche Jahre hinter Gitter zu wandern, also war es besser, die Sache jetzt auf sich beruhen zu lassen.

»Wenn du irgend jemandem ein Wort sagst, bist du reif!« flüsterte er ihr in drohendem Tonfall zu, und er sah, daß ihr blutverschmiertes Gesicht noch ein wenig bleicher wurde. »Ich komme morgen und schaue, wie es dir geht.«

Sie zuckte zusammen, und ihr Körper begann zu zittern. Das gab Thomas ein gutes Gefühl. Zum erstenmal an diesem Tag fühlte er sich wirklich ausgeglichen. Er hatte es geschafft, all seinen Schmerz, all seine Frustration und all seinen Zorn aus sich herauszulassen – ein gutes Gefühl!

»Wasch dich, du siehst schlimm aus!« sagte er, als er aus der Wohnung trat und die Tür hinter sich schloß.

Nach der Arbeit verabschiedete Jochen sich von seinen Kollegen und begann einen langsamen Spaziergang durch die Stadt, in Richtung Park. Ein Supermarkt lag ganz in der Nähe, und er konnte die Kartoffeln und die Sauce, an die er sich nun auch ohne den Zettel, den er in seiner Hosentasche bei sich trug, erinnerte, auf dem Heimweg besorgen. Er wollte vor acht Uhr zu Hause sein, denn um halb neun trafen sie sich in Silvias Wohnung.

Die Sonne sandte noch immer warme Strahlen vom Himmel, auch wenn es inzwischen bereits abgekühlt war. Es war eben doch kein Sommer mehr, und es würde auch nicht bis um zehn Uhr hell bleiben, wie es in den vergangenen Monaten gewesen war. Um acht würde es bereits dunkel sein, vielleicht sogar schon um halb acht, aber immerhin waren sie noch einige Wochen von der Zeit entfernt, in der es bereits um fünf finster wurde.

Er schlenderte gemächlich durch die engen Straßen der Stadt, ließ sich Zeit, genoß seinen Feierabend, den er sich schon die ganze Zeit herbeigesehnt hatte, und blieb hin und wieder stehen, um in das eine oder andere Schaufenster zu schauen. Er betrachtete die Auslagen, aber vielmehr noch betrachtete er sein Spiegelbild, das die großen Scheiben, mal deutlicher, mal weniger deutlich, zu ihm zurückwarfen. Er machte einen guten Eindruck in seinem Anzug, mit dem hellgrauen Jackett, dem blauen Hemd und der dunkelgrünen Krawatte. Er sah zuverlässig und vertrauenswürdig aus, hatte auch eine gute Ausstrahlung auf seine Mitmenschen. Er merkte das an seinen Kollegen und auch an seinen Klienten, wenn sie sich zu einem Gespräch trafen. Die Menschen mochten ihn, denn er hatte eine gewinnende Art, und wäre er ehrgeiziger gewesen, hätte er es sicherlich zu etwas bringen können.

'Vielleicht kommt das ja noch einmal.' sagte er sich grinsend, nahm den Gedanken aber selbst nicht allzu ernst. Er war ganz zufrieden mit der Position, die er in seinem Leben eingenommen hatte.

Heute jedoch war er ein wenig aufgekratzt.

Er hatte es schon die ganze Zeit bemerkt; schon heute morgen, im Bad, hatte er das Gefühl gehabt, wieder etwas unternehmen zu müssen. Den ganzen Tag über war der Gedanke immer wieder zu ihm zurückgekehrt, daß dies der ideale Tag war, etwas zu machen, und die Vorfreude darauf ließ seine Schritte nun um so beschwingter und federnder über die Steinplatten des Fußweges marschieren.

Im Park konnte er sich entspannen und seine nächsten Schritte planen.

Als er durch das gußeiserne Tor in das Parkgelände trat, war es, als beträte er eine andere Welt. Seine Aufregung wurde ein wenig größer, ein freudiges Zittern durchlief seinen Körper, und eine gewisse Anspannung machte sich in ihm bemerkbar.

Die Kieswege kannte er alle in- und auswendig. Schon so oft war er hier spazierengegangen, meistens an ein und denselben Platz, immer und immer wieder, um von dort aus seine kleinen Aktionen zu starten, die in der Stadt schon für viel Gesprächsthema gesorgt hatten. Es störte ihn nicht, wenn die Leute über ihn sprachen, schließlich hatte noch niemand herausbekommen, daß *er* es war, der hinter all dem steckte. Und, wie er sich jedesmal wieder sagte, und was ihn auch jedesmal wieder aufs Neue beruhigte: Er tat schließlich niemandem weh. Die einen mochten es als Streich ansehen, die anderen als Beleidigung, einige sprachen sogar von einer Bedrohung, aber das sah er alles ganz anders. Er war nur er selbst. Er half sich selbst, mit seinem Leben zurechtzukommen, und das tat er auf die einzige Art und Weise, die es ihm gestattete, sich von seiner Mutter zu lösen. Wirklich und wahrhaftig zu lösen.

Der Park war nicht mehr sehr voll mit Leuten. Einige Spaziergänger waren noch auf den Kieswegen unterwegs, zwei alte Frauen, die sich auf eine Bank in der Nähe des kleinen Teiches gesetzt hatten, ein Pärchen, das Arm in Arm die gepflegten Wege entlangschlenderte. Eine harmonische Ruhe lag über der ungestörten Welt dieses Parks, und Jochen bekam beinahe ein schlechtes Gewissen, daß er diese nun ein wenig stören würde.

'Ohne ein wenig Aufregung wäre das Leben nichts mehr wert!' sagte er sich achselzuckend, und hielt weiterhin Ausschau. Eine junge Frau mit einem Kinderwagen erregte seine Aufmerksamkeit. Ob sie eine dieser Mütter werden würde, die ihre Kinder dazu zwangen, sich viel zu dick und erstickend anzuziehen? Würde sie ihr Kind auch in enge Kleidung zwängen, selbst im Sommer nur im Pullover oder mit langärmeligen Hemden auf die Straße lassen? Oder würde sie ein Einsehen haben und ihr Kind auf gesunde Art und Weise heranwachsen lassen, mit genügend Freiraum für Körper und Seele? Er hoffte dem Kind zuliebe, daß sie eine Mutter der zweiten Art sein würde, aber das konnten nur die Jahre zeigen.

Jetzt war sie jedoch das ideale Publikum.

Jochen warf einen Blick in die Runde, um sich zu vergewissern, daß ihn niemand beobachtete, dann duckte er sich hinter einige Gebüsche und lief mit schnellen, gewandten Schritten jenseits der Wege durch das Unterholz der Sträucher und Hecken, wo sich eine zweite Welt aus Wegen und Pfaden gebildet hatte, die die meisten Menschen nicht kannten, die er aber in den letzten Jahren sehr gut kennengelernt hatte.

An einem bestimmten Strauch hielt er an. Er hatte die junge Mutter inzwischen überholt, und er hatte noch ein wenig Zeit, um sich vorzubereiten. Langsam und genußvoll begann er, sein Jackett auszuziehen und über einen kleinen Ast zu hängen, über den schon sehr häufig eine seiner Jacken gehangen hatte, begann seine Krawatte zu lockern, bis er sie über den Kopf ziehen konnte, zog dann sein Hemd aus, wobei er das Gefühl immer größer werdender Freiheit genoß, das ihn bei jedem Knopf durchflutete, den er öffnete. Nun stand er mit freiem Oberkörper in den Büschen und fuhr sich mit der Hand über seinen flachen Bauch, den er extra in Form hielt, damit er sich ungeniert den Leuten zeigen konnte. Er wollte niemandem einen häßlichen Anblick zumuten. Seine Würde verbot ihm das.

Die Schritte der jungen Frau waren inzwischen deutlich näher gekommen, und auch das Knirschen der Räder des Kinderwagens im Kies, wurde von Sekunde zu Sekunde lauter. Jochen reckte den Hals, um vielleicht zu erkennen, wo die Frau sich befand, aber dazu waren die Büsche zu dicht. Er konnte nicht hindurchschauen. Also würde er den Moment, in dem er vor der Frau aus dem Gebüsch brechen würde, nach seinem Gehör abstimmen müssen – aber das machte ihm keine Sorgen, denn das war er inzwischen gewohnt.

Eilig legte er nun auch seine Hose und seine Unterhose ab. Als letztes zog er sich die Schuhe und die Socken aus, dann stand er völlig nackt im Gebüsch, die junge Frau, der er sich zeigen wollte, keine zehn Meter von ihm entfernt. Die Vorfreude ließ ihn erzittern, und das Gefühl der vielen kleinen Äste, die bei jeder Bewegung über seine Haut streichelten, erregte ihn. Er spürte seine Erektion und griff mit der Hand nach seinem Penis, streichelte ihn einige Male, ließ dann aber wieder davon ab. Es ging ihm nicht darum, sich sexuell zu befriedigen. Perverse taten das, aber er war nicht pervers. Er zelebrierte die Freiheit, feierte die Loslösung von seiner Mutter und all ihren Idealen, mit denen sie ihn in seiner Jugend so gequält hatte. Er war nicht pervers!

Er zählte die Schritte der jungen Frau, konnte sich sehr genau ausrechnen, wo sie sich im Augenblick befand, wartete den richtigen Augenblick ab, dann sprang er nach vorne, aus den Büschen heraus, trat zwei Schritte vor. Der Kies knirschte unter seinen nackten Füßen, das Gefühl der Steine, die unter ihm hin und her rutschten, die Zweige, die ihm nachschwangen, die frische Luft, die plötzlich über seinen ganzen, nackten Körper strich, all das brachte ihm ein neues Hochgefühl.

Die junge Frau blieb stehen, als wäre sie zu Stein erstarrt. Mit großen Augen und offenem Mund blieb sie stehen, ihr Gesicht eine Maske der Fassungslosigkeit. Erst langsam begann Verständnis in ihrem Blick zu erscheinen, und mit diesem Verständnis kam zu dem Ausdruck der Fassungslosigkeit ein Hauch von Angst hinzu.

'Die Leute kommen nicht mit außergewöhnlichem zurecht!' dachte Jochen und hätte beinahe vorwurfsvoll den Kopf geschüttelt. Er griff sich vor ihren Augen an den Penis, der noch immer groß und steif von ihm abstand. Ihre Augen wurde noch ein wenig größer, der Ausdruck der Angst deutlicher in ihnen.

Jetzt würde der Punkt kommen, an dem sie entweder zu schreien begann, oder ihn angreifen würde, und er wollte beides nicht erleben. Er drehte sich wieder um, sprang in das Gebüsch zurück, erreichte seine Sachen mit zwei Schritten, und begann, durch das

Unterholz hindurch weiterzulaufen, einige Meter weg vom Ort des Geschehens, wo er stehenblieb, um sich in aller Ruhe wieder anzuziehen.

Sie war viel zu verstört gewesen, um auch nur einen einzigen Augenblick auf sein Gesicht zu schauen, stellte er in Gedanken zufrieden fest. Sie hatte nur sein nacktes Glied angestarrt, nichts anderes.

'Ich war auch viel zu schnell für sie.' dachte Jochen. Diesmal konnte er sich ein Kichern nicht verkneifen.

Als er an ganz anderer Stelle aus dem Unterholz der Gebüsche wieder heraustrat, fühlte er sich sehr zufrieden. Die innere Unruhe war fortgeblasen, statt dessen genoß er nun den Anblick des weiten Himmels und der Stadt, die sich unterhalb des Hügels, auf dem der Park lag, in scheinbar endlose Weiten hinzog.

Irgendwo, einige hundert Meter von sich entfernt, sah er eine kleine Menschengruppe, die sich in der Zwischenzeit um die junge Mutter versammelt hatte. Das war gut so, sie würde mit dem Schrecken nicht allein fertig werden müssen. Und außerdem hatten die Leute wieder etwas, das sie den Zeitungen erzählen konnten.

Jochen begann eine fröhliche Melodie zu pfeifen, als er den Kieswegen zum Ausgang des Parks folgte.

»Das war ein beschissener Tag.« murmelte Silvia, als sie vor Melanie stand und sie aus müden Augen anschaute.

»Komm erst mal rein, meine Kleine.« sagte Melanie und nahm Silvia bei der Hand.

Diese ließ sich von ihrer Freundin in die Wohnung ziehen und umarmen. Eine Zeit lang blieben sie so im Flur stehen und hielten sich aneinander fest, und nach und nach kam die Welt für Silvia wieder ins Lot. Alles rutschte wieder an seinen angestammten Platz zurück, und die Schrecken des Tages verblaßten ein wenig. Melanie war alles, worauf es für sie ankam.

»Ich hatte wieder Ärger mit meinem Bruder.« sagte sie, als sie sich in Melanies Wohnzimmer gesetzt hatten. Die Couch und die Stühle waren mit Stofftieren übersät, und überall standen Grünpflanzen. Melanies Wohnung war gemütlich, viel gemütlicher als Silvias, aber sobald Melanie bei ihr eingezogen war, würde sich das ändern. Melanie hatte ihr schon scherzhaft angedroht, die Wohnung komplett umzudekorieren, sobald sie sie ersteinmal miteinander teilten.

»Hat er wieder gedroht, es deinen Eltern zu sagen?« fragte Melanie.

»Ja. Wie jedes mal.« gab Silvia zur Antwort. Sie kuschelte sich in

Melanies Arme und ließ sich von ihr halten. All die Nähe und Wärme eines Mannes konnte ihr nicht das geben, was Melanie ihr zu geben im Stande war. Zwischen ihnen beiden gab es mehr als nur ein bißchen Zärtlichkeit und Sex. Natürlich gab es auch das, aber eben noch viel mehr. So etwas hatte Silvia bei keinem Mann gefunden, und nachdem sie Melanie getroffen hatte, verspürte sie nun auch gar keinen Drang mehr danach, jemals etwas bei einem Mann zu suchen.

»Du solltest diesem Mistkerl mal kräftig in die Eier treten!« sagte Melanie bockig.

»Er ist mein Bruder.« stammelte Silvia schwach.

»Ein Scheiß-Bruder ist er.« Sie zögerte einen Augenblick, bevor sie fortfuhr. »Hast du eigentlich mal darüber nachgedacht, daß es vielleicht einfacher ist, wenn du deine Eltern über uns aufklärst? Du wirst es nicht immer verstecken können. Stell dir doch nur mal vor, sie kommen überraschend zu Besuch und wir beide haben kaum etwas an. Das könnte ihnen verdächtig vorkommen.«

»Das geht nicht!« Silvia schüttelte heftig den Kopf. »Du kennst meine Eltern nicht! Mein Vater würde einen Herzanfall bekommen! Die beiden sind so steinzeitlich, wenn es um solche Dinge geht. Ich meine, ich liebe die beiden, aber sie sind einfach so hinterwäldlerisch in manchen Fragen.«

»Vielleicht traust du ihnen auch einfach nur zu wenig zu.« gab Melanie zu Bedenken, aber Silvia wehrte das ab. Sie wollte nicht mehr darüber sprechen, wollte den Tag fröhlich ausklingen lassen, wollte sich nicht mehr mit ihren Problemen befassen müssen.

»Gehen wir langsam.« sagte sie schließlich.

Melanie lächelte, umarmte sie und gab ihr einen langen, zärtlichen Kuß. »Ich habe die Salate schon vorbereitet.« sagte sie. »Ich dachte mir, ich kann sie schon mal machen, während ich auf dich warte, dann brauchen wir hinterher nicht mehr so lange in der Küche zu stehen.«

»Klasse.«

Jede von ihnen mit einer mit Aluminiumfolie bedeckten Salatschüssel bewaffnet machten sie sich schließlich auf den Weg zu Silvias Wohnung.

»Glaubst du wirklich, daß deine Nachbarn das locker genug sehen?« fragte Melanie schließlich, als sie die Wohnungstür aufschlossen und die Salate in den Kühlschrank stellten. Es war beinahe acht, und sie mußten sich mit dem Aufbauen des Raclette-Grills beeilen, wenn sie fertig sein wollten, bevor die ersten Gäste eintrudelten.

»Kein Problem.« lachte Silvia. »Da mußt du dir gar keine Sorgen machen. Meine Nachbarn sind alle nicht von gestern. Ich meine, sie sind völlig normal und so, alle ganz harmlos, aber sicherlich nicht prüde. Du wirst ja sehen. Eine richtig lustige, bunte Truppe.«

»Dann ist ja gut.«

»Glaub mir, Melanie.« sagte Silvia und legte die Arme um ihre Freundin. »Sie werden dich lieben!«

Alles war nun wieder in Ordnung, und Silvia fühlte sich zum erstenmal an diesem Tag wirklich zufrieden und ausgeglichen.

Die Sonne schien noch, als er auf die Straße hinaustrat, und um ihn herum zwitscherten Vögel, rauschten die Blätter im leichten Wind, der zwischen den Häusern hindurchstrich. Es war ein warmer Tag gewesen, gerade so, als hätten sie noch Sommer und nicht schon Herbst, und er hatte sich mehrmals gefragt, ob es nicht ein wenig zu warm war, um abends beim Raclette zu sitzen.

Das brachte ihn darauf, daß er noch Käse und Eier besorgen mußte. Er kramte durch seine Hosentaschen, während er sich in Richtung Bushaltestelle von Elkes Wohnung entfernte, und stieß auf den Zettel, den Katrin ihm am Morgen unter der Tür durchgeschoben hatte.

»Denk bitte an heute Abend. Du besorgst den Käse und die Eier. Katrin.« stand darauf, und Thomas überlegte, in welchen Supermarkt er auf dem Heimweg gehen konnte.

Ihm fiel ein, daß er sich eine Ausrede für Elke ausdenken mußte. Silvia hatte ihn extra mit seiner Freundin eingeladen, denn er war der einzige von ihnen fünf, der in festen Händen war. Wenn er es sich genau überlegte, war er vielleicht ab diesem Abend auch wieder ein Single, aber er wollte sich darauf noch nicht verlassen. Elke hatte noch nicht zum letzten Mal von ihm gehört, und wenn sie Ärger machen sollte, wegen seines kleinen Ausrutschers, dann würde sie erst wirkliche Probleme mit ihm bekommen. Er hatte sie sehr gern, und er war nicht bereit, sie so ohne weiteres aufzugeben. Also mußte er sich eine Ausrede einfallen lassen.

'Ich sage einfach, ihr ist schlecht.' dachte er. Niemand würde eine so banale Sache anzweifeln. Eine gute Erklärung. 'Vielleicht eine Magen-Darm-Grippe, oder so etwas.' dachte er weiter. Das würde immerhin erklären, warum sie sich eine längere Zeit nicht blicken lassen konnte. Denn mit ihrem zerschlagenen Gesicht wollte er sie seinen Freunden nicht vorführen. Das brächte nur Fragen auf. Es ging schließlich niemanden etwas an, was er mit Elke anstellte.

Im Supermarkt hatte er die Wahl zwischen französischem Raclette-Käse und Raclette-Käse aus der Schweiz, und er entschied sich für den teureren, weil er in guter Stimmung war. Die Auseinandersetzung mit Elke hatte die Aggressionen, die sich in ihm angestaut hatten, gelöst, und er konnte viel befreiter aufatmen.

Der Gedanke an diesen Morgen zog den Gedanken an den folgenden Tag nach sich, und er fragte sich, wie es *dann* aussehen würde. Bei der Arbeit wartete eine Menge Ärger auf ihn, und auch sonst würde der Tag sicherlich nicht viel anders verlaufen als der heutige, aber dennoch hatte er das Gefühl, es am nächsten Tag besser verkraften zu können. Er hatte seine innere Ruhe wiedergefunden.

Nicht lange, dann hatte sich wieder genug in ihm angestaut, um einen Wutanfall auszulösen, aber damit war er ganz zufrieden, denn danach ging es ihm immer blendend. Er hatte gelernt, mit seinen Aggressionen zu leben – und auch wenn er zugeben mußte, daß andere Leute vielleicht anders damit umgegangen wären, so konnte er doch nicht behaupten, daß ihn etwas an seiner Methode störte.

Eine halbe Stunde später war er zu Hause und zog sich um.

»Einen ganz ruhigen und harmonischen Abend werden wir haben.« sagte er seinem Spiegelbild, als er sich rasierte. Er sagte es so, als stünde Elke neben ihm, und er spräche zu ihr. Darüber mußte er grinsen. So sehr hatte er sich schon an sie gewöhnt, daß er ihre Gegenwart als selbstverständlich hinnahm. Trotzdem war er froh darüber, daß sie noch keine gemeinsame Wohnung hatten.

Schließlich verließ er seine Wohnung wieder, benutzte die Treppen und landete vor Silvias Wohnungstür. Es war beinahe halb neun, und es war an der Zeit. Er klingelte.

Silvia öffnete die Tür nach wenigen Sekunden, und sie begrüßten und umarmten sich.

»Wo ist Elke?« fragte sie, als sie ihn hatte eintreten lassen.

»Elke geht's nicht so gut.« sagte er. »Sie hat was Magen-Darm-mäßiges. Nicht schön, aber es geht vorbei.«

»Na, so ein Scheiß.« drückte sie ihr Mitleid aus.

»Sehr treffend ausgedrückt.« lachte er und ließ sich von ihr in die Wohnung führen, wobei er daran dachte, wie wenig sie doch von ihm wußte. Hätte sie auch nur eine blasse Ahnung davon, was er an diesem Nachmittag getrieben hatte, hätte sie ihn sicherlich nicht mehr zu sich in die Wohnung eingeladen.

»Du wirst staunen, was ich zu berichten habe.« sagte Silvia, bevor sie in das Wohnzimmer traten.

'Du würdest staunen, was *ich* zu berichten habe.' dachte Thomas grinsend und folgte ihr.

Der Wagen fuhr aus der Einfahrt des Villenanwesens heraus, drehte nach rechts, fuhr die Straße entlang und verschwand um eine Ecke.

Katrin blieb noch einige Minuten in dem unauffälligen Kleinwagen sitzen, den sie unter einem der Bäume dieser Allee geparkt hatte. Viele Autos standen hier, auf dieselbe Art und Weise abgestellt wie der ihre, sowohl kleine Autos, japanische oder französische, ein paar italienische, als auch große. BMW, Mercedes, Audi… Wenn Sie eine Autoknackerin gewesen wäre, hätte sie hier sicherlich etwas gefunden, das die Mühe lohnte, aber das gehörte nicht zu ihrem Auftrag.

Inzwischen war halbdunkles Dämmerlicht über die Stadt gekommen. Sie warf einen Blick auf die kleine Digitaluhr am Armaturenbrett ihres Autos. Es war halb acht. In weiteren zehn Minuten würde es dunkel sein.

'In einer Stunde wollten wir uns bei Silvia treffen.' dachte sie. Einen kurzen Augenblick verspürte sie ein schlechtes Gewissen, aber dann nahm sie sich zusammen. Sie würde auftauchen, das hatte sie Silvia versprochen. Und wenn sie ein paar Minuten zu spät kam, dann machte das nichts aus, denn sie hatte vorher bescheid gesagt. Außerdem war sie in einer Viertelstunde wieder von hier verschwunden, wenn alles glattging.

Bisher hatten Charlies Informationen sich als exakt und zutreffend erwiesen. Der Streifenpolizist, der durch diese Straße patrouillierte, war zur genannten Zeit erschienen und vorübergegangen, ohne etwas zu bemerken, und auch die Hausbesitzer waren im vorhergesagten Augenblick abgefahren.

'Niemand darf merken, daß du eingestiegen bist.' hatte Charlie ihr gesagt. Sie würde sich Mühe geben müssen.

Als Katrin das Gefühl hatte, es sei an der Zeit, und sie sich mit aller Vorsicht davon vergewissert hatte, daß die Straße leer war, stieg sie aus dem Wagen, griff auf den Beifahrersitz, nahm den Rucksack, der dort lag, schwang ihn sich auf den Rücken und verschloß den Wagen.

Inzwischen war es beinahe dunkel, und in ihrer schwarzen Jeans und dem schwarzen Rollkragenpullover war sie in den Schatten der Bäume kaum auszumachen. Mit schnellen Schritten und gleichzeitig möglichst ohne Hast überquerte sie die Straße, warf noch einmal einen schnellen Blick in die Runde, um sich zu vergewissern, daß sie noch immer unbeobachtet war, dann schwang sie sich über die niedrige Mauer des Anwesens und wartete. Nichts regte sich, kein Geräusch drang an ihre Ohren. Sie blieb noch eine Minute auf allen Vieren hinter der Mauer hocken, während sie in die frühe Nacht hineinlauschte. Nirgendwo war etwas zu hören.

Sie richtete sich ein wenig auf und lief dann gebückt zur Rückseite des Hauses, wo sie noch einmal einen Augenblick verharrte. Aber wieder war kein Geräusch zu hören, und nichts deutete darauf hin, daß irgend jemand sie bemerkt hatte.

Mit schnellen Schritten lief sie zur Terrassentür, die laut Charlie die Schwachstelle im Sicherungssystem des Hauses war. Vor einigen Tagen hatte er einen Kundschafter in das Haus eingeschleust, der sich als Mann von den Stadtwerken ausgegeben hatte. Von ihm hatten sie ihre Informationen. Schon auf den ersten Blick konnte sie erkennen, daß der Mann Recht gehabt hatte. Die Terrassentür *war* die Schwachstelle im Sicherungssystem. Sie setzte den Rucksack auf dem Boden ab, nahm ein paar Werkzeuge heraus und hatte die Alarmanlage innerhalb weniger Sekunden ausgetrickst. Dann machte sie sich am Schloß der Tür zu schaffen, und nach einer weiteren Minute schwang diese langsam auf, ohne daß irgendwo ein Geräusch zu hören war.

Zufrieden mit sich selbst schlüpfte Katrin in das Innere des Hauses und schloß die Tür wieder hinter sich.

Sie hatte einen groben Lageplan, dem sie folgte, und innerhalb weniger Augenblicke befand sie sich in dem privaten Büro des Hausbesitzers, im ersten Stockwerk, mit Blick auf die Straße. Sie warf einen Blick aus dem Fenster und sah ihren Wagen unter den Bäumen stehen. Der Mann hätte sie bemerken können, wenn er nur aufmerksam genug gewesen wäre. Sie wußte nicht einmal, wer der Mann war, in dessen Villa sie sich herumtrieb, aber das war ihr auch gleichgültig. Den Namen oder vielleicht sogar das Gesicht des Opfers zu kennen, hätte es schwerer gemacht, in sein Haus einzudringen. Sie hatte ohnehin schon ein schlechtes Gewissen, wenn sie darüber nachdachte, auf welche Art und Weise sie ihr Geld verdiente, aber manche Dinge mußte man einfach nehmen, wie sie kamen. Sie war vor Jahren in diese Kreise gerutscht, und sie hatte es nicht mehr geschafft, aus ihnen zu entfliehen. Alles andere war gleichgültig.

Im Büro öffnete sie die Schreibtischschubladen, ohne die Mappe zu finden, von der Charlie ihr erzählt hatte. Eine dunkle Wolke zog über ihre Stirn, als sie darüber nachdachte, wieso bisher alles so genau zugetroffen hatte, was ihr erzählt worden war, und ab hier plötzlich nicht mehr. Wollte Charlie sie hereinlegen? Manchmal hatte sie den Eindruck, als sei ihm unwohl zumute, wenn sie in seiner Nähe war. Sie wußte viel über ihn, und sicherlich könnte sie ihn hochgehen lassen, wenn sie mit der Polizei in Kontakt kam. Würde er ihr irgendwann einmal eine Falle stellen? Sie glaubte nicht daran, hoffte zumindest, daß es nicht passieren würde, und schon gar nicht an diesem Abend!

Dann sah sie die Mappe vor sich auf dem Schreibtisch liegen. Sie hatte sie einfach übersehen gehabt, weil sie sofort über die Schubladen hergefallen war.

'Man sollte immer vorher nachdenken.' ging es ihr bitter durch den Kopf.

Sie betrachtete den Tisch einen Moment lang sehr genau, prägte sich die Position jedes einzelnen Gegenstandes exakt ein, um alles haargenau so zu hinterlassen, wie sie es vorgefunden hatte, erst dann setzte sie den Rucksack auf dem Boden ab, nahm den kleinen Photoapparat heraus und öffnete die Mappe.

Sie schaltete die kleine Schreibtischlampe ein, die den Tisch in ein mattes Licht tauchte, dann beeilte sie sich, von jedem Schriftstück in dieser Mappe eine Aufnahme zu machen. Sie verstand nicht, was auf den Blättern geschrieben stand, viele Fremdworte und Ausdrücke, die sie noch niemals gehört hatte, leuchteten ihr entgegen, aber sie versuchte auch gar nicht, zu ergründen, um was es sich handelte. Charlie hatte einen Interessenten für diese Blätter, und sie sollte sie liefern. Je weniger sie von dem wußte, was sie dort vor sich hatte, desto besser konnte es am Ende nur für sie sein.

Als sie fertig war, klappte sie die Mappe wieder zu, schob alles an seinen Platz zurück und schaltete die Lampe aus. Vorsichtig ging sie jeden ihrer Schritte, die sie im Haus gemacht hatte, wieder zurück, stieg die Treppen ins Erdgeschoß hinunter.

Einen kurzen Augenblick der Panik erlebte sie, als sie von der Vorderseite des Hauses den Widerschein von Autolichtern zu sich dringen sah, und für wenige Schläge schien ihr Herz auszusetzen. Dann waren die Lichter vorübergefahren, und ihr Herzschlag setzte rasend wieder ein. Ihre Knie waren weich und wacklig. Einen Augenblick hatte sie gedacht, der Hausbesitzer sei aus unerfindlichen Gründen zurückgekehrt, aber das war nicht der Fall.

Dennoch beeilte sie sich, aus dem Haus zu kommen, schloß die Terrassentür wieder sorgfältig hinter sich zu, aktivierte auch wieder die Alarmanlage, die sie nur überbrückt hatte, und schlich durch den Garten zur Mauer, kletterte hinüber und stand auf der Straße, kaum hundert Meter von ihrem Auto entfernt.

Katrin lief auf die andere Straßenseite und ging unter den Bäumen der Allee mit schnellen, aber keinesfalls hastigen Schritten zu ihrem Wagen zurück, schloß ihn auf, stieg ein und fuhr davon.

Als Klaus schließlich bei der Adresse angelangte, die er in dem kleinen Umschlag aus dem Bahnhofsschließfach gefunden hatte, war es schon dämmrig. Es war noch nicht sieben Uhr, und trotzdem begann es schon zu dunkeln – was er den ganzen sonnigen Tag über kaum für möglich gehalten hatte. Es war ein Tag wie im Sommer gewesen, und beinahe war es ihm so vorgekommen, als müßte es hell und sonnig bleiben bis neun oder zehn Uhr und dann langsam dämmrig werden. Aber der Herbst hatte sich doch bemerkbar gemacht.

Er trug die Sachen, die er am Nachmittag gekauft hatte, in der Hand hielt er eine kleine Plastiktüte mit einer Hose und einem Hemd zum Wechseln. Ein alter Aberglaube, das wußte er selbst, aber trotz allem hielt er daran fest. Er wollte nach erledigter Arbeit nicht in den selben Sachen herumlaufen. Vielleicht hatte ihn jemand gesehen, vielleicht war irgendwo ein Zeuge unterwegs, der eine Beschreibung von einem großen Mann mit schwarzer Hose, schwarzem Hemd und dunkelgrauem Sacko lieferte. Wenn er dann mit Jeans und einem roten Pullover unterwegs war, war er nicht mehr so verdächtig. Auffällig möglicherweise, aber nicht verdächtig.

Hinter den Fenstern des Einfamilienhauses war in zwei Räumen das Licht eingeschaltet. Der Mann war also zu Hause – und Klaus hoffte inständig, daß dieser Mann sich nicht ausgerechnet den heutigen Abend dazu ausgesucht hatte, Besuch zu empfangen. Das war eines der Risiken, die Klaus in seinem Beruf zu tragen hatte, denn man konnte nie wissen, wie man das Opfer vorfand. Ob allein oder in Gesellschaft – das konnte zu unangenehmen Komplikationen führen, denen er im allgemeinen gerne aus dem Weg ging, die sich aber nicht immer vermeiden ließen. Es hatte schon Situationen gegeben, in denen er nicht einem Menschen sondern gleich drei, vier oder fünf gegenübergestanden hatte, und das war dann in unsauberen Szenen eskaliert. Zeugen durfte es nicht geben!

Selbstverständlich trieben solche Schwierigkeiten seinen Preis in die Höhe, denn es bedeutete, daß seine Auftraggeber schlampig gearbeitet hatten; und das war keine Geschäftsbasis.

Aber diese Gedanken schüttelte er von sich ab. Überhaupt war es besser, bei der Arbeit nicht allzuviel zu denken – zumindest nicht in abweichende Richtungen. Es war wichtig, die volle Kraft der Konzentration auf die bevorstehende Aufgabe und verschiedene Lösungsstrategien zu lenken, ohne sich von solchen Nebensächlichkeiten ablenken zu lassen. Er atmete zweimal tief durch, dann sah er sich um. Die Straße war leer, nirgends war ein Mensch zu sehen. Also suchte er nach einem Versteck für seine Plastiktüte.

Direkt hinter der hüfthohen Mauer des Grundstücks befand sich ein kleines Gebüsch, in dem er seine Wechselgarderobe gut unterbringen konnte. Er beugte sich hinüber, verstaute die Tüte und richtete sich wieder auf. Noch immer war nirgends eine Menschenseele zu entdecken, und das paßte ihm durchaus in sein Konzept.

Mit einem kleinen Sprung gelangte er über die Mauer und lief in den Schatten des Hauses.

Langsam und gebückt – durch die Büsche, die der Hausherr direkt an das Haus hatte pflanzen lassen, gut verdeckt – schlich er bis zur Terrasse und der Terrassentür. Mit der linken Hand griff er schon in die Hosentasche, um sein Einbruchswerkzeug hervorzuholen, als er sah, daß die Terrassentür einen kleinen Spalt breit offenstand.

»Sehr schön.« murmelte er leise. Das war wie eine Einladung und erleichterte ihm die Arbeit ungemein.

Eng an der Hauswand entlang schlich er zu der Terrassentür und blickte durch sie in den dahinterliegenden Raum. Ein Wohnzimmer, mit Couch, Schrank, Tisch, Kamin, Fernseher… Sehr geschmackvoll eingerichtet und sicherlich auch nicht ganz billig.

'Der Mann hat Geld.' dachte Klaus bei sich, obwohl es ihn überhaupt nichts anging. Oft waren es Geschäftsleute, denen er einen Besuch abstattete, reiche Männer mit Beziehungen und Kontakten, Männer, die etwas zu sagen hatten. Hatten sie *zuviel* gesagt, kam Klaus zum Einsatz.

Bevor er das Haus betrat nahm er seine Pistole aus dem Schulterhalfter, schraubte den Schalldämpfer an den kurzen Lauf, überprüfte noch einmal, ob sie geladen war und entsicherte sie. Dann schob er die Terrassentür soweit auf, daß er hindurchpaßte, und betrat das Haus.

Vorsichtig schlich er durch das dunkle Wohnzimmer. Er achtete darauf, nirgends gegenzustoßen und kein Geräusch zu machen. Einen kurzen Augenblick beschleunigte sein Herzschlag sich, als ihm die Idee kam, der Mann könne einen Hund besitzen, aber dann wurde er wieder ruhig. Es wäre ein Anfängerfehler gewesen, eine solche Möglichkeit nicht in Betracht zu ziehen, und selbstverständlich hatte er sich informiert. Trotzdem kam ihm dieser Gedanke jedesmal, und er war froh darüber. Der erste Auftrag, bei dem ihm dieser Gedanke nicht kam, so hatte er sich geschworen, würde sein letzter sein, denn das würde bedeuten, daß er die Sache nicht mehr ernst und professionell genug anging. Das Fehlen von Angst führte zu Leichtsinnsfehlern, die er sich in seinem Gewerbe nicht erlauben konnte.

Aus dem Wohnzimmer trat er in den Hausflur und überlegte, in welche Richtung er sich wenden mußte. Das Licht war zu Straße hin eingeschaltet gewesen, also mußte er hier nach rechts. Nach drei Metern machte der Flur einen rechtwinkligen Knick, und er stand direkt von einer Tür, unter der ein Lichtschimmer hindurchdrang. Nach der Kopie des Grundrißplans zu urteilen, die seinen Unterlagen beigelegen hatte, handelte es sich um das Arbeitszimmer des Opfers.

Einen Augenblick spielte Klaus mit dem Gedanken, anzuklopfen, bevor er den Raum betrat, verscheuchte diese Idee aber mit einem Grinsen wieder. Sein Geschäft war ernst, und solche Späße hatten hier nichts zu suchen.

Leise und vorsichtig betätigte er die Türklinke und öffnete die Tür einen kleinen Spalt breit, um in den Raum hineinschauen zu können.

Er sah den Mann an seinem Schreibtisch sitzen, mit dem Rükken zur Tür, über einige Blätter gebeugt, auf denen offensichtlich etwas sehr wichtiges und ebenso unerfreuliches stand, denn er hielt den Kopf in die Hände gestützt, und sein Rücken zuckte. Es sah beinahe danach aus, als weine er.

Klaus öffnete die Tür nun ganz und sah sich kurz in dem Arbeitszimmer um. Es war ebenso geschmackvoll eingerichtet wie das Wohnzimmer. Ebenso teuer, ebenso stilvoll. Der Mann hatte Geld – oder *hatte* Geld *gehabt*. Die Gründe, warum seine Auftraggeber zu seiner Hilfe griffen waren sehr vielfältig.

Der Mann bemerkte ihn nicht, und Klaus setzte sich gelassen in einen Sessel, der nicht weit von der Tür stand.

Dann räusperte er sich.

Der Mann fuhr herum, sah Klaus und erstarrte.

»Wer sind sie?« fragte er, als er schließlich seine Sprache wiedergefunden hatte. Klaus machte ihm keinen Vorwurf aus der zuvor entstandenen Pause. In Anbetracht der Tatsache, daß der Mann nur noch wenige Sekunden zu leben hatte, gestattete er ihm diesen kleinen Hänger durchaus.

»Eine kleine Aufmerksamkeit von Freunden.« sagte Klaus den Satz, der in seinen Unterlagen gestanden hatte. Jedem seiner Opfer sollte er eine kleine Botschaft mit auf den Weg ins Jenseits geben, und jedesmal hatte er es korrekt ausgeführt. Selbstverständlich konnten seine Auftraggeber das nicht nachprüfen, aber für Klaus war es eine Selbstverständlichkeit, auch dies zu tun. Er wurde dafür bezahlt, und er gehörte nicht zu den Menschen, die Geld annahmen für eine Arbeit, die sie nicht korrekt und vollständig ausgeführt hatten.

Dann richtete er seine Pistole auf den Mann und drückte den Abzug.

Es dumpfes Plopp!, dann sank sein Opfer, beinahe geräuschlos, auf dem Schreibtisch zusammen. Aus dem Loch in seiner Stirn begann langsam Blut herauszutröpfeln und die Papiere zu verschmieren, in denen er noch vor wenigen Sekunden geblättert hatte.

Klaus trat den Heimweg an. Er durchquerte das Haus, trat durch die Terrassentür in den Garten hinaus und sah sich um. Noch immer war keine Menschenseele unterwegs, niemand zeigte sich irgendwo, auch an den Fenstern der umliegenden Häuser konnte er keine Bewegung ausmachen.

Mit wenigen Schritten war er an der Mauer, neben dem Gebüsch, in dem er seine Tüte hinterlassen hatte, kramte sie hervor und sprang dann über die Mauer.

Wenige Sekunden später bog er schon um die nächste Straßenecke, und war auf dem Weg zu einem Gebüsch, das er sich auf dem Weg zu seinem Opfer ausgesucht hatte, und in dem er seine Kleidung wechseln wollte.

Jochen spazierte in aller Seelenruhe durch die Straßen der Stadt zu dem Supermarkt, an den er früher am Tag gedacht hatte. In seiner Hosentasche spielte er mit dem kleinen Einkaufszettel herum, den er sich bei der Arbeit geschrieben hatte, aber in Gedanken war er an ganz anderer Stelle.

Vor seinem geistigen Auge sah er noch einmal jede Kleinigkeit seines Auftrittes im Park Revue passieren. Er betrachtete noch einmal jedes Zucken im Gesicht der jungen Frau, spürte ein weiteres mal jeden Zweig, der ihn gestreift hatte, jeden Lufthauch, der sanft über seine Haut gestrichen war, spürte noch einmal seine eigene Hand, mit der er sich im Schritt gepackt hatte.

Er fühlte sich so ruhig und ausgeglichen, wie schon seit Wochen nicht mehr. Seit seinem letzten Auftritt, wenn er es genau nahm, und der lag nun schon mindestens fünf oder sechs Wochen zurück. Bisher hatte er vermutlich einfach Glück gehabt, daß er noch nicht erwischt worden war, denn diese Auftritte hatten sich schon zu so etwas wie einer guten alten Gewohnheit entwickelt. Nach dem fünfzehnten Mal jedenfalls hatte er aufgehört zu zählen. Und trotzdem hatte man ihn noch niemals ertappt, und er war auch niemals an jemanden geraten, den er kannte. Das war vermutlich das größere Glück, wie er sich immer wieder sagte, wenn es hinter ihm lag. Er fürchtete sich vor dem Tag, an dem er aus dem Gebüsch sprang, vor jemanden, der ihn ansah und dann ausrief: »Jochen!«. Je häufiger er es tat, desto größer wurde die Wahrscheinlichkeit, daß es irgendwann einmal geschah, und jedesmal sagte er sich, daß es nun das letzte mal gewesen sei, aber jedesmal wußte er auch, daß es sich so leicht nicht kontrollieren ließ. Es war ein Teil von ihm, gehörte zu ihm, und er konnte sich nicht von etwas trennen, das ihn soviel Schweiß und Tränen gekostet hatte. Denn das Losreißen von der Mutter hatte ihn *eine Menge* Schweiß und Tränen gekostet.

Er kam an den Supermarkt, betrat die kühlen, klimatisierten Räume und kaufte die Kartoffeln und einige Saucen, die sie für den Abend brauchen würden. Ein Abend mit Freunden. Er freute sich schon darauf.

Als er aus dem Geschäft trat, wurde es bereits dunkel. Die Dämmerung war schon fortgeschritten, und als er auf die Uhr schaute, stellte er zu seiner Überraschung fest, daß es halb acht Uhr war. Silvia und der Rest wollte sich gegen halb neun treffen, um dann mit den Vorbereitungen für den Raclette-Abend zu beginnen, aber die Kartoffeln hatte er eigentlich schon vorher kochen wollen. Also mußte er sich beeilen.

Er lief zu der nächsten Bushaltestelle und mußte dort einige Minuten warten, bis der richtige Bus kam. Als er schließlich einstieg und die Fahrt bezahlte, dachte er noch einmal an den kleinen Jungen, den er heute Morgen auf der Straße angesprochen hatte. Der Junge hatte dieselben Probleme, wie er sie früher gehabt hatte, und vielleicht schaffte er es ja ebenfalls, sich aus ihnen zu befreien.

'Vielleicht hat mein Rat ihm ein wenig geholfen.' dachte er mit einem kleinen, selbstzufriedenen Lächeln. Er wollte sich nicht zuviel davon versprechen, was er mit dem Kleinen gesprochen hatte, aber es war trotzdem ein schönes Gefühl, jemandem ein wenig Hoffnung gemacht zu haben.

Als er aus dem Bus stieg und die letzten Meter zu dem Haus ging, in dem sie alle fünf wohnten, zählte er die Lichter, die schon eingeschaltet waren. Hinter den Fenstern zweier Wohnungen waren Lampen eingeschaltet. Bei Silvia, die wohl schon in den ersten Vorbereitungen steckte, und bei Thomas. Katrins Wohnung war noch dunkel, und seine eigene und die von Klaus ebenfalls. Er freute sich auf den Abend mit ihnen allen, und mit einem Lächeln dachte er darüber nach, daß sie ihn für einen völlig normalen jungen Mann hielten. Keiner von ihnen kannte das kleine Geheimnis, das er mit sich herumtrug. Keiner von ihnen ahnte auch nur im geringsten, daß er es war, der hin und wieder in der Zeitung auftauchte.

Das gab ihm ein gutes Gefühl, und er war noch zufriedener, als er in seine Wohnung zurückkehrte.

Acht Uhr war schon vergangen, als Katrin ihren Nissan, den sie wieder gegen den Kleinwagen eingetauscht hatte, mit dem sie in das Villenviertel gefahren war, in den Hof von Charlies Kneipe lenkte. Motorräder und alte, klapprige Autos standen am Straßenrand, aus dem Lokal drang laute Musik, die Fenster waren geöffnet und sie konnte eine Gruppe von Männern sehen, die sich laut und betrunken an der Theke unterhielt.

Katrin rümpfte angewidert die Nase. Sie konnte nicht verstehen, warum man sich schon so früh am Abend betrinken mußte. Die meisten dieser Männer waren direkt nach der Arbeit hierhergekommen und hatten sofort damit angefangen, Alkohol in sich hineinzuschütten. Sie wurden grob und unflätig, schimpften laut und prügelten sich auch hin und wieder. Daß sich ein Anwohner über den Lärm beschwerte, war jedoch trotz allem nicht zu befürchten, denn Charlies Kneipe befand sich am Rand des alten Industriegebietes, umgeben von brachliegenden Feldern und einigen Fabriken, von denen manche sogar leerstanden.

Sie stieg aus dem Wagen und ging zu der Hintertür der Kneipe, an der sie dreimal klopfte. Sie wartete einen Augenblick, aber nichts geschah, also klopfte sie noch dreimal.

Diesmal öffnete sich ein kleines Fenster in der Tür und das Gesicht von Hubert erschien. Hubert war Charlies rechte Hand.

»Da bist du ja endlich.« sagte er, als er das Fenster wieder geschlossen hatte, und nun die Tür öffnete. »Charlie ist schon ganz ungeduldig. Du solltest ihn nicht immer so warten lassen!«

»Was denkt ihr eigentlich, was ich mache?« fragte Katrin aufgebracht. Hubert wollte sie vermutlich nur in Rage bringen, wie er es häufig machte, wenn sie hierherkam. Aber Katrin fiel jedesmal wieder darauf herein. »Glaubt ihr, ich spaziere da bei vollem Tageslicht rein?«

Hubert zuckte nur grinsend mit den Achseln. »Charlie ist in seinem Büro. Er wartet auf dich!«

Katrin hielt dem Mann den ausgestreckten Mittelfinger hin, was dieser mit einem lauten Lachen quittierte, dann ging sie durch einen kleinen Gang an eine schmutzige Tür und klopfte.

»Komm schon rein!« rief Charlie von innen.

Katrin öffnete die Tür und betrat den Raum.

Charlie saß hinter seinem Schreibtisch, eine Zigarre im Mund, die fettigen Haare klebten an seinem Kopf wie ein Helm, und sein feistes Gesicht glänzte zornig. Katrin hatte den Eindruck, als sei er seit ihrem letzten Besuch noch fetter geworden, als habe sein Bauch sich noch mehr ausgebreitet. Sie sah in ihm nur ein Schwein, ein fettes Mastschwein, reif zum Schlachten. Dieser Gedanke amüsierte sie ein wenig, erschreckte sie andererseits aber auch. Sie konnte sich keine Aufsässigkeit gegenüber diesem Kerl leisten.

»Hast du die Photos gemacht?« fragte Charlie sofort, als sie die Tür hinter sich geschlossen hatte.

»Sicher.« erwiderte sie betont ruhig. Sie griff in ihre Hosentasche und holte den Film heraus. »Hier sind sie.«

»Gib her.«

»Laß erst mal das Geld sehen.« sagte sie. Sie zog sich einen Stuhl heran und setzte sich Charlie gegenüber. »Ohne Geld gibt's keinen Film.«

»Wir kennen uns schon so lange.« grunzte Charlie aufgebracht. »Hast du keine Spur Vertrauen?«

»Gerade deshalb nicht.« erwiderte Katrin gelassen. Es war jedesmal dasselbe Spiel. Charlie versuchte, ohne zu bezahlen an die Ware zu kommen, und hatte er sie ersteinmal in der Hand, war es schwierig, sein Geld doch noch zu bekommen. Einmal war Katrin darauf hereingefallen, aber das war sehr früh in ihrer Karriere als Einbrecherin gewesen. Sie hatte noch nicht gewußt, wie sie sich zu verhalten hatte, und als es passiert war, war es zu spät. Selbstverständlich hatte sie niemanden gehabt, an den sie sich hätte wenden können. 'Verklagen war wohl kaum drin!' dachte sie, als die damalige Situation ihr wieder gegenwärtig wurde.

»Wer sagt mir, daß die Bilder in Ordnung sind, wenn ich dir das Geld gebe?« fragte Charlie, aber Katrin spürte, daß es vorüber war. Was jetzt kam war nur noch Schauspielerei. Charlie mochte es, die Übergabe ein wenig hinauszuziehen, er hatte einen Sinn für das Theatralische. Und Katrin glaubte, daß er auch scharf auf sie war. Sie sah gut aus, und Charlie hatte sicherlich einen Steifen, wenn er mit ihr verhandelte.

»Du weißt, daß ich es mir nicht leisten kann, keine gute Qualität abzuliefern.« stellte sie knapp fest.

Charlie kicherte. »Das ist wahr. Also gut.«

Er griff in die Schublade und nahm einen Umschlag heraus, den er zwischen ihnen beiden auf den Tisch legte. »Fünftausend.«

»Wir hatten acht ausgemacht.«

»Fünftausend.« wiederholte Charlie grinsend.

»Vergiß es!« Katrin war wütend. Warum konnte dieser widerliche Kerl nicht einmal alles so über die Bühne bringen, wie es vereinbart war? Sie steckte den Film wieder in die Hosentasche und stand auf.

»Wo willst du hin?« rief Charlie aus, und sie meinte, eine Spur Überraschung aus seiner Stimme zu hören. Sie wagte nicht zu hoffen, ihm wirklich einen Schrecken eingejagt zu haben.

»Ich kenne inzwischen noch ein paar andere Leute, mit denen ich Geschäfte machen kann.« sagte sie gelassen. Sie hoffte, daß er die Lüge nicht durchschaute. Es war gar nicht so einfach, jemanden zu finden, der diesen blöden Film kaufen würde, und sie brauchte das Geld dringend!

»Sonst weiß keiner, was er mit dem Film anfangen soll!« rief Charlie aus. Noch immer zitterte seine Stimme ein wenig, und sein fettes Doppelkinn wackelte hin und her.

»Es reicht, wenn ich sage, daß du scharf drauf bist.« sagte Katrin, einem Impuls folgend. »Das ist für die meisten Grund genug. Jemand anderes wird sicherlich mehr als achttausend aus dir herauskitzeln.«

Charlie betrachtete sie einen Augenblick mit zur Seite geneigtem Kopf, wie ein Raubtier, das seine Beute taxiert, um seine Schwachstellen auszumachen, aber dann nickte er, zog aus seiner Schublade einen kleinen Stapel Geldscheine und legte ihn auf den Schreibtisch.

»Hier, zähl alles nach.«

»Worauf du dich verlassen kannst.«

Katrin nahm den Umschlag und die losen Geldscheine und zählte. Achttausend.

»Warum nicht gleich so?« fragte sie lächelnd.

»Gib mir den Film.«

Sie warf ihm die Filmrolle zu, die er mit seinen fetten Händen erstaunlich geschickt auffing. Dann stand sie auf und verließ den Raum. Sie war jedesmal froh, wenn sie ihr Geld in der Tasche hatte und sich aus dem Staub machen konnte.

Als Klaus auf den Parkplatz eines Supermarktes fuhr, der sich nicht weit von dem Haus befand, in dem er wohnte, trug er Jeans und einen roten Pullover. Die dunklen Socken hatte er gegen Tennissocken eingetauscht und die schwarzen Schuhe gegen ein Paar Nike-Turnschuhe. Seine Haare waren ein wenig zerzaust, nicht mehr so glatt und ordentlich wie während seines Einsatzes, und nach eigener Einschätzung sah er in diesem Augenblick mehr denn je wie ein völlig normaler, absolut durchschnittlicher Mann von 31 Jahren aus, der nach der Arbeit noch eine Stunde Freizeit genossen hatte, bevor er sich endlich auf den Weg zum Einkaufen gemacht hatte.

Er stieg aus, wobei er die Tüte vom Beifahrersitz aufhob und mitnahm, ging an einen Altkleidercontainer, der sich neben der Eingangstür des Supermarktes befand, und warf den Anzug, das Hemd, die Krawatte und die Socken hinein. Die Schuhe band er, wie auf dem Schild gewünscht, mit den Schnürsenkeln aneinander, bevor er sie ebenfalls durch den breiten Schlitz in das Innere des Containers beförderte. Die Tüte faltete er zusammen und steckte sie in die hintere Hosentasche seiner Jeans.

Als er den Supermarkt betrat, durchströmte ihn ein ungeheures Gefühl der Zufriedenheit. Seine Arbeit hatte er gut und zufriedenstellend erledigt, seine Arbeitskleidung hatte er abgelegt, und nun trug er Sachen in denen er sich wohlfühlte.

In den Gängen des Supermarktes suchte er nach dem Wein und nahm schließlich, als er ihn gefunden hatte, drei Flaschen kalifornischen Cabernet Sauvignon der Gebrüder Gallo aus dem Regal. Die rote Flüssigkeit in den Flaschen erinnerte ihn einen kurzen Moment an das Blut seines Opfers, das in dunklen, roten Tropfen auf das Papier auf dem Schreibtisch gefallen war. Dicke rote Tropfen, mit denen das letzte Restchen Leben aus dem zerstörten Körper gesickkert war. Das Blut dieses Mannes, das Blut der Trauben in diesen Flaschen… Fast erschien es Klaus einen Moment zu viel, sich darüber Gedanken zu machen, er wurde von einem Schuldgefühl ergriffen, das er aber schnell wieder unter Kontrolle hatte.

'Ich bin eben doch kein ganz normaler junger Mann, der eben von seiner Arbeit nach Hause zurückgekehrt ist.' überlegte er, im Gang des Supermarktes stehend, die drei Weinflaschen in die Arme geklemmt.

Der Gedanke stimmte ihn ein wenig traurig, aber es gab seinem Leben auch eine besondere Würze. Daß er etwas anderes war als die Menschen um ihn herum bedeutete ja nicht, er sei damit schlechter. Er konnte ebensogut besser sein als die übrigen – auf jeden Fall jedoch anders.

Mit schnellen Schritten ging er zur Kasse, wo er den Wein bezahlte, dann ging er hinaus zu seinem Wagen und fuhr nach Hause.

In Silvias Wohnung war schon das Licht eingeschaltet, also ging er direkt vom Auto hinauf und klingelte an der Tür.

Silvia begrüßte ihn und bat ihn herein, und er übergab ihr die Weinflaschen. Im Nebenzimmer warteten seine Nachbarn auf ihn, lauter junge, normale Menschen. Menschen, die den ganzen Tag über arbeiteten, um abends ein wenig von ihrem Leben genießen zu können. Keiner von ihnen wußte wirklich, was es bedeutete, zu leben, das wußte nur er selbst. Er, der er hin und wieder den Tod über jemand anderen brachte, nur er hatte eine Ahnung davon, wie kostbar das Leben eigentlich war. Und dieses Wissen sorgte für den notwendigen Ausgleich, mit dem er seine Arbeit ausführen konnte.

'Wenn ihr wüßtet, was ich in Wirklichkeit tue.' dachte er, als er den Raum betrat und die Anwesenden begrüßte. 'Ich würdet mich meiden. Ich bin nicht wie ihr. Ich bin etwas anderes, und ihr habt keine Ahnung, wie sehr ich mich von euch unterscheide!'

Als Katrin in ihre Wohnung zurückkehrte, saßen die anderen schon bei Silvia in der Wohnung. Sie hatte sich bisher eine knappe halbe Stunde verspätet, wußte aber, daß sie beinahe rechtzeitig hätte kommen können, wenn Charlie nicht noch ein solches Theater veranstaltet hätte. Aber das war jetzt gleichgültig.

Sie wollte so schnell wie möglich aus den Sachen heraus, in denen sie den Einbruch begangen hatte. Auf der Fahrt von Charlies Kneipe nach Hause hatte sie wieder ein schlechtes Gewissen überfallen, wie jedesmal nach einem Bruch. Sie wußte, was sie den Leuten damit antat. Und auch wenn sie so sauber und ordentlich arbeitete, daß sie es zunächst nicht bemerkten, würden sie irgendwann dahinterkommen, daß irgend jemand in ihre Wohnung eingestiegen war, und der Schrecken würde im Nachhinein kommen. Sie wußte nicht, warum sie andere durchleiden ließ, was ihr selbst seit Jahren zu schaffen machte, daß jemand unbefugt in die eigene Wohnung eindringen konnte, ohne daß es einen wirksamen Schutz dagegen gab. Wenn jemand irgendwo hineinwollte, kam er auch hinein, ganz gleich, welche Schutzmaßnahmen man sich zulegte.

Nachdem sie sich schnell geduscht hatte, zog sie sich ein helles Kleid an und überlegte einen Augenblick, welches Parfüm sie auftragen sollte. Sie hatte mit Silvia gesprochen, daß sie, nach Möglichkeit, neben Klaus sitzen wollte. Er gefiel ihr gut, und sie wollte einen guten Eindruck auf ihn machen. Klaus war immer noch allein, und schwul war er auch nicht. Das hätte sie mit Sicherheit gespürt.

'Wie sollte er jemals mit meinem Lebensstil zurechtkommen?' fragte sie sich, und ihre Stimmung sank ein wenig. Wie konnte sie es ihm zumuten, mit einer Einbrecherin zusammenzuleben? 'Wenn er überhaupt an mir interessiert ist.' fügte sie noch hinzu. Bisher hatten sie sich zwar immer gut verstanden, aber mehr war aus ihre Unterhaltungen noch nicht geworden. Sie waren noch nicht einmal gemeinsam ausgegangen – zumindest nicht allein. Immer nur, wenn mindestens noch einer oder zwei der anderen dabeigewesen waren.

Schließlich zuckte sie mit den Achseln und machte sich auf den Weg.

Als sie an Silvias Tür stand und die Klingel betätigte, dachte sie noch einmal über Klaus nach. Er war ein so ruhiger, bodenständiger Mann. Er hatte keine Laster, von denen sie wußte, und er sah gut aus. Er gefiel ihr, und sie verstand sich gut mit ihm, und immer wenn sie in seiner Nähe war, hatte sie ein Kribbeln im Bauch, das sich sehr gut als Verliebtheit auslegen ließ. Aber wie immer dämpfte sie der Gedanke an ihre Arbeit. Sie steckte zu tief in diesen Kreisen, um noch unbeschadet aus ihnen herauszukommen. Sie konnte nicht einen ganz normalen, gesetzestreuen Bürger dazu zwingen, sich mit einer Verbrecherin einzulassen.

'Er müßte es niemals erfahren.' dachte sie mit einem sarkastischen Lächeln. Aber so etwas ließ sich in einer Beziehung wohl kaum dauerhaft verstecken.

Die Tür wurde geöffnet, und Silvia stand vor ihr.

»Da bist du ja!« rief ihre Freundin und fiel ihr um den Hals. »Der Abend ist ein voller Erfolg!« flüsterte sie ihr dann ins Ohr.

»Hast du mit etwas anderem gerechnet?« fragte Katrin.

»Eigentlich nicht.« stimmte Silvia zu. »Und du sitzt neben Klaus. Dein Stuhl ist noch frei.« Silvia zwinkerte ihr zu, und Katrin mußte grinsen. Es ging doch nichts über eine Freundschaft unter Frauen.

Gemeinsam gingen sie ins Wohnzimmer, wo vier Leute um den Tisch herumsaßen, in dessen Mitte das Raclette stand. Sie waren in eine angeregte Unterhaltung vertieft, und Silvias Freundin schien schon voll in die Gruppe integriert zu sein.

»Das ist Melanie.« stellte Silvia Katrin die Freundin vor. Die beiden gaben sich die Hand und begrüßten sich, dann setzte Katrin sich neben den Klaus auf den freien Stuhl.

»Ich habe ihn für dich verteidigt.« flüsterte er ihr ins Ohr, als sie neben ihm saß. »Thomas wollte die ganze Zeit zu mir aufrücken, weil er seine Freundin nicht dabeihat, aber ich habe standhaft für dich gekämpft.«

Sie lachte auf und gab ihm einen Kuß auf die Wange. Er sah sie überrascht an, und sie fragte sich einen Augenblick, ob sie nicht etwas voreilig gehandelt hatte, aber dann sah sie das Glitzern in seinen Augen und wußte, daß sie sich auf dem richtigen Weg befand. Und außerdem mußte sie das tun, was *ihr* als richtig erschien. Sie fühlte sich zufrieden in dem Kreis dieser Leute, und sie hatte das Gefühl, hier wirklich geborgen zu sein. Sie waren normale, hart arbeitende junge Leute, die noch niemals mit dem Gesetz in Konflikt gestanden hatten. Zwischen ihnen konnte sie glauben, daß sie ebenso war. Hier fühlte sie sich als Teil einer Gruppe, die nichts böses tat.

'Wenn ihr wüßtet, was ich mache, würdet ihr mich sofort ausstoßen!' dachte sie, als sie den Blick über den Tisch schweifen ließ. Der Gedanke belustigte sie ein wenig, machte sie aber auch ein wenig traurig. Ihre Freunde würden niemals erfahren dürfen, wer sie wirklich war.

Über den Autor:

Matthias Jenke wurde 1973 in Hamburg geboren, von wo er 1979 mit seiner Familie in den Rheingau fortzog. Seit er zwölf Jahre alt ist, schreibt er Geschichten und Romane. Zur Zeit wohnt er mit seiner Freundin in Wiesbaden.

Außer einer Kurzgeschichte mit dem Titel »Durch die Mauer« in der Anthologie »Prosa de Luxe, Anno 1998«, ist »Dreifach anders« seine erste Veröffentlichung.